EN BUSCA
DE UNA
Dama

Laura Lee GUHRKE

En busca DE UNA *Dama*

HarperCollins *Español*

Para mi amiga Elizabeth Boyle, una maravillosa escritora que siempre consigue inspirarme, sobre todo cuando dice con toda la naturalidad del mundo cosas como «¿por qué no escribes acerca de una casamentera?».

Esta novela es para ti, amiga mía.

CAPÍTULO 1

La principal dificultad de la tarea de una casamentera no era lo impredecible de la naturaleza humana ni la tenacidad del amor, ni siquiera las intromisiones de los padres. Para Belinda Featherstone, conocida entre las más acaudaladas familias americanas como la mejor intermediaria matrimonial de Inglaterra, la verdadera dificultad de su ocupación era lidiar con el corazón romántico de una típica joven de dieciocho años, y Rosalie Harlow estaba demostrando ser un ejemplo perfecto de ello.

—Sir William sería un buen esposo para cualquier mujer —estaba diciendo Rosalie, con tanto entusiasmo como si estuviera hablando de ir al dentista—, pero...

Al ver que se interrumpía y suspiraba, Belinda comentó:

—Pero no te gusta, ¿verdad?

Sintió ganas de suspirar también. Sir William Bevelstoke era uno de los muchos caballeros ingleses de buena posición que habían expresado un interés afectivo por la bella heredera americana desde que esta había llegado a Londres seis semanas atrás, y no era el único en recibir una reacción poco entusiasta. Pero lo peor de todo era que daba la impresión de que los sentimientos del caballero en cuestión iban más allá de la atracción física.

—No es que no me guste, lo que pasa es que... —Rosalie se interrumpió de nuevo, y sus ojos marrones la miraron con desánimo desde el otro lado de la mesa donde estaban tomando el té—. No es un caballero demasiado excitante, tía Belinda.

Belinda no era su tía, pero su relación con los Harlow era tan estrecha que era como de la familia. Al igual que su propio padre, Elijah Harlow era uno de los muchos millonarios americanos que, tras amasar una fortuna gracias al ferrocarril o a las minas de oro, se habían dejado seducir por Wall Street y, después de mudarse junto con sus familias a Nueva York, se habían encontrado con que a sus esposas y a sus hijas les cerraban las puertas que daban acceso a la alta sociedad.

Ella misma se había encontrado en la misma situación que los Harlow cuando su padre la había hecho mudarse a Nueva York desde Ohio a los catorce años. La señora Harlow, que era una persona muy amable y considerada, se había compadecido de una joven huérfana de madre y extremadamente tímida que también estaba siendo marginada por la alta sociedad, y la había tomado bajo su protección.

Belinda no iba a olvidar jamás ese acto de generosidad. A los diecisiete años, un día de verano, se había casado con el galante y apuesto conde de Featherstone tras un breve cortejo de seis semanas. Había resultado ser una unión desastrosa, pero ella había logrado ganarse un puesto prominente dentro de la alta sociedad británica. Cinco años después, la señora Harlow le había pedido que la ayudara a presentar en sociedad a su hija Margaret en Londres para evitarle a la joven los dolorosos desaires que tendría que sufrir en Nueva York. Ella las había ayudado encantada, pero, como era más que consciente del peligro de casarse de forma apresurada con un canalla empobrecido, se había encargado de que la joven conociera al amable y bondadoso lord Fontaine. El resultado había sido que Margaret se había convertido en todo un éxito a nivel social y en una baronesa felizmente casada, y ese había sido el punto de partida de su reputación como casamentera.

Desde entonces habían sido muchas las jóvenes americanas pertenecientes a familias de nuevos ricos que, desdeñadas por la rígida jerarquía de las altas esferas neoyorquinas, habían puesto rumbo a Londres y a su modesta casa de Berkeley Street con la esperanza de seguir los pasos de Margaret. Rosalie, tras completar sus estudios en una escuela francesa de señoritas, estaba allí con ese mismo objetivo, pero, por desgracia, daba la impresión de que emparejarla con un buen hombre iba a ser más difícil que encontrarle esposo a su sensata hermana.

Dejó la taza de té en su platito mientras valoraba cuál iba a ser su respuesta a las palabras de la joven. Aunque había enviudado (algo de lo que se sentía sumamente agradecida), era muy consciente de que, para jóvenes como Rosalie, la única forma de alcanzar el visto bueno de la sociedad era a través del matrimonio. Quería preparar a aquellas muchachas para la realidad práctica de la tarea de cazar a un marido sin destrozar los ideales románticos que pudieran albergar, y dichos ideales llenaban la mente de Rosalie.

—Puede que sir William no sea el hombre más excitante del mundo, mi querida Rosalie, pero hay muchos más factores a tener en cuenta si se desea lograr un matrimonio feliz.

—Sí, pero ¿acaso no es cierto que un matrimonio debería estar basado en el amor? —la joven se apresuró a continuar hablando, como si temiera que Belinda pudiera mostrarse en desacuerdo—. ¿Cómo va a haber amor si no hay excitación? Amar es arder, sentir que estás envuelta en llamas —suspiró pesarosa al admitir—: Sir William no me hace arder.

Antes de que Belinda pudiera advertirle acerca de los peligros inherentes a semejante punto de vista, Jervis, el mayordomo, entró en la sala y anunció:

—El marqués de Trubridge solicita verla, milady. ¿Desea que le haga pasar?

—¿Trubridge? —le preguntó, atónita.

Tan solo conocía al marqués a través de su reputación, y no era una reputación que la instara a querer conocerle. Trubridge, hijo del duque de Landsdowne, tenía fama de ser un libertino, un hombre que pasaba gran parte de su tiempo holgazaneando en París y gastando su dinero en alcohol, mesas de juego y mujeres de dudosa reputación; además, era amigo de Jack, el hermano de su difunto esposo, y eso disminuía aún más sus deseos de conocerle. Jack Featherstone era tan licencioso como lo había sido su hermano, y ambos habían parrandeado a sus anchas con Trubridge al otro lado del canal.

No resultaba extraño que el marqués se saltara las convenciones sociales y visitara a una mujer a la que no conocía, la cuestión era la razón que le había impulsado a hacerlo. Era un soltero empedernido, y los hombres como él solían evitarla como si estuviera apestada.

En cualquier caso, no estaba interesada en averiguar el motivo por el que había ido a visitarla, fuera cual fuese.

—Jervis, dile al marqués que no me encuentro en casa, por favor.

—Muy bien, milady.

El mayordomo salió de la sala, y ella retomó su conversación con Rosalie.

—No descartes a sir William con tanta premura, Rosalie. Está muy bien situado en el gobierno de Su Majestad, su título se le concedió gracias a su excelente desempeño diplomático en un asunto muy complejo en Ceilán.

La joven la miró alarmada.

—¿En Ceilán?, ¿me vería obligada a vivir en tierras extrañas si me casara con él?

Lo cierto era que en ese momento ya estaba viviendo en una tierra que no era la suya y, de hecho, estaba alojada en un hotel, pero eso era algo que no parecía perturbarla; aun así, sus temores eran comprensibles, y Belinda se vio obligada a admitir:

—Es posible que sí, pero esos puestos no suelen durar demasiado, y para alguien en tu posición suponen una excelente oportunidad para causar una buena impresión. Una buena anfitriona diplomática es bien recibida en todas partes.

—Quiero vivir en Inglaterra, no en Ceilán. ¿Posee alguna finca sir William?

—En este momento no, pero seguro que accedería a comprar una si se casara y su esposa se lo pidiera; en cualquier caso, aún es muy pronto para pensar en esas cosas. La cuestión es que se trata de un joven muy agradable, de buenas maneras y buena familia; además...

Se interrumpió al oír un ligero carraspeo, y al volverse vio al mayordomo parado en la puerta.

—¿Qué sucede, Jervis?

Él la miró contrito al admitir:

—El marqués de Trubridge me pide que le diga que, aunque milady haya afirmado lo contrario, él tiene la certeza de que sí que se encuentra en casa.

Belinda se indignó al oír aquello.

—¿Ah, sí? ¿Y por qué está tan seguro de eso?

Era una pregunta retórica, pero Jervis contestó de todas formas.

—El señor marqués ha señalado que ha oscurecido fuera y milady tiene las lámparas encendidas y las cortinas descorridas, por lo que puede verla con facilidad desde la calle. Ha solicitado de nuevo que le conceda unos minutos de su tiempo.

—¡Esto es inconcebible!, ¡es un déspota y un arrogante! —no conocía a aquel hombre, no tenía deseo alguno de conocerlo, y no veía razón alguna para acceder a recibirlo—. Cuando una dama dice que no se encuentra en casa, es posible que esté presente allí y que no desee recibir visitas, y todo marqués debería tener la cortesía de respetar esa convención social. Infórmale de ello, por favor, y recuérdale también que el hecho de que no hayamos sido presentados con anterioridad me impide recibirle.

—Sí, milady.

El mayordomo se retiró de nuevo, y Belinda volvió a centrarse en Rosalie.

—Bueno, en cuanto a sir William...

—¿Quién es ese tal marqués de Trubridge?, parece estar muy interesado en verte.

—No entiendo el porqué, ni siquiera le conozco.

—¿Está soltero? Si es así, sus motivos para visitarte resultan obvios.

—Sí, Trubridge es soltero, y está decidido a aferrarse a su soltería. Es público y notorio que no tiene intención alguna de casarse, y se trata de un hombre con el que ninguna joven respetable debería tratar. En cuanto a sir William...

Justo cuando acababa de empezar una elogiosa descripción del brillante futuro como diplomático que parecía tener por delante aquel valioso joven, notó un movimiento en la puerta y vio que se trataba de nuevo de Jervis.

—¡Por el amor de Dios!, ¿aún no se ha marchado ese hombre? —exclamó, exasperada.

—Me temo que no, milady. Me ha encargado que le diga que no alcanza a entender qué ofensa suya está impulsándola a darle la espalda fingiendo que no le conoce, pero que le ofrece sus más sinceras disculpas por lo que pueda haber hecho para herirla, sea lo que sea. Vuelve a solicitarle que le conceda unos minutos de su tiempo.

—¡Esto es absurdo! No conozco de nada a ese hombre, y no entiendo qué puede ser tan urgente como para... —se calló de golpe cuando se le ocurrió una posibilidad que dejaba a un lado cualquier otra consideración.

Quizás le había pasado algo a Jack, su cuñado. Trubridge y él compartían el alquiler de una casa en París, y el marqués sería el primero en enterarse de que Jack había sufrido un accidente. Jack tenía fama de cometer las acciones más alocadas, estúpidas e insensatas imaginables, así que no sería de extrañar que hubiera fallecido; además, eso también explicaría lo que había llevado a Trubridge a presentarse allí sin una presentación formal.

Se mordió el labio mientras le daba vueltas al asunto, y al final tomó una decisión.

—Pregúntale a lord Trubridge si está aquí porque le ha ocurrido algo a Jack... es decir, a lord Featherstone.

—De inmediato, milady —contestó Jervis, que estaba demostrando ser el mayordomo más paciente de Londres, antes de hacer una reverencia y retirarse de nuevo.

Belinda no retomó su conversación con Rosalie, y se quedó mirando la puerta con un nudo de aprensión en el estómago mientras esperaba a que Jervis regresara. No era que sintiera afecto por Jack, porque no sentía ninguno. Se parecía demasiado a su hermano... siempre estaba dispuesto a irse de juerga con malas compañías, le encantaba vivir por todo lo alto, y no se preocupaba lo más mínimo por las responsabilidades que tenía en casa; aun así, por mucho que desaprobara la actitud del hermano de su difunto marido, esperaba sinceramente que no le hubiera ocurrido nada malo.

—¿Y bien? —le preguntó a Jervis, en cuanto este apareció de nuevo en la puerta—. ¿Qué te ha dicho?, ¿ha... fallecido Jack?

—Lord Trubridge desea saber... —Jervis vaciló como si fuera un mensaje tan importante que debía ser transmitido con la máxima precisión posible—. Me ha pedido que le pregunte si el hecho de que Jack hubiera sufrido un accidente la impulsaría a recibirle; de ser así, entonces sí, Jack está a punto de estirar la pata.

A Rosalie se le escapó una risita al oír aquella absurda respuesta, pero a Belinda no le hizo ninguna gracia. Al igual que la joven, estaba convencida de que Trubridge estaba bromeando, pero decidió que era mejor asegurarse y se rindió ante lo inevitable.

—De acuerdo. Llévale a la biblioteca, espera diez minutos, y entonces condúcelo hasta aquí.

—Sí, milady.

Cuando el mayordomo se marchó para cumplir con lo que se le había ordenado, Belinda se volvió hacia Rosalie y le dijo:

—Lamento tener que dejar nuestra conversación inconclusa, querida, pero parece ser que no tengo más remedio que hablar con lord Trubridge, aunque solo sea para confirmar que mi cuñado no ha sufrido ningún percance.

—¿Por qué le haces esperar en la biblioteca?, ¿por qué no has dejado que suba sin más?

La idea de que aquel hombre estuviera cerca de una dulce inocente como Rosalie era inconcebible.

—No puedo permitir que le conozcas, lord Trubridge no es un caballero.

Rosalie soltó una pequeña carcajada y protestó, con un desconcierto que resultaba comprensible:

—¿Cómo que no? ¡Pero si es un marqués! Creía que un británico con un título nobiliario siempre era un caballero.

—Puede que Trubridge sea un caballero por cómo se llama, pero no lo es por cómo actúa. Hubo un escándalo hace años, comprometió el buen nombre de una joven de buena familia y se negó a casarse con ella. Y... —hizo una pausa mientras intentaba recordar qué más había oído acerca del marqués—. Creo que también hubo otra muchacha, una joven irlandesa, que huyó a América por su culpa. Desconozco los detalles, porque el padre del marqués consiguió silenciar el asunto.

Rosalie abrió los ojos de par en par y exclamó, con voz llena de curiosidad:

—¡Vaya!, ¡parece un verdadero granuja!

Al ver el ávido interés que se reflejaba en el rostro de la joven, Belinda se preguntó una vez más qué tenían los libertinos para cautivar tanto a las muchachas. Rosalie tendría que sentirse repugnada, pero no era así; de hecho, estaba deseosa de conocerle debido a su mala reputación.

Sabía que había cometido un error al hablar de aquel granuja con la joven, pero el daño ya estaba hecho y lo único que podía hacer era intentar minimizarlo y sacarla de la casa cuanto antes.

—No es tan granuja como para resultar interesante —le aseguró, con una sonrisa despectiva—. No es más que un hombre odioso con una sórdida historia a sus espaldas, y no debería venir a verme porque no nos conocemos de nada.

—Pero él afirma que sí que os conocéis.

—Debe de estar equivocado, o quizás está mintiendo por algún oscuro motivo; en cualquier caso, parece ser que debo recibirle —se puso en pie y la instó a hacer lo mismo—. Y tú, querida mía, debes regresar a tu hotel.

—¿Tengo que irme? —protestó la joven, mohína—. ¿Por qué no puedo conocer al tal lord Trubridge? Se supone que debo relacionarme con la alta sociedad británica. Ese hombre es un marqués, así que estarás de acuerdo conmigo en que debo conocerle, ¿verdad?

No, Belinda no estaba de acuerdo ni mucho menos. Sin dejar de sonreír y de fingir una indiferencia y una calma que distaba mucho de sentir, recogió los guantes que Rosalie había dejado sobre el diván y se los dio antes de conducirla hacia la puerta.

—Quizás en otra ocasión, pero hoy no —hizo oídos sordos a sus protestas mientras la sacaba del saloncito y la llevaba por el pasillo hacia la escalinata—. Además, no puedo presentarte a un hombre al que ni yo misma conozco. No sería correcto.

Se detuvo cerca del descansillo y bajó la mirada hacia el vestíbulo para asegurarse de que Jervis había cumplido con su cometido y lord Trubridge estaba en la biblioteca, y cuando tuvo la certeza de que el camino estaba despejado condujo a una renuente Rosalie escaleras abajo.

—Te aseguro que es un hombre que no merece tu interés, Rosalie.

—¿Cómo no va a ser interesante, con semejante pasado? Por favor, permíteme que le conozca, ¡te lo ruego! Nunca he conocido a alguien infame.

Belinda se dio cuenta de que hacían falta más argumentos para lograr que la curiosidad de la joven se disipara.

—Mi querida niña, has expresado el deseo de vivir en Inglaterra y Trubridge vive en París —le recordó, mientras bajaban hacia el vestíbulo.

—¿Posee alguna propiedad aquí?

—Creo que tiene una en Kent... Honey no sé qué... pero tengo entendido que apenas la visita. Allí no vive, desde luego.

—Pero quizás querría hacerlo si se casara.

—Lo dudo mucho. Su padre y él llevan años distanciados.

—También eso podría cambiar si se casara.

Rosalie se detuvo al llegar al pie de la escalinata, con lo que Belinda se vio obligada a imitarla; al verla fruncir los labios en un gesto de obstinación, empezó a temer que su propia intransigencia estuviera contribuyendo a acrecentar el atractivo del marqués a ojos de la joven. Tenía que encontrar la forma de darle la vuelta a la situación, así que se inventó algo a toda prisa.

—He oído que... que ha engordado mucho —no tenía por qué ser mentira, a lo mejor era cierto.

—¿En serio?

—Sí, dicen que está muy corpulento —la condujo hacia la puerta principal, y al cruzar el umbral añadió—: Y tengo la certeza de que bebe, así que es probable que a estas alturas tenga gota. Seguro que también fuma puros, así que su aliento debe de ser... —se interrumpió con un teatral gesto de repugnancia—... ¡Puaj!

—Por lo que dices, parece un hombre horrible.

—Bueno, lo cierto es que ya tiene una edad avanzada. ¡Debe de tener unos treinta años como mínimo!

Si esperaba que la joven Rosalie considerara que un hombre de treinta años era demasiado viejo como para ser atractivo, estaba muy equivocada.

—Tener treinta años no significa ser muy viejo, tía Belinda. ¡Tú misma tienes veintiocho, y podrías pasar por una debutante!

—Qué comentario tan dulce de tu parte, querida. Gracias. Pero lo que quiero que entiendas es que Trubridge es un hombre con hábitos disolutos y, cuando los hombres así llegan a cierta edad, se vuelven muy poco atractivos.

—Sí, puede que estés en lo cierto. ¡Qué decepción!

Belinda se sintió aliviada al ver que el interés de la joven parecía haber disminuido.

—Seguro que la cena de esta noche en casa de lord y lady

Melville mejora tu ánimo. El segundo hijo del matrimonio, Roger, es apuesto además de encantador —se volvió hacia el lacayo que acababa de abrirles la puerta—. Samuel, acompaña a la señorita Harlow hasta el hotel Thomas y asegúrate de que llega sana y salva, por favor.

—Por el amor de Dios, no necesito llevar escolta —protestó la joven—. Berkeley Square está al otro lado de la calle, no entiendo eso de tener que ir acompañada a todas partes.

—No lo entiendes porque eres americana, querida. Aquí las cosas son muy distintas —la besó en la mejilla, la empujó con suavidad para que saliera a la acera, y miró al lacayo—. No te limites a dejarla a la entrada de Berkeley Square, entra con ella en el hotel.

—Sí, milady. La señorita estará a salvo conmigo.

—Gracias, Samuel.

Aunque sabía que podía confiar en él, Belinda permaneció en la puerta mientras Rosalie cruzaba Hay Hill y entraba en Berkeley Square. Era protectora al máximo con las jóvenes americanas que recurrían a ella y, a la hora de salvaguardar la reputación de todas ellas, prefería pecar de cautelosa que de lo contrario... y eso se acentuaba aún más en el caso de las Harlow, que eran como de su familia.

Al oír los pasos de Jervis en el vestíbulo recordó a su otro visitante y, como ya había perdido de vista a Rosalie, volvió a entrar en la casa. Asintió ante la mirada interrogante del mayordomo, subió corriendo al saloncito mientras él iba a por el marqués, y alcanzó a retomar su asiento con su taza de té y a recobrar el aliento antes de que ellos llegaran.

—El marqués de Trubridge —anunció Jervis desde la puerta del saloncito, antes de apartarse a un lado.

El aludido pasó junto a él y entró en la sala con la actitud de un hombre que jamás dudaba de ser bien recibido en una estancia donde había mujeres. Belinda se puso en pie y le observó con atención mientras le veía acercarse.

Le había descrito como un granuja envejecido para acabar

con el interés de Rosalie, pero el hombre que tenía delante
hizo añicos esa imagen. Tal vez tuviera todos los hábitos disolutos que ella había enumerado, pero nadie lo diría al verle.
Aunque era un hombre corpulento, no tenía ni un gramo de
grasa superflua, y todas y cada una de las líneas de su cuerpo
exudaban fuerza y capacidad atlética. Era la combinación perfecta para que cualquier mujer se sintiera protegida y a salvo al
estar en su compañía, pero ella sabía que eso no era más que
una mera ilusión. A juzgar por la reputación de Trubridge, con
él se estaba tan a salvo como con un león salvaje... y también
tenía la belleza de ese espléndido animal.

Sus ojos de color avellana tenían reflejos dorados y verdes;
llevaba el pelo corto, pero el cabello era espeso, ligeramente
ondulado, y brillaba bajo la luz de las velas como el sol en la
llanura del Serengueti. La oscura y lluviosa tarde londinense se
volvió de repente luminosa, se tiñó de una exótica calidez. Incluso la propia Belinda, que sabía tan bien lo engañosas que
podían ser las apariencias, parpadeó un poco ante tan espléndida masculinidad.

Llevaba el rostro rasurado a pesar de que eso no se estilaba
en esos momentos, pero no podía criticársele que optara por
no acatar la moda imperante. El hecho de que no llevara barba
permitía ver en todo su esplendor sus elegantes facciones, el
firme contorno de su mandíbula, y Belinda se preguntó con
frustración por qué todos los granujas tenían que ser siempre
tan condenadamente apuestos.

—Lady Featherstone —la saludó él, con una reverencia—.
Qué placer verla de nuevo.

—¿De nuevo? —después de verle, estaba más convencida
que nunca de que no se conocían de nada; por mucho que le
fastidiara tener que admitirlo, Trubridge no era un hombre al
que una mujer pudiera olvidar con facilidad—. Creo que no
hemos sido presentados, lord Trubridge —esperaba que tanto
sus palabras como el tono en que las había dicho sirvieran para
recordarle que ya había quebrantado varias normas sociales.

—Comprendo que no se acuerde de mí —afirmó él, con una sonrisa lo bastante cándida como para hacer dudar de su fama de granuja y lo bastante seductora como para confirmarla—. Nos presentaron cuando contrajo matrimonio con lord Featherstone, en el banquete de boda.

Eso había sido una década atrás, quizás por eso no le recordaba. El día de su boda ella era una jovencita de apenas dieciocho años navegando por primera vez por la laberíntica alta sociedad británica como una polilla aturdida por una luz brillante, se había sentido terriblemente insegura. Estaba locamente enamorada del hombre con el que acababa de casarse, y le aterraba cometer algún error que pudiera avergonzarle. Aquel día estaba tan nerviosa que no se acordaba de nada, ni siquiera de un hombre como Trubridge. Era sorprendente que él sí que se acordara de ella, aunque cabía suponer que su talento para recordar a las mujeres era otra de las razones por las que se le daba tan bien seducirlas.

—Sí, por supuesto. Discúlpeme —murmuró, sin saber qué más decir.

—No tiene por qué disculparse, fue hace mucho tiempo. No hemos vuelto a vernos desde entonces, y está claro que debo lamentar ese hecho. Está usted incluso más radiante ahora que en el día de su boda.

—Es usted muy galante —tuvo la tentación de añadir que seguro que la galantería era uno de sus mayores talentos, pero se tragó el ácido comentario—. Gracias.

Él dejó de sonreír, y comentó con aparente sinceridad:

—Lo lamenté mucho cuando me enteré de la muerte de su marido, parecía muy buen tipo.

Belinda supuso que todos los hombres compartirían la opinión del marqués acerca de Charles Featherstone. Había sido un marido horrible, pero desde el punto de vista masculino había sido un tipo genial... un tipo que había frecuentado las mesas de juego, que había disfrutado saliendo de juerga y bebiendo como el que más hasta que una noche, cinco años atrás, se había desplomado encima de su amante preferida y había muerto de un ataque al corazón a los treinta y seis años.

Luchó por mantenerse inexpresiva y ocultar tanto el rechazo que sentía hacia su difunto marido como lo poco que lamentaba su muerte. Demostrar en exceso las emociones se consideraba una ordinariez en Inglaterra.

—Le agradezco sus palabras, pero supongo que no ha venido a ofrecerme también sus condolencias por mi cuñado, ¿verdad?

Él no pudo contener una pequeña sonrisa.

—No, por fortuna, no es así. Jack estaba vivito y coleando la última vez que le vi, y eso fue hace un par de días en París.

—Lo suponía. No me sorprende, señor, que un hombre de su reputación recurra a una triquiñuela así para lograr ser recibido, pero no entiendo la razón que le ha impulsado a hacerlo. ¿Cuál es el propósito de esta visita?

—El mismo que el de muchos otros solteros que vienen a verla, por supuesto.

—Espero que eso no signifique lo que parece.

Él sonrió de nuevo al oír aquello. Fue una sonrisa amplia, cargada de ironía, y devastadora para cualquier corazón femenino.

—Lady Featherstone, quiero que me ayude a encontrar esposa.

CAPÍTULO 2

La primera reacción de Nicholas al ver a Belinda Featherstone fue maldecir mentalmente tanto al marido de esta como a su padre por la afición de ambos a jugarse su dinero. Si Charles Featherstone no hubiera estado obsesionado con los naipes y las carreras de caballos, si Jeremiah Hamilton no hubiera invertido y perdido toda su fortuna en Wall Street, la solución a sus problemas podría estar frente a él en ese momento, porque Belinda Featherstone era una de las mujeres más bellas que había visto en toda su vida... y eso era algo que no esperaba.

Tenía veinte años cuando había asistido al mencionado banquete de boda, había pasado una década desde entonces y no recordaba casi nada de aquel evento. A pesar de lo que acababa de decir, lo cierto era que no habían sido presentados en ningún momento, pero no había querido perder tiempo organizando una presentación formal. Aquel día, diez años atrás, tan solo había alcanzado a verla fugazmente desde el otro lado del salón, y el recuerdo que tenía de ella era muy vago... Una joven delgadísima envuelta en metros y metros de recargada seda y cargada de diamantes. No había vuelto a verla desde entonces, ya que él pasaba muy poco tiempo en Inglaterra y, cuando estaba allí, sus caminos no se habían cruzado nunca. El círculo social de lady Featherstone era demasiado respetable para alguien como él.

Cuando había decidido acudir a ella para que le ayudara a buscar esposa, ni se le había pasado por la cabeza preguntarse cuál sería su aspecto en ese momento, pero de haberlo hecho lo más probable era que no se hubiera imaginado más que una versión más vieja de la anodina novia que había vislumbrado diez años atrás. Estaba claro que esa suposición habría sido del todo equivocada, ya que el tiempo había transformado a la joven desgarbada de sus recuerdos en una hermosa mujer. Era algo que Jack no había mencionado en ningún momento durante la última década.

Los enormes ojos que le miraban desde aquel rostro con forma de corazón eran de un límpido color azul cielo, y estaban rodeados de unas espesas pestañas negras. Ojos irlandeses, otro rasgo que no esperaba encontrar en aquella mujer.

Su mente le llevó de nuevo al pasado, pero en esa ocasión retrocedió nueve años en vez de diez, y al recordar a otra joven de pelo oscuro y azules ojos irlandeses sintió una punzada, una pequeñita, en el corazón. Por un instante se sintió como si volviera a tener veinte años, lleno de sueños, ideales y todas esas estupideces que solo podía inspirar un amor de juventud.

A pesar de un parecido muy superficial en el color del pelo y de los ojos, la mujer que tenía delante no se parecía en nada a Kathleen. Su negra cabellera no era una rebelde masa de rizos que ondeaba libre bajo el viento del mar irlandés, era lustrosa y lisa y estaba sujeta en un elegante y complicado moño que sin duda habría hecho alguna doncella; llevaba puesto un delicado vestido de cachemira de un suave azul pizarra, no uno tosco y práctico de lino y lana cubierto por un delantal; y aunque su casa era pequeña y amueblada sin grandes lujos, no se parecía en nada a las cabañas con techo de paja del condado de Kildare. Además, era consciente de que lady Featherstone era un dechado de escrúpulos y rectitud, y esas eran cualidades que Kathleen Shaughnessy no había poseído jamás.

Lo cierto era que lady Featherstone tenía una de las reputaciones más prístinas de Londres. Aunque eso iba a beneficiarle a él a la hora de buscar esposa, en ese momento le parecía una verdadera lástima, ya que la dama tenía una boca carnosa y muy apetecible, una boca con una sensualidad inconfundible que estaba claro que el granuja de su marido no había sabido apreciar.

Bajó la mirada por su cuerpo y notó que la delgadez extrema de la joven envuelta en seda había dado paso a una figura mucho más voluptuosa, ni siquiera el vestido de día que llevaba puesto lograba ocultar la turgencia de sus senos y la ondulante curva de sus caderas. No, se dijo, mientras iba alzando la mirada de nuevo poco a poco, lady Featherstone ya no tenía nada de desgarbada.

Se detuvo al llegar a la garganta para poder admirar la piel desnuda que quedaba expuesta gracias al escote ribeteado en encaje del vestido; cuando al cabo de un instante alzó la mirada hacia su rostro y la miró a los ojos, sintió que una oleada ardiente le recorría... el inconfundible ardor del deseo. No era nada fuera de lo común que se sintiera atraído por una mujer y lo cierto era que sentía especial debilidad por la combinación de unos cabellos negros y unos ojos azules, pero, teniendo en cuenta el motivo por el que había ido a visitarla, cualquier deseo que pudiera sentir hacia Belinda Featherstone era condenadamente inconveniente.

Al ver la mirada de desaprobación que le lanzaban aquellos impactantes ojos azules, pensó con cierta ironía que lo que él sintiera no parecía importar demasiado. Estaba claro que su reacción física ante la dama había sido percibida, y que no era ni recíproca ni bien recibida.

En fin, quizás fuera mejor así. Había viudas dispuestas a dejar a un lado el decoro que se les había exigido cuando estaban casadas, pero, que él supiera, lady Featherstone jamás había sido una de ellas. Además, sabía que en ese momento no era una mujer adinerada y, gracias a los últimos intentos de su padre para lograr controlarle, ya no podía darse el lujo de relacionarse con mujeres que no tuvieran dinero.

—Esta es una sorpresa de lo más inesperada, lord Trubridge.

Su voz le arrancó de sus pensamientos y, muy a su pesar, no tuvo más remedio que arrinconar el deseo que sentía hacia ella y centrarse en el motivo que le había llevado hasta allí.

—Sí, pero espero que también sea una agradable.

Al ver que ella se limitaba a responder con una sonrisa muy poco sincera, se arrepintió de sus palabras. A pesar de haber admitido que estaba sorprendida por su visita, su rostro no reflejaba curiosidad alguna, y empezó a sentirse cada vez más incómodo conforme fue alargándose el silencio.

Quizás fuera muy presuntuoso por su parte esperar reacciones más favorables que aquella a la hora de tratar con las mujeres, y, desde luego, estaba recibiendo un duro castigo por ello. El desdén que emanaba de la dama era palpable.

A decir verdad, en ese momento de su vida no solía encontrarse a menudo con mujeres como lady Featherstone, que seguro que se sentía obligada a mostrar desaprobación hacia un hombre como él de forma instintiva. Aquellas con las que solía relacionarse eran mucho más indulgentes. Por otro lado, quizás no había ayudado demasiado su método algo descarado para lograr que le recibiera, pero, después de recibir su negativa, no se le había ocurrido ninguna otra opción; al fin y al cabo, no era como si los dos recibieran invitaciones para las mismas fiestas.

En todo caso, la cuestión era que él ya estaba allí y que ella sabía el porqué de su visita, así que lo cortés sería que le invitara a tomar asiento... pero esperó en vano dicha invitación y, al ver que el silencio iba alargándose y que lo único que lo quebraba era el tictac del reloj de pared, se dio cuenta de que iba a tener que ser él quien tomara la iniciativa.

Carraspeó un poco antes de preguntar:

—¿Podemos tomar asiento?

—Si no hay más remedio...

No era la respuesta más alentadora posible, pero, como daba la impresión de que era la única que iba a recibir, le indicó con un gesto el diván verde que ella tenía a su espalda y la miró con expresión interrogante. Ella vaciló como si estuviera buscando alguna forma de evitar acomodarse y dar pie a una conversación larga, pero al final se sentó; aun así, lo hizo en el borde mismo del asiento, como si estuviera esperando a tener la más mínima excusa para levantarse de nuevo y echarle de allí.

En vista de las circunstancias, Nicholas decidió que quizás la ofendería menos si optaba por un enfoque más delicado y sutil de la situación en la que se veía envuelto.

—Lady Featherstone, mi trigésimo cumpleaños fue hace cuatro días —le dijo, mientras tomaba asiento frente a ella en una butaca tapizada de chintz.

—Felicidades.

La sequedad que se reflejaba en aquella respuesta de rigor no le pasó desapercibida, pero él no se rindió.

—Cuando un hombre cumple treinta años, con frecuencia se ve obligado a plantearse su futuro desde un nuevo prisma, y yo me encuentro en esa encrucijada.

—Ya veo.

Ella lanzó una mirada de lo más elocuente hacia el reloj y empezó a tamborilear con los dedos en la rodilla, pero Nicholas siguió con valentía.

—Por eso he decidido que ha llegado el momento de casarme.

Ella se echó un poco hacia atrás, se cruzó de brazos y le miró con escepticismo.

—Según tengo entendido, usted no es de los que se casan.

—Supongo que eso se lo dijo Jack.

—No, pero tampoco haría falta que lo hubiera hecho. Su reputación le precede, señor.

Como había empleado mucho tiempo y esfuerzo alimentando esa reputación por razones propias, no podía lamentarse por tenerla, pero, a pesar de que escasos días atrás se habría sentido encantado al ver que una casamentera le consideraba un candidato inadecuado para un posible enlace matrimonial, en ese momento todo era distinto.

—No me he sentido inclinado a contraer matrimonio, eso es cierto, pero he cambiado de opinión al respecto.

—¿Ah, sí? —dijo ella, enarcando una de sus delicadas cejas negras—. ¿Y un mero cumpleaños y un poco de cautela han bastado para motivar ese... cambio de opinión?

Nicholas decidió dejar a un lado toda sutileza y hablar claro.

—Lady Featherstone, soy consciente de que es de rigor emplear la delicadeza en conversaciones como esta, pero nunca se me ha dado bien andarme por las ramas. ¿Podemos hablar con franqueza? —sin esperar respuesta, abrió los brazos y admitió la verdad—. Mi padre, el duque de Landsdowne, puso fin hace cuatro días a mi pensión mensual. Las circunstancias me obligan a contraer matrimonio.

—Qué horrible para usted. Y, además, justo en el día de su cumpleaños.

—Es más que horrible, lady Featherstone. Es represible. En mi opinión, nadie debería verse obligado a casarse por motivos económicos, pero no me queda otra alternativa. Mis ingresos proceden de un fideicomiso que se me concedió según las especificaciones del testamento de mi madre. Ella falleció cuando yo era pequeño, pero, sin que yo lo supiera, mi padre consiguió convencerla justo antes de su muerte de que añadiera un anexo en el que se le nombraba administrador único de ese dinero. Yo me enteré de la existencia de dicho anexo hace cuatro días, cuando recibí una carta en la que el abogado de Landsdowne me informaba al respecto y me notificaba que el duque había decidido interrumpir el pago de esa pensión.

—Ah, entonces no es un cambio de opinión lo que le ha inducido a reflexionar sobre su futuro, sino un cambio en su situación económica.

Él se sintió incómodo y se puso a la defensiva.

—Lo uno ha llevado a lo otro. La soltería ha dejado de ser una opción válida para mí, y esa es la razón que me ha llevado a venir a verla a usted.

—No sé si acabo de entenderlo... ¿Qué tengo que ver yo con su enlace matrimonial?

—Lady Featherstone, es de todos sabido que usted se encarga de ese tipo de cosas.

Ella descruzó los brazos, se inclinó hacia delante y le fulminó con una mirada gélida.

—¿Está insinuando que lo que quiere es que le encuentre una esposa lo bastante adinerada como para proporcionarle el dinero que su padre le ha negado?

Ante una actitud tan hostil, Nicholas se preguntó cómo era posible que una mujer que parecía sentir tanto resentimiento hacià el matrimonio se ganara la vida como casamentera.

—Bueno, a eso se dedica, ¿no? Trae desde América a jóvenes adineradas que no proceden de familias de rancio abolengo, y las empareja con aristócratas que necesitan dinero —al ver que ella parecía ofenderse y se tensaba, añadió—: No se ofenda por mis palabras, lady Featherstone. Ha sido muy ingenioso por su parte lograr tener esa función dentro de la alta sociedad, una función muy necesaria en vista de la crisis agrícola tan brutal que estamos sufriendo. Imagino que gran cantidad de nobles se han salvado gracias a usted.

Ella alzó ligeramente la barbilla al responder:

—Facilito la entrada de algunas conocidas mías procedentes de América en la sociedad británica, con la esperanza de que mi pequeña contribución pueda allanarles en algo el camino. Que eso tenga como feliz resultado un enlace matrimonial es algo que no está en mis manos.

—¿Y un enlace matrimonial puede considerarse un feliz resultado?

Lo dijo sin pensar, pero, en cuanto aquellas irreflexivas palabras brotaron de su boca y vio que la mirada de la dama se tornaba aún más gélida, se dio cuenta de que bromear acerca del matrimonio con una casamentera no era muy buena idea.

—Me veo obligado a casarme, es la única alternativa que tengo para obtener dinero.

—Es dueño de una finca.

—Como usted ya sabrá, hoy en día las mensualidades que se obtienen de los arrendatarios no siempre bastan para cubrir el coste de una finca. Entre la venta de la cebada, el trigo y el lúpulo que se cultivan en Honeywood, las cuotas de los arrendatarios, y el usufructo de la casa, puedo pagar los gastos de explotación, pero no me queda nada con lo que vivir.

Ella se encogió de hombros. No parecía demasiado conmovida por su explicación.

—Supongo que no se ha planteado intentar ganarse la vida de alguna forma, ¿verdad?

—¿Está sugiriendo que busque empleo? Cuidado, lady Featherstone, está dejando entrever su ascendencia americana al decir ese tipo de cosas. Sabe de sobra que se supone que el hijo de un duque no debe rebajarse a realizar un trabajo, es algo que dictan las normas de nuestra sociedad.

—Claro, y a usted le importa sobremanera la opinión de la gente.

Nicholas sonrió al oír aquel comentario lleno de sarcasmo, y admitió con naturalidad:

—Lo cierto es que me importa un comino. En cuanto a lo de buscar empleo, estoy abierto a escuchar sugerencias —soltó una carcajada algo forzada antes de añadir—: Pero ¿qué empleo podría ofrecérsele a un hombre como yo?

Ella ladeó un poco la cabeza y le observó por un instante antes de comentar:

—No se me ocurre ninguno.

Por alguna extraña razón, aquello le dolió. Aunque ni siquiera la conocía, sus palabras le hirieron en lo más hondo, en aquel lugar donde tiempo atrás habían existido sueños e ideales y que se había quedado vacío. Pero llevaba toda una vida aprendiendo a ocultar el dolor gracias a Landsdowne, así que disimuló lo herido que se sentía y su sonrisa no flaqueó en ningún momento al contestar:

—No me diga. Incluso en el caso de que pudiera obtener algún empleo, el sueldo no bastaría para cubrir mis gastos.

—Eso no lo dudo, teniendo en cuenta su hedonista estilo de vida.

Cualquiera diría que estaba hablando de un depravado.

—Lady Featherstone, soy consciente de que mi pasado es bastante... pintoresco, pero seguro que ese mero detalle no me convierte en un partido indeseable; al fin y al cabo, soy marqués y el único hijo de un duque.

—¿No cree que persuadir a su padre de que vuelva a darle la pensión sería una alternativa más honorable?

Él soltó una carcajada al oír aquello.

—¿Usted le conoce, lady Featherstone?

—He coincidido con él en varias ocasiones, pero no nos conocemos bien; aun así, no comprendo que hablar con él le parezca peor opción que casarse por dinero.

—¡No soy la primera persona que quiere casarse por motivos materiales! —le frustraba que mostrara aquel resentimiento hacia él, cuando seguro que muchos otros clientes habían acudido a ella por las mismas razones—. En lo que concierne a mi padre, llevamos unos ocho años sin dirigirnos la palabra, y permítame asegurarle que tanto él como yo preferimos que sea así; en cuanto a persuadirle... —se inclinó hacia delante y la miró con un brillo acerado en los ojos—. Preferiría arrastrarme ante el mismísimo demonio antes que pedirle a ese hombre un solo penique. Sé que un matrimonio basado en razones materiales no es lo ideal, pero, si ambos cónyuges son sinceros desde el principio acerca de los motivos que les llevan a contraer matrimonio y eligen libremente casarse por dichos motivos, no es nada deshonroso. Además, ya le he dicho que no tengo otra alternativa. Puedo vivir a crédito por un tiempo, pero después quedaré en el más absoluto desamparo. En condiciones normales, no recurriría a una casamentera para buscar esposa, pero mis opciones son escasas. Hay...

—¿Cómo lo haría?, ¿cómo buscaría esposa en condiciones normales?

—No seguiría las normas de la alta sociedad, eso se lo aseguro —antes de que ella pudiera ahondar más en el tema, añadió—: No entiendo qué importancia tiene eso en este momento. Como ya le he dicho, debo contraer matrimonio, y lo antes posible. No tengo ni el tiempo ni, debo confesar, la inclinación de llevar a cabo los tediosos rituales de lo que la alta sociedad considera un cortejo adecuado.

Ella le miró como si le costara creer lo que estaba oyendo, y le preguntó con incredulidad:

—¿Y cree que recurrir a mí le exime de tener que llevar a cabo esos rituales?, ¿cree que es tan fácil como eso?

Él frunció el ceño, desconcertado.

—¿Acaso no es así? Usted es una casamentera, yo, el hijo de un duque. Deseo contratarla para que me busque una esposa adecuada, y con eso me refiero a una mujer rica, preferiblemente atractiva, y que esté dispuesta a desprenderse de parte de su fortuna para subir en el escalafón social y, en el futuro, obtener el título de duquesa. Huelga decir que usted recibirá una generosa comisión cuando yo obtenga la dote. Me parece un trato de negocios legítimo, y usted ha intervenido en casos así muchas veces. Llámeme corto de entendederas si quiere, pero no alcanzo a ver qué tiene de complicado.

—Usted no es más que un cazafortunas, señor mío —le contestó ella, con tono despectivo.

—Pero al menos estoy dispuesto a ser uno honesto, a exponer sin tapujos mi situación ante mi futura esposa. Si usted pudiera encontrarme una que esté dispuesta a su vez a ser sincera respecto a sus propios motivos, no tiene por qué haber problema alguno; además, hasta el momento no ha tenido reparos a la hora de ayudar a concertar matrimonios de conveniencia... el de los duques de Margrave, por ejemplo, o...

—¡Los duques de Margrave no se casaron por conveniencia!, ¡y lo mismo puede decirse de todas las otras parejas que han unido gracias a mi ayuda!

—Está bromeando, ¿verdad? —al ver que ella le fulminaba con la mirada, soltó una carcajada llena de incredulidad—. Dios mío, creo que está hablando en serio. Lady Featherstone, me cuesta creer que a pesar de haber vivido tanto tiempo en Inglaterra, a pesar de haber concertado los matrimonios de un sinfín de miembros de la nobleza, siga creyendo que a este lado del charco el matrimonio es algo más que un mero acuerdo económico. Casarse no tiene nada que ver con el corazón, se lo aseguro... sé de lo que hablo —no pudo evitar que su voz se tiñera de amargura.

—Yo también sé perfectamente bien lo que significa el matrimonio a este lado del charco, no hace falta que usted me lo explique. Y déjeme asegurarle que no soy nada romántica. Soy una mujer práctica y me doy perfecta cuenta de que el dinero juega cierto papel en los matrimonios en este país, pero mis amigas y los hombres con los que se han casado han formado uniones basadas en consideraciones que van mucho más allá del punto de vista material. Esas parejas sentían un afecto mutuo...

A Nicholas le hizo gracia ese comentario.

—Así que afecto, ¿no? Claro, eso bastaría para que cualquier hombre estuviera deseoso de pasar por el altar.

—Ríase si quiere —le espetó ella con indignación.

Él se apresuró a ocultar la diversión que sentía, y se esforzó por mostrar la gravedad apropiada.

—No, su enfoque parece muy lógico, pero al oírla hablar me pregunto... —hizo una pequeña pausa, y deslizó la mirada por aquella hermosa boca—. ¿Dónde queda la pasión? —al ver que sus mejillas se teñían de rubor, supo que había hecho tambalear al fin su fría indiferencia.

—La pasión no es un factor relevante en un matrimonio.

Él se echó a reír. El comentario era tan absurdo que no pudo contenerse.

—Teniendo en cuenta que la gran mayoría de aristócratas británicos se casan con la esperanza de engendrar a un heredero, creo que la pasión es algo extremadamente relevante.

Ella se tensó al oír aquello, y su expresión se endureció.

—La pasión no es duradera, y eso conlleva que sea una base inadecuada para un matrimonio. A aquellos que me honran solicitando mis consejos les recomiendo que basen el matrimonio en una base sólida de afecto mutuo, intereses comunes, y opiniones compartidas.

Estaba claro que bromear con ella no estaba ayudándole en nada, así que le preguntó:

—¿Podríamos convenir al menos en que habría que obrar con sensatez a la hora de pensar en el matrimonio? Desde ese punto de vista, creo que usted podría encargarse de presentarme a varias jóvenes adecuadas.

—Ni lo sueñe —le dijo ella, antes de ponerse en pie—. No ayudo a cazafortunas, ni siquiera a los que son supuestamente honestos. No puedo ayudarle, lord Trubridge, y no entiendo por qué cree que estaría dispuesta a hacerlo.

Nicholas echó la cabeza un poco hacia atrás para poder mirarla.

—Y yo no entiendo por qué se me rechaza de forma tan tajante por desear el mismo tipo de arreglo al que aspiraron tantos otros que se han sentado en este saloncito antes que yo.

Ella no contestó y, a juzgar por su expresión pétrea, estaba claro que ningún argumento iba a hacerla cambiar de opinión. Era una lástima, porque aquella mujer podría haberle facilitado su regreso a la alta sociedad y con su ayuda todo aquel asunto habría sido mucho más fácil, pero era mejor darse por vencido y limitarse a buscar esposa de alguna otra forma.

—De acuerdo, lady Featherstone, llevaré a cabo mi búsqueda sin su ayuda —afirmó, antes de levantarse de la silla.

—Sí, ya sé que es terrible de mi parte esperar que usted mismo tenga que encargarse de buscar esposa —comentó ella, con una dulzura que rezumaba sarcasmo—. Me temo que va a verse obligado a soportar esos rituales de cortejo tan tediosos, a pesar de lo mucho que le desagradan. Debo confesar que voy a disfrutar viéndole actuar, lord Trubridge.

—Procuraré entretenerla todo lo posible.

—Qué bien —le dijo ella, antes de sonreír por fin. Fue una sonrisa llena de satisfacción, como si acabara de lograr alguna victoria—. Pero me siento en el deber de advertirle que no voy a ponerle nada fácil que logre su objetivo.

—A ver si la entiendo... ¿No solo está negándose a ayudarme, sino que tiene intención de obstaculizar mis esfuerzos?

—En todo lo que me sea posible —aseveró ella, mientras su sonrisa se ensanchaba aún más.

Si pensaba que con sus palabras iba a intimidarle y a hacerle desistir, estaba muy equivocada.

—¿Está amenazándome, lady Featherstone? —le preguntó, sonriente.

—Tómeselo como quiera.

—De acuerdo, me lo tomaré como un desafío, y los desafíos siempre han sido irresistibles para mí. Pero no sé qué puede hacer usted para detenerme —lo dijo para acicatearla, para lograr que ella revelara su estrategia y poder saber a qué iba a enfrentarse—. Acepto que no esté dispuesta a ayudarme, pero no alcanzo a entender qué es lo que usted puede hacer para evitar que encuentre esposa por mí mismo.

Ella dejó de sonreír, y sus ojos relampaguearon con un brillo gélido y acerado.

—Voy a encargarme de que toda joven por la que usted muestre interés sepa la clase de hombre que es. La pondré al tanto de su escandaloso pasado, de las deshonrosas razones que le inducen a cortejarla, del carácter mercenario de sus intenciones, y de lo horrible que sería como marido.

Nicholas se sintió dolido ante aquella descripción tan cruel y completamente injustificada de su forma de ser, pero ocultó su reacción y se limitó a contestar con tono afable:

—Usted debe seguir los dictados de su código moral, por supuesto, pero, ahora que ya ha lanzado el desafío, permita que le diga que no creo que su misión le resulte tan fácil como usted cree.

—¿Ah, no?

—No. Está dando por sentado que voy a seguir los rituales de cortejo habituales, pero no tengo intención alguna de hacerlo.

—¿Qué quiere decir con eso?

—Que no voy a llevar a cabo un cortejo apropiado —su sonrisa se ensanchó al ver que le miraba atónita—. De hecho, creo que voy a optar por uno que sea lo más deliciosamente inapropiado posible —le guiñó el ojo antes de añadir—: Así es más divertido.

—¡Es usted un demonio! —masculló ella, con los puños cerrados a ambos lados del cuerpo, mientras contenía a duras penas la furia que sentía—. ¡Un granuja endiablado y perverso!

—No serviría de nada negar esa acusación. Fueron muchos los que llegaron a esa conclusión acerca de mí hace tiempo, y parece ser que usted comparte su opinión.

—¡Y con buena razón!

Ella no tenía ni idea de las circunstancias que le habían llevado a manchar su propia reputación, desconocía por completo sus razones para permitir que los rumores circularan, pero no estaba dispuesto a darle ni una condenada explicación al respecto.

—En cualquier caso, no supondrá diferencia alguna. A las mujeres les encantan los granujas que están dispuestos a reformarse, en especial si se trata de un hombre capaz de despertar la pasión que hay en ellas —deslizó la mirada por su boca antes de añadir—: Ante eso, están dispuestas a mandar al cuerno el afecto mutuo, las opiniones compartidas, y los intereses comunes.

Después de dejar a la estirada y formal lady Featherstone boquiabierta e indignada con aquellas palabras, dio media vuelta y se marchó sin más.

Cuando Belinda había llegado a Inglaterra diez años atrás, la vizcondesa de Montcrieffe (que de soltera había sido la señorita Nancy Breckenridge, procedente de Nueva York), había tenido la amabilidad de guiarla durante aquellos primeros y precarios años para que aprendiera a desenvolverse dentro de la alta sociedad británica. Había sido ella quien le había enseñado los tres preceptos más importantes para una dama de verdad: Una dama jamás mostraba desconcierto o sorpresa, jamás perdía los estribos y nunca, jamás contradecía a un caballero antes de la cena.

En aquel entonces, ella era una jovencita apocada y terriblemente insegura a la que no le había resultado nada difícil seguir esos preceptos al pie de la letra, pero en ese momento, mientras contemplaba la puerta por la que acababa de salir el marqués de Trubridge, se dio cuenta de que acababa de romper esas tres reglas con tanta facilidad como se cascaba un frágil huevo.

No lamentaba haberlo hecho, ya que lo que aquel hombre había afirmado acerca de llevar a cabo un cortejo inapropiado tan solo podía significar una cosa: Que tenía intención de seducir y comprometer a una joven para que se viera obligada a casarse con él. Cualquier mujer, dama o no, perdería la compostura ante semejante barbaridad, pero sabía que la furia era inútil en aquellas circunstancias. Tenía que pensar con calma, planear estratégicamente, y encontrar la forma de detenerle.

«A las mujeres les encantan los granujas...».

Se sentó con un suspiro al recordar aquellas palabras. Trubridge tenía razón en eso, y ella lo sabía mejor que nadie. La experiencia era una profesora muy amarga.

Charles también había sido un granuja. Pecaminosamente apuesto, poseedor de un encanto endemoniado, y con una sangre más azul que la de todos los ricachones neoyorquinos que habían mirado por encima del hombro a la señorita Belinda Hamilton, una joven procedente de Cleveland, Ohio.

La semana de las carreras de Saratoga era una de las pocas ocasiones en las que una muchacha sin pedigrí pero con mucho dinero podía mezclarse con gente de un estatus social superior, pero esas oportunidades servían de poco para alguien como ella, ya que en aquel entonces era demasiado tímida para aprovecharlas.

Cuando el séptimo conde de Featherstone, que estaba haciendo un recorrido por el país en aquel momento, se había acercado a ella en la veranda del hotel Grand Union de Saratoga, habían bastado quince minutos de conversación (en los que él había sido casi el único en hablar), para que ella se enamorara perdidamente.

Cuando la había llevado a un rincón oscuro de un jardín durante un cotillón, apenas seis semanas después de conocerla, su actitud impetuosa y sus sensuales besos habían sido la experiencia más embriagadora que ella había tenido en toda su vida. Tras aquel breve pero apasionado cortejo, él le había propuesto que se convirtiera en la condesa de Featherstone y se fuera a vivir con él a un castillo inglés. Lo había pintado como un cuento de hadas tan romántico e ideal que ella había aceptado de inmediato, y ni siquiera se había dado cuenta de que en la propuesta de matrimonio no había habido en ningún momento una declaración de amor.

Pero él le había asegurado a su futuro suegro que su deseo de casarse con su hija no tenía nada que ver con el hecho de que fuera rica y, como al padre de Belinda jamás se le había dado bien enfrentarse a posibilidades desagradables, le había creído sin más. En cuanto a ella... Era tan joven, estaba tan enamorada de Charles y tan deslumbrada por la sociedad británica que él representaba, que se había convencido a sí misma de un sinfín de bobadas románticas acerca de cómo iba a ser su vida como esposa y condesa.

Ni su padre ni ella eran conscientes del estado tan precario en que estaban las finanzas de Featherstone ni de lo disoluto que era aquel hombre, y no se habían dado cuenta hasta que ya fue demasiado tarde. Después de casarse con él, se había enterado de que su marido tenía cuatro fincas hipotecadas, dos amantes, y una deuda de trescientas mil libras. Su padre había tenido que cumplir con lo estipulado en el acuerdo matrimonial, así que no había tenido más remedio que saldar las deudas y entregarle el resto de la dote a su yerno, que había disfrutado de lo lindo gastándosela.

Para cuando Jeremiah Hamilton había perdido su fortuna, el dinero del acuerdo matrimonial ya se había esfumado, pero, antes de eso, Charles ya había dejado de fingir que tuviera el más mínimo comportamiento caballeroso o el más mínimo afecto hacia su joven esposa americana; además, había dejado muy claro que no pensaba mantenerla.

Así las cosas, ella no había tenido más remedio que valerse por sí misma, y había logrado canalizar su rabia y su desilusión para crearse una fuente de ingresos muy lucrativa; aun así, ese no era el motivo que la había llevado a hacerse casamentera.

Los cazafortunas eran la cruz de la existencia de cualquier heredera, y se había convertido en su misión en la vida ayudar al mayor número de jóvenes posible a tomar decisiones más sensatas que las que ella había tomado en su momento. Informaba a las madres americanas acerca de la forma de ser de jóvenes caballeros británicos, aconsejaba a los padres sobre cómo dejar el dinero bien atado, y hacía todo lo posible por guiar a herederas americanas interesadas en casarse hacia caballeros británicos honorables, hacia aquellos que, según su opinión, era más probable que no solo fueran a proporcionarles la aprobación de la alta sociedad, sino que también pudieran darles una felicidad duradera. Era un orgullo para ella el hecho de que toda joven americana decidida a casarse con un noble británico supiera que, en cuanto llegara a Londres, lo primero que debía hacer era visitar a lady Featherstone en Berkeley Street.

Recordar a Featherstone tuvo como consecuencia inevitable que lo comparara con Trubridge, y las similitudes que había entre ambos sirvieron para que tuviera más presente que nunca cuál era su deber. Tenía que cumplir con su amenaza y detener a aquel hombre, pero, teniendo en cuenta aquellos ojos de color avellana y aquella sonrisa cautivadora, no iba a ser una tarea nada fácil. Había una buena cantidad de herederas que entregarían encantadas tanto el corazón como la dote a cambio de conseguir a un hombre apuesto y con un título nobiliario, con la absurda esperanza de que él acabara por corresponder a su amor.

Jervis entró en ese momento con varios periódicos y cruzó el saloncito para dejarlos junto a ella, pero estaba tan sumida en sus pensamientos que apenas se dio cuenta. Tenía por costumbre revisar la prensa de la mañana y de la tarde para ver si había algún nuevo rumor del que no estuviera enterada. Era un pasatiempo que solía entretenerla a más no poder, ya que los periódicos se equivocaban muy a menudo, pero en esa ocasión su interés fue casi nulo cuando el mayordomo los dejó sobre la mesa auxiliar que había junto al diván.

—La prensa de la tarde, milady.

—Gracias, Jervis.

Le indicó con gesto distraído que podía retirarse y miró ceñuda el montón de periódicos. Por desgracia, era más que posible que algunos de ellos se hubieran percatado ya del regreso de Trubridge y hubieran empezado a hacer conjeturas acerca del porqué de su presencia en la ciudad. A pesar de lo segura de sí misma que se había mostrado, sabía que era improbable que pudiera impedir que aquel hombre encontrara esposa, sobre todo si estaba tan desesperado, tan apurado de tiempo y tan dispuesto a emplear tácticas indecorosas como él mismo había insinuado; aun así, estaba decidida a conseguir que todas las herederas de Londres y sus padres estuvieran advertidos de antemano de su forma de ser y de sus intenciones. Ella tenía el deber de alertarles, pero debía hacerlo con sutileza, ya que harían caso omiso de sus advertencias si daba la impresión de que tenía alguna rencilla personal contra él; además, le creía capaz de entablar un juicio contra ella por difamaciones si se precipitaba y cometía la torpeza de ir demasiado lejos.

Visitar a las madres, aconsejar con sutileza... sí, ese era un método tradicional que podría funcionar, pero, por otro lado, requeriría bastante tiempo, y eso era algo que no tenía si Trubridge estaba realmente dispuesto a deshonrar a una joven para lograr su objetivo. ¿Qué arma podía emplear contra él, aparte de su lengua?

Tuvo una súbita inspiración que hizo que se incorporara de golpe en el asiento, se le acababa de ocurrir una idea que podría funcionar. Lanzó una rápida mirada hacia el reloj y vio que aún tenía el tiempo justo para hacer una visita, una pequeña visita que podría bastarle para evitar que el marqués de Trubridge le arrebatara la virtud y la fortuna a alguna joven inocente.

CAPÍTULO 3

Existía la idea equivocada de que uno tenía que tener dinero para alojarse en un hotel lujoso, pero Nicholas sabía que no era así. Uno de los pocos beneficios de tener un título nobiliario era que no había que disponer de efectivo para conseguir un buen alojamiento y, para todos los miembros de la familia Landsdowne, el Claridge's era el hotel de obligada elección en Londres. Los miembros del personal (benditas almas cándidas), jamás se atreverían a pedirle al hijo de Landsdowne que pagara por adelantado y, teniendo en cuenta que en ese momento solo tenía diecisiete libras, cuatro chelines y seis peniques en su cuenta bancaria, no tenía reparos en utilizar el apellido familiar para conseguir alojamiento, sobre todo teniendo en cuenta que el último intento de su padre para controlarle era lo que le había obligado a regresar a Londres.

La carta en la que se le informaba de que iba a dejar de recibir dinero hasta que consiguiera una esposa adecuada le había tomado por sorpresa, pero solo porque no tenía ni idea de que su padre ejercía semejante control sobre su herencia... aunque la verdad era que tendría que haber esperado algo así, porque controlar su dinero significaba controlarle a él. Esa había sido siempre la mayor obsesión del viejo, que parecía incapaz de aceptar que su hijo ya no estuviera dispuesto a dejar que le controlara así.

41

Aunque la jugada de su padre le obligaba a casarse para asegurarse una solvencia económica, estaba decidido a elegir a su propia esposa. No iba a permitir que nadie la eligiera por él. El hecho de que lady Featherstone se hubiera negado a ayudarle en su búsqueda le ponía las cosas un poco más difíciles de lo que esperaba, pero no cambiaba en nada la situación. Tenía que casarse, y la cuestión era cómo lograrlo sin que ella le ayudara.

En cualquier caso, a la mañana siguiente de ir a visitarla a Berkeley Street no tuvo ocasión de darle demasiadas vueltas al tema, porque justo cuando se disponía a desayunar oyó que alguien llamaba a la puerta de su suite. Chalmers, su ayuda de cámara, había destapado las fuentes calientes que les habían enviado desde las cocinas del hotel y estaba sirviendo riñones y beicon en un plato, pero se detuvo y le miró con expresión interrogante; cuando recibió un gesto de asentimiento, salió del saloncito rumbo al recibidor.

Al verle regresar escasos momentos después acompañado de un hombre menudo y algo entrado en años pertrechado con un portafolios, un hombre cuyo rostro arrugado le resultaba más que familiar, Nicholas dejó a un lado la servilleta y masculló en voz baja:

—¡Qué rapidez! —se puso en pie para saludar al recién llegado—. Señor Freebody, qué detalle por su parte venir a verme.

—Buenos días, milord. Disculpe que interrumpa su desayuno.

—No se preocupe; de hecho, esperaba su visita.

—¿Ah, sí?

Dio la impresión de que estaba sinceramente sorprendido. Freebody era un tipo seco y puntilloso, y llevaba cerca de medio siglo encargándose de los asuntos legales del duque de Landsdowne.

—Sí. No sabía cuándo iba a venir a verme, por supuesto, pero tenía claro que sería poco después de mi llegada a Londres; al fin y al cabo, la carta de mi padre estaba pensada para hacerme regresar a toda prisa, ¿verdad? Pues aquí estoy. Puede usted informarle de que he venido, tal y como se esperaba de mí —le indicó con un gesto de la mano una silla al otro lado de la mesa, y añadió—: Tome asiento, por favor. ¿Le apetece una taza de café? Si lo prefiere, Chalmers puede ir a por un poco de té.

—No, no quiero nada, gracias —el tipo se sentó en la silla que se le había indicado, y dejó a un lado el portafolios de cuero—. A petición de Su Excelencia, he venido a tratar el asunto de la carta.

Nicholas retomó su desayuno y contestó con calma:

—Sí, por supuesto. La verdad es que a veces me gustaría que mi padre fuera menos predecible, así me resultaría más interesante tratar con él —hubo un silencio bastante incómodo, y esperó diez segundos más antes de dejar de comer y alzar la mirada hacia su interlocutor—. ¿Y bien? Ha venido a informarme de las condiciones bajo las que se me volvería a dar acceso a mi herencia, ¿verdad?

—No hay prisa en lidiar con las cuestiones legales, milord, termine de desayunar —le contestó Freebody, con una sonrisita falsa muy típica en él—. ¿Piensa quedarse mucho tiempo en la ciudad?

Nicholas no estaba dispuesto a darle información alguna, así que mantuvo la voz carente de inflexión al decir:

—La verdad es que aún no lo sé. Más allá de disfrutar de los placeres de la temporada social, no tengo nada planeado.

—Pero supongo que al menos visitará Honeywood durante su estancia aquí, ¿verdad?

—No me lo he planteado todavía, ¿por qué lo pregunta? —esbozó una sonrisa al añadir—: ¿Tiene miedo mi padre de que se me ocurra incendiar la finca para cobrar el dinero del seguro?

Al ver que Freebody parecía tomarse sus palabras en serio y le miraba alarmado, recordó que los abogados carecían de sentido del humor; en ese aspecto, se parecían bastante a las casamenteras... Al hilo de aquella reflexión apareció en su mente una imagen de lady Featherstone, recordó aquellos hermosos ojos azules teñidos de gélido desdén. Los glaciares eran más cálidos que aquella mujer... No, incluso los glaciares podían llegar a derretirse si se aplicaba el calor adecuado, pero dudaba mucho que hubiera forma de derretir a lady Featherstone. Aunque, por otro lado, la dama tenía aquellos labios sensuales y carnosos y aquella deliciosa figura voluptuosa, así que quizás sería posible que un hombre decidido fuera capaz de...

El sonido de una sutil tosecita le arrancó de su ensoñación. Dejó de pensar en las distintas formas que podrían usarse para calentar y derretir a lady Featherstone, y volvió a centrarse en su visitante. Dejó a un lado el tenedor y el cuchillo y dijo con firmeza:

—Vayamos al grano, Freebody. Usted me conoce desde niño y no hay necesidad de andarse con rodeos ni de perder el tiempo hablando de naderías. Mi padre está utilizando mi herencia para obligarme a casarme con alguna mujer que él ya habrá seleccionado porque, según su criterio, la considere digna de formar una alianza con la noble y encumbrada familia Landsdowne. ¿Estoy en lo cierto?

—Esa es una valoración bastante severa —comentó el abogado con una mirada de disculpa.

—Landsdowne es un hombre severo, ¿no se ha dado usted cuenta?

—Estoy convencido de que Su Excelencia desea de corazón que el matrimonio le aporte felicidad.

Nicholas soltó una carcajada al oír aquello.

—Ahórrenos el tener que fingir que a Landsdowne le ha importado en alguna ocasión mi felicidad, por favor. Lo que él quiere es un heredero, otro peón más, otro instrumento que poder utilizar para seguir construyendo su imperio. Nada más.

El abogado hizo caso omiso de aquel resumen del hombre para el que trabajaba, y se limitó a contestar:

—Tal y como usted mismo ya ha deducido, Su Excelencia está dispuesto a volver a darle la pensión que percibía de la herencia de su madre cuando se case, siempre y cuando se cumplan ciertas condiciones. He venido a informarle de cuáles son dichas condiciones, y de lo que Su Excelencia está dispuesto a añadir a la oferta en caso de que usted acepte.

—Vaya, así que mi padre quiere tentarme, ¿no?

—Su Excelencia le concederá una pensión trimestral...

—¡No!

—Milord, sé que no ha querido aceptar ninguna pensión procedente de su padre desde que tuvo acceso a su propio dinero, pero tiene derecho a recibir su respaldo financiero. No solo por usted, sino también por su futura esposa y sus hijos. Él está dispuesto a restablecer el pago de su pensión, pero piensa doblar la cantidad estipulada y aumentar un diez por ciento por cada nieto que le dé.

Su padre era tan tacaño como implacable, por eso seguía teniendo tanto dinero cuando tantos otros aristócratas británicos se habían visto abocados a la quiebra. Que le ofreciera una cantidad tan astronómica y sin negociar era algo muy atípico, así que estaba claro que tenía algún motivo ulterior... y ese motivo salió a la luz con las siguientes palabras de Freebody.

—Su esposa llegará a ser algún día la duquesa de Landsdowne, milord. Se trata de un puesto de gran responsabilidad, y solo una mujer con el debido estatus social puede ocuparlo con propiedad.

Nicholas se tragó la amargura que sintió al oír aquello, una amargura que tenía sus raíces en el pasado, y se reclinó en la silla mientras soltaba una carcajada forzada.

—Hay una atractiva lechera en París que reparte la leche por la mañana, quizás debería mandar a buscarla y huir con ella a Gretna Green. Quizás lograría con ello que el viejo muriera de una apoplejía, y todos mis problemas quedarían resueltos.

Aquellas duras palabras no alteraron lo más mínimo al imperturbable y rígido abogado.

—Nada de huir a Gretna Green, nada de lecheras... francesas o no... nada de empleadas de tiendas, nada de doncellas —Freebody hizo una pequeña pausa antes de añadir, sosteniéndole la mirada—: Nada de actrices.

Nicholas esbozó una amplia sonrisa al entender lo que pasaba.

—Por muy tentador que pudiera parecerme casarme con mi última amante para enfurecer a mi padre, Mignonette es una parisina testaruda con demasiado sentido común como para acceder a casarse conmigo. Por otra parte, creo que el corazón de la joven lechera francesa está ocupado, así que puede asegurarle a mi padre que ninguna de ellas será la futura duquesa de Landsdowne.

—La elegida debe ser una inglesa de noble familia, debe seguir los preceptos de la Iglesia de Inglaterra, y su padre no puede ostentar un rango inferior al de conde. También debe poseer una buena dote.

Nicholas no admitió que ya estaba buscando a una mujer que, de todos los criterios mencionados, solo cumpliera con el último, pero no pudo evitar sentir curiosidad.

—Landsdowne ya es más rico que Creso, ¿por qué le importa tanto que mi esposa tenga una buena dote?

—¡Mi querido lord Trubridge, no puede usted casarse con una mujer sin dote! —exclamó el abogado, como si la mera idea le horrorizara—. ¡Podría ser una cazafortunas!

—Ah. Sí, supongo que en ese caso se parecería demasiado a la última, ¿no? —comentó, sonriente.

Freebody optó por ignorar la clara referencia a Kathleen.

—Su futura esposa también debe tener un círculo de amistades impecable, y una reputación intachable.

Teniendo en cuenta la lista de requisitos, su padre se lo habría puesto más fácil pidiéndole que se casara con una sirena.

—Entiendo. ¿Tiene el duque idea de dónde podré encontrar a una mujer como la que usted describe? Porque me temo que la aristocrática heredera inglesa poseedora de una gran dote es un ser que se extinguió en el pasado, la mayor parte de los aristócratas de hoy en día son pobres como ratas y no están en disposición de conceder generosas dotes a sus hijas.

—Su Excelencia tiene a alguien en mente.

—¿Y quién es ese parangón de virtudes femeninas?

—Lady Harriet Dalrymple.

—¡Santo Dios! —murmuró, mientras miraba horrorizado al abogado—. Landsdowne me odia con toda su alma, ¿verdad? Nunca lo he dudado, pero, de haberlo hecho, esto me daría una prueba irrefutable de ello.

El abogado, que parecía decidido a seguir adelante con aquella absurda negociación, siguió insistiendo como si nada.

—Lady Harriet es una heredera adinerada de excelente familia y noble linaje, cumple todos los requisitos de su padre.

—Pero no los míos. Esa mujer pesa más que yo... unos noventa kilos como mínimo, la última vez que la vi. Dios, Freebody, si hasta tiene bigote, y tiene una voz que...

El abogado le miró con reprobación, como si aquellos detalles fueran del todo irrelevantes.

—El padre de lady Harriet es conde, ella posee una fortuna inmensa, su familia no tiene deudas ni hipotecas, y se mueve en los círculos más elevados de este país; además, su virtud es impecable.

—Pues claro, ¿qué hombre querría hacerla pecar?

—Lady Harriet ha indicado asimismo que está dispuesta a pasar por alto ciertos... pecadillos, por decirlo de alguna forma, que usted haya podido cometer en el pasado. Sería un enlace perfecto y Su Excelencia cree que, en su debido momento, ella será una duquesa excelente.

—Si tanto le gusta lady Harriet a mi padre, le aconsejo que se case con ella, porque yo tengo muy claro que no voy a hacerlo.

—Si usted prefiere a otra joven igual de aceptable, estoy convencido de que su padre daría su consentimiento, siempre y cuando la elegida cuente con su aprobación.

—Bueno, me temo que ahí radica el problema. Como usted bien sabe, mi padre y yo tenemos opiniones muy distintas respecto a lo que es aceptable y lo que no —hizo una pequeña pausa para lanzarle una mirada de disculpa antes de añadir—:

Como él y yo nunca nos hemos puesto de acuerdo en nada, creo que será imposible que la mujer que yo elija cuente con su aprobación.

—Muy bien. Su Excelencia sugiere que, si lady Harriet no le complace, elabore un listado de jóvenes que sean más de su agrado. Él está dispuesto a tenerlas en cuenta a la hora de elegir a la esposa adecuada para usted.

Nicholas ya había escuchado más que suficiente. Cuando era niño, su vida había sido controlada y manipulada por un hombre al que apenas conocía, un hombre que jamás había sido un padre para él. En aquel entonces no había tenido más remedio que aceptar aquella situación, pero había dejado de acatar las órdenes de Landsdowne el día en que Kathleen había partido rumbo a América con una cuantiosa cantidad de dinero procedente de la cuenta bancaria del duque. No tenía por qué escuchar nada de lo que el viejo quisiera decirle.

—Agradezco sobremanera que mi padre se ofrezca a elegir a mi esposa por mí —afirmó, con una sonrisa jovial—, pero no será necesario que lo haga. Creo que puedo encargarme yo mismo de esa tarea.

—¿Eso cree? Participar en la temporada social resulta caro. Tendrá que alquilar una casa y un carruaje, asistir a fiestas y recibir a invitados. ¿Cómo va a conseguirlo sin una fuente de ingresos?

—Pidiendo dinero a crédito, por supuesto. ¿De qué otra forma si no? —lo dijo con toda naturalidad, y se puso a comer de nuevo los riñones y el beicon—. Los créditos son una verdadera maravilla, Freebody. Los banqueros están dispuestos a ofrecérselos a cualquiera que ostente un título nobiliario.

—Ya veo. Dígame, ¿ha...? —se interrumpió y carraspeó un poco antes de formular la frase—. ¿Ha visitado a sus banqueros desde su llegada?

A Nicholas le dieron mala espina aquellas palabras, y le observó con ojos penetrantes al admitir:

—No, aún no. ¿Por qué?

—Porque quizás no estén tan dispuestos a concederle un crédito como usted cree.

Su inquietud se acrecentó. Empezó a preguntarse si la última maniobra de su padre para intentar interferir en su vida no había hecho más que empezar, pero sabía que no podía revelar ni la más mínima muestra de alarma.

—Mis banqueros nunca han sido reacios a concederme un crédito cuando lo he necesitado.

—Pero en este momento está endeudado.

—Sí, y siempre he pagado mis deudas a tiempo —su apetito se había evaporado. El cuchillo y el tenedor golpearon contra la mesa cuando los soltó de golpe, y apartó el plato a un lado con brusquedad—. ¿A dónde quiere llegar, Freebody? Suéltelo de una vez. ¿Está amenazándome Landsdowne con presionar a mis banqueros para que no me concedan un crédito?

—No creo que sea necesario dar ese paso —contestó el abogado, antes de sacar un periódico de su portafolios de cuero.

Nicholas soltó un bufido burlón al ver la cabecera de la publicación.

—No sabía que le gustaba leer la prensa sensacionalista. Admito que se habla de mí a menudo en este tipo de publicaciones, pero no alcanzo a entender cómo podría influir alguna historia sórdida y exagerada más acerca de mí en el hecho de que se me conceda un crédito.

—Eso es porque no ha leído esto.

Después de buscar una página en concreto, Freebody se inclinó sobre la mesa para ponerle el periódico delante y que leyera el titular:

¡El duque de Landsdowne deja sin fondos a su hijo! El marqués se queda sin el dinero de su fondo fiduciario, y ahora busca con desesperación casarse con alguna rica heredera.

Nicholas se quedó mirando atónito el artículo mientras su aprensión daba paso a algo mucho más fuerte, se sentía como si acabaran de propinarle una patada en los dientes. ¿Cómo era posible que la prensa se hubiera enterado tan pronto de sus problemas económicos?, ¿había sido Landsdowne quien había dado el soplo? Sabía por experiencia propia que el duque era lo bastante implacable como para hacer casi cualquier cosa con tal de conseguir sus propósitos, pero le costaba creer que hubiera llegado a aquellos extremos.

Antes de que pudiera llegar a alguna conclusión, el siguiente comentario del señor Freebody hizo que volviera a centrarse en el aspecto práctico de la situación.

—Este artículo ha sacado a la luz pública su situación, milord. Sus banqueros ya estarán al tanto y es improbable que le ofrezcan más crédito, ya que no tiene forma de garantizarles la devolución del dinero.

Aquello era cierto. Teniendo en cuenta su situación, los bancos iban a solicitar algún aval, y él no iba a poder dárselo. Respiró hondo y fue improvisando una nueva estrategia.

—Puedo proponer como aval mis expectativas de futuro. Tal y como la prensa ha informado al mundo entero, estoy en Londres para buscar esposa; lamentablemente, la dama en cuestión no estará a la altura de las expectativas de Landsdowne, pero espero que aporte una dote que baste para satisfacer tanto a los banqueros como a mi billetera.

—Para eso tendría que haber ya una prometida adinerada esperando a entrar en escena, ¿la hay? —al ver que Nicholas no contestaba, añadió—: ¿Lo ve?, es posible que encontrar una esposa adecuada le resulte difícil.

¿Difícil? Nicholas recordó la negativa de lady Featherstone a ayudarle y su promesa de hacer todo lo posible por entorpecerle, y se frotó la frente mientras suspiraba con irritación. Su búsqueda estaba convirtiéndose con rapidez en una tarea condenadamente imposible. Alzó la cabeza y se esforzó por dejar a un lado sus dudas.

—No va a ser fácil, desde luego —tomó un sorbo de café antes de añadir—: Pero estoy dispuesto a luchar por una causa justa.

—Disculpe mi franqueza, milord, pero usted no tiene una buena reputación...

—¿Y quién fue el responsable de eso? —le espetó él con sequedad. Estaba harto de que le echaran en cara aquel deplorable asunto... primero lady Featherstone, y en ese momento el abogado de Landsdowne—. ¿Sabía usted que el duque estuvo involucrado en aquel fiasco? Lo dudo, porque tiene mucha más rectitud que el hombre para el que trabaja.

Le pareció ver que en los ojos del abogado relampagueaba algo que podría ser incertidumbre, pero se desvaneció en un instante.

—¿Acaso importa cómo se produjo el incidente? Su negativa a casarse con lady Elizabeth hace nueve años, cuando le descubrieron junto a ella en una situación comprometedora, mancilló la reputación de ambos y va a ser un serio impedimento para usted a la hora de buscar esposa, sobre todo teniendo en cuenta que desde entonces no ha hecho esfuerzo alguno por recobrar la buena opinión de la alta sociedad.

Nicholas era consciente de ello, pero era imposible cambiar el pasado. Lo único que podía hacer era esforzarse por reparar el daño causado.

—Su padre le sería de gran ayuda —murmuró Freebody, como si le hubiera leído la mente—. No importa si lady Harriet no es de su agrado. Si cuenta con el apoyo de Su Excelencia, ninguna mujer de buena cuna se atrevería a rechazarle.

Aquellas palabras hicieron que le embargara la misma horrible sensación de impotencia y de rabia que había sentido de niño, cuando Landsdowne le tenía bajo su control. Creía haber enterrado tiempo atrás esos sentimientos, estaba convencido de haberlos enterrado lo bastante hondo como para que no volvieran a salir a la superficie, pero se había equivocado. Mientras sentía cómo volvían a emerger en su interior, le embargó también una sensación de desesperación. Por Dios, ¿acaso no iba a poder liberarse nunca del tirano que le había engendrado?

No estaba dispuesto a aceptar esa posibilidad, así que cerró los ojos y luchó por volver a hundir en lo más hondo toda aquella desesperación acumulada, la enterró hasta que consiguió alcanzar de nuevo una sensación de completa indiferencia.

—Bueno —dijo al fin, antes de abrir los ojos—, ha sido una conversación realmente fascinante, Freebody. Aunque debo admitir que siempre resulta fascinante ver lo que Landsdowne se trae entre manos. Gracias por informarme —se puso de pie para indicar que la conversación había llegado a su fin, y añadió sin más—: Que tenga un buen día.

El abogado se levantó también antes de contestar:

—Su padre desea recibir una respuesta a su propuesta, ¿qué quiere que le diga?

—Pues... —Nicholas esbozó la más amigable de sus sonrisas—. Dígale a ese viejo malnacido y déspota que puede irse al infierno, y llevarse consigo mi fondo fiduciario.

Al señor Freebody no le sorprendió aquella respuesta. Estaba acostumbrado a ese tipo de lenguaje entre padre e hijo, y aquel último incidente no era nada nuevo.

—De acuerdo, milord —sin más, se despidió con una reverencia y se fue.

Nicholas se sentó y soltó un sonoro suspiro. Por muy gratificante que fuera mandar a su padre al infierno, no resolvía en nada sus problemas, que habían empeorado aún más por culpa de una sórdida publicación... al ver que el abogado de Landsdowne la había dejado sobre la mesa, la agarró para ver qué decían de él, y su furia fue acrecentándose conforme fue leyendo el condenado artículo.

Mencionaban a Elizabeth Mayfield, por supuesto; y también a Mignonette, aunque se les había escapado el pequeño detalle de que había roto su relación con ella antes de marcharse de París. Al parecer, aquellos periodistas chismosos no se habían parado a pensar que un hombre sin dinero no podía seguir costeando los gastos de una cara cortesana parisina. Se mencionaba también a varias mujeres más con las que había estado involucrado a lo largo de los años, pero se sintió aliviado al ver que no se mencionaba en ningún momento a Kathleen.

Para cuando terminó de leer el artículo, estaba furioso, pero más convencido que nunca de que Landsdowne no había tenido nada que ver en su publicación. Su padre jamás airearía así los trapos sucios de la familia, pero, si no había sido él, ¿cómo había llegado a manos de la prensa sensacionalista la información de su situación económica?

Tuvo la respuesta a esa pregunta cuando recordó con claridad diáfana las palabras amenazantes que había oído de boca de lady Featherstone la tarde anterior. Hasta ese momento, estaba convencido de que cualquier intento por parte de aquella mujer de alertar a jóvenes casaderas para que evitaran acercarse a él iba a ser infructuoso, ya que las damas jóvenes no solían hacer caso a tales advertencias, pero aquella era una táctica distinta y totalmente imprevista.

Un hombre no podía participar en la temporada social londinense con el objetivo de buscar esposa si no tenía ni dinero ni crédito. ¿Cómo demonios iba a conseguir dicha esposa si sus intenciones habían quedado al descubierto y su reputación había vuelto a quedar por los suelos gracias al periódico sensacionalista más leído de Londres? ¡Todas las familias americanas adineradas que residían en la ciudad iban a leer aquel artículo!

Era un secreto a voces que muchos de los enlaces entre caballeros británicos y herederas americanas no eran más que matrimonios de conveniencia en los que se ofrecía una elevada posición social a cambio de dinero, pero ninguna joven quería que se expusieran de forma tan flagrante ni su propia ambición de ascender en el escalafón social ni los mercenarios motivos de su futuro esposo. Se esperaba que ambas partes fingieran tener un vínculo amoroso en público, y eso era algo que acababa de quedar descartado gracias a Belinda Featherstone. Incluso suponiendo que alguna heredera estuviera dispuesta a pasar por alto no solo el asunto del dinero, sino también su turbio pasado, si lograra convencerla de que accediera a casarse con él, la familia de la joven en cuestión podría suponer un problema. Ningún padre en condiciones daría su consentimiento en aquellas circunstancias, así que era muy probable que no le quedara más remedio que fugarse con su futura esposa y casarse con ella en Gretna Green.

A raíz del incidente con lady Elizabeth, era considerado una persona non grata por la alta sociedad londinense, por eso había decidido recurrir a lady Featherstone. ¿Quién iba a imaginar que visitarla iba a tener el efecto contrario al esperado?, aquella mujer le había asestado un duro golpe al sacar a la luz pública la situación en la que se veía inmerso.

Maldijo para sus adentros al pensar en ella. Aquella condenada mujer no solo había traicionado su confianza al airear una conversación privada en la prensa sensacionalista, sino que también había echado por tierra su crédito y le había dificultado aún más la tarea de casarse con una rica heredera, pero no iba a dejar pasar sin más aquella afrenta.

Se puso de pie con el periódico en mano. Así que lady Featherstone quería pelea, ¿no? ¡Pues iba a tenerla!

Quince minutos después, estaba llamando de nuevo a la puerta de aquella dichosa casamentera; tal y como había sucedido el día anterior, el mayordomo le advirtió que no sabía si su señora estaba dispuesta a recibir visitas, pero él tenía muy claro que la dama iba a recibirle. Seguro que estaba deseosa de jactarse de su victoria.

Su certeza se confirmó cuando el mayordomo regresó poco después y le dijo:

—Sígame, por favor.

Cuando llegaron al mismo saloncito de la tarde anterior, lady Featherstone se levantó de la silla y dejó a un lado el periódico que había estado leyendo mientras tomaba el té. Lo hizo con gesto exagerado y teatral y, aunque se mostraba tan fría y serena como el día anterior, sus sensuales labios se curvaron en una pequeña sonrisa.

—Lord Trubridge.

—Lady Featherstone —se quitó el sombrero, y la saludó a regañadientes con una reverencia.

—¿Le apetece una taza de té? —le preguntó ella, indicando con un gesto el servicio de té que había sobre la mesa.

—No —decidió no perder más tiempo con banalidades, y se acercó a ella con paso firme—. Fue a contarle a los periódicos la situación en la que me encuentro.

Ella no lo negó; de hecho, ni siquiera se molestó en intentar disimular.

—Solo a uno.

El deleite que se reflejaba en esas tres simples palabras bastó para enfurecerlo aún más, pero logró mantener la voz serena y controlada al contestar.

—Lo que le conté a usted acerca de mi situación lo dije en confidencia.

—El corazón, la virtud y la reputación de jóvenes damas me parecieron más importantes que sus confidencias.

—Eso no era decisión suya —notó que un músculo de la mandíbula se le contraía de forma espasmódica, y empezaron a dolerle las manos por la fuerza con la que estaba aferrando el ala del sombrero—. ¡No tenía ningún derecho!

—¡Tenía todo el derecho del mundo! La futura felicidad de muchas jóvenes depende de que sepan elegir a un esposo íntegro y cabal, y usted no lo es; además, no alcanzo a entender por qué está molesto por el artículo que han publicado.

—¿Molesto? ¡Estoy más que molesto, lady Featherstone! ¡Estoy indignado!

—¿Por qué? Según lo que usted mismo me dijo ayer, está dispuesto a ser sincero respecto a su condición de cazafortunas; de ser así, ¿por qué le importa tanto que salga a la luz ahora su situación económica?

—Porque, si hubiera tardado más en salir a la luz, me habría dado tiempo a conseguir que mis banqueros me concedieran un crédito, y con ese crédito habría podido sufragar mis gastos hasta el final de la temporada social, y para entonces tenía la esperanza de estar ya casado o, por lo menos, comprometido. Pero ahora, gracias a usted, mis planes se han ido al traste. Me será imposible conseguir el dinero que necesitaría para alquilar una casa en la ciudad, pagar a los proveedores y contratar a la servidumbre. ¿Cómo se supone que voy a poder moverme en los círculos adecuados para encontrar a una joven con la que casarme, si ni siquiera puedo mantener una casa donde recibir visitas?

—Eso no es problema mío. Quizás tendría que haber ido guardando una parte de la pensión que recibía, ir ahorrando por si alguna vez llegaba a encontrarse en algún apuro.

—Sí, puede que tenga razón en eso, pero ahora ya es demasiado tarde.

—Sí, así es. Yo, por mi parte, me siento aliviada al saber que un granuja como usted no va a poder engañar y seducir a ninguna joven a la luz de las velas, después de hacerla asistir con artimañas a una cena en su casa.

—¿Cómo voy a organizar una cena? —masculló él entre dientes—, ¡si gracias a usted no creo ni que pudiera permitirme comprar la carne para el asado! Ah, y en lo que respecta a la honestidad, es cierto que estaba dispuesto a ser honesto con mi futura esposa y su familia acerca de mis circunstancias, ¡pero eso es muy distinto a que se aireen en la prensa sensacionalista! Usted afirma que le importa la reputación de los demás, pero eso no es del todo cierto, ¿verdad? Tan solo le importan algunas de ellas, está claro que algunas otras le traen sin cuidado.

Por un instante, dio la impresión de que ella se sentía culpable al escuchar aquello, pero recobró la compostura de inmediato y contestó con frialdad:

—Da la impresión de que a usted mismo no le importa lo más mínimo su propia reputación, ¿por qué habría de importarme a mí?

—No hacerlo la convierte a usted en una farsante. Aunque se muestra ante el mundo como una mujer con honor e integridad, no duda en manchar la reputación de un hombre que no cuenta con su aprobación, y se basa como única justificación en las ideas preconcebidas que tiene acerca de él.

—Su reputación ya estaba manchada, y por sus propios actos; al parecer, no le importó mancillar la reputación de una joven además de la suya —al ver que él hacía ademán de protestar, añadió—: Además, la forma en que ha vivido desde entonces no habla nada bien de usted. Todo eso, sumado a lo que usted mismo me dijo ayer, revela con bastante claridad cuál es su forma de ser.

—Usted desconoce por completo mi forma de ser, señora. No... —estaba tan frustrado al oírla mencionar el incidente con Elizabeth que no pudo continuar. Era irónico que, de todo lo que había hecho a lo largo de su vida, ella hubiera elegido condenarle por algo de lo que era inocente.

—¡Y ahora tiene intención de seducir a otra joven inocente! ¡Piensa hacer trizas la reputación de una muchacha y obligarla a casarse con usted, así que le ruego que no finja una superioridad moral de la que carece!

Nicholas se quedó mirándola boquiabierto, pero, conforme fue asimilando todo lo que llevaban implícito aquellas palabras, su asombro dio paso a una furia cada vez más intensa.

—¡Santo Dios! ¿Es eso lo que realmente piensa?

—¡Usted mismo me confesó sus sórdidas intenciones a la cara!, ¿qué quiere que piense? Me dijo que no pensaba llevar a cabo un cortejo apropiado, que iba a optar por uno que fuera lo más inapropiado posible.

—¿Y de eso dedujo que estoy dispuesto a deshonrar públicamente a una joven para obligarla a casarse conmigo? ¡Jamás...! —fue incapaz de acabar la frase. Lo que aquella mujer estaba sugiriendo era tan condenadamente insultante que le había dejado sin palabras.

Al bajar la mirada se dio cuenta de que estaba aplastando su sombrero. Era consciente de que estaba perdiendo los estribos y hacía mucho, muchísimo tiempo que nadie lograba afectarle así. Con sumo cuidado, dejó el sombrero sobre la mesita auxiliar que se interponía entre los dos y, aunque tuvo que hacer un gran esfuerzo, procuró hablar con un tono de voz calmado.

—Que usted me crea capaz de deshonrar de forma deliberada a una joven por dinero dice mucho más de su carácter que del mío.

—¿Ah, sí? Me gustaría saber si Elizabeth Mayfield estaría de acuerdo con eso.

—Lo dudo mucho, lo más probable es que aún esté enfurecida porque no fui una presa más complaciente. Después de verme atrapado en una situación comprometedora que ella misma había urdido, ayudada por su madre y guiada por las órdenes explícitas de mi padre, se suponía que tenía que sentirme obligado a casarme con ella, pero, para su consternación y el enfurecimiento de mi padre, no actué como ellos esperaban que lo hiciera. Sé que las murmuraciones me pusieron en el papel de villano y que mi reputación sigue estando hecha trizas a raíz de aquello, pero, tal y como ya le dije ayer, me importa un comino la opinión de la gente.

—¿Fue víctima de las manipulaciones de su propio padre?

Él se echó a reír al verla reaccionar con tanto escepticismo.

—Es obvio que no conoce a Landsdowne; de ser así, no le sorprendería tanto que él hiciera algo semejante.

Se inclinó hacia delante, acercándose a ella todo lo posible por encima de la mesa que se interponía entre ellos, y apoyó las manos sobre la lustrosa superficie de caoba antes de añadir:

—Y es igual de obvio que tampoco conoce a Elizabeth porque, si la conociera, puede que no hubiera pensado mal de mí con tanta presteza. Podría haberse parado a plantearse cómo son su madre y ella, bien sabe Dios que yo desearía haberlo hecho. Jamás tuve intención alguna de estar a solas con ella en la fiesta que mi padre organizó en su casa, pero cuando coincidimos en la biblioteca a altas horas de la noche no me pareció que tuviera nada de malo que los dos buscáramos al mismo tiempo algunos libros para leer. Yo tan solo tenía veintiún años y en aquel entonces estaba locamente enamorado de otra persona, así que ni se me había pasado por la cabeza tener algún enredo amoroso con Elizabeth. Llámeme bobo si quiere, pero no tenía ni idea de que iba a lanzarse a mis brazos justo cuando su madre entrara por la puerta.

Notó que ella pasaba del escepticismo a la duda. No habría sabido decir si estaba dudando de sus propios actos o de lo que él estaba contándole, pero a esas alturas le daba igual. Quitó las manos de la mesa y se incorporó antes de seguir hablando.

—Esa es la verdadera versión de la historia, por mucho que los rumores que usted pueda haber oído al respecto digan lo contrario. Para cuando me di cuenta de que iba a ser víctima de una encerrona, ya era demasiado tarde, pero, como ya le he dicho, tan solo tenía veintiún años. Usted, por el contrario, no puede justificar sus acciones con la excusa de la inexperiencia de la juventud. Podría haber indagado el asunto con mayor detenimiento, y puede que eso la hubiera llevado a tratarme de forma más justa. Pero no, sin pensárselo dos veces decidió llegar a la conclusión que, de ser cierta, me convertiría en un granuja redomado. ¿Y por qué? Porque, por la razón que sea, eso es lo que quiere creer de mí.

Ella se mordió el labio y le miró dubitativa, pero al cabo de un momento recobró la compostura y preguntó:

—En ese caso ¿a qué se refería ayer al mencionar un «cortejo inapropiado»?

—A que no tengo paciencia para aguantar las absurdas normas que rigen la búsqueda de una esposa... Los paseos con una carabina, las interminables conversaciones banales en las que ninguno de los dos puede expresar su verdadera opinión sobre un tema, las cenas donde, según el dictamen de las normas sociales, los dos deben sentarse en extremos opuestos de la mesa; tener que dedicarse a pasar las páginas de las partituras de la dama en cuestión durante un recital en el salón para aprovechar e intercambiar con ella un par de palabras entre susurros, no poder bailar con ella más de dos veces en una fiesta... Qué absurdo. Si me ciño a las restrictivas interacciones que están permitidas socialmente, nada de lo que pueda averiguar acerca de una mujer me servirá para decidir si quiero casarme con ella. Las carabinas son un estorbo cuando dos personas están intentando conocerse mejor, no ayudan en nada.

—Ya veo. Así que no comprometería el buen nombre de una joven de forma deliberada, pero está dispuesto a poner en peligro la reputación de dicha joven poniendo en práctica lo que para usted supone un cortejo adecuado. Y supongo que le resultaría de lo más conveniente que, como resultado de ese cortejo tan especial, ella acabara por verse envuelta en una situación comprometedora que la obligara a casarse con usted, ¿verdad?

—Por el amor de Dios, ya le he dicho que yo jamás...

Llegó al límite de su paciencia y se calló de golpe, no recordaba la última vez que alguien había logrado enfurecerle así; además, se dio cuenta de que estaba empezando a intentar justificarse ante aquella mujer. Estaba claro que había cometido un error estratégico al ir a verla, ¿no había aprendido nada de todo lo vivido bajo el yugo de Landsdowne? Defenderse, dar explicaciones, justificarse... lo único que uno lograba con eso era hacerse vulnerable. En todo caso, no tenía que defender, ni ante ella ni ante nadie, ni sus intenciones, ni su idea de lo que suponía un cortejo en condiciones, ni su honorabilidad.

—Piense lo que quiera de mí —le espetó, antes de agarrar su sombrero—, diga lo que le plazca. Estoy decidido a encontrar esposa haga usted lo que haga, así que ponga todo su empeño en detenerme.

—Pienso hacerlo, no lo dude.

—Muy bien —se puso el sombrero antes de añadir—: Pero supongo que entiende lo que significa esto, ¿verdad?

Ella enarcó las cejas en un altivo gesto interrogante.

—No, ilumíneme. ¿Qué es lo que significa?

—La guerra, lady Featherstone —aunque sonrió al decirlo, cuando sus miradas se encontraron fue como el cruce de dos espadas en un duelo sin cuartel—. Significa que esto es la guerra.

CAPÍTULO 4

Mientras Belinda le sostenía la mirada a lord Trubridge, aquellos ojos avellana con reflejos dorados volvieron a recordarle a un león, uno acorralado y furioso. Aunque él tenía una sonrisa en los labios, su declaración de guerra había sido muy en serio, y no había duda de que iba a ser un contrincante formidable.

Si su versión acerca de lo sucedido con Elizabeth Mayfield era cierta y, suponiendo que ella hubiera malinterpretado sus palabras del día anterior, era innegable que tenía derecho a estar enfadado; aun así, seguía siendo un cazafortunas decidido a llevar a cabo un cortejo que podría provocar que una joven quedara con la reputación hecha trizas y se viera obligada a casarse con él. En vista de ello, contestó a su declaración de guerra siguiendo los dictados de su conciencia.

—Muy bien, que empiece la batalla.

Antes de que él pudiera contestar, Jervis entró en el salón y anunció:

—La señorita Rosalie Harlow.

La determinación que la embargaba dio paso a la consternación. Se volvió de inmediato hacia la puerta, pero ya era demasiado tarde para impedir que Rosalie entrara.

—¡Anoche fue un completo desastre, tía Belinda! ¡Tenía que venir a contártelo...! ¡Oh! —la joven se detuvo al darse cuenta de que no estaban solas y, cuando Trubridge se volvió hacia ella, lo miró atónita y entreabrió ligeramente los labios; al cabo de un instante, se llevó una trémula mano al cuello y esbozó una sonrisa.

La consternación de Belinda se convirtió en pánico al ver su reacción, pero Rosalie ni siquiera se molestó en mirarla al comentar:

—No sabía que estuvieras acompañada. Mis disculpas, espero no haber cometido algún terrible error de protocolo.

Belinda no supo cómo contestar y se quedó allí plantada, impotente, mientras la joven bajaba un poco la barbilla y, sin dejar de sonreír, miraba a Trubridge con obvio interés. Tuvo ganas de agarrarla del brazo y sacarla a rastras de allí. Que un corderito como Rosalie estuviera cerca de un depredador como Trubridge auguraba un desastre inminente, y se dio cuenta de que el día anterior tendría que haberle dado instrucciones a Jervis al respecto.

Por si fuera poco, le bastó con mirar al marqués para saber lo que estaba pensando. El muy canalla entornó un poco los ojos mientras admiraba a Rosalie con detenimiento, tal y como había hecho el día anterior con ella. Se inclinó ante la joven, y al incorporarse de nuevo esbozó aquella sonrisa devastadora y engañosamente juguetona que aceleraría el corazón de cualquier muchacha.

Sintió que la embargaba un poderoso instinto protector. Se tensó como una tigresa dispuesta a atacar y contuvo a duras penas un gruñido muy impropio de una dama, pero Trubridge aprovechó su silencio y pasó al ataque.

—No se preocupe, una interrupción tan bella como esta siempre es perdonable. Mi querida lady Featherstone, ¿dónde tenía oculta a esta encantadora joven?

Belinda le fulminó con la mirada, pero él ni siquiera se inmutó y le preguntó con una sonrisa desafiante:

—¿Va a presentarme a su amiga?

¡Qué hombre tan insufrible! Ambos sabían que, estando él

en su casa, ella no podía negarse a presentarle a Rosalie. Estaba en un callejón sin salida, así que miró a Rosalie y le dijo:

—Señorita Harlow, permita que le presente al marqués de Trubridge. Lord Trubridge, la señorita Rosalie Harlow.

La marcada desaprobación con la que lo dijo no tuvo ningún efecto en Rosalie; de hecho, dio la impresión de que le pasaba totalmente desapercibida.

—¿Lord Trubridge? ¡Cielos, es muy distinto a como me lo imaginaba! —exclamó la joven, muy sorprendida, antes de volverse hacia ella—. No lo entiendo, me aseguraste que era... —se calló justo a tiempo al ver que Belinda hacía un enfático gesto negativo con la cabeza, y saludó a Trubridge con una reverencia—. Encantada de conocerle, milord.

Tal y como cabía esperar, él no dejó pasar sin más lo que acababa de oír y comentó con velada ironía:

—Por lo que parece, lady Featherstone ha estado hablando de mí. Qué indiscreto por su parte. ¿Qué es lo que le ha dicho, señorita Harlow? Le ruego que me lo cuente.

Rosalie se echó a reír.

—No puedo, me lo dijo en confidencia.

—Bueno, pero las confidencias están para ser reveladas. ¿Verdad que sí, lady Featherstone?

Belinda se tensó, pero, por suerte, él no insistió en el tema; aun así, al verle dar un paso hacia la joven se apresuró a avanzar a su vez con actitud protectora. Estaba alerta, muerta de miedo. Se devanó los sesos intentando encontrar la forma de sacarle de allí antes de que pudiera empezar a engatusar a Rosalie, pero daba la impresión de que ya era demasiado tarde, porque la joven estaba mirándole como si acabara de encontrar a un caballero andante. ¡Qué equivocada estaba la pobre! Si Trubridge había poseído alguna vez la más mínima caballerosidad, hacía mucho que la había perdido.

—Me parece notar cierto acento americano en su voz, señorita Harlow. ¿Procede usted de Nueva York? ¿De Filadelfia, quizás? A lo mejor es una de esas exóticas criaturas oriundas de las profundidades del Medio Oeste.

Rosalie se echó a reír al oírle expresarse de forma tan británica.

—¿El Medio Oeste? Soy de Nueva York, milord; de Schenectady, para ser exactos. Pero pasé este último año en Francia, en una escuela de señoritas.

—¿Qué le parece Londres?

Belinda tuvo ganas de darle una patada al ver que volvía a recorrer a la joven con una mirada de aprobación.

—Es una ciudad más tranquila de lo que esperaba, creía que la temporada social sería más emocionante.

—Bueno, apenas acaba de empezar —le explicó él—. Las cosas no empiezan a animarse de verdad hasta después de la Exhibición Real, que se abrió ayer mismo. Le complacerá saber que, desde ahora hasta agosto, la actividad va a ser tan frenética que se va a quedar sin aliento.

Antes de que la joven pudiera contestar, Jervis entró en la sala para anunciar algo que para Belinda fue como un cántico angelical.

—La señora Harlow acaba de llegar en su carruaje para recoger a su hija, milady. Le manda disculpas por no subir, pero está apurada de tiempo. Acaba de recordar que se suponía que debía llevar a Rosalie a comer a casa de la condesa viuda de Esmonde, y teme llegar tarde.

—Sí, por supuesto —se apresuró a contestar, haciendo oídos sordos al gemido de protesta de la joven—. Dile a la señora Harlow que su hija bajará de inmediato —cuando el mayordomo hizo una inclinación y se marchó, miró a Rosalie y le dijo—: Debes marcharte, querida.

—¿No puedo quedarme? Esperaba comer contigo.

—Tal y como Jervis acaba de informarnos, tu madre había olvidado que tenías un compromiso previo.

—¿Qué más da? Mamá puede transmitirle mis disculpas a lady Esmonde.

—Eso sería una grosería, Rosalie, y no te conviene ser grosera con lady Esmonde.

—Puede que no, pero ella sí que lo fue conmigo cuando fui a visitarla hace unos días. Te lanza preguntas a bocajarro y las responde ella misma, y hace comentarios acerca del aspecto tan saludable que tenemos las americanas y de las dentaduras tan sanas que tenemos. Resulta muy desconcertante; además, está convencida de que vivimos en tipis y cabañas.

Trubridge soltó una carcajada que hizo que la joven se riera a su vez, pero a Belinda no le hizo ninguna gracia la situación y le fulminó con la mirada. Agarró a Rosalie del codo, e ignoró sus protestas mientras la conducía hacia la puerta.

—Basta de charla, Rosalie. Ya es casi la una, y vas a llegar tarde si sigues perdiendo el tiempo. Sería inexcusable que llegaras tarde cuando una condesa te ha invitado a comer a su casa.

—Pues no lo entiendo. Se supone que las damas debemos llegar tarde a los bailes, ¿por qué no podemos hacer lo mismo si alguien nos invita a comer? Y hablando de bailes... —se detuvo en seco, y se zafó de un tirón de la mano de Belinda antes de volverse a mirar a Trubridge—. ¿Piensa asistir al baile de lady Montcrieffe esta noche, milord?

—En efecto, señorita Harlow. Será un placer verla allí, y espero que me conceda el honor de reservarme un baile.

La joven contestó antes de que a Belinda se le ocurriera cómo intervenir.

—¡Me encantaría! El tercer vals de mi programa aún está libre —al ver que Belinda hacía ademán de volver a agarrarla del brazo, la eludió y dio un paso hacia Trubridge—. He estado guardándolo para alguien especial.

Él la tomó de la mano antes de contestar.

—Para mí es un honor que me elija para ser ese alguien especial.

Belinda sintió náuseas, pero ellos no le prestaron ni la más mínima atención; ante su impotente mirada, Trubridge besó la mano enguantada de Rosalie y al soltarla señaló hacia la puerta con la mano que sostenía el sombrero.

—Estaba a punto de marcharme. ¿Me permite que baje con usted y me cerciore de que su madre y usted parten en su carruaje sin ningún contratiempo?

La joven aceptó sin dudar el brazo que él le ofreció, y contestó sonriente:

—Sí, por supuesto.

—¡No es necesario que la acompañe!, ¡seguro que el carruaje está justo en la entrada! —protestó Belinda, desesperada, mientras les seguía hacia la puerta.

Ellos siguieron ignorándola, pero, justo antes de salir del salón junto a Rosalie, él se volvió a mirarla por encima del hombro y le lanzó una sonrisa de despedida.

—Que tenga usted un buen día, lady Featherstone.

En ese momento, Belinda se sorprendió al descubrir la furia que podía llegar a sentir. Nadie, ni siquiera Featherstone, había causado la... la erupción de rabia que la recorría en ese momento. Le hormigueaban las manos de las ganas que tenía de propinarle a aquel granuja un bofetón que le borrara del rostro aquella sonrisita de satisfacción.

Tuvo que contentarse con seguirles hasta el rellano superior de la escalera, ya que, si bajaba con ellos hasta la puerta, iba a verse obligada a presentarle a Trubridge a la madre de Rosalie, y eso daría a entender que él contaba con su aprobación para tratar a la joven. Como no era así ni mucho menos, se vio obligada a observar desde lo alto de la escalera mientras Rosalie se encargaba de la presentación que ella se negaba a llevar a cabo, y en cuanto les vio salir regresó corriendo al saloncito. Llegó antes de que la puerta principal acabara de cerrarse, y al asomarse por la ventana vio que los tres se detenían en la acera.

La señora Harlow había indicado que tenía prisa por llegar a casa de lady Esmonde, pero en ese momento parecía estar dispuesta a aplazar un poco esa visita. Estuvieron charlando durante unos minutos que le parecieron horas, y sintió una profunda angustia mientras les observaba por la ventana y veía cómo Trubridge utilizaba su encanto y su sonrisa para engatusar a la joven.

Rosalie era muy inocente. Si aquel hombre se lo proponía, podría manipularla con toda facilidad para que accediera a encontrarse con él a solas, podría poner en práctica con ella aquellas tácticas de cortejo tan impropias que tenía en mente, y lo más probable era que acabara por desatarse un escándalo que les salpicaría a ambos.

Otra posibilidad igual de horrible era que la joven se enamorara de él. Las muchachas en general eran muy dadas a enamorarse con suma rapidez, pero, debido a su temperamento, Rosalie en concreto sería especialmente susceptible a las maquinaciones de un granuja como él. Era posible que se enamoriscara de Trubridge antes de que ella tuviera tiempo de advertirle acerca del reprobable carácter de aquel hombre, aquel baile que iban a compartir podría bastar para que la joven quedara cautivada e hiciera oídos sordos a sus advertencias; de hecho, existía el riesgo de que, cuanto más se esforzara ella por mantenerla alejada de Trubridge, más fascinada se sintiera Rosalie con él. Las muchachas jóvenes podían llegar a ser muy rebeldes.

Frunció el ceño al darse cuenta de algo: Trubridge había afirmado que iba a asistir al baile de lord y lady Montcrieffe, ¿cómo pensaba lograr que le dejaran entrar? Colarse no le ayudaría a volver a ganar el visto bueno de la alta sociedad ni mucho menos. Le costaba creer que Nancy le hubiera invitado, pero parecía muy seguro de sí mismo.

Decidió ir a visitarla de inmediato para aclarar el asunto. Si Trubridge no había recibido aún una invitación, al menos podría impedir que consiguiera una a última hora. Mostrar abiertamente su animadversión podría ser contraproducente, ya que se arriesgaba a que Rosalie se encaprichara aún más de él, pero tenía que hacer algo. No podía soportar la idea de que su romántica e ingenua joven amiga terminara desilusionada, con el corazón roto, y atada de por vida a un hombre como Trubridge.

Antes de que aquel romance incipiente pudiera florecer y acabara dando unos frutos desastrosos, tenía que lograr cortarlo de raíz.

Nicholas estaba convencido de que, si fuera posible que un cuerpo humano ardiera de rabia, Belinda Featherstone sería un montón de ascuas humeantes en ese momento. Era plenamente consciente de que ella estaba fulminándole con la mirada desde la ventana, y le causaba una gran satisfacción saber que cada segundo que pasaba conversando con la señorita Harlow y su madre servía para enfurecerla y preocuparla aún más. Le estaba bien merecido, así sabía lo que había sentido él cuando ella había insultado su ética y había puesto en tela de juicio su honorabilidad.

En cualquier caso, seguir con aquella conversación no era ninguna tortura; de hecho, todo lo contrario, ya que Rosalie Harlow era una joven bastante bonita de pelo color miel, ojos marrones y mofletes regordetes. Parecía una de esas ilustraciones de las cajas de bombones, y el recargado vestido de seda a rayas blancas y rosadas con voluminosos adornos de encaje blanco contribuía a enfatizar aún más esa impresión. No era el tipo de mujer que solía llamarle la atención, pero no podía darse el lujo de ser selectivo, y que fuera bonita siempre era preferible a que fuera anodina. Empezaba a pensar que, después de todo, ir a ver a lady Featherstone aquella mañana no había sido un error.

Decidió alargar la conversación un poco más, pero solo un poquito. Un hombre que quería despertar la curiosidad de una mujer nunca debía llegar demasiado pronto ni alargar demasiado su estancia. Tras intercambiar varios comentarios corteses, murmuró algo acerca de un compromiso previo, comentó cuánto lamentaba no poder acompañarlas durante toda la tarde, y les dijo que esperaba no ser el causante de que llegaran tarde a casa de lady Esmonde. El último comentario hizo que las dos soltaran exclamaciones de consternación y se apresuraran a ir hacia la elegante berlina que estaba esperándolas, y él las acompañó hasta el vehículo, las ayudó a subir y cerró la portezuela.

Rosalie se asomó de inmediato por la ventanilla.

—¿El tercer vals, milord?

En teoría, lo dijo para dejarlo claro, pero Nicholas sabía que en realidad estaba recordándoselo esperanzada.

—El tercero, señorita Harlow.

Su confirmación le granjeó una sonrisa radiante, y al observar con detenimiento aquel rostro feliz a través del cristal llegó a la conclusión de que no había duda de que Rosalie Harlow era una joven muy bonita. También era encantadora, afable, y estaba claro que tenía dinero; además, daba la impresión de que sentía simpatía hacia él, lo cual suponía un agradable contraste respecto a la arpía que estaba observándoles desde la ventana.

—En marcha —le ordenó al cochero, antes de llevarse la mano al sombrero ante la señorita Harlow en un gesto de despedida.

Esperó a que el vehículo doblara la esquina y entonces dio media vuelta y se dirigió hacia el coche de alquiler que estaba esperándole. Lanzó una mirada hacia la ventana, y vio que lady Featherstone ya no estaba allí.

Cuando le había declarado la guerra a aquella mujer no había esperado ni por asomo que surgiera tan pronto la primera oportunidad de ganar una batalla. Había notado en ella una vulnerabilidad inesperada mientras se veía obligada a presentarle a su joven amiga, un punto débil en aquella coraza de frialdad y refinamiento que la protegía. Estaba claro que Rosalie Harlow no era una mera conocida para ella, sino que eran amigas.

Sintió una vaga sensación de incomodidad, pero se obligó a sofocar aquella reacción. No tenía tiempo de tener en cuenta los sentimientos de lady Featherstone y, a decir verdad, no se sentía demasiado inclinado a hacerlo después de lo que ella le había hecho. Seguro que la dama no se andaría con miramientos si estuviera en su lugar; además, no podía descartar a todas las mujeres que pudieran ser amigas suyas, de modo que iba a bailar aquel vals con la señorita Harlow y, si los dos congeniaban, no veía razón alguna para no cortejarla.

Un ligero carraspeo le arrancó de sus pensamientos y se dio cuenta de que estaba plantado como un pasmarote en la acera, tenía un coche de alquiler delante, y el cochero que estaba en el pescante iba a cobrarle una fortuna por todo aquel tiempo que estaba perdiendo. Pero, para indicarle a dónde tenía que llevarle, primero tenía que decidir a dónde quería ir.

Lo que más le urgía en ese momento era conseguir dinero. Como gracias a lady Featherstone sus opciones para obtenerlo se habían reducido de forma considerable, la única opción que le quedaba era recurrir a Denys, así que le indicó al cochero que le llevara a South Audley Street.

A diferencia de la gran mayoría de sus amigos, Denys había decidido volverse respetable. No era rico ni mucho menos, pero, al igual que muchos de los solteros de la aristocracia, recibía una paga trimestral. Denys había dejado a un lado la costumbre de gastarse hasta el último penique antes de recibir el siguiente pago, y tenía pleno acceso a los carruajes, la servidumbre y la casa londinense de su padre. Teniendo en cuenta que ya no era un despilfarrador, seguro que podía prestarle algo de dinero a un viejo amigo.

Ojalá que se le hubiera pasado ya el enfado por aquel asuntillo absurdo de la bailarina de cancán; al fin y al cabo, aquello había sido tres años atrás, y eran amigos desde mucho antes. Seguro que Denys no le guardaba rencor por lo sucedido.

—¡Eres un malnacido!

Nicholas no logró esquivar a tiempo el puñetazo en la cara, y el impacto le hizo retroceder trastabillando un paso. Hizo una mueca de dolor mientras se llevaba la mano a la mejilla. Se le había olvidado que Denys tenía un gancho de derecha demoledor.

—Deduzco que aún estás un poco molesto por lo de Lola, ¿no?

—¿Molesto?, ¡en absoluto!

La mirada amenazante que relampagueó en los ojos oscuros de su amigo le alertó de que se avecinaba otro puñetazo, y en esa ocasión pudo esquivarlo a tiempo.

—Entonces ¿por qué me has golpeado?

—¡Porque estás aquí, vivito y coleando! —Denys lanzó otro puñetazo, pero Nicholas ya había retrocedido a toda prisa para ponerse a salvo—. ¡Quédate quieto, malnacido!

—Esperaba que Lola ya fuera agua pasada después de tanto tiempo —miró a su alrededor para intentar encontrar algo tras lo que poder parapetarse, decidió que la robusta mesa pedestal de caoba servía a sus propósitos, y se colocó tras ella—. Creía que podríamos hacer borrón y cuenta nueva.

—¿Ah, sí? ¡Pues te equivocabas!

—Ya lo veo —al ver que su amigo empezaba a rodear la mesa para intentar atraparle, se vio obligado a caminar también alrededor del mueble, pero se rindió cuando vio que lo único que habían logrado era intercambiar posiciones y volvían a estar el uno frente al otro—. Esto es absurdo —dijo, antes de detenerse. Mientras Denys rodeaba la mesa de nuevo para darle alcance, alzó las manos en son de paz—. ¿Podríamos hablar un momento antes de que me hagas picadillo?

—¿De qué quieres hablar?, ¿del dinero que quieres que te preste?

Nicholas soltó un suspiro y bajó las manos.

—Ya veo que has leído el artículo que han publicado hoy sobre mí.

—No ha hecho falta. Todo el mundo lo ha leído ya, y te has convertido en el principal tema de conversación en el White's. Así que Landsdowne te ha quitado la pensión, ¿no? Y ahora necesitas un préstamo, y acudes a mí. ¿Por qué?

—Porque, de todos mis amigos, eres el único que tiene algo de dinero —le contestó él con sinceridad.

—Debo reconocer que tienes agallas, Nick —comentó su amigo, con una carcajada burlona.

—Bueno, en mi defensa debo recordarte que te salvé la vida en una ocasión.

—¡Anda ya! Pongo no me habría disparado.

—Si no lo hizo fue porque yo me interpuse entre vosotros dos y me llevé el balazo en tu lugar.

—Eso fue una estupidez por tu parte. Le sobresaltaste cuando te interpusiste entre nosotros de repente, y disparó de forma instintiva; de no ser así, no lo habría hecho, lo que pasa es que estaba borracho y alterado.

—Por una mujer —se apresuró a recordarle Nicholas—. Me condenas a mí por algo que tú mismo has hecho.

A Denys no le hizo ninguna gracia que le recordaran sus pecados de antaño.

—Eso fue distinto. Pongo no sentía nada por aquella moza de taberna, yo estaba enamorado de Lola.

En esa ocasión fue Nicholas quien soltó una carcajada burlona.

—¡Pero si te enamorabas todas las semanas!

—¡Eso no es cierto!

—¿Ah, no? ¿Retrocedemos tres años en el tiempo? Antes de Lola fue Julianne Bardot, la cantante de ópera; antes de ella, quien despertaba tus pasiones era la contessa Roselli; previamente, creo que fue aquella cortesana escandinava, ¿cómo se llamaba...? Anika, Angelica, o algo así.

—De acuerdo, no hace falta que sigas —su amigo irguió los hombros, y carraspeó un poco mientras se ponía bien el corbatín—. Pero yo he cambiado desde entonces, y tú no.

—Eso es absurdo, todo el mundo cambia.

—Tú no, Nick. A los treinta años eres igual que a los veinte. ¿Lees lo que se dice de ti en la prensa sensacionalista? Yo sí que lo hago, y tu nombre aparece publicado una vez a la semana como mínimo. Se diría que los cronistas de sociedad londinenses pasan gran parte del tiempo al otro lado del Canal, siguiéndoos a Jack y a ti por París para poder relatar vuestras correrías. Sois un par de hedonistas. Me cuesta creer que alguna mujer desee casarse contigo, pero, a pesar del artículo que ha salido publicado hoy, en el White's están apostando que para el final de la temporada social estarás prometido en matrimonio.

Nicholas se animó un poco al oír aquello.

—¿En serio?, ¿y tú también has apostado?

—Sí, pero ha sido una apuesta pequeñita. Mi elegida ha sido lady Idina Forsyte.

—¿La hija del conde de Forsyte? Tiene vegetaciones, ¿verdad? —comentó, con una mueca.

—Al menos no he elegido a lady Harriet Dalrymple. Es una de las opciones que se contemplan, aunque casi nadie apuesta por ella. Casi todos piensan que puedes aspirar a algo un poco mejor.

—Me gustaría saber si Landsdowne ha apostado ya. Lady Harriet es su elegida, así que yo no la aceptaría como esposa ni aunque fuera una mezcla de Helena de Troya, Safo y Afrodita.

—No hay duda de que detestas a tu padre.

—¿Acaso te extraña?

—No, supongo que no; aun así, lady Harriet es horrible, y te merecerías acabar casado con ella.

—Qué vengativo eres, Denys. No, te aseguro que ella no va a ser mi esposa. Jamás le daría esa satisfacción a Landsdowne. Además, tengo en mente otro objetivo mucho más apetitoso.

—¿Ya le has echado el ojo a alguien?

—Es posible. ¿Qué sabes acerca de la señorita Rosalie Harlow?

—Vaya, apuntas alto. Se la considera una de las bellezas de la temporada, y su padre es uno de los hombres más ricos de América. Aunque para llegar hasta ella tendrás que sortear primero al dragón que la protege.

—Supongo que te refieres a lady Featherstone. Ya me ha atacado con su aliento de fuego, salí del encuentro bastante chamuscado.

—¡Qué bien!, no te imaginas cuánto me alegra oír eso —afirmó su amigo, con una enorme sonrisa.

Nicholas sonrió a su vez, y le preguntó con desparpajo:

—Ya que estás tan alegre, ¿estarías dispuesto a hacerme un préstamo?

Denys le miró boquiabierto, y sacudió la cabeza mientras reía con incredulidad.

—No sé cómo lo haces, Nick.

—¿El qué?

—Conseguir que sigamos siendo amigos.

Nicholas enderezó la camelia que llevaba en el ojal y se pasó la mano por la solapa antes de contestar:

—A lo mejor es mi encanto, o mi ingenio, o...

—Déjalo ya. Si sigues así, me van a dar náuseas. ¿Cuánto necesitas?

—¿Puedes prestarme mil?

—De acuerdo, pero voy a cobrarte intereses. El cuatro por ciento.

—¿Por año?

—Por mes.

—¡Eso es una extorsión!

Su amigo se cruzó de brazos y afirmó con firmeza:

—No, es justicia.

Nicholas sabía que no estaba en condiciones de negociar.

—De acuerdo, el cuatro por ciento. ¿Tu oferta incluye el alojamiento en tu casa?

—¿Lo dices en serio?, ¿pretendes que te deje vivir unos meses en mi casa?

—Esta no es tu casa, pertenece al conde de Conyers. Usted, mi querido vizconde de Somerton, reside aquí gracias a la benevolencia de su padre.

—Y de mi madre. Teniendo en cuenta tu escandalosa reputación, a ella no le complacerá lo más mínimo que te alojes aquí.

—Quizás pueda mostrarse comprensiva con el hombre que le salvó la vida a su hijo —ignoró el bufido de exasperación de su amigo y añadió—: Además, no pienso quedarme aquí para siempre, tan solo hasta que concluya la temporada social.

—Sí, si has logrado encontrar esposa para entonces; si no es así, solo Dios sabe cuánto tiempo tendremos que aguantarte.

—Tú mismo has dicho que tengo muchas posibilidades de lograr mi objetivo, pero para encontrar esposa debo vivir en un lugar respetable; además, has hecho una apuesta y estás jugándote dinero, así que te interesa ayudarme en todo lo posible.

—Alquila una casa o un apartamento, busca un hotel.

—Esto es Londres, Denys, y ya ha empezado la temporada social. Encontrar una casa o un apartamento es dificilísimo en esta época del año y, suponiendo que encontrara uno, no podría pagar el alquiler. Y en cuanto a los hoteles, son muy inconvenientes si uno quiere organizar eventos y socializar.

—¿Necesitas algo más? ¿Quieres que te reserve un par de asientos en el palco de mi padre en Covent Garden?, ¿te organizo una partida de cartas con el Príncipe de Gales?, ¿deseas usar los carruajes de mi familia?

Nicholas optó por hacer caso omiso del sarcasmo que rezumaban las palabras de su amigo.

—¡Qué ideas tan espléndidas! Y si pudieras convencer a Montcrieffe de que me invite al baile que celebra esta noche, sería el punto de partida ideal para que esta temporada sea todo un éxito para mí.

—Pues qué bien. Me parece que voy a irme al campo.

—¡No digas tonterías! Vas a disfrutar enormemente en mi compañía, como siempre. Vamos —le dio una palmadita en el hombro, y le condujo hacia la puerta.

—¿A dónde me llevas?

—Al White's.

—¡Pero si acabo de venir de allí!

—Quiero ver qué otras opciones se han barajado como mi posible futura esposa, además de lady Harriet y lady Idina. Por cierto, puedes proponer el nombre de cualquier heredera rica que creas que estaría dispuesta a casarse con un marqués arruinado y venido a menos.

—¿No le habías echado ya el ojo a la señorita Harlow?

—Aún no sé si vamos a congeniar, así que necesito tener otras opciones por si ella queda descartada. ¡Espera!, ¡se me acaba de ocurrir algo! —se detuvo de golpe, y le obligó a hacer lo mismo.

—¿El qué?

—¿Tu hermana sigue siendo tan bonita como recuerdo?

Su amigo le fulminó con la mirada y masculló:

—¡No tientes a la suerte!

CAPÍTULO 5

Nicholas tuvo la fortuna de encontrarse con lord Montcrieffe en el White's y, con la ayuda de Denys, logró que les invitara a ambos al baile que ofrecía aquella noche; aun así, mientras se vestía para la ocasión llegó uno de los lacayos de lord Conyers con una nota de lady Montcrieffe, una nota que dejaba claro que no era el único que estaba urdiendo planes.

—Lady Featherstone ha estado atareada, Chalmers —le dijo a su ayuda de cámara, mientras leía la nota—. Está usando toda su artillería en mi contra.

—No me diga.

El criado contestó con cortesía, pero con una marcada falta de interés. Era un tipo alto y cadavérico que tenía más aspecto de sepulturero que de ayuda de cámara, y se tomaba demasiado en serio la tarea de anudar de forma adecuada un simple corbatín. Era excelente en su trabajo, pero como conversador dejaba bastante que desear.

—¿Podría levantar un poco la barbilla?

Nicholas obedeció y alzó también la nota para poder seguir leyéndola mientras Chalmers le anudaba el corbatín blanco de seda.

—Se me informa de que otros miembros del comité del baile se escandalizarían si supieran que Montcrieffe me invitó en persona, sobre todo a escasas horas del baile. La dama me ruega que no asista, para ahorrarle a su esposo la censura del comité. Obviamente, lo que se implica es que sería poco caballeroso de mi parte hacer oídos sordos a su petición.

—Parece una verdadera encrucijada, milord.

Chalmers retrocedió un paso para poder ver bien el resultado de sus esfuerzos; después de retocar ligeramente el corbatín, le quitó una pelusa de la chaqueta negra del frac y le colocó una prístina gardenia blanca en el ojal. Cuando se dio por satisfecho al fin, agarró un tarro de plata que había sobre el tocador y que contenía una cataplasma. Intentó aplicársela en la mejilla derecha, la que había recibido el puñetazo de Denys, pero Nicholas giró la cara y exclamó:

—¡Por el amor de Dios!, ¡otra vez no! Ya me has puesto eso una vez y aún tengo la cara entumecida, la hinchazón ya debe de haber bajado.

—Solo por ahora. Hay que aplicar hielo durante varios minutos cada media hora si no queremos que se le vuelva a hinchar. Supongo que no deseará aparecer en público con la mejilla hinchada, ¿qué pensarían las damas?

Nicholas giró la cara hacia el otro lado, desesperado por eludir la dichosa cataplasma.

—Puede que una mejilla hinchada y un ojo amoratado les parezca algo muy romántico.

—El ojo amoratado no hará acto de presencia hasta mañana. Aunque no pueda hacer nada al respecto, mi obligación como ayuda de cámara es asegurarme de que no asista a un importante evento social con la cara hinchada —le puso la cataplasma en el ojo con cuidado, pero con firmeza.

Chalmers le conocía bien, así que a Nicholas no le extrañó que diera por hecho que iba a asistir al baile a pesar de la petición de lady Montcrieffe. Estaba claro que aquella nota era obra de lady Featherstone, y no estaba dispuesto a seguirle el juego a aquella mujer. A pesar de lo que ella pudiera maquinar, él iba a bailar un vals con la señorita Harlow.

Dos horas después, empezó a preguntarse si la decisión de

granjearse la animadversión de lady Montcrieffe había sido un sacrificio inútil. El salón de baile de los Montcrieffe estaba abarrotado de gente y, aunque eso era algo que cabía esperar por tratarse de un acto benéfico, aún no había encontrado a Rosalie Harlow entre el gentío. Recorrió dos veces el salón, pero seguía sin encontrarla a pesar de que tan solo quedaban un par de minutos para que empezara el tercer vals.

Decidió dar otra vuelta alrededor del salón, pero antes de que pudiera retomar la búsqueda de su presa se encontró cara a cara con otra mujer, la que el día anterior había creído que sería la solución a todos sus problemas; por desgracia, Belinda Featherstone estaba resultando ser su peor pesadilla, pero a pesar de eso la recorrió con la mirada y sintió una mezcla de desasosiego y de fascinación al ver cómo el vestido de satén de color azul claro que llevaba puesto se ceñía a todas y cada una de sus deliciosas curvas.

El pronunciado escote cuadrado enfatizaba la exquisita forma de sus senos; la falda, salpicada de perlas y ajustada según la moda del momento, se amoldaba a sus voluptuosas caderas y caía formando una cola ribeteada con encaje de color marfil; había perlas asomando entre los oscuros mechones de su pelo, que llevaba recogido en un moño alto, y también las había alrededor de su delicado cuello. Perlas tan perfectas que no podían ser reales, y al contemplar embobado la piel tersa y desnuda que les daba calor sintió que se le secaba la garganta. Ella estaba a escaso metro y medio de distancia, pero parecía tan distante e intocable como un cielo tachonado de estrellas.

A pesar de esa impresión (o quizás debido a ella), le recorrió una oleada de deseo mientras la contemplaba, una oleada ardiente que hizo que se le acelerara el pulso, que se extendió por sus venas y le recorrió el cuerpo entero antes de que pudiera planteárse siquiera intentar contenerla.

Maldijo para sus adentros. Tendría que estar sintiendo muchas cosas al ver a aquella mujer, y el deseo no debería estar entre ellas. Intentó recobrar la compostura, pero no era tarea fácil teniendo en cuenta la visión que tenía ante sus ojos. Fueron pasando los segundos y se dio cuenta de que, mientras él estaba mirándola embobado como un adolescente lascivo, ella estaba contemplándole con la gélida compostura de siempre.

Respiró hondo mientras luchaba por sofocar el deseo que ardía en su interior, e intentó ponerse la máscara de indiferencia que siempre le había resultado tan efectiva para ocultar vulnerabilidades que resultaban de lo más inconvenientes. Era una máscara que se había puesto en incontables ocasiones a lo largo de su vida, pero en ese momento le costaba hacerlo. Se sentía desnudo, pero en un sentido que no le resultaba nada agradable. Aquella mujer parecía tener algo que siempre lograba descolocarle por completo.

—Lady Featherstone —la saludó con la más profunda de sus reverencias y al incorporarse ya estaba sonriendo, pero tenía la sensación de que ni la sonrisa más amplia ni la actitud más despreocupada iban a servirle para convencer a alguien tan perceptivo.

Se puso tenso al ver que ella guardaba silencio, porque era una mujer muy influyente y que le negara el saludo dañaría seriamente sus posibilidades de lograr su objetivo; en cualquier caso, no podía hacer nada al respecto, así que intentó fingir indiferencia mientras esperaba a ser desairado.

Ella se vio tentada a hacerlo, de eso no había duda, pero al cabo de un instante hizo un ligero gesto de asentimiento y una pequeña reverencia. Probablemente fue el saludo más breve e inconsecuente que una dama le había ofrecido jamás a un aristócrata, pero estaba hecho.

Al verla pasar por su lado sin más, se giró atónito y la siguió con la mirada. Aún le costaba creerlo. Estaban en guerra, ¿no? Que ella le negara el saludo habría levantado rumores. Había tenido en sus manos la oportunidad perfecta de dejar claro que él no era digno de contar con la aprobación de la sociedad respetable, y de demostrar a las jóvenes presentes (o a sus madres) que no era un hombre de fiar. ¿Por qué no la había aprovechado?

La siguió con la mirada mientras ella se dirigía hacia la puerta, pero se vio obligado a dejar a un lado aquellas elucubraciones al ver que la mujer por la que había asistido a aquel baile acababa de llegar.

Rosalie estaba en la puerta del salón junto a su madre, saludando a lord y lady Montcrieffe y a otros miembros del comité encargado de organizar aquel evento benéfico. Estaba ataviada con un vestido de seda rosa, y su melena rubia formaba una cascada de suaves rizos y tirabuzones. Estaba muy bonita... bueno, si un hombre mantenía los ojos en ella y no en cierta arpía de cabello azabache, admitió para sus adentros, mientras su mirada se desviaba hacia el curvilíneo trasero de lady Featherstone.

Hizo un esfuerzo por volver a centrarse en la joven, pero no se acercó a ella hasta que oyó la señal que indicaba que los músicos iban a empezar a tocar el tercer vals de la noche. Rosalie le recibió con una sonrisa radiante y él le guiñó el ojo antes de pasar por su lado para hablar con el vizconde, al que ya había saludado con anterioridad.

—Gracias de nuevo por tu amable invitación, Montcrieffe.

—Ha sido un placer.

A pesar de sus palabras, el vizconde miró de reojo a su mujer con expresión contrita, tal y como había hecho antes al verle llegar al baile. Ella, por su parte, repitió el recibimiento que le había dado antes y se limitó a asentir con la cabeza con frialdad, pero se vio obligada a presentarle a las damas que la acompañaban al ver que él las miraba.

—Lord Trubridge, tengo entendido que ya conoce a mis amigas lady Featherstone, la señora Harlow, y la señorita Harlow.

—Sí, así es; de hecho, creo la señorita Harlow me ha prometido el siguiente baile.

—Tiene usted razón, milord —asintió Rosalie, con una gran sonrisa.

—¿Me permite entonces solicitarlo? Con su permiso, señora —añadió, mirando a la madre de la joven.

Estaba claro que lady Montcrieffe no era la única a la que habían puesto en guardia contra él, porque el rígido gesto de asentimiento de la señora Harlow distaba mucho de la cordialidad con la que le había tratado aquella mañana; aun así, no protestó cuando él le ofreció el brazo a su hija y la condujo a la pista de baile.

—Estaba convencida de que mamá no iba a permitirle bailar conmigo —comentó Rosalie, cuando empezó el vals.

—¿Por qué? —le preguntó él, fingiendo ignorancia.

—Porque tía Belinda le ha advertido que tenga cuidado con usted.

—No sabía que lady Featherstone fuera su tía —comentó, realmente sorprendido.

—En realidad no estamos emparentadas, pero es una amiga muy íntima de mi familia. La conozco desde niña. Más que una tía, la verdad es que es como una hermana mayor para mí.

—¿A usted también la ha alertado en mi contra?

La joven hizo una mueca de exasperación.

—Sí, e incluso antes de que nos conociéramos. Yo estaba con ella cuando usted fue a visitarla ayer, y me mandó a mi casa de inmediato. No quería presentarnos.

—Eso explica que me tuviera esperando en la biblioteca, quería mantenernos separados.

—Sí, me contó que usted era odioso —soltó una carcajada antes de añadir—: También me aseguró que estaba gordo, que sufría de gota a causa de la bebida, y que le olía mal el aliento porque fuma puros.

Si Belinda Featherstone estaba tan desesperada como para contar semejantes falsedades acerca de él incluso antes de saber que buscaba esposa, en ese momento debía de estar frenética. La idea le reconfortó, teniendo en cuenta su propia tendencia a perder el control cuando la tenía cerca.

—No fumo, señorita Harlow. Aunque a veces bebo, casi nunca me excedo, ya que he llegado a la conclusión de que no compensa el sufrimiento que se sufre a la mañana siguiente. De modo que en eso, al menos, su tía Belinda se equivoca; en cuanto a lo otro, creo que usted deberá juzgarlo por sí misma.

Ella se puso seria y le miró encandilada al admitir:

—A mí me parece un hombre maravilloso.

Estaba claro que lo había dicho sin pensar, porque se ruborizó y se mordió el labio antes de bajar la mirada y fijarla en su corbatín. Pero, por mucho que ella pudiera pensar que había sido un comentario torpe y falto de sofisticación, él no lo vio bajo ese punto de vista. A cualquier hombre le encantaría recibir un halago así, sobre todo después del ataque continuo al que estaba sometiéndole cierta dama.

—Qué cumplido tan halagador, gracias —la acercó un poquito más hacia sí antes de añadir—: Y usted me parece muy bella.

Ella alzó la barbilla y le regaló otra sonrisa, pero en ese momento le asaltaron un sinfín de dudas. Aquella muchacha era terriblemente joven, y también muy ingenua... mucho más que una británica típica de la misma edad; además, estaba claro que había empezado a idealizarle y a verle como un héroe. Quizás sería aconsejable distanciarse de inmediato, antes de que estuvieran en juego los sentimientos de la joven. No quería lastimarla, y era muy posible que acabara por hacerlo si seguía por aquel camino. Una muchacha como ella tendría ciertas expectativas, esperaría de él ciertas cosas poco realistas y no sabía si podría llegar a estar a la altura. ¿Sería capaz de hacerla feliz si se casaba con ella?

No tenía intención alguna de volver a enamorarse, pero era muy posible que una joven como ella se enamorara de él; en tales circunstancias sería inevitable que, si se casaban, las románticas ilusiones que pudiera hacerse acerca de él acabaran por quedar hechas añicos. Era irónico que su juventud y su cándida inocencia, las dos cualidades que le facilitarían la tarea de conquistarla, fueran precisamente las que le hicieran dudar. Cuando miró aquellos enormes ojos marrones, lo que le vino a la mente fue un dulce y pequeño cocker spaniel mirando con adoración a su dueño, y sintió una extraña sensación que intensificó aún más sus dudas.

Tardó unos segundos en identificar de qué se trataba, y se exasperó al darse cuenta de que la sensación era culpabilidad. Cuando pensaba en convencer a aquella joven de que se casara con él, se sentía como si estuviera robándole un caramelo a un niño, como si estuviera haciendo trampas; como si, de alguna forma, no estuviera jugando limpio.

Se sintió irritado consigo mismo por aquel arrebato de escrupulosidad tan inconveniente y apartó la mirada de Rosalie, pero aun así notaba el peso de aquellos ojos marrones contemplándole con adoración. Se sentía muy incómodo, porque sabía que era una adoración que aún no se había ganado. No era real. No le adoraba a él, sino a la imagen idealizada que tenía de él en su mente.

Justo cuando acababa de darse cuenta de aquella realidad, vio a Belinda a un lado de la pista de baile, y el resentimiento apartó a un lado aquel súbito arranque de nobleza. Si se veía obligado a elegir entre un número tan limitado de candidatas, era debido a los actos precipitados de aquella mujer... La furia que sintió al recordarlo le impulsó a volver a centrarse en la bella joven que tenía entre sus brazos, que seguía contemplándolo con adoración. La miró sonriente, se despojó del sentimiento de culpa que le atenazaba, y se recordó que todo valía en el amor y en la guerra.

Belinda no sabía que los nueve minutos de un vals podían parecer nueve horas. Ver cómo Rosalie caía en las redes de aquel hombre resultaba desesperante, pero la sensación de estar viendo cómo se repetía el pasado era aún peor. Era una verdadera tortura.

—¿Por qué estás tan pensativa?

La voz de lady Montcrieffe la tomó desprevenida. Arrancó la mirada de Trubridge y Rosalie, y se volvió hacia ella con un suspiro pesaroso.

—Dios, Nancy... Créeme si te digo que es mejor que no sepas lo que se me está pasando por la cabeza en este momento.

Su amiga miró hacia la pista de baile, y su pelo claro relució bajo la luz de las arañas de cristal que pendían del techo.

—Creo que puedo adivinarlo.

Belinda siguió la dirección de su mirada y comentó en voz baja:

—Y pensar que ni siquiera estaba invitado al baile cuando consiguió que ella le concediera este vals... Sigo sin entender cómo se las ha ingeniado para conseguir que tu marido le invitara esta tarde en el White's, eso sí que es tener suerte. Cuando me lo has dicho, apenas podía creerlo. ¿Cómo se le ha ocurrido a Montcrieffe invitarle así, sin más?

—Ya sabes cómo son los hombres, no entienden las implicaciones sociales de este tipo de cosas. He intentado convencer a Trubridge de que no viniera, pero, como puedes ver, no he tenido éxito.

—Gracias por intentarlo —perdió de vista a Trubridge y a Rosalie entre las demás parejas que estaban bailando, y se inclinó a un lado y a otro para intentar encontrarles.

—Era lo mínimo que podía hacer después de que vinieras a verme esta tarde —su amiga soltó una carcajada y añadió, sonriente—: Teniendo en cuenta lo enfurecida que estabas, no podía negarme a ayudarte. Te conozco desde hace diez años, y creo que es la primera vez que te veo así en todo este tiempo. Estabas hecha una furia, y mascullabas que ibas a tener que conseguir una pistola.

Belinda la miró con una sonrisa.

—Y pensar que, a mi llegada a Inglaterra, fuiste tú quien me aleccionó acerca de la importancia de mantenerse serena e imperturbable en todo momento.

—Mis consejos en ese sentido nunca te hicieron falta, recuerda cuánto me costaba hacerte hablar. Era como intentar abrir una ostra.

—Por suerte, me he abierto un poco desde entonces.

—Sí, pero hoy he visto en ti una faceta desconocida. Estabas paseándote frenética de un lado a otro de mi salón, gesticulando como una italiana y condenando a la perdición a todos los cazafortunas habidos y por haber.

Belinda miró de nuevo hacia la pista de baile, y sus ojos encontraron casi de inmediato a Trubridge.

—Es que ese hombre me exaspera —admitió.

—Y que lo digas. Hace unos minutos, creí que ibas a negarle el saludo.

—No lo he hecho por miedo a que eso llevara a Rosalie a ponerse aún más de su parte —le dio un pequeño codazo a su amiga y exclamó—: ¡Mírale!, ¿ves cómo la mira? ¡Da la impresión de que está contemplando un delicioso pastel en el escaparate de una panadería!

—Bueno, la verdad es que Rosalie es como un pastelito, ¿no? Tiene un aspecto delicioso, y es muy dulce. Trubridge no es el único hombre que se ha percatado de ello.

—Dudo mucho que su aspecto y su dulzura le interesen tanto como su dote.

—Es posible, pero no tiene más remedio que casarse por dinero. Después del artículo que ha salido publicado acerca de él, creo que ni siquiera va a poder conseguir que los bancos le concedan crédito.

Belinda se sintió un poco culpable, y se limitó a murmurar:

—Sí, supongo que eso es cierto.

—A menos que se case pronto o que su padre ceda, se verá obligado a acudir a algún prestamista de baja calaña y a vivir a costa de sus amigos.

—Muy bien, de acuerdo, carece de recursos —admitió, con cierta irritación—. Pero, según ese razonamiento, está justificado que cualquier cazafortunas se case por dinero.

—No estoy diciendo eso, pero las dos sabemos que el dinero es un factor crucial para la mayoría de los aristócratas a la hora de elegir esposa. Por la razón que sea, estás juzgando a Trubridge con mayor dureza que a otros hombres que has conocido en su misma situación. Me da la impresión de que no estás siendo objetiva ni con él ni con sus actos.

Trubridge la había acusado de lo mismo aquella misma mañana. Se puso de inmediato a la defensiva, y miró a su amiga con incredulidad.

—¿Crees que estoy siendo injusta con él? ¡De todos los hombres que podrían ganarse tu defensa, él es el que menos la merece!

—Acabas de darme la razón. ¿Por qué es menos digno que los caballeros a los que has ayudado a unirse en matrimonio con alguna de tus amigas?

—¡Por su moralidad, por supuesto! ¡Carece de ella!

—Belinda, jamás he conocido a ninguna persona tan acertada como tú a la hora de juzgar el carácter de los demás. Por regla general, te basta con mirar a una persona y conversar varios minutos con ella para hacerte una idea muy certera de su forma de ser. Es una habilidad asombrosa.

—Gracias, pero ¿no te parece que eso justifica aún más mi preocupación?

—No me has dejado terminar. También eres dada a juzgar a los demás con suma rapidez y, aunque tus valoraciones suelen ser acertadas, a veces puedes equivocarte. ¿Te acuerdas del barón Ambridge? Creías que era un granuja, pero Louisa Barstowe se casó con él a pesar de todo y es muy feliz a su lado. Podría ponerte uno o dos ejemplos más si lo deseas, y no sé si merece la pena mencionar siquiera a Featherstone.

—De acuerdo —no quería hablar de sus propios errores, y mucho menos de aquel en concreto—. Entonces ¿crees que estoy juzgando mal a Trubridge?

—Creo que es posible que así sea, y que quizás deberías esperar y conocerle un poco más antes de formarte una opinión acerca de él.

Belinda no quería conocerle, y tampoco quería que Rosalie lo hiciera. Lo que quería era que aquel hombre regresara a París. Justo cuando estaba a punto de volver de nuevo la mirada hacia la pista de baile, vio a sir William Bevelstoke. Él también estaba observando a las parejas que bailaban y saltaba a la vista que se había percatado de la situación, porque la rigidez de su rostro, la forma en que alzaba ligeramente la barbilla y la fuerza con la que apretaba los labios revelaban cuánto estaba sufriendo. Era un buen hombre, un joven honorable que le profesaba un afecto sincero a Rosalie y que sería un muy buen esposo para ella, pero la joven parecía incapaz de darse cuenta de ello y se sentía atraída hacia un hombre que no había hecho gala de ninguna de las cualidades que poseía sir William. ¡Qué injusta era la vida!

—Defiéndele todo lo que quieras, Nancy, pero no creo que conocerle mejor me haga cambiar de opinión. ¿Me disculpas un momento? —le dijo a su amiga, antes de acercarse al joven de pelo castaño que seguía observando a los bailarines—. Buenas noches, sir William.

Él se volvió a mirarla y la saludó con una reverencia.

—Lady Featherstone. ¿Está disfrutando de la velada?

—Supongo que tanto como usted —comentó ella, con una mueca.

Él se puso tenso y apartó la mirada.

—No entiendo a qué se refiere.

—Yo creo que sí que lo entiende —al verle lanzar una nueva mirada hacia la pista de baile, añadió—: Rosalie no está enamorada de él ni mucho menos, aún no. Acaba de conocerle.

—Me da igual.

Belinda prefirió no decirle que no engañaba a nadie con aquella fingida indiferencia. Aquella era la parte más desagradable del oficio de casamentera, cuando las cosas no seguían el curso adecuado y alguien acababa con el corazón roto. Pero en aquel caso no le podía echar la culpa a los designios del destino, y no tenía más remedio que asumir su responsabilidad en lo sucedido. Su precipitada decisión de acudir a la prensa no solo había encendido la ira de Trubridge, sino que también le había impulsado a centrar su atención en Rosalie. Parecía decidido a cortejar a su joven amiga, aunque solo fuera para fastidiarla a ella; al fin y al cabo, se habían declarado la guerra el uno al otro.

Se volvió hacia sir William y le puso una mano en el brazo.

—Luche por ella. No se quede mirando, rígido y orgulloso, como un típico noble británico. Luche por ella, y yo haré todo lo que esté en mi mano por ayudarle.

Se alejó antes de que él pudiera preguntarle qué era lo que podría hacer ella por ayudarle, porque no habría sabido qué contestar. Lo único que tenía claro era que debía idear algo cuanto antes... Antes de que Rosalie le entregara el corazón y, posiblemente algo más, a Trubridge.

CAPÍTULO 6

Cuando el vals acabó, Belinda aguardó a que llegara el momento justo. Esperó a que Trubridge y Rosalie llegaran junto a la madre de la joven y entonces, antes de que él tuviera tiempo de conversar con ellas, se acercó y le agarró del brazo.

—Aún no ha bailado conmigo, Trubridge —le dijo, con una risita forzada—. Me encanta bailar el vals, y está a punto de empezar otro. ¿Vamos?

Como no quería darle opción a que se inventara alguna excusa para negarse, dio media vuelta sin más y le llevó del brazo medio a rastras hacia la pista de baile; por suerte, él la siguió sin protestar.

—Me honra usted, lady Featherstone —le dijo, al colocarse frente a ella y hacer la inclinación de rigor.

—Honrarle no es lo que tengo ganas de hacer en este momento, se lo aseguro —masculló ella, mientras hacía una reverencia—. Estoy debatiéndome entre el homicidio y la tortura, pero me cuesta decidir cuál de las dos opciones me resulta más atractiva —mientras hablaba, se recogió la cola del vestido y la colocó alrededor de la muñeca al incorporarse.

—Podrá decidirse mientras bailamos —al ver que ella le agarraba una mano y le hacía poner la otra en su cintura con cierta brusquedad, le preguntó sonriente—: ¿Suele llevar la iniciativa durante todo el vals, o solo en los preliminares?

—Eso depende, ¿puedo llevarle directo al infierno? —contestó ella con dulzura.

—Me encantaría, ya que en los dos últimos días he deseado en un par de ocasiones que usted fuera directa allí. Pero en ese caso se vería obligada a pasar la eternidad a mi lado.

Ella se estremeció con teatralidad y exclamó:

—¡Dios no lo quiera!

El vals dio comienzo y, aunque Belinda pensó en lo gratificante que sería darle algún que otro pisotón, resistió la tentación de hacerlo. Se devanó los sesos intentando que se le ocurriera alguna idea, pero al final se vio obligada a admitir que solo tenía una opción: Iba a tener que retractarse de su negativa a ayudarle a encontrar esposa y, aunque sabía que en ese caso corría el riesgo de poner en peligro el corazón, la fortuna y la virtud de otra joven, esa era una preocupación que ya encararía después. Rosalie era la prioridad en ese momento.

—De acuerdo, usted gana —le dijo al fin.

—¿Qué quiere decir eso exactamente?

—Que la guerra ha terminado, que... —respiró hondo, detestaba tener que claudicar—. Que me rindo.

Él la observó con ojos penetrantes.

—¿Ah, sí? ¿Y cuál es mi botín de guerra?, ¿qué está dispuesta a ofrecer?

Dios, aquel hombre era capaz de lograr que cualquier comentario sonara pecaminoso. La recorrió una llamarada inexplicable de calor, pero la sofocó de inmediato antes de contestar.

—Si deja en paz a Rosalie y jura que no correrá el riesgo de poner en una situación comprometedora a ninguna joven inocente, usaré mi influencia para ayudarle a encontrar a otra candidata.

—Ya veo —Nicholas ladeó la cabeza como si estuviera planteándoselo, pero estaba muy equivocada si pensaba que iba a resultarle tan fácil alejarlo de su amiga—. Lo que no veo es para qué necesito que usted me ayude, ahora que ya he conocido a la señorita Harlow.

Ella le miró consternada.

—Es por mí, ¿verdad? Está vengándose de mí porque acudí a la prensa.

Él le apretó con más fuerza la cintura y la atrajo hacia sí de forma casi imperceptible mientras seguían bailando.

—Tengo mis defectos, lady Featherstone, pero vengarme de las mujeres no es uno de ellos.

—En ese caso, ¿por qué la ha elegido a ella?

—¿Por qué no habría de hacerlo? Es bonita, tiene un buen temperamento... En definitiva, se trata de una joven realmente encantadora.

—Y rica.

—Bueno, sí, eso también. Ya habíamos dejado claro que no puedo darme el lujo de casarme con una mujer pobre.

A Belinda le pareció repugnante que lo dijera como si fuera lo más natural del mundo.

—Si quiere saber las razones por las que Rosalie no sería la esposa adecuada para usted, yo puedo darle unas cuantas. La diferencia de edad, por ejemplo. Ella es una inocente recién salida de un colegio para señoritas, y usted un cínico con mucho mundo a sus espaldas que no tardaría en hartarse de ella. Si no estuviera dejando que la enemistad que siente hacia mí le nublara el juicio, ya habría llegado a esa conclusión por sí mismo.

—¿Eso cree? Teniendo en cuenta que soy un tipo cínico y, según parece, más viejo que Matusalén, sería posible que la juventud y la inocencia de la señorita Harlow me parecieran encantadoras, un soplo de aire fresco. ¡Quién sabe!, ¡puede que su compañía logre que vuelva a sentirme joven y vigoroso!

Ella soltó un bufido de desprecio al oír semejante sandez.

—Sabe tan bien como yo que Rosalie es demasiado joven para usted. Y debido a su juventud, su procedencia y su temperamento, no está preparada para ser duquesa.

—Pero no va a ser duquesa de inmediato, tendrá tiempo de

sobra para aprender lo necesario mientras sea una simple marquesa.

—¿Cómo lo sabe?, el duque podría fallecer mañana mismo.

—Admito que esa es una posibilidad gratificante, pero, lamentablemente, también es improbable. No tendré esa suerte.

—¿Podría dejar de bromear, por favor?

—¿Qué le hace pensar que estoy bromeando?

Aunque seguía mostrándose despreocupado y jovial, ella vio un extraño brillo en aquellos cálidos ojos color avellana, algo salvaje que le recordó a un león a punto de atacar, y se dio cuenta de que estaba hablando muy en serio. Sintió curiosidad por saber qué había hecho que se enemistara con su propio padre, pero era un asunto que no le concernía.

—El hecho de que la muerte de su padre le parezca una posibilidad gratificante es algo en lo que prefiero no ahondar, retomemos el tema que nos ocupa: Rosalie no es la mujer adecuada para usted.

Aquel brillo extraño se desvaneció de sus ojos como cuando alguien apagaba una vela de un soplido, pero ella estaba convencida de que no habían sido imaginaciones suyas.

—¿Siempre está tan segura de sí misma y de sus valoraciones?

—Tenga en cuenta que me dedico a esto.

—Sí, eso es cierto. Quizás valoraría más su opinión si hubiera acertado a la hora de juzgarme a mí, pero, teniendo en cuenta lo sucedido, va a tener que ser más convincente si desea que descarte a su amiga. Al margen de su juventud y de su falta de experiencia en las obligaciones que tendrá que asumir como futura duquesa, ¿tiene más argumentos para intentar convencerme de que no debo cortejarla?

—Eh... ¿Que no ha dedicado tiempo suficiente a fijarse en otras mujeres?

Se sintió mortificada al darse cuenta de cómo podían malinterpretarse sus palabras, y su incomodidad se acrecentó cuando él se echó a reír.

—Da la impresión de que no hay forma de contentarla, lady Featherstone. Ayer mismo me acusó de tener demasiada experiencia con las mujeres, y hoy afirma que no tengo suficiente.

Belinda no pudo contener las ganas de darle un pisotón. Él hizo una mueca de dolor, pero siguió bailando como si nada.

—Tenga cuidado, hacerme daño no va a ayudarla a la hora de intentar convencerme.

—¡Pues deje de jugar conmigo!

—Rosalie me gusta, y no veo por qué razón no habría de seguir creciendo mi afecto hacia ella. Y da la impresión de que el afecto es mutuo. Usted misma dijo que esa es una base sólida para un matrimonio, y...

Belinda le interrumpió con impaciencia. No estaba de humor para que sus propias palabras se usaran en su contra.

—Sí, muy bien, ya sé que lo dije, pero el afecto al que usted está refiriéndose es muy superficial. Rosalie y usted no se conocen lo suficiente para que exista algo profundo, aún no. Si se aparta de ella ahora, nadie saldrá herido, y ya le he dicho que voy a ayudarle a encontrar a otra candidata.

—Sigo sin acabar de entender por qué debería convencerme ese argumento.

—¡Por el amor de Dios! ¿Qué más quiere? —empezaba a desesperarse de verdad.

Él bajó la mirada por su cuerpo poco a poco, y fue como si estuviera acariciándola con los ojos.

—¿Qué más puede ofrecerme?

Belinda sintió como si el corazón estuviera a punto de salírsele del pecho y tropezó, pero él la sujetó con firmeza y la sostuvo hasta que logró recobrar el equilibrio.

—Con cuidado, lady Featherstone. Para ser alguien que se codea con la alta sociedad, no baila demasiado bien. No deja de pisarme los pies.

—Los pies no son la única parte de su anatomía que me gustaría pisar —masculló, enfurruñada. Su indignación se acrecentó al ver que él sonreía al oír su comentario.

—Las razones que usted me ha dado hasta el momento podrían aplicarse a cualquiera de las debutantes americanas que hay en este momento en la ciudad. Según sus argumentos, debería mantenerme alejado de cualquier mujer que sea joven, inocente, rica, y que pueda correr el más mínimo riesgo de enamorarse de mí.

En opinión de Belinda, eso sería lo ideal, pero se limitó a contestar:

—En lo que a mí concierne, Rosalie es lo primero.

Él se puso serio y la observó pensativo antes de preguntar:

—¿Cuál es el trasfondo real de todo esto? Aunque apenas me conoce, está convencida de que mi matrimonio con su amiga sería desastroso. ¿Por qué está tan segura de ello? Si me explicara sus razones, si me contara la verdad, a lo mejor me sentiría inclinado a poner las miras en otra candidata.

—¿La verdad?, ¿quiere saber la verdad? —algo en su interior llegó al límite de su aguante y estalló. Le agarró del brazo, y le condujo con determinación hacia las puertas acristaladas que daban a la terraza.

—¿Otra vez llevando la iniciativa? Supongo que lo próximo que tiene en mente es llevar pantalones y solicitar el derecho al voto ante el Parlamento.

Belinda no respondió, no pudo hacerlo. No estaba de humor para aguantar sus bobadas, ya estaba costándole Dios y ayuda controlar su genio el tiempo suficiente para sacarle del salón y llevarle a algún rincón donde pudieran pelear a sus anchas sin ser observados por toda la alta sociedad. El fresco aire nocturno les golpeó de lleno cuando salieron a la terraza; por suerte, en ese momento estaba desierta, así que siguió tirando de él hasta que se alejaron unos metros de las puertas y entonces dio rienda suelta a su furia.

—¡Si quiere la verdad, la va a tener! —le soltó el brazo con brusquedad, y giró para encararse con él—. ¡No quiero que se case con Rosalie porque acabará lastimándola! Usted es apuesto, ocurrente, tiene labia, incluso puede ser encantador cuando se lo propone, y es un hombre muy experimentado que sabe mucho de mujeres. Rosalie no sabría manejar a un hombre como usted. Se enamorará locamente, y cuando estén casados se dará cuenta de que su amor no es correspondido. Él no contestó. Ni siquiera lo intentó, y su silencio avivó aún más la furia que la quemaba por dentro.

—Rosalie se dará cuenta de que usted jamás sintió nada por ella, de que lo único que le interesaba era conseguir su dinero. Se dará cuenta de que usted jamás tuvo intención alguna de respetar los votos matrimoniales, de que la promesa que hizo en el altar de amarla y respetarla no era más que una mentira; y en cuanto a la parte en la que prometió serle fiel... Cuando le vea regresar a los brazos de la amante de turno, se dará cuenta de que eso también era mentira.

Se percató de que le temblaba la voz, pero siguió desahogándose.

—Al principio, ella tendrá la esperanza de poder cambiarle con su amor, pero al ver que es inútil se le romperá el corazón y se sentirá desilusionada. No tendrá más remedio que aguantar impotente la situación y se esperará de ella que sea una buena esposa, una esposa intachable, mientras usted derrocha todo su dinero. Ella intentará convencerse a sí misma de que todos los aristócratas británicos se comportan así, y de que es algo que debe aceptar porque está obligada a aguantarle de por vida. ¿Le han quedado claras mis razones?

Se miraron en silencio mientras ella intentaba recobrar el aliento. En el salón, el vals dio paso a una animada polca, y dio la impresión de que pasaba una eternidad hasta que él comentó al fin:

—No sabía que Featherstone hubiera sido tan canalla.

—¿Perdón? —le preguntó, desconcertada.

—Admito que no le conocía demasiado bien, pero siempre le tuve por un tipo divertido y entretenido. Estaba enterado de lo de sus amantes, por supuesto, pero a usted no la conocía de nada y no sabía los motivos por los que estaban distanciados, así que no me paré a pensar en las cualidades de Featherstone como marido. Si alguien me hubiera pedido que le viera bajo ese punto de vista, supongo que mi opinión sobre él habría sido muy distinta.

Ella alzó un poco la barbilla y le exigió con firmeza:

—Deje a mi difunto marido fuera de esto, él no tiene nada que ver en este asunto.

—Yo creo que sí, ya que se me está midiendo por el mismo rasero que a él. No me conoce lo suficiente para valorar la clase de hombre que soy ni cómo sería como marido, pero tiene una opinión muy firme al respecto. Cree que soy igual que su difunto marido.

—¿Está diciendo que no se comportaría como él?

—Eso téngalo por seguro. Tal y como le dije, estoy dispuesto a ser muy claro con cualquier mujer que esté barajando como futura esposa, y la pondré al tanto de antemano tanto de mi situación como de los aspectos económicos de nuestra unión; por otro lado, jamás esperaría que mi esposa me guardara fidelidad si yo, por mi parte, no le ofreciera la mía. Cuando un hombre tiene a una hermosa mujer que le adora esperándole en casa, no solo es un canalla y un malnacido por irse con otra, también es un cretino.

—Ah —fue la única respuesta que se le ocurrió y, en cualquier caso, era posible que ya hubiera hablado más de la cuenta. Se mordió el labio y apartó la mirada. Empezaban a asaltarla las dudas, y eso era algo que no solía sucederle.

—Se formó una idea de mí incluso antes de que yo pusiera un solo pie en el salón de su casa, y apuesto a que en ningún momento se ha preguntado si su valoración ha podido ser inflexible, injusta, o simplemente equivocada por completo.

Era lo mismo que Nancy le había dicho poco antes, pero en esa ocasión fue incapaz de negarlo con tanta rotundidad. Solo había una forma de averiguar si estaba siendo injusta con él.

—¿Cree que me equivoco con usted? Muy bien, demuéstrelo. Acepte mi propuesta y demuéstreme que le he juzgado mal.

—No sé si eso será posible. El puñal que me ha clavado en la espalda me ha llegado tan hondo que no sé si voy a poder sacármelo.

—Tómeselo como un desafío, usted mismo admitió que le resultan irresistibles.

Él esbozó una pequeña sonrisa al ver que sus propias palabras se usaban en su contra.

—Sí, es verdad. De acuerdo, me alejaré de Rosalie si usted accede a ayudarme a encontrar a alguien más adecuado para mí.

—¿Y promete que no pondrá a ninguna joven en una situación comprometedora?

—Prometo que nadie nos pillará —contestó él, con una sonrisa de oreja a oreja.

—¡Eso no es lo mismo!

—Es lo máximo que estoy dispuesto a ofrecer —alargó la mano y añadió—: Tómelo o déjelo.

—Lo tomo —le estrechó la mano, y se enfrentó a su mirada burlona con una llena de determinación—. Pero cuando le presente a una joven no pienso perderles de vista.

Él soltó una carcajada.

—De acuerdo. ¿Cuál es el primer paso en este tipo de asuntos?

Ella le soltó la mano antes de contestar.

—Venga a verme mañana a las dos de la tarde, y le entrevistaré como haría con cualquier otro posible cliente.

—¿Para qué quiere entrevistarme?, ya sabe bastante acerca de mí.

—Usted mismo ha asegurado que gran parte de lo que creo saber no es cierto; además, no sé con qué clase de mujer desea casarse. ¿Prefiere a una que sea callada, o a una a la que le guste conversar sin parar? ¿Le resultan atractivas las mujeres con cerebro, o le intimida que sean inteligentes?

Eso le hizo reír.

—En toda mi vida solo ha habido una mujer que me haya intimidado.

—¿A quién se refiere?, ¿a su madre?

—No, a ella no la recuerdo, murió cuando yo era pequeño. La única mujer que ha sido capaz de intimidarme ha sido Nana.

—¿Nana?

—Sí, mi niñera. Debía de pesar unos cien kilos, podía esgrimir una aguja de tejer como si de un arma se tratase, y siempre sabía si yo estaba mintiendo. Era la mujer más buena y maravillosa que he conocido en toda mi vida.

—Se refiere a ella en pasado, ¿qué le sucedió?

Él no movió ni un solo músculo de la cara, siguió sonriendo, pero Belinda notó un cambio en su expresión... Era algo que no habría sabido explicar, como si acabara de cubrirse el rostro con una máscara.

—Mi padre la despidió cuando yo tenía ocho años.

—¿Por qué?

—No lo sé, pero yo creo... —hizo una pausa, y apartó la mirada antes de admitir—: Creo que lo hizo porque yo la quería demasiado.

—¡Eso es una ridiculez!

—¿Eso cree?

Se volvió a mirarla de nuevo sin dejar de sonreír en ningún momento, y ella frunció el ceño con inquietud. No le hacía ninguna gracia aquella sonrisa tan extraña y falsa, y no estaba segura de querer quitarle la máscara para descubrir al verdadero hombre que se ocultaba tras ella; en cualquier caso, no tuvo más remedio que dejar a un lado aquellas especulaciones, porque él añadió:

—Ya le he dicho lo que estoy buscando, no es complicado. Necesito a una esposa que tenga dote, me gustaría que fuera una grata compañía, y preferiría que fuera bonita.

—¿Esos son sus únicos requisitos?

Él reflexionó por unos segundos antes de contestar.

—Si es americana o de cualquier otra nacionalidad que no sea la británica, lo preferiría.

Belinda no estaba segura de haber oído bien.

—¿Prefiere que no sea británica?

Al verle asentir, tuvo la tranquilidad de saber que su capacidad auditiva estaba en perfectas condiciones.

—Sí. Y si es católica, judía o metodista, mejor que mejor. Que siga los preceptos de cualquier religión que no sean los de la Iglesia de Inglaterra.

Ella empezaba a sentirse como si acabara de atravesar el espejo de la Alicia de Lewis Carroll, porque había cosas que no entendía.

—Su familia pertenece a la Iglesia de Inglaterra, milord.

—¡Exacto!

Al ver que se reía, Belinda soltó un bufido de exasperación.

—Estoy intentando hacerme una idea del tipo de mujer que se adecuaría más a usted, ¿es necesario que se tome el tema con tanta ligereza?

Él la miró contrito; lamentablemente, Belinda tuvo la clara impresión de que no sentía ni el más mínimo arrepentimiento.

—Mis disculpas, pero ¿de verdad cree que entrevistarme va a ayudarla a conseguir ese objetivo?

—He tenido cierto éxito en estas lides —le recordó ella—. Para poder ayudarle a encontrar a la esposa adecuada, tengo que saber más cosas acerca de usted y cuáles son sus aficiones. Debo saber, por ejemplo, si le gusta cultivar rosas, o escribir poesía, o salir a cazar.

—¿Son esas las aficiones que debería tener un caballero de mi posición? En ese caso, me temo que no voy a estar a la altura de las circunstancias. Cultivar rosas requiere más paciencia de la que poseo, ponerse a pensar en tercetos y cuartetos me parece una bobada, y detesto la caza. Las posibilidades del zorro de lograr huir son muy escasas, y eso es algo que siempre me ha parecido una terrible injusticia. Aquí tiene un requisito: a mi futura esposa no puede gustarle la caza.

Ella le miró con incredulidad.

—Debe de esperar muy poca cosa de la vida matrimonial, si ni siquiera le parece un requisito compartir algunos intereses comunes con su esposa.

—Para serle sincero, siempre procuro no esperar nada en ningún caso —su sonrisa se desvaneció y su expresión se endureció—. Nada causa más daño, frustración y decepción que las expectativas que no se cumplen.

—Sí, puede que eso sea cierto, pero en este caso no nos resulta útil. Necesito contar con algunas directrices. Hablemos de la apariencia física de su futura esposa, ¿tiene alguna preferencia en ese sentido? Si no le gustan la jardinería ni la caza, ¿cuáles son sus intereses y sus aficiones? ¿Cuál es su tendencia política? —se quedó desconcertada al ver que él se echaba a reír—. ¿Qué pasa?, ¿qué es lo que le hace tanta gracia?

—Al oírla hablar, cualquiera diría que encontrar esposa es como ir a la sastrería. No, esta tela no, la lana es demasiado áspera; no, esa es demasiado fina y no abriga; esa otra tiene un estampado horrible. Mi tendencia política, mis aficiones... ¿Acaso importan esas cosas?

En ese momento, Belinda se dio cuenta de algo fundamental: su tarea iba a ser más fácil si aceptaba el hecho de que todo en aquel hombre iba a llevarla a cuestionar tanto sus propias ideas preconcebidas como las convenciones sociales.

—Supongo que para usted carecen de importancia, ¿verdad? —le preguntó.

—La verdad es que sí. Hasta que conozca a mi futura esposa, los únicos requisitos que tengo son los que ya le he comentado.

—No sé cómo puede decir tal cosa. ¿Cómo es posible que no le importen los atributos personales, los intereses y el carácter de la joven que podría ser su futura esposa?

—Lo que he dicho es que no importan hasta que la conozca —la corrigió él—. Usted podría encontrar un gran número de mujeres que cumplan con todos los requisitos que yo pueda tener, que posean todos los atributos que yo solicite, pero, si no siento pasión al mirarla, si no deseo tomarla entre mis brazos y besarla hasta dejarla sin aliento y despojarla de su ropa, ninguno de esos requisitos tendrá la más mínima importancia.

Belinda le miró enmudecida. Se le secó la garganta al imaginarle besando el cuello de una mujer, rodeándola con los brazos, desabrochándole el vestido...

—¿Le sucede algo, lady Featherstone? Se la ve muy acalorada de repente.

El tono burlón de su voz rompió en mil pedazos la imagen que la imaginación de Belinda estaba creando, y luchó por recobrar la compostura.

—Me encuentro bien. Aún estoy un poco sofocada después de bailar, eso es todo —con más aspereza, añadió—: Si quiere que le ayude, le ruego que se abstenga de describir con semejante falta de decoro sus bajas pasiones. Es inadmisible.

Él sonrió abiertamente al oír aquello.

—Ya le dije que la pasión es algo importante para mí. Considérela un pasatiempo si con ello se siente mejor.

—Ese criterio no me resulta útil en...

Se calló de golpe, porque se le acababa de ocurrir la forma perfecta de lidiar con aquella situación. Gracias a aquella solución, aquel hombre conseguiría lo que quería, ella se libraría de él, y las jóvenes de Londres no correrían el riesgo de verse atadas de por vida a un cazafortunas indeseable.

—¿Qué sucede, lady Featherstone? —le preguntó él, al verla tan callada—, ¿la he escandalizado hasta el punto de enmudecerla?

—En absoluto —dejó a un lado lo de intentar averiguar cuáles eran sus preferencias y se centró en la conversación, aunque sin dejar de darle vueltas al plan que se le había ocurrido—. Dios me libre de dificultar innecesariamente mi tarea —notó que él la miraba con suspicacia, y tuvo que esforzarse al máximo por mostrarse cándida y sincera—. Como está dispuesto a ser tan flexible, estoy segura de que será tarea fácil encontrarle una esposa adecuada. Nos veremos este viernes en el Claridge's a las cinco en punto, tomaremos el té y le presentaré a una joven que creo que puede ser justo lo que usted está buscando.

Decidió marcharse de inmediato para que no tuviera tiempo de hacerle preguntas, así que dio media vuelta dispuesta a regresar al salón de baile, pero aún no había dado ni tres pasos cuando su voz la detuvo.

—Belinda...

—¿Qué? —le preguntó, mientras se volvía a mirarle por encima del hombro.

—Hay una cosa que me gustaría dejar clara —él hizo una pequeña pausa antes de añadir—: A pesar de lo que se dice de mí, y de la opinión que usted tiene de mi persona, no soy como Charles Featherstone. Créame, por favor.

—No soy yo a quien tiene que convencer, lord Trubridge. Tendrá ocasión de demostrarle a su futura esposa que le he juzgado mal, para eso están esos rituales de cortejo que le parecen tan tediosos.

Mientras se alejaba de él rumbo al salón de baile, sonrió al oírle soltar un gemido quejicoso. Había puesto a salvo a Rosalie, y estaba dispuesta a disfrutar de lo lindo con la tarea que tenía por delante.

—¡Inglaterra me parece el país más maravilloso del mundo! Papi se empeñó en ver el Parlamento, y el Big Ben, y la Torre de Londres, y también el Museo Británico. A mí todo eso me pareció un poquito aburrido, por supuesto, pero he disfrutado inmensamente yendo de compras. Papi me ha comprado tantas cosas bonitas en Bond Street, que no sé si voy a tener tiempo de lucirlo todo.

Nicholas estaba sentado en el salón de té del Claridge's frente a la bellísima señorita Carlotta Jackson, oriunda de Baltimore, y había llegado a la conclusión de que Dios debía de tener un sentido del humor bastante perverso si había creado un exterior tan bello para un interior tan vacío. Llevaba media hora oyendo a aquella joven egocéntrica parlotear sin cesar, así que estaba bastante aturdido.

—Las damas británicas son elegantísimas —estaba diciendo ella—. Un poco distantes, pero así es la gente de aquí. Lo cierto es que todo el mundo ha sido muy considerado conmigo, lady Montcrieffe fue muy amable al invitarme a su baile y ha sido un detalle por parte de lady Featherstone invitarme a tomar el té hoy. Aquí me siento mucho mejor que en Nueva York, que es un lugar horrible en el que fui muy desdichada —suspiró pesarosa antes de añadir—: No me gusta ser desdichada.

Al parecer, el hecho de que eso fuera algo que no le gustaba

a nadie no se le había pasado por la cabeza. Le miró y sonrió...
Sí, era una sonrisa muy bella, pero lo único que inspiró en él
fue el deseo de salir huyendo a toda prisa.

—Milord, usted querría que yo fuera feliz, ¿verdad?

Nicholas contuvo las ganas de preguntarle si podía ser feliz
lejos de él, donde no pudiera oírla, y se limitó a contestar:

—En un mundo ideal, todo el mundo sería feliz.

Aquellos bellos ojos, azules como la flor del aciano, se abrie-
ron de par en par.

—Pero es que yo no estaba pensando en todo el mundo,
sino en mí.

—Vaya, qué sorpresa —murmuró él.

Ella era tan cabeza hueca que no se dio cuenta de que era
un comentario irónico. Al verla parpadear con coquetería, se
preguntó por qué había mujeres que pensaban que ser capaces
de imitar el aleteo de una mariposa con las pestañas las hacía
ser más atractivas.

—Vivir en Inglaterra me haría feliz, milord; de hecho, creo
que me encantaría vivir aquí para siempre. ¿Verdad que sí?

—Sin duda. Seguro que Inglaterra le gustará tanto como a
mí París.

Ella parpadeó de nuevo, pero con menos entusiasmo, y se
limitó a contestar:

—Ah.

Se sintió inmensamente aliviado al ver que se quedaba callada, pero, por desgracia, el silencio fue efímero.

—No hay duda de que París también es una ciudad preciosa, este invierno estuvimos allí. Worth está allí, lo pasé ma-
ravillosamente bien. La ropa no tiene secretos para él, y fue tan
amable conmigo que le compré un montón de vestidos. No
hay otro como él, ¿verdad?

Nicholas no contestó, ella no se dio cuenta, y, mientras seguía parloteando sobre sí misma y su ropa y sus joyas y su
canario, que se llamaba Bibi, él se dedicó a comer emparedados
de pepino, a beber té y a murmurar alguna que otra palabra de

vez en cuando en respuesta a aquel incesante monólogo. Lo único en lo que podía pensar era en que, si tuviera que pasar más de medio día junto a una mujer tan vacua como aquella, tendría que pegarse un tiro en la cabeza. No entendía cómo era posible que Belinda hubiera decidido presentársela.

Miró de soslayo a la susodicha, que estaba sentada al otro de la mesa. Aunque estaba conversando con la madre de la joven (que, al igual que su hija, parecía tener tendencia a parlotear sin cesar), estaba mirándole a él con disimulo bajo el ala del sombrero que llevaba, un sombrerito de paja adornado con unas plumas que le daban a la prenda un aspecto de lo más absurdo.

En cuanto sus miradas se encontraron, ella apretó los labios para contener una sonrisa y se volvió de nuevo hacia la madre, y fue entonces cuando él se dio cuenta de lo que estaba pasando; aun así, ella le obligó a soportar media hora más de suplicio antes de dignarse a recordarles a la señorita Jackson y a la madre de esta que tenían una cita con una modista de New Bond Street.

Cuando las dos americanas se marcharon a toda prisa, la miró y dijo con tono acusador:

—Ha elegido a esa joven a propósito.

Ella abrió los ojos de par en par. Los suyos no eran azules como la flor del aciano, sino del color del cielo. Se llevó una mano a la chorrera que adornaba su vestido, parecía la inocencia personificada cuando le aseguró con voz almibarada:

—¡No tengo ni la menor idea de a qué se refiere, milord! Encontrarle esposa me haría muy feliz, ¿no quiere que yo sea feliz?

—Por el amor de Dios, Belinda, no imite a la señorita Jackson ni de broma. Esa joven tiene un cerebro de mosquito.

—Es cierto que no es la heredera más inteligente de Londres, pero ¿qué más le da eso a usted?

—¿Cómo que qué más me da?, ¿qué clase de pregunta es esa?

—Una perfectamente válida —ella abrió el bolso sobre su regazo, y sacó una libretita negra—. Como no quiso que nos reuniéramos para tener una entrevista exhaustiva, me he visto obligada a arreglármelas con las escasas preferencias que me dio —abrió la libreta, pasó varias páginas hasta encontrar la que buscaba, y leyó en voz alta lo que tenía apuntado allí—. «Rica y bella; debe estar dispuesta a aceptar un matrimonio basado en motivos económicos; que tenga una dote cuantiosa es indispensable, el amor no lo es; preferiblemente, que sea americana; que no pertenezca a la Iglesia de Inglaterra; que no le guste la caza». Déjeme ver... —repasó sus notas en silencio durante unos segundos antes de volver a mirarle—. No anoté que la inteligencia le pareciera un factor a tener en cuenta, ¿se me pasó por alto en la conversación de la otra noche?

—No me pareció necesario especificar que mi futura esposa tenía que tener un cerebro —masculló. Se sentía como un tonto por no haberse dado cuenta de que pasaría algo así—. Creía que era una obviedad, ¿qué hombre querría tener una esposa estúpida?

—Le aseguro que muchos, ya que una mujer inteligente les parece una amenaza para su vanidad masculina.

—Puede que eso sea cierto, pero yo no soy uno de ellos. Sería incapaz de pasar el resto de mi vida con una cabeza hueca parlanchina como Carlotta Jackson, me volvería loco de remate. Aunque supongo que eso es algo que usted ya sabía —se colocó bien los puños de la camisa y la corbata antes de añadir—: Espero que no siga haciéndonos perder el tiempo a los dos presentándome a bobitas, y me encuentre candidatas más adecuadas.

—¿Cómo iba a saber yo que la inteligencia le parece tan importante? —rezongó ella, antes de dejar la libretita sobre la mesa. Sacó un lápiz de su bolso, y murmuró mientras iba anotando—: «La candidata debe ser inteligente, excluir a parlanchinas y a bobitas» —alzó la mirada hacia él de nuevo y comentó, ceñuda—: Podría habérmelo dicho en el baile, así habríamos evitado que la señorita Jackson se hiciera falsas esperanzas.

—Si alberga alguna esperanza después de una hora tomando el té, es que tiene una imaginación muy viva. No he hecho nada para alentarla, es imposible que un hombre le dé esperanzas a una mujer si ella apenas le deja meter baza en la conversación.

Ella guardó la libreta y el lápiz en el bolso, y sacó los guantes antes de comentar con un suspiro:

—Me temo que alienta a las mujeres solo con mirarlas.

—Me lo tomaré como un cumplido.

—Me habré expresado mal —le aseguró con ironía, mientras se ponía los guantes.

Nicholas no pudo resistirse a la tentación de flirtear con ella. Se inclinó un poco hacia delante y le preguntó, sonriente:

—¿A usted también la aliento al mirarla?

Ella se limitó a contestar, en un tono monocorde y apagado:

—Mi corazón se acelera ante su sola presencia. Oh, Nicholas; oh, Nicholas.

—Qué cruel es, Belinda. Muy cruel y bella —apoyó el codo sobre la mesa, y la barbilla en su mano—. ¿Es cierto que no tiene dinero?

Ella bajó la mirada, ceñuda, y contempló su mano enguantada como si estuviera buscando alguna mancha en la prístina tela blanca.

—Supongo que Jack le ha hablado de mis finanzas, ¿no? —comentó.

—¿Se refiere al hecho de que no quedó ni un penique de su dote? Sí, me lo contó. Tras la muerte de Featherstone, el abogado tuvo que hablar con él para informarle de que no había dinero para sufragar los gastos de la finca. Se sintió muy frustrado al enterarse, ya que no había tenido ni voz ni voto a la hora de decidir cómo se gastaba ese dinero.

Ella debió de darse cuenta de que el guante estaba inmaculado y alzó la mirada al fin, aunque su rostro no reflejaba expresión alguna.

—¿Se supone que debo sentir lástima por él?

—No —se enderezó en el asiento, y suspiró antes de añadir—: No lo he dicho en ese sentido, Belinda. Soy consciente de que, si alguien sabe lo que es ver impotente cómo se despilfarra su fortuna, esa es usted. Me refería a que es una lástima que un hombre herede un título y unas propiedades, pero no el dinero necesario para mantenerlas.

—Conociendo a Jack, ¿cree que eso habría supuesto alguna diferencia?

—Es probable que no, pero en mi caso sí que será así.

—¿En serio? —le observó con atención por unos segundos antes de preguntar—: ¿Qué le ha pasado en la cara?

—¿Qué? —aquel súbito cambio de tema le tomó desprevenido, pero al recordar el puñetazo que le había propinado Denys se echó a reír—. Ah, eso. No es nada.

—No creo que un ojo amoratado sea algo que se pueda tomar a risa. ¿Se metió en una pelea en alguna taberna?, ¿tuvo una disputa jugando a los naipes?

—Ninguna de las dos cosas —le aseguró él, con toda naturalidad—. Para serle sincero, fue una disputa por una mujer. Una bailarina de cancán —al verla hacer una mueca despectiva, añadió—: Solo he mencionado su profesión por si estaba preguntándose de quién se trataba.

—Eso no es asunto mío, pero me veo en la obligación de aconsejarle que procure responder con más tacto si otras damas le preguntan sobre el tema. Una disputa por una bailarina de cancán no las predispondrá a pensar que sería un buen marido.

—Eso no tendrá ninguna importancia si sigue presentándome a jóvenes tan cortas de entendederas como Carlotta Jackson. Dudo mucho que haya notado que tengo el ojo amoratado, así que ni se le habrá pasado por la cabeza preguntarse cómo ha sucedido.

Ella no pudo contener una pequeña sonrisa.

—Sí, debo darle la razón en eso, pero, como ya le he dicho, usted no especificó que quisiera una mujer inteligente. Y ahora, si no le importa, me gustaría retomar lo que estaba intentando explicarle. La cuestión es que usted afirma que sería más responsable que Jack, pero estoy viendo en su propio rostro pruebas que indican lo contrario. Resulta difícil creer que un hombre es sincero cuando asegura que quiere cambiar de vida y mejorar como persona, pero escasos días antes tuvo una pelea por una bailarina de cancán.

—¡Belinda, se trata de dos cosas muy distintas!

—¿Ah, sí? Pues yo no veo la diferencia por ninguna parte.

—Lo de la bailarina sucedió hace tres años y el hombre que me golpeó el otro día fue lord Somerton, uno de mis mejores amigos.

—¿Su mejor amigo le golpeó por algo que pasó hace tres años? —le preguntó ella con escepticismo.

Nicholas optó por no entrar en detalles, ya que su única defensa era que estaba muy borracho cuando le había arrebatado la bailarina de cancán a Denys. Como la explicación no iba a contribuir a mejorar su imagen ante Belinda, era mejor quedarse callado.

—Da igual, prefiero no saber lo que pasó —le dijo ella, al ver que no contestaba—. Pero le advierto una cosa: No podrá malgastar la dote de su futura esposa, sea ella quien sea, en bailarinas de cancán, y se verá obligado a usar una buena cantidad de ese dinero para sacar adelante su finca.

—Si eso es lo que ella desea, a mí me parece bien. Ninguna mujer con sentido común querría que viviéramos en Honeywood, pero no escatimaré a la hora de hacer mejoras allí.

—Solo quiero que le quede claro que no podrá derrochar a manos llenas en bebida y mujeres por el hecho de casarse con una joven adinerada. Pienso asegurarme de que la dote de su futura esposa quede atada y bien atada en el acuerdo matrimonial.

—Pero usted y yo podríamos negociar los términos —murmuró él. Se inclinó hacia delante, y la miró con la mejor de sus sonrisas—. ¿Qué le parece la idea?

Ella no mostró demasiado entusiasmo.

—Si está rondándole por la cabeza la absurda posibilidad de que va a poder engatusarme para lograr salirse con la suya, olvídelo. Pienso asegurarme de que en el acuerdo se estipule que se le concederá una pensión bajo estrictas condiciones.

—No lo dudo, pero eso no impide que me ronden por la cabeza ciertas ideas —admitió mientras la recorría con la mirada.

La mesa le impedía ver aquel escultural cuerpo al completo, pero su imaginación completó la imagen sin problema alguno... y bastó esa imagen de ella, ese instante en que dio rienda suelta a la imaginación, para que el deseo se encendiera en su interior. La miró de nuevo a la cara antes de añadir:

—Al menos, cuando pienso en usted.

Al ver que ella apartaba la mirada y se ruborizaba, se sintió esperanzado pensando que a lo mejor no le resultaba tan indiferente como quería aparentar, pero cuando le miró de nuevo se mostró tan fría y distante como de costumbre.

—¿Quiere conseguir que mi opinión acerca de usted mejore?, ¿sí o no?

—Sí, pero no si eso significa que no puedo imaginar una serie de cosas de lo más placenteras pensando en usted. Puede que sea un granuja por tomar esa actitud, Belinda, pero ese es un sacrificio que no estoy dispuesto a hacer.

Ella se ruborizó aún más. Se la veía nerviosa, y se llevó los dedos al cuello antes de protestar con desaprobación:

—Es muy inapropiado que flirtee así conmigo, Trubridge.

Lo dijo con una voz trémula que le restó toda credibilidad a aquel intento de reprimenda, pero él prefirió no hacer ningún comentario al respecto para no tentar a la suerte. Le bastaba con la satisfacción de saber que lo que él sentía era recíproco y que ella también sentía algo, por poco que fuera.

Soltó un teatral suspiro de pesar y admitió:

—Lo sé, pero no puedo contenerme.

—Pues esfuércese por hacerlo —le espetó ella, antes de cerrar su bolso con brusquedad y de ponerse en pie—. Ahora que sé que quiere a una mujer inteligente, podemos avanzar. Vaya a la Galería Nacional este miércoles por la tarde a eso de las dos, y busque la sala donde se exhiben las obras de los pintores holandeses. Allí le presentaré a la señorita Geraldine Hunt, una joven tan bella como Carlotta Jackson y mucho más inteligente que ella.

Él se puso en pie también antes de contestar:

—De acuerdo, pero hiere un poco mi orgullo masculino que pueda empujarme hacia los brazos de otra mujer sin lamentarlo ni siquiera un poquito.

Se despidió de ella con una inclinación, pero, justo cuando estaba dando media vuelta para marcharse, se detuvo al oírla decir:

—Aún no puede marcharse, Trubridge.

Se volvió a mirarla de nuevo, pensando esperanzado que estaba pidiéndole que se quedara porque quería pasar más tiempo en su compañía.

—¿Por qué no?, ¿desea que me quede?

—Sí, el tiempo necesario para pagar por el té —le puso en la mano la cuenta, y sonrió al añadir—: Los clientes pagan todos los gastos.

Al ver que daba media vuelta sin más y se alejaba hacia la puerta con su bolsito colgado del brazo, exclamó:

—¡Supongo que esta tarde habrá disfrutado inmensamente!

Ella siguió caminando sin volverse a mirarlo, pero su risa fue confirmación suficiente. Como no tenía más remedio que esperar al maître, se sentó de nuevo y se contentó con seguirla con la mirada y admirar su curvilíneo trasero hasta que salió del restaurante, y no pudo evitar imaginarse cosas que no tenían ni la más mínima posibilidad de convertirse en realidad.

Rosalie sabía que era absurdo que se sintiera decepcionada, ya que apenas conocía al marqués de Trubridge. Pero, aunque solo habían conversado dos veces y habían bailado juntos en

LAURA LEE GUHRKE

una única ocasión, tenía la lamentable impresión de que ya estaba enamorándose de él, porque verle en compañía de Carlotta Jackson le había dolido y había sentido ganas de llorar. Le había dado un brinco el corazón al verle entrar en el salón de té del Claridge's, pero la alegría había dado paso a la consternación al ver que se detenía al llegar a la mesa donde estaba Belinda.

Desde su propia mesa en el otro extremo del salón, había visto con incredulidad cómo su tía se encargaba de presentarle a Carlotta y a la señora Jackson, y había sido un verdadero suplicio. No sabía que Belinda las conociera, y mucho menos hasta el punto de tomar el té con ellas. No tenía por qué estar enterada de todo lo que su tía hiciera a lo largo del día y no le interesaba saber a cuántas otras jóvenes estaba asesorando, pero, aun así, le costaba creer que Carlotta Jackson fuera una de ellas. ¡Si era una cabeza hueca!

Estaba perpleja y resentida, no entendía por qué Carlotta había sido la elegida para tomar el té con Trubridge y no ella; además, si su tía le consideraba un canalla, ¿por qué estaba tomando el té con él y presentándole a otras jóvenes? ¿Por qué la había engañado al decirle que era un hombre con un aspecto físico horrible? Cuanto más pensaba en ello, más confundida, dolida y furiosa se sentía.

A pesar de todo, cuando las tres damas se hubieron marchado y vio que se quedaba solo, no pudo evitar un resquicio de esperanza. Él iba a tener que pasar cerca de donde estaba ella para salir del salón de té, y, aunque la mesa donde estaba sentada se encontraba en una esquina, a lo mejor la veía.

El corazón se le aceleró al ver que le firmaba la cuenta al camarero, se ponía en pie y se dirigía hacia la puerta. A lo mejor se detenía a hablar con ella si la veía y, en ese caso, quizás sería buena idea invitarle a tomar asiento... Se mordió el labio mientras veía expectante cómo iba acercándose, pero su efímera esperanza se desvaneció al ver que pasaba de largo sin mirarla siquiera.

—¿Verdad que sí, señorita Harlow?

La voz de sir William la arrancó de sus lastimeras elucubraciones, y no tuvo más remedio que apartar la mirada de la espalda y los hombros del marqués, que componían una espléndida estampa. Mientras centraba su atención de nuevo en el caballero de pelo castaño que estaba sentado frente a ella, luchó por ocultar lo desilusionada que se sentía.

—Por supuesto, sir William.

No tenía ni idea de lo que le había preguntado, ya que no había estado prestando ninguna atención a la conversación. Hizo un esfuerzo por sonreír y se propuso prestarle más atención a sus acompañantes, e intentó con todas sus fuerzas no desear que fuera lord Trubridge quien estuviera sentado delante de ella en vez de sir William Bevelstoke.

CAPÍTULO 8

Belinda le había dicho la verdad al asegurarle que la señorita Geraldine Hunt era bella e inteligente, pero, por desgracia, se le había pasado por alto mencionar que también era aburridísima.

Se trataba de una de esas jóvenes eruditas que leían a Marx y a Dostoyevski, y Nicholas tuvo la impresión de haberla decepcionado a más no poder cuando le confesó que a esas alturas de su vida tan solo leía novelas y le explicó muy serio que, después de Oxford, no le habían quedado ganas de leer nada serio.

Por culpa de su confesión, tuvo que aguantar un severo sermón acerca de sus deplorables hábitos de lectura.

Cuando ella le preguntó acerca de la situación del mundo y él le contestó que, hasta donde tenía entendido, aún seguía girando, se mantuvo de lo más seria y le soltó toda una disertación acerca del inevitable futuro desastroso que les esperaba a todos. Mientras recorrían la exposición, ella le pidió su opinión acerca del mensaje que pretendía transmitir cada cuadro; después de pasar una hora intentando encontrarle algún significado más profundo a cada retrato, paisaje o jarrón de flores, se hartó y no pudo seguir callándose lo que para él era una obviedad.

—¿No cree que es posible que esta fuera la casa del autor del cuadro, y la pintara porque le gustaba vivir allí? —le preguntó, mientras contemplaban un cuadro en el que aparecía una casa de campo rodeada de hierba y árboles.

—Eso es absurdo, un pintor importante jamás crearía un cuadro por una razón tan mundana.

—Por supuesto —después de ser tratado poco menos que de palurdo, no había mucho más que decir. Avanzó hasta el siguiente cuadro e intentó encontrarle algún profundo significado oculto, pero un bodegón de un jarrón de cristal con flores no daba para mucho—. Supongo que los tulipanes eran de esperar, ya que se trata de pintores holandeses, pero también hay rosas. Qué... eh... extraordinario —examinó el cuadro con mayor atención, y aprovechó lo primero que se le ocurrió—. Los pétalos de las rosas se están cayendo, ¿cree que puede tratarse de algo simbólico?

—«¡Oh, rosa, estás enferma!» —murmuró ella, sin apartar la mirada del cuadro.

—¿Disculpe? —le preguntó, sorprendido, al oírla recitar a Blake de buenas a primeras.

Ella se volvió a mirarle y se limitó a contestar:

—La rosa enferma.

Al ver que él seguía mirándola en silencio, soltó un sonoro suspiro que dejaba claro que le parecía el tipo más ignorante del mundo y le explicó:

—El poema de William Blake, aparece en *Canciones de inocencia y experiencia*. ¿Lo conoce?

Nicholas se horrorizó al ver que quería hablar de poesía. No era que no le gustara la poesía, todo lo contrario, pero las discusiones académicas sobre ese tema le aburrían sobremanera. En su época de estudiante había tenido que aguantar áridas lecciones sobre cuartetos y tetrámetros yámbicos, y las más ridículas interpretaciones de los sonetos de Shakespeare. Estaba convencido de que una perorata de la señorita Hunt sobre Blake sería mucho peor que las de los catedráticos de Oxford, así que mintió en un intento desesperado de instalarla a cambiar de tema.

—No, no he leído nada de ese autor.

Ella no se dio por vencida y recitó en voz alta:

—«¡Oh, rosa, estás enferma! El gusano invisible que vuela por la noche, en la aullante tormenta, ha descubierto tu lecho de gozo carmesí».

Al oír que alguien sofocaba a duras penas una carcajada, Nicholas se volvió ligeramente y vio que se trataba de Belinda, que estaba a escasos metros de ellos. Aunque la fulminó con la mirada, fue una pérdida de tiempo, porque ella no estaba mirándole. Se había tapado la boca con una mano para sofocar la risa, y estaba fingiendo estar sumamente interesada en un Vermeer.

Se vio obligado a volver a centrar su atención en la señorita Hunt cuando esta dio un paso hacia él. Se alarmó al ver cómo le brillaban los ojos, y empezó a preguntarse si aquella joven estaba un poco mal de la cabeza.

—«Y su oscuro y secreto amor, te destruye la vida».

Le miró expectante tras susurrar aquellas palabras y él supuso que estaba esperando a que le diera su opinión, pero, como no sabía si tenía que valorar el poema en sí o la forma en que ella lo había recitado, optó por contestar:

—Maravilloso, realmente maravilloso —lo dijo con énfasis para intentar resultar convincente y no herir sus sentimientos, y se dirigió hacia el Vermeer—. ¿Qué le parece este otro, señorita Hunt? Yo lo encuentro muy bonito.

Mientras la joven se acercaba para contemplar el cuadro en cuestión, él se inclinó un poco hacia Belinda y le susurró:

—Ya ajustaremos cuentas usted y yo.

Mientras Trubridge y la señorita Hunt recorrían las elegantes salas de la Galería Nacional, Belinda cumplió con su papel de carabina y les siguió con discreción desde una distancia prudencial. Estaba encantada al ver que aquella tarde estaban cumpliéndose todas sus expectativas, y por si fuera poco llevaba desde el viernes saboreando lo ocurrido en el Claridge's. Le entraba la risa cada vez que recordaba la cara de aturdimiento de Trubridge mientras Carlotta parloteaba sin cesar, y en ese momento también estaba disfrutando de lo lindo con aquel segundo intento de presentarle a una heredera que cumpliera con los requisitos que él mismo le había dado.

Lamentablemente, la diversión fue efímera; a decir verdad, Trubridge se esforzó por mantener viva la conversación a pesar de los pretenciosos temas elegidos por Geraldine y de sus súbitos arranques poéticos, pero al cabo de noventa minutos se le agotó la paciencia y se quedó callado.

Al ver que el silencio se alargaba y tanto el uno como la otra parecían incómodos, se dio cuenta de que había llegado el momento de dar por finalizado aquel encuentro. Se acercó a ellos y comentó:

—Ha sido una tarde muy agradable, pero me temo que la señorita Hunt y yo debemos marcharnos ya. ¿Estás de acuerdo, Geraldine?

—Sí, sin duda.

A juzgar por su tono de voz, estaba claro que la falta de atracción era mutua. La joven no recitó más poesía mientras se dirigían los tres juntos hacia la salida, y Belinda pensó divertida que seguro que Trubridge se sentía aliviado por ello.

—No he traído mi carruaje, milord —le dijo, al salir a la calle.

Tras varios minutos de espera, pasó uno de alquiler y él le indicó al cochero que se detuviera. Ella intentó subir al vehículo en cuanto Geraldine estuvo dentro, pero, tal y como cabía esperar, él no la dejó escapar con tanta facilidad y la agarró del brazo para detenerla.

—Lady Featherstone, ¿me concede un minuto de su tiempo? Con su permiso, señorita Hunt...

Sin esperar a que la joven respondiera, dio media vuelta y tiró de Belinda para que le siguiera. Cuando estuvieron a una distancia segura del carruaje, se detuvo y se encaró con ella.

—¿Está pasándolo bien?

Aunque lo dijo con una sonrisa en los labios, Belinda no habría sabido decir si era porque Geraldine podría estar observándoles o porque la situación le resultaba realmente divertida. Sonrió a su vez y admitió:

—Sí, confieso que sí.

—Pues aproveche ahora, porque, si insiste en hacerme perder el tiempo, me veré obligado a volver a considerar a Rosalie Harlow como una posible candidata.

Aquellas palabras lograron que se pusiera seria de golpe.

—¡Teníamos un acuerdo!

—Sí, uno que quedará invalidado si usted no empieza a cumplir con su cometido.

—Lo estoy cumpliendo, no sé a qué se refiere. Estoy haciendo lo que puedo, teniendo en cuenta las vagas preferencias que me dio.

Él se le acercó un poco más antes de contestar.

—En ese caso, está claro que debo explicar mis requisitos de forma más detallada.

Teniendo en cuenta que ella misma le había pedido que lo hiciera, no podía desdecirse, así que alzó la barbilla y contestó muy digna:

—Sí, eso me resultaría útil.

—Muy bien. Iré a verla a su casa dentro de una hora, y trataremos el tema en mayor profundidad.

—¿Una hora? No puede ser, Trubridge. Tengo una cita con la duquesa de Margrave.

—Me trae sin cuidado que tenga una cita con la mismísima reina, nos vemos dentro de una hora.

—Ya le he dicho que hoy no tengo tiempo de...

Él se encogió de hombros y se puso el sombrero.

—De acuerdo. Si usted no puede concederme algo de tiempo, seguro que la señorita Harlow estará encantada de hacerlo.

—Muy bien, usted gana. Nos vemos en una hora, pero espero que esté dispuesto a ser más claro en lo que respecta a sus preferencias.

—No se preocupe, voy a ser más que claro —se volvió hacia el carruaje, se llevó la mano al sombrero para despedirse de Geraldine, y se alejó sin más por la calle.

Belinda le siguió con la mirada. Lamentaba un poco que la diversión hubiera sido tan efímera, pero esperaba haber conseguido su propósito. Encontrar esposa era un asunto serio que requería una reflexión, una atención y un esfuerzo considerables; si Trubridge iba a casarse por dinero, ella estaba decidida a hacer que se lo ganara a pulso.

Regresó al carruaje de alquiler, y le indicó al cochero que las llevara al hotel donde se hospedaba Geraldine. Cuando subió al vehículo, se sentó frente a la joven y le preguntó:

—¿Qué te ha parecido lord Trubridge?

—Es muy apuesto —a juzgar por cómo lo dijo, cualquiera diría que dicha cualidad le parecía una enfermedad. Se llevó una mano al corazón antes de añadir—: Pero la apariencia física carece de importancia, lo que de verdad importa es el interior de las personas.

A Belinda le habría encantado que el marqués pudiera escuchar aquella conversación.

—Ya veo. Y deduzco que el interior del marqués no... eh... no te ha agradado, ¿verdad?

—¡Por supuesto que no! No es un hombre serio, lady Featherstone. No le da la más mínima importancia a lo realmente trascendente. He intentado hablar con él de las noticias de la jornada y del estado del mundo, y se ha limitado a hacer comentarios banales. Tan solo lee novelas, pero tampoco parecía interesado en conversar acerca de los temas literarios y las influencias actuales. Además, ¡es obvio que no le gusta la poesía!

—Sí, eso parece —le contestó ella, con la gravedad debida. Se inclinó hacia delante, y le dio unas palmaditas en la mano para mostrarle su apoyo—. Tendremos que seguir buscando, querida.

Para cuando Belinda regresó a casa, lista para enfrentarse a Trubridge, había llegado a la conclusión de que la mejor defensa era un buen ataque; de modo que, en cuanto le vio entrar en el saloncito, le advirtió sin más:

—Puedo concederle quince minutos, lord Trubridge, pero después debo marcharme con premura. Como le comenté antes, la duquesa de Margrave me espera en su casa de Grosvenor Square, ha organizado una pequeña reunión social vespertina. No puedo llegar tarde y a usted no le conviene que lo haga, ya que entre las invitadas habrá unas cuantas que podrían ser buenas candidatas para usted.

—Eso no me inspira demasiada confianza —comentó él con sequedad.

Belinda intentó hacerse la tonta, y le preguntó con fingida inocencia:

—¿La señorita Hunt no ha sido de su agrado? Usted subrayó lo importante que le parece la inteligencia, y esa es una cualidad que ella posee. Se trata de una mujer muy instruida, se formó en el Radcliffe College y tengo entendido que se graduó con matrícula de honor.

—Sería una buena candidata si estuviera interesado en conversar acerca del deplorable estado del mundo todas las mañanas mientras desayuno, pero no lo estoy.

—Aun así, ¿no cree que es una joven muy bella?

—Sí, supongo que sí, pero...

—Y también es bastante rica... Tiene más dinero que Carlotta y que Rosalie, y está dispuesta a casarse por interés. No heredará hasta que contraiga matrimonio, y está deseando tener acceso a su fortuna porque tiene grandes planes en mente.

Él alzó una mano para interrumpirla.

—No me diga más. Seguro que se le han ocurrido un sinfín de grandes ideas para mejorar el mundo, pero...

—¿Mejorar el mundo le parece algo inconsecuente?

—¿Qué más da lo que yo piense al respecto? Por si no se ha dado cuenta, el mundo se resiste a los cambios. Eso es algo bastante inconveniente para la gente como la señorita Hunt, pero así son las cosas.

—¿No cree que las cosas puedan mejorarse?

—Creo que eso no se consigue hablando a todas horas de lo mal que están. Ya le dije que no espero demasiado de la vida, aunque admito que día a día, poquito a poco, uno puede mejorar las cosas dentro de su propio círculo. Sí, a lo mejor puede hacer mejoras en su propio pueblo, o...

—¿Y qué es lo que está haciendo usted en ese sentido?, ¿qué tal van las mejoras en...? ¿Dónde se encuentra su finca de Kent?

—Está cerca de Maidstone. ¿Podría dejar de poner en tela de juicio todo lo que digo y escucharme? Soy plenamente consciente de que, si tuviera el dinero necesario para hacer de Honeywood una finca próspera, la vida de la gente del condado mejoraría de forma considerable, pero no lo tengo. Esa es la cuestión. Y antes de que me lo pregunte... No, la pensión que recibía de mi fideicomiso no daba para mucho. La finca está alquilada, y gracias a eso se sostiene; si decidiera instalarme allí y aún tuviera mi pensión, me alcanzaría para seguir sufragando los gastos, nada más. Teniendo en cuenta el precio al que se venden las cosechas y lo bajas que son las rentas del suelo, no se puede hacer gran cosa para mejorar la situación de la gente de la zona. Lo único que generaría un cambio importante sería una gran entrada de dinero.

—Pero Landsdowne posee una fortuna inmensa, él podría ayudarle...

—No.

—Pero si él supiera que necesita el dinero... y no para gastarlo en caprichos, sino para invertirlo en su finca...

Belinda se calló al ver que tensaba la mandíbula y su musculoso cuerpo se ponía rígido como un muro. Tuvo la sensación de estar adentrándose en un terreno resbaladizo, pero para poder encontrarle una esposa adecuada tenía que conocerle mejor, así que decidió insistir.

—Si le pidiera el dinero a él...

—No. Ya le dije que jamás le pediré nada a Landsdowne, espero que quede claro.

Saltaba a la vista que estaba enfadado. Belinda no sabía qué era lo que tenía en contra de su propio padre, pero, fuera lo que fuese, estaba claro que no iba a averiguarlo si seguía presionándole.

—De acuerdo, ¿retomamos el tema que nos ocupa?

Él se relajó al oír aquello. La tensión que le atenazaba los hombros se esfumó, y el enfado que se reflejaba en su mirada se desvaneció.

—Será un placer. Antes que seguir hablando de Landsdowne prefiero divagar acerca de cómo está el mundo, plantearme contraer matrimonio con Geraldine Hunt, o que me llenen el cuerpo de clavos y me tiren rodando por la ladera de una colina.

—Como no siente el más mínimo interés por Geraldine, no hace falta que se plantee contraer matrimonio con ella —no pudo contener las ganas de añadir—: Por cierto, la falta de interés es mutua.

—Gracias a Dios, en ese caso estoy a salvo de súbitos arranques poéticos en lugares públicos.

Belinda no pudo evitar echarse a reír al recordar a la joven recitando a Blake en medio de la Galería Nacional.

—¡Tendría que haberse visto! ¡La cara que ha puesto es indescriptible!

Él no pudo evitar esbozar una breve sonrisa, pero se cruzó de brazos y esperó a que a ella se le pasara la risa.

—¡Venga, Trubridge! ¡Debe admitir que lo de hoy ha sido muy gracioso!

—Está claro que a usted le ha hecho mucha gracia, ya veo que le encanta reírse a mi costa.

—Sí, la verdad es que sí —admitió ella, sin reparo alguno.

—Pero esto no la ayuda a cumplir con los términos de nuestro acuerdo.

—No entiendo a qué se refiere —le aseguró, fingiendo desconcierto—. Encontrarle a alguien una pareja adecuada no es una ciencia exacta, es cuestión de intentarlo una y otra vez. Es imposible saber a priori cuál va a ser el resultado de un encuentro —le lanzó una mirada elocuente antes de añadir—: En especial cuando el cliente se niega a facilitarme información detallada.

Él descruzó los brazos y echó a andar hacia ella.

—Al contrario, creo que usted sabía perfectamente bien cuál iba a ser el resultado del encuentro de hoy, al igual que sabía lo que iba a pasar el viernes. Me pregunto por qué está presentándome a jóvenes que sabe que no van a gustarme.

Se detuvo frente a ella, y Belinda alzó la barbilla y se enfrentó a su mirada sin vacilar.

—Usted se niega a someterse a la entrevista que suelo hacerles a todos mis clientes, ¿cómo quiere que sepa cuál es el tipo de mujer que le gusta?

—Para eso solo tiene que mirarse en un espejo —lo dijo con toda naturalidad, y al ver que ella le miraba boquiabierta esbozó una sonrisa pesarosa y admitió—: Sí, ya sé que es difícil de creer teniendo en cuenta lo mucho que me desprecia, pero es la pura verdad.

—Que yo... —se le olvidó lo que iba a decir. Era increíble que ella pudiera ser el tipo de mujer que le gustaba; de hecho, la mera idea le parecía absurda.

Él cubrió la escasa distancia que aún les separaba, y al tenerlo tan cerca notó detalles que hasta entonces se le habían pasado por alto. Vio el anillo marrón oscuro que rodeaba el iris de sus ojos, y lo densas que tenía las pestañas; notó el aroma fresco y ligeramente especiado de su loción, y el calor que emanaba de su cuerpo.

Se puso nerviosa al ver que la contemplaba abiertamente, pero fue incapaz de apartar la mirada.

—A usted le gusta reírse a mi costa, lady Featherstone, y debe admitir que esto tiene gracia —posó una mano en su rostro antes de añadir con voz suave—: Ríase si quiere, me da igual.

Aquella caricia hizo que la recorriera una intensa calidez. Se le encogieron los dedos de los pies, apenas podía pensar mientras él deslizaba los dedos por su mejilla hasta llegar a su oreja. En ese momento, lo último que se le pasó por la cabeza fue echarse a reír.

Él acarició un mechón de pelo que se le había escapado del moño, y lo enrolló alrededor de un dedo antes de admitir:

—Siempre me han gustado las mujeres de pelo negro y ojos azules, es una debilidad mía —le cubrió la mejilla con la palma de la mano, y deslizó los dedos por su nuca.

El deseo la inundó en una poderosa oleada que arrastraba consigo sensaciones que hacía años que no sentía. La recorrió un estremecimiento, se le aceleró el pulso, y ciertos músculos de su cuerpo se tensaron... Desesperada, intentó encontrar un terreno más seguro.

—Mu... muchos clientes se sienten atraídos po... por unos rasgos físicos en concreto. Tenga por seguro que tendré en cuenta la información que acaba de darme.

—Me parece bien, pero no sé si ha entendido qué es lo que estoy buscando.

Estaban tan cerca que Belinda notó la caricia de su aliento en el rostro. Sabía que tendría que detenerle, o darle un empujón, o apartarse de él... que tenía que hacer algo, lo que fuese, pero, a pesar de que su mente la instaba a moverse, estaba como paralizada.

—No sé qué es lo que se supone que debo entender, estoy dándole lo que usted me dijo que quería —afirmó, mientras se esforzaba por pensar con claridad.

—Lamento tener que contradecirla, pero no está dándome lo que quiero.

Le acarició la mejilla con la palma de la mano, y ella se estremeció a pesar del fuego que ardía en su interior. No entendía qué le estaba pasando, no era ninguna ingenua. No era la primera vez que un hombre se le insinuaba y a los demás siempre había sido capaz de rechazarlos con firmeza, pero él estaba logrando que se derritiera a pesar de que ni siquiera le caía bien.

Luchó por recobrar el control de sí misma y de la situación.

—Estoy basándome en los criterios que usted mismo me dio: rica, bella, dispuesta a casarse por interés. Aparte de sus preferencias en lo referente al aspecto físico, ¿qué otro factor podría haber?

—Se le ha olvidado uno —se acercó tanto que sus bocas se rozaron mientras hablaba—; de hecho, es el más importante.

—¿Cuál es? —no estaba en condiciones de pensar con claridad.

Él le rodeó la cintura con el brazo que tenía libre, y la apretó con fuerza contra su cuerpo.

—Este —se limitó a decir, antes de besarla.

El contacto con sus labios hizo que su cuerpo entero se llenara de placer, un placer tan inesperado que gritó extasiada contra su boca. El deseo que él había encendido se abrió paso en su interior, se convirtió en una carnalidad desatada que infundió calor a todas y cada una de las células de su cuerpo.

No quería sentirse así, sabía que no podía ser, pero, a pesar de que su mente enfebrecida la alertaba de que aquello era una locura, aferró con fuerza las solapas de su chaqueta y le acercó aún más. Anhelaba con desesperación cosas que pensaba que jamás volvería a desear... La boca de un hombre devorando la suya, sentir cómo la rodeaban sus brazos, tener su cuerpo duro y fuerte contra el suyo... Eran cosas que creía haber dejado atrás hacía mucho, pero aquel hombre estaba demostrándole que estaba equivocada. En ese momento, mientras estaba entre sus brazos, su cuerpo parecía tener vida propia. La razón había quedado en el olvido, las dolorosas lecciones del pasado se alejaron como los restos de un naufragio arrastrados por la marea... y acabaron por desaparecer.

En cuanto abrió los labios, él profundizó aún más el beso, y la caricia de su lengua la excitó aún más. Le soltó las solapas, se puso de puntillas y le rodeó el cuello con los brazos para acercarse más a él. Necesitaba más, mucho más.

Él soltó un gemido ronco contra sus labios, le puso las manos en las nalgas y la alzó del suelo hasta que quedaron cadera contra cadera. En aquella posición tan íntima era inevitable que Belinda notara su erección, y eso fue lo que le permitió recobrar un vestigio de cordura.

Giró la cara para interrumpir el beso, y oyó su propia respiración jadeante mientras apoyaba la frente en su hombro. Se dio cuenta de que él estaba igual de jadeante, y se preguntó si su corazón también estaría martilleándole en el pecho con una fuerza dolorosa.

La bajó al suelo y ella apoyó las palmas de las manos en sus hombros, pero, en vez de soltarla, siguió rodeándole la cintura con un brazo y le acarició la espalda con suavidad mientras la besaba con ternura en la coronilla.

Belinda empezó a asimilar lo que acababa de ocurrir. No solo había permitido que un hombre al que apenas conocía se propasara con ella, sino que le había alentado, e incluso había disfrutado. Seguro que Trubridge había hecho lo mismo en multitud de ocasiones con muchas otras mujeres, pero ella no era como él. Ella no hacía aquella clase de cosas, hacía mucho tiempo que había dejado atrás aquellas sensaciones excitantes y carnales. Y, por si fuera poco, se trataba de un cliente.

Le empujó los hombros con fuerza, pero, al ver que él parecía reacio a soltarla, se echó un poco hacia atrás y le miró a los ojos.

—Suélteme —intentó teñir su voz de desdén y desaprobación, pero las palabras brotaron en un susurro jadeante.

Él obedeció poco a poco, fue apartándose hasta que al final la soltó del todo y retrocedió un paso.

—Espero haber dejado claro qué es lo que estoy buscando —le dijo, con voz un poco trémula, antes de dar media vuelta.

Ella le miró boquiabierta y se quedó allí plantada, agitada y llena de mortificación, mientras le veía salir del saloncito.

CAPÍTULO 9

Una fresca brisa primaveral golpeó de lleno a Nicholas al salir de casa de Belinda. Su cuerpo entero ardía de deseo, y estaba claro que había perdido la cabeza. No estaba muy al día en cuestiones protocolarias, pero apostaría una buena suma de dinero a que el que uno besara a una mujer que estaba intentando buscarle esposa no era *comme il faut*. A él no le importaban demasiado esas cosas, pero a ella sí; además, Belinda le consideraba poco menos que una rata de cloaca, y haberla besado de repente no iba a contribuir a que esa opinión mejorara.

Se detuvo al llegar al carruaje de Conyers. Miró al cochero, que estaba sujetándole la portezuela para que entrara, y tras un instante de vacilación negó con la cabeza y le dijo:

—Prefiero caminar un poco, Smythe. Puedes irte.

El cochero cerró la portezuela y comentó:

—Como quiera, milord, pero hace bastante frío para dar un paseo.

—Mucho mejor, en este momento me iría bien enfriarme —murmuró, antes de dar media vuelta.

Al ver que ella insistía en divertirse a su costa había querido resarcirse, pero, por alguna extraña razón, al final había acabado confesando una atracción que no había tenido intención alguna de revelar jamás.

No entendía cómo había podido cometer una idiotez semejante, se había quedado expuesto y vulnerable ante una mujer que le despreciaba. No le habría extrañado que ella le hubiera abofeteado y le hubiera echado a patadas de su casa... pero no lo había hecho.

Se detuvo de golpe en medio de la acera mientras asimilaba lo ocurrido. Acababa de besar a Belinda Featherstone, la viuda más intachable de Londres, una mujer que era la rectitud y la moralidad personificadas y que no sentía sino el más puro desprecio hacia los hombres disolutos. Y, en vez de propinarle un bofetón por las libertades que se había tomado con ella, le había devuelto el beso.

Belinda le había rodeado el cuello con los brazos, había abierto los labios, y le había devuelto el beso.

Esbozó una enorme sonrisa de pura satisfacción masculina, pero su buen humor se esfumó de golpe. Era más que probable que al día siguiente recibiera una nota en el correo de la mañana informándole de que el acuerdo que tenía con ella había llegado a su fin, y no sabía si sería capaz de encontrar esposa sin su ayuda; por otro lado, sería peor aún seguir siendo su cliente. No era correcto que un hombre deseara a la mujer que estaba buscándole esposa, pero tenía cada vez más claro que, siempre que tuviera cerca a Belinda, el deseo y la pasión iban a hacer acto de presencia. No había duda de que estaba metido en un buen embrollo.

Las reuniones vespertinas que la duquesa de Margrave celebraba en su casa estaban entre los eventos más esperados de la temporada social. Cualquier dama que se preciara podía llenar su salón con multitud de invitadas por la tarde, pero convencer a los hombres de que asistieran era mucho más complicado. Además de competir con diversiones para los solteros de Londres como las carreras, las partidas de naipes en el club y los paseos a caballo, aquellas reuniones vespertinas se organizaban en gran medida con el objetivo de que conocieran a jóvenes casaderas, así que en muchos casos tan solo asistían a ellas los solteros más desesperados y poco agraciados.

Pero la duquesa de Margrave era más sutil que la mayoría de anfitrionas londinenses, y también más sensata. Se aseguraba siempre de que hubiera a mano comida en abundancia, ofrecía un vino de calidad además de champán, y tan solo invitaba a jóvenes que fueran entretenidas e inteligentes además de atractivas. Los hombres acudían en tropel.

Belinda siempre estaba invitada a aquellos eventos, ya que la duquesa era amiga suya y podían ser de gran utilidad para una casamentera, pero en esa ocasión no lograba concentrarse en encontrar la pareja ideal de nadie. Había un cliente en especial que ocupaba su mente por completo y, mientras recorría el comedor de la duquesa con la mirada, sabía que iba a resultarle poco menos que imposible encontrarle esposa. ¿Cómo iba a hacerlo, después de lo que había sucedido hacía menos de una hora? Aún le ardían los labios después de aquel beso.

Seguía teniendo el sabor de Trubridge en la boca, seguía sintiendo en las nalgas el calor de las palmas de sus manos, seguía notando su dura erección apretada contra su cuerpo; aún seguía sintiendo sus propios deseos cobrando vida de la nada y llevándola a comportarse con tan poca corrección como él.

Hizo una mueca al recordar con una claridad dolorosa cómo se había aferrado a su cuello y le había devuelto el beso. No entendía cómo había sido capaz de comportarse así, cómo había podido participar en ese beso con semejante abandono. A pesar de todo lo que sabía, de todo el dolor que había sufrido a manos de Featherstone, había permitido que se propasara con ella un hombre que, por mucho que él dijera lo contrario, parecía ser igualito a su difunto esposo. No se había limitado a dejar que la besara, se había entregado con un abandono que no sentía desde que era una jovencita enamorada de diecisiete años. ¿Y se suponía que tenía que encontrar una esposa para él después de lo sucedido? Eso era una hipocresía, era absurdo... Era horrible.

Deseó con todas sus fuerzas poner fin al acuerdo que tenían, pero seguro que él no dudaría en volver a poner a Rosalie en su punto de mira. Después de lo que había ocurrido aquella tarde, estaba más claro que nunca que una joven romántica como ella jamás podría alcanzar una felicidad duradera con un hombre como Trubridge, así que no tenía más opción que encauzarle hacia una mujer que encajara mejor con él. La cuestión era encontrarla.

Recorrió el comedor con la mirada de nuevo e intentó imaginarse a alguna de aquellas muchachas tan encantadoras y dulces con Trubridge, pero fue en vano. Con el beso de aquella tarde había quedado demostrado que lo más probable era que no fuera un marido atento ni fiel, ¿cómo iba a aconsejarle a cualquiera de aquellas jóvenes que se casara con él?

En ese momento vio a la duquesa de Margrave, que estaba atendiendo con desenvoltura a los invitados. Era una mujer alta y delgada y, aunque no era hermosa (de hecho, muchos la consideraban anodina), estaba preciosa. Su pelo rojizo estaba bañado por la luz vespertina que entraba por las ventanas, y su pálida piel brillaba como la porcelana. Había cambiado mucho desde que había sido presentada en sociedad cuatro años atrás.

Cuando había recibido por primera vez a Edith Ann Jewell, perteneciente a una familia de nuevos ricos, en su casa de Berkeley Street, había visto a una joven hostil y desgarbada que estaba a la defensiva y llena de resentimiento, pero esa joven se había convertido en una mujer elegante y segura de sí misma que era una gran anfitriona y una amiga incondicional.

Deseó con cierta amargura que Margrave pudiera ver a su esposa en ese momento, pero el duque estaba en Kenia.

Al ver que Edie sonreía a una de las invitadas mientras recorría el abarrotado comedor, se le encogió el corazón y se sintió culpable. El matrimonio de su amiga con Margrave era su error más garrafal como casamentera. Había sido ella quien había unido a la pareja cuatro años atrás, ya que estaba convencida de que serían felices juntos. El duque había sido muy convincente al asegurarle que sentía un afecto profundo y sincero hacia Edie, le había prometido que haría todo lo posible por hacerla feliz, pero, en cuanto había saldado sus enormes deudas con la más que enorme dote de su esposa, apenas un mes después de intercambiar los votos matrimoniales, la había abandonado y había partido rumbo a África. Aún no había regresado. Al parecer, le daba igual haber dejado a su esposa sola y sin hijos, y haberla abocado a un limbo social de lo más humillante.

Ella había propiciado que la pareja se conociera y se casara, y ni siquiera se le había pasado por la imaginación que el matrimonio pudiera desmoronarse de buenas a primeras. No había tenido dudas ni recelos, estaba segura de que Edie y Margrave iban a ser felices... demasiado segura.

Suspiró al recordar que, la noche del baile, Nancy le había advertido que a veces podía equivocarse. Era cierto que no había acertado con los Margrave, pero, lamentablemente, tenía la impresión de que no se equivocaba al pensar mal de Trubridge, y el beso de aquella tarde parecía darle la razón en eso. Miró las hojas de té que habían quedado en el fondo de su taza, y deseó poder leer en ellas el nombre de una joven que no estuviera abocada a la infelicidad en caso de casarse con él. No quería que otra cayera en el mismo error que ella, y tampoco quería que otro caso como el de Edie pesara en su conciencia.

Un sinfín de dudas la asaltaron de repente... dudas sobre su propio criterio, sobre sus aptitudes, incluso se preguntó si había acertado al elegir su profesión. No todos los matrimonios que se habían llevado a cabo gracias a su colaboración habían dado buenos resultados, por supuesto. Eso sería esperar demasiado. Pero nunca antes, ni siquiera después de la debacle de los Margrave, había puesto en duda si estaba haciendo lo correcto, y eso era lo que estaba haciendo por culpa de un hombre y de un beso electrizante.

—¿Te pasa algo, Belinda?

Alzó la mirada con sobresalto, ni siquiera se había dado cuenta de que la duquesa se había acercado a ella.

—Organizas unas fiestas muy entretenidas, Edie.

—Gracias, pero en ese caso no entiendo qué haces aquí sola en una esquina. Pareces tan sombría como un sepulturero.

—Cielos, qué descortés por mi parte. Es que hoy estoy un poco intranquila.

—Eso ya lo veo, querida. ¿Qué es lo que te preocupa?

«Los besos de un granuja». Se preguntó cómo reaccionaría su amiga si se lo contara, pero se limitó a contestar:

—Tengo un cliente difícil, está siendo muy complicado emparejarle con alguna joven adecuada.

—Ya veo. Supongo que estamos hablando de lord Trubridge, ¿verdad? —se echó a reír al ver la cara de sorpresa que puso—. ¿Qué pasa?, ¿no sabes que todo el mundo está comentando quién estaba sentado con quién este viernes en el salón de té del Claridge's? Pero mira que intentar emparejarle con Carlotta Jackson... ¿Cómo se te ocurre?

Belinda se echó a reír también, y se animó un poco al recordar lo ocurrido.

—Pensé que podría ser la candidata ideal para él.

—¿Por qué?, ¿tanto le odias?

Lo que sentía por lord Trubridge no era odio ni mucho menos, tal y como demostraba aquel beso que no lograba quitarse de la cabeza.

—No me parece bien emparejarle con una joven dulce y buena, Edie. Ese hombre tiene muy mala fama.

Su amiga frunció su pecosa nariz y comentó:

—Por muy mala fama que tenga, no se merece a Carlotta.

—No sé si estoy de acuerdo en eso —le contestó ella, con cierta aspereza—. Su padre decidió que dejara de recibir la pensión de su fideicomiso, y va a casarse porque no le queda más remedio que hacerlo.

—Sí, leí el artículo que salió publicado al respecto... a juzgar por los cotilleos que circulan por toda la ciudad, todo el mundo lo leyó. Lo que me sorprende es que accedieras a ayudarle, siempre has tenido muy mala opinión de los cazafortunas.

Belinda suspiró y le entregó su taza a un lacayo que pasaba por allí en ese momento.

—No tuve alternativa —al ver que su amiga estaba a punto de pedirle que se explicara, se apresuró a añadir—: Es una larga historia y no voy a aburrirte contándotela en detalle, baste decir que decidí aceptar a Trubridge como cliente pensando que se lo tendría bien merecido si terminaba casado con alguien horrible.

—Eso explica lo de Carlotta —comentó su amiga, con una carcajada.

—Sí, pero la cosa no salió bien. Lamento decir que Trubridge no salió del salón de té con una buena impresión de ella.

—Así que es un hombre con cerebro y sentido común, ¿no? Supongo que eso dificulta un poco tu tarea, aunque aún es pronto para saberlo con certeza. Tienes tiempo de sobra para encontrarle a alguien antes de que la temporada social llegue a su fin.

—Por mí, cuanto antes mejor, y él quiere casarse lo antes posible. La cuestión es encontrar a la candidata idónea para él.

—¿Por qué no le traes a la fiesta campestre que ofrezco en Highclyffe? Dará comienzo dentro de dieciséis días, una semana antes de Pentecostés. Va a acudir mucha gente... unas cuarenta personas más o menos, incluyendo a una buena cantidad de jóvenes atractivas y con generosas dotes —le guiñó el ojo y añadió—: Una de ellas podría ser lo bastante horrible como para pasar la criba.

—Dudo que invites a alguien que me parezca lo bastante horrible para él —arguyó ella, con un suspiro pesaroso.

—Cielos, ¿tan malo es ese hombre?

—Es un verdadero granuja —quizás, si seguía repitiendo aquellas palabras lo suficiente, el beso que habían compartido dejaría de arderle en los labios.

—Aun así, me encantaría que le trajeras. En ese tipo de reuniones tan grandes siempre acaban faltando solteros para equilibrar el número de hombres y mujeres y, a pesar del desagrado que sientes hacia los matrimonios por conveniencia, a algunas personas les van como anillo al dedo —se volvió a mirar al gentío que se agolpaba en su comedor, y al cabo de unos segundos admitió—: Yo, por ejemplo, me siento completamente satisfecha con el mío.

—¿Qué? —Belinda la miró atónita, y se sorprendió aún más al verla esbozar una pequeña sonrisa—. No es posible que estés satisfecha con tu situación actual, con Margrave en África y tú aquí.

—¿Eso crees? —su amiga se volvió a mirarla de nuevo, y se echó a reír—. Mi querida Belinda, qué cara de asombro tienes. ¿No se te ocurrió pensar que yo podría desear un matrimonio como el que tengo?

—No, ni siquiera se me había pasado por la cabeza —confesó, mientras intentaba asimilar lo que estaba oyendo—. Supongo que ni me lo planteé porque... no sé, porque se te veía realmente feliz cuando os prometisteis. Ya sé que tuvisteis un noviazgo breve, pero ambos nos asegurasteis tanto a tu padre como a mí que os adorabais. En ningún momento confesasteis estar locamente enamorados, pero nos asegurasteis que sentíais un profundo afecto...

—No nos quedó otra opción. Por un lado, papá no habría permitido que me casara con Margrave si le hubiéramos confesado la verdad; por el otro, si hubiéramos intentado comportarnos como un par de enamorados, tú te habrías dado cuenta de que estábamos fingiendo. Incluso en el caso de que nos hubieras creído, habrías insistido en que tuviéramos un noviazgo largo para cerciorarnos de que queríamos casarnos, y habrías convencido a papá de que nos obligara a esperar. Como los dos queríamos casarnos lo antes posible, acordamos que el afecto era la mejor opción.

Belinda alzó una mano para intentar detener aquel torrente de palabras.

—Espera, ¿estás diciendo que Margrave y tú acordasteis de antemano casaros?, ¿lo planeasteis todo?

—Sí —la duquesa bajó la mirada hacia la copa de champán que tenía en la mano, agitó el líquido con suavidad, y tomó un trago antes de volver a mirarla a los ojos—. Le conocí en el baile de los Hanford, antes de que tú nos presentaras, y descubrimos que los dos veíamos el matrimonio bajo el mismo punto de vista. Llegamos a un acuerdo, y quedó sellado uno de esos matrimonios mercenarios que tú tanto detestas. Los términos del trato eran los habituales: Yo me convertiría en duquesa, él recibiría mi dote, viviríamos juntos un par de semanas para guardar las apariencias, y entonces cada uno haría su vida.

—De modo que ya te conocía cuando me solicitó que os presentara, ¿verdad? ¡Menudo canalla!

—No le culpes a él, la idea fue mía.

Belinda miró atónita a su amiga, y de repente recordó lo que Trubridge le había dicho: «Hasta el momento no ha tenido reparos a la hora de ayudar a concertar matrimonios de conveniencia... el de los duques de Margrave, por ejemplo...». ¿Cómo era posible que él estuviera enterado de la verdad y ella no?, ¿lo había adivinado por mera casualidad? La casamentera era ella, ¿acaso desconocía los resultados de su propia labor hasta el punto de pasar por alto algo tan obvio?

—¿Por qué lo hiciste, Edie? ¿Por qué decidiste casarte con un hombre al que no amabas?, ¿por qué te conformaste con eso?

—Faltaba poco para que terminara la temporada, y sabes bien que no puede decirse que en mi presentación en Londres deslumbrara con mi belleza y mi encanto —al ver que iba a protestar, le hizo un gesto tranquilizador—. No te preocupes. Sé que no era la heredera más bella, y mucho menos la más dulce —esbozó una gran sonrisa al añadir—: Aunque sí que era la más alta. En fin, la cuestión es que papá quería regresar a Nueva York, y... y yo no.

Al ver el dolor que relampagueó en sus ojos, Belinda le puso una mano en el brazo en un gesto de apoyo.

—Sí, ya lo sé. Para ti habría sido horrible regresar allí, pero, aun así, embarcarse en un matrimonio sin amor... —bajó el brazo y suspiró pesarosa—. Lo lamento, Edie.

—¡No te atrevas a sentir lástima por mí! —la sombra de dolor se esfumó de su rostro, y la sonrisa radiante emergió de nuevo—. En mi país era mercancía defectuosa, pero aquí soy todo un éxito dentro de la alta sociedad.

—Sí, ya lo sé, pero me gustaría que me hubieras contado antes todo esto. Me sentía muy culpable al pensar que eras desdichada.

—¡Cielos, no tenía ni idea! —exclamó su amiga, consternada—. No te lo conté porque temía que te enfadaras conmigo al saber que te había mentido, y que había elegido a mi marido de forma tan fría y calculada. Por eso fui aplazando el momento de sincerarme contigo y, cuanto más tiempo pasaba, menos importante me parecía revelarte la verdad. No tenía ni idea de que te sintieras culpable; de haberlo sabido, te lo habría confesado hace tiempo —se mordió el labio, y en sus ojos verdes apareció un resquicio de incertidumbre—. ¿Estás muy enfadada?

—No, la sorpresa que siento no deja espacio para el enfado, lo que estoy es... Dios, no sé ni cómo me siento —suspiró y se frotó la frente con la mano—. Me parece que necesito una copa.

Edie se echó a reír.

—¡Pero si no te gusta el alcohol!

—Voy a hacer una excepción —miró a su alrededor y, al ver a un lacayo con una bandeja llena de copas de champán, le indicó que se acercara y tomó una de ellas—. Después del día que he tenido, cualquiera se tomaría una copa.

Se tomó un trago sin pensárselo dos veces, y la cara que puso hizo que su amiga se echara a reír de nuevo.

—Parece que estás tomando aceite de hígado de bacalao, siempre pones esa cara cuando bebes. Si no estás así por lo que acabo de contarte, ¿qué es lo que te pasa? ¿Qué te preocupa hasta el punto de recurrir a la bebida?

Belinda suspiró de nuevo, bajó la copa y fijó la mirada en el gentío antes de admitir en voz baja:

—Me sentía muy segura de mí misma, pero empiezo a darme cuenta de que en realidad no entiendo nada de nada... no entiendo a los demás, y ni tan siquiera a mí misma.

—Conociéndote, eso me extraña sobremanera.

—¿Verdad que sí? —tomó otro trago de champán, y volvió a poner la misma cara—. Y pensar que durante todo este tiempo, desde que Margrave partió rumbo a África, creía que eras desdichada y lo ocultabas para que nadie se diera cuenta.

—Nadie me cree cuando digo que no es así, a nadie se le pasa por la cabeza que una mujer pueda ser completamente feliz sin un hombre a su lado.

—¿De verdad que eres feliz?

—¡Por supuesto que sí! ¿Quién no lo sería? Tengo una fortuna enorme, la plena aceptación de la sociedad, una lujosa mansión en Grosvenor Square, varias fincas campestres enormes en distintos condados, y la libertad de manejarlo todo sin tener que aguantar el estorbo de un marido entrometido.

—¿El duque está igual de satisfecho con la situación?

—Supongo que sí, la verdad es que no nos carteamos —le contestó, con una sonrisa traviesa—. Si no estuviera satisfecho recorriendo África, no te quepa duda de que su madre me lo haría saber... a su manera tan estirada y británica, por supuesto. Tanto Margrave como yo estamos contentos y satisfechos, vivir en distintos continentes ha resultado ser la opción perfecta para hacernos alcanzar la felicidad conyugal.

—Pero eso no es lo que yo quería para ti, Edie.

Su amiga le pasó un brazo por los hombros y le dio un pequeño abrazo antes de decir:

—Eres un cielo. Es lo que yo quería, y tú más que nadie deberías entender lo maravilloso que resulta ser una mujer independiente y con recursos que puede valerse por sí misma.

—Sí, pero fue un camino que yo no elegí.

—Yo sí que lo hice —Edie esbozó una amplia sonrisa y

tomó un sorbito de champán—. ¿Ves lo fácil que te lo he puesto? ¡Lo único que tienes que hacer es encontrarle a Trubridge una mujer como yo!

—La situación no es tan sencilla.

—Eso, mi querida Belinda, es porque sabes que lo que él desea es cerrar un mero acuerdo, y eso no te gusta porque en el fondo eres una romántica.

—¡Eso no es cierto!, ¡yo no tengo nada de romántica!

—¡Por supuesto que sí! Te encanta el romanticismo, ¿por qué crees que te convertiste en casamentera? Aún más: ¿por qué crees que te dejaste encandilar por un granuja encantador y apuesto como Featherstone, y pensaste que lograrías reformarle?

—De acuerdo, muy bien, pero es que era una jovencita boba cuando me casé con él. Desde entonces he cambiado...

Se calló de golpe al recordar el beso de Trubridge. El súbito cosquilleo que sintió en los labios y el acaloramiento que le tiñó las mejillas de rubor desmentían que fuera más lista que la jovencita que había contraído matrimonio con Charles Featherstone. Soltó un gemido de consternación, y se cubrió el ruborizado rostro con la mano que tenía libre.

—¿Estás bien?, ¿qué te pasa? —le preguntó su amiga con preocupación.

Ella se limitó a negar con la cabeza. No alzó la mirada porque sabía que debía de estar roja como un tomate, y maldijo para sus adentros a Trubridge por despertar en ella deseos físicos e ideas románticas que creía haber dejado atrás hacía una eternidad.

No quería sentir aquel tipo de cosas, ya que sabía que eran tan insustanciales como una telaraña. Trubridge era un hombre que le desagradaba y al que no respetaba, y sabía que sería una locura, dañino para ella y una soberana estupidez sentir algo por alguien como él.

Belinda esperó diez días antes de mandarle un mensaje a Trubridge para proponerle un encuentro con otra posible candidata. En ese tiempo intentó no pensar en cómo se habían besado, en cómo la había hecho arder de deseo con sus caricias, pero, a pesar de que no había logrado quitarse aquellos recuerdos de la cabeza por completo, sabía que no podía seguir aplazando el momento de volver a verle.

El hecho de que le considerara indigno de la mayoría de sus clientas pero, por otro lado, ella misma se hubiera sentido tan ebria de deseo cuando la había besado era una ironía repugnante en la que prefería no ahondar. Estaba claro que los granujas seguían ejerciendo una inexplicable fascinación sobre ella, pero se esforzó por contenerla.

Redobló sus esfuerzos para encontrarle candidatas adecuadas y, cuanto más horribles eran, más perfectas las consideraba para él. Le preparó un calendario social pensado para que conociera al mayor número posible de aquellas jóvenes, se recordó a sí misma una y otra vez los comentarios más irritantes que había oído de sus labios, se negó a pensar en sus virtudes y, cada vez que pensaba en el beso y volvía a recorrerla aquella cálida y embriagadora oleada de deseo, se reprimía de inmediato y apartaba de su mente aquellos recuerdos. Diez días después, cuando se sintió con el suficiente control sobre sí misma y sobre la situación, le invitó a que fuera a visitarla, y para cuando él llegó estaba convencida de que iba a ser tan inmune a sus encantos como la primera vez que le había recibido en su casa.

Pero, en cuanto le vio entrar por la puerta del saloncito, se dio cuenta de que todos sus esfuerzos habían sido en vano. Sus anchos hombros le recordaron la fuerza con la que la había abrazado; mirarle la boca bastó para que le ardieran los labios y un fuego intenso se extendiera por su vientre. Él ya le había entregado los guantes al mayordomo, y al ver sus manos desnudas recordó cómo la había agarrado de las nalgas y la había alzado para apretarla contra su...

—¿Deseaba verme?

El sonido de su voz la arrancó de aquella ensoñación tan inconveniente en la que estaba sumida, y respiró hondo antes de contestar.

—Sí, así es —miró al mayordomo, que estaba esperando en la puerta—. Jervis, ¿puedes traernos un poco de té? —necesitaba una buena taza para darse ánimos. Cuando Jervis se fue, se volvió de nuevo hacia él—. ¿Tomamos asiento?

Le indicó la mesita redonda donde ya tenía preparados su agenda, la agenda de clientes y el tintero. Por suerte, el mueble era lo bastante grande como para actuar de barrera entre ellos, pero el hecho de que necesitara mantener las distancias con él demostraba que diez días no habían sido tiempo suficiente. Era algo de lo más humillante y seguro que él se sentiría muy pagado de sí mismo si se enteraba, así que se sintió aliviada cuando, justo antes de sentarse, se miró con disimulo en el espejo de la pared y vio que había logrado mantenerse inexpresiva y su rostro no reflejaba lo que estaba sintiendo.

Le indicó con un gesto que se sentara en la silla que había frente a ella, sacó la pluma del tintero, y abrió su agenda.

—Mi amiga, la duquesa de Margrave, va a celebrar una fiesta campestre de varios días en su casa de Norfolk. Ha tenido la amabilidad de invitarme, y me sugirió que usted podría acompañarme. La fiesta empieza dentro de seis días y durará hasta el jueves siguiente. Van a acudir muchos invitados, y la duquesa me aseguró que entre ellos habrá varias jóvenes que podrían ser adecuadas para usted.

—¿Adecuadas según mis criterios... o de acuerdo a lo que piensa usted? —le preguntó él con ironía.

A aquellas alturas, Belinda estaba tan desesperada por casarle con alguien que empezaba a darle igual cómo conseguirlo.

—Cuantas más jóvenes conozca, más probabilidades tendrá de encontrar a alguien que... —se calló y notó cómo se ruborizaba, pero hizo un esfuerzo por acabar la frase—. A alguien que le atraiga.

Al ver que él no contestaba, hizo acopio de valor y alzó la mirada, pero solo logró llegar a su boca, una boca que esbozaba una pequeña sonrisa, antes de volver a bajarla. No podía mostrarse indiferente si miraba la boca de aquel hombre, ninguna mujer sería capaz de semejante hazaña después de que él la había besado como lo había hecho.

—Como aún no conoce a la duquesa, me parece aconsejable que vayamos a Norfolk antes que el resto de invitados —añadió, desesperada por ceñirse a su trabajo—. Así podré presentársela antes de que lleguen los demás. Consultaré los horarios de los trenes a Clyffeton, y le diré cuál debemos tomar después de consultarlo con la duquesa. ¿Le parece bien? —en vez de esperar a que contestara, hizo una anotación en su agenda como dando por hecho su visto bueno—. Mientras tanto, sería conveniente que se dejara ver por el teatro y la ópera. Según tengo entendido, está hospedado en casa de lord Conyers.

—Sí, así es.

—Excelente. Él es un caballero muy respetado y tiene un palco en Covent Garden, que le vean allí con él contribuirá a mejorar la imagen que la alta sociedad tiene de usted. Cuanto más le vean en lugares respetables y en compañía de gente honorable, más se irá diluyendo la mala opinión que tienen de usted por lo ocurrido con Elizabeth Mayfield. ¿Cree que podrá asistir a alguna función esta semana?

—Depende. ¿Usted también vendrá?

Belinda se quedó inmóvil justo cuando iba a meter la pluma en el tintero, y tan solo pudo contestar:

—Eso no sería prudente.

—Puede que no, pero yo disfrutaría mucho más de la ópera con usted a mi lado.

Sintió un placer desmedido al oír aquellas palabras, y fingir que estaba ocupadísima y atareada se convirtió de repente en algo de vital importancia. Mojó la pluma en la tinta, quitó el exceso dándole unos golpecitos contra el borde del tintero, y empezó a escribir en su agenda. Lo que estaba anotando no tenía ningún sentido, así que rezó para que él no supiera leer al revés.

—Usted también disfrutaría más si me tuviera a su lado —

insistió él, sin dejarse amilanar por su silencio—. Soy mucho más entretenido que las valquirias de Wagner o el Fígaro de Rossini.

—No sería prudente —repitió de nuevo, sin dejar de escribir. No estaba segura de a quién estaba intentando convencer, a él o a sí misma, así que decidió que sería mejor cambiar de tema—. Ascot es otro asunto a tratar. Como ya sabrá, la semana de carreras comenzará poco después de que regresemos de Norfolk, y es una semana muy importante dentro de la agenda social. Como la gran mayoría de las jóvenes americanas no tienen la suerte de recibir una invitación para entrar en el Recinto Real, yo les ofrezco un almuerzo a modo de premio de consolación. Espero que esté dispuesto a asistir también.

—Supongo que usted tendrá que asistir a su propio almuerzo, así que... sí, sí que asistiré.

Ella optó por centrarse en su respuesta afirmativa y pasar por alto el resto.

—Excelente. En el intervalo de tiempo que queda tras nuestro regreso de Norfolk y antes de Ascot, el baile de lady Wetherford es un evento a tener en cuenta. Tengo entendido que usted conoce a James, su hijo.

—¿Quién, Pongo? Sí, estudiamos juntos, pero...

—Perfecto, creo que podré convencerla de que le mande una invitación —volvió a meter la pluma en el tintero, pero, antes de que pudiera anotar lo del baile, él se inclinó hacia delante y le cubrió la mano con la suya. El contacto de aquella palma cálida hizo que se tensara—. Lord Trubridge...

Él la interrumpió antes de que acabara de formular su protesta.

—Antes de que sigamos hablando de mi agenda social, creo que hay algo que no puedo pasar por alto.

Ella se zafó de su mano y, tras hacer acopio de valor, le miró a la cara.

—¿De qué se trata?

Él se inclinó hacia delante de nuevo como si estuviera a

punto de revelar un secreto de vital importancia, y a Belinda le llegó su aroma.

—No estamos agarrando el toro por los cuernos.

Era un comentario tan absurdo y tan inapropiado en aquellas circunstancias que ella estuvo a punto de echarse a reír, pero logró contenerse a tiempo y apretó los labios con fuerza. No quería que aquel hombre la hiciera reír, no quería que fuera absurdo ni encantador, no quería que fuera tan terriblemente atractivo. Quería centrarse en todos sus defectos, porque, de no ser así, empezaría a recordar la debilidad que sentía por los hombres encantadores y capaces de hacerla reír.

—He pensado que debía mencionarlo por si usted no se había dado cuenta —añadió él. Se echó de nuevo hacia atrás en su asiento, y se colocó bien los puños de la camisa con toda tranquilidad—. Aunque un toro no es algo fácil de obviar, la verdad.

—Gracias, pero no deseo hablar de toros —le contestó ella, intentando mantener un aire de indiferencia—. El baile de lady Wetherford será el diez de junio, y...

—Pero es que este toro es muy insistente, no parará hasta que hagamos algo al respecto. ¿Cómo podemos seguir como si nada?, ¿no sería mejor agarrarlo de una vez de los cuernos y hablar del tema de una vez por todas?

Lo último que quería Belinda era hablar del dichoso beso. Hizo acopio de valor y alzó la mirada intentando adoptar la misma actitud gélida que había tenido con él cuando le había conocido, pero le resultó muy difícil porque lo que sentía en ese momento no era frialdad ni mucho menos.

—Lord Trubridge, el toro metafórico al que usted se refiere fue un suceso muy desafortunado que creo que será mejor que los dos olvidemos —se sintió mortificada al oírse hablar y notar lo estirada que sonaba, parecía la tía solterona de alguien.

—No creo que pueda olvidarlo —le devoró la boca con la mirada y murmuró—: Fue un beso inolvidable.

El deseo que aquel hombre había despertado en ella diez días atrás, un deseo que había luchado con todas sus fuerzas por sofocar, la recorrió en una oleada incontenible, pero luchó desesperada contra lo que sentía y soltó una carcajada antes de decir en tono burlón:

—¡Qué exageración! ¿Inolvidable? —necesitaba restarle importancia a lo ocurrido.

Él la miró a los ojos y afirmó con firmeza:

—Para mí sí que lo fue, Belinda.

El placer que la recorría se profundizó y se extendió por todo su ser, irradió hacia fuera hasta llegar hasta la punta de sus dedos. A pesar de lo excitada que estaba, de que estaba derritiéndose por dentro, logró fulminarle con la mirada y afirmar con voz seca y dura:

—He dicho que no deseo hablar del tema, y un caballero de verdad no insistiría en ello.

—Para empezar, un caballero de verdad no la habría besado —comentó él, con una sonrisa traviesa.

—Muy cierto. Ahora que hemos convenido en que usted no es un caballero, ¿podemos seguir con lo que estábamos tratando? Al fin y al cabo, está claro que no ha sacado ese otro tema para disculparse.

Aquellas palabras hicieron que la sonrisa traviesa se ensanchara aún más.

—No hay hombre que lamente haber besado a una mujer, así que es un mentiroso si se disculpa por haberlo hecho. Yo no soy un mentiroso, no lamento lo que hice, y no tengo intención alguna de disculparme; si no le gusta, mi hermosa Belinda, va a tener que aguantarse. Ah, y en mi defensa, permítame recordarle que usted no me rechazó ni mucho menos.

Belinda se sintió mortificada, ya que era plenamente consciente de que en eso tenía razón. No le había rechazado... todo lo contrario.

—La cuestión es que no tendría que haberme visto en la necesidad de rechazarle. Si usted fuera cualquier otro cliente, daría por terminada nuestra asociación, pero, como no quiero que incumpla la promesa que me dio, me siento obligada moralmente a cumplir con mi parte del trato. En definitiva, considero que será mejor que sigamos como si no hubiera ocurrido nada entre nosotros.

—¿Realmente cree que eso es posible?

Parecía sorprendido. Ella no pudo seguir fingiendo indiferencia y le preguntó con desesperación:

—¿Qué quiere que haga?, ¿acaso pretende que inicie una tórrida aventura con usted mientras le ayudo a buscar esposa?

Él volvió a fijar la mirada en sus labios, y esbozó una pequeña sonrisa al murmurar:

—Deme un momento para que me recuerde a mí mismo todas las razones por las que eso sería incorrecto.

Ella soltó un bufido de exasperación y soltó la pluma de golpe; después de levantarse de la silla, dio media vuelta y se alejó de él.

—Que requiera tiempo para recordar lo que es correcto y lo que no dice mucho de usted.

Miró por encima del hombro al ver que no contestaba, y se sobresaltó al ver que él la había seguido y le tenía justo detrás. Volvió la vista al frente de inmediato y se tensó al notar que la agarraba de los brazos, pero, cuando él la obligó a girar para que quedaran cara a cara, se sorprendió al ver en su rostro algo inesperado: ternura, una ternura que parecía tan sincera que amenazó con hacer trizas su ya de por sí mermada fuerza de voluntad.

—Estaba bromeando, Belinda —se inclinó hacia delante hasta que sus frentes estuvieron a punto de tocarse, y la miró a los ojos con una pequeña sonrisa en los labios—. ¿No te has dado cuenta a estas alturas de que siempre bromeo cuando me siento especialmente vulnerable?

—¡Deténgase! —exclamó. Ella también se sentía muy vulnerable, y se liberó de él de un tirón antes de retroceder a toda prisa para quedar fuera de su alcance. Tenía que ser fuerte—. ¡No quiero que me tutee!, ¡no quiero que se gane mis simpatías! ¡No quiero desearle!, ¡no quiero que me encandile, ni que me tiente, ni que intente seducirme, ni que se tome libertades conmigo! ¡Eso no tendría ningún futuro, no nos llevaría a ninguna parte a ninguno de los dos!

—¡Ya lo sé! —admitió él, antes de pasarse una mano por el pelo en un gesto de impotencia—. ¡Por el amor de Dios!, ¿crees que no soy consciente de ello? —al ver que no contestaba, suspiró pesaroso y volvió a tratarla con formalidad—. No volveré a mencionar el tema, lady Featherstone; y tampoco volveré a hacerle insinuaciones, por muy tentador que sea. ¿De acuerdo?

Por alguna extraña razón, aquella promesa la entristeció e hizo que sintiera un profundo vacío en su interior, pero le contestó de la única forma posible.

—Sí, gracias.

—Pero, si se lanza a mis brazos y me ruega que le haga el amor, caeré en sus redes en un abrir y cerrar de ojos. ¿Qué quiere que le diga?, ¡soy débil!

Por suerte, la puerta se abrió en ese momento y Jervis entró con la bandeja del té, así que ella se limitó a contestar:

—Lo tendré en cuenta, lord Trubridge —regresó a la mesa y retomó su asiento. Era consciente de que, cuanto antes consiguiera encontrarle esposa a aquel hombre, mucho mejor para todos.

CAPÍTULO 10

Nicholas no se quedó a tomar el té. Por suerte, había acordado encontrarse con Denys en el White's, así que tuvo la excusa perfecta para marcharse cuanto antes. El deseo que sentía por Belinda le recorría el cuerpo como lava ardiente, así que sentarse frente a ella con toda la serenidad y la corrección del mundo tomando el té mientras hablaban de las posibles candidatas a ser su esposa no habría sido meramente absurdo, habría sido imposible.

Dar rienda suelta en su imaginación al deseo que sentía por ella era una ocupación deliciosa y que había ocupado buena parte de su tiempo en los últimos diez días, pero también era algo que no iba a llevarle a ninguna parte. Las carnales ensoñaciones que habían estado atormentándole desde aquel beso jamás iban a poder materializarse.

A pesar de cómo había reaccionado ella cuando la había besado (con desenfreno, con una pasión embriagadora que había superado con creces cualquier expectativa que él hubiera podido tener), era consciente de la mala opinión que seguía teniendo de él; en cualquier caso, eso carecía de importancia, porque no podía casarse con ella... y no solo porque no pudiera permitirse el lujo de casarse con una mujer que no tuviera dote, sino porque Belinda jamás le aceptaría como esposo. Para ella, era y seguiría siendo siempre un cazafortunas, el ser más repugnante que había sobre la faz de la Tierra, y, tal y como ella misma había afirmado, no podían tener una aventura mientras estaba ayudándole a encontrar esposa. Era un hombre con una moralidad bastante flexible, pero ni siquiera él sería capaz de hacer algo así.

Estaba claro que no tenía más alternativa que quitársela de la cabeza y dejar de pensar en ella con deseo, así que apoyó la espalda en el asiento de cuero del carruaje de Conyers y cerró los ojos para acometer aquella tarea, pero a pesar de sus buenas intenciones una imagen apareció en su mente de inmediato... Vio a Belinda sentada desnuda al otro lado de la mesa, con los pechos medio ocultos bajo los largos mechones de pelo negro que caían por sus pálidos hombros y una taza de té en la mano; por alguna extraña razón, la presencia de la tetera aumentaba aún más el erotismo de la imagen, así que no había duda de que estaba volviéndose loco de remate.

La ligera sacudida del carruaje al detenerse le arrancó de su lujuriosa ensoñación, y dio gracias al hecho de que la casa de Belinda estuviera a escasas dos manzanas del White's. Respiró hondo y se frotó la cara con las manos mientras luchaba por recobrar algo de compostura, y para cuando el cochero abrió la portezuela ya volvía a sentir que tenía el control de su propio cuerpo... Bueno, el suficiente al menos para cruzar la calle y llegar a alguno de los vestuarios del club, donde tenía intención de pedir que le prepararan el baño helado que necesitaba con urgencia.

Una hora después, tras haber calmado su ardor con agua fría, con la ropa recién planchada por uno de los empleados del White's y el rostro recién afeitado por el barbero del club, se sentía mucho mejor. Lo único que le faltaba para sentir que había recobrado por completo la normalidad era tomar un buen trago de algo fuerte, así que bajó al bar del club. Había quedado allí con Denys, y le vio cerca de la puerta con un whisky en una mano y un sobrecito sellado en la otra.

—Esta nota es para ti, Nick. Ha llegado hace unos minutos,

justo cuando estaba saliendo de casa, así que he aprovechado para traértela.

Nicholas aceptó el sobre y comentó, un poco sorprendido:

—No sé quién me habrá enviado un mensaje tan urgente como para que hayan tenido que entregármelo en mano.

Cuando giró el sobre y vio que el pequeño sello redondo con el que estaba lacrado tenía grabada una pluma, empezó a intuir quién era el remitente, y sus sospechas se confirmaron cuando lo abrió y notó el delicado y elusivo perfume de Belinda.

Las llamas del deseo cobraron vida en su interior y amenazaron con echar por tierra todos sus esfuerzos de la hora anterior por calmarse, pero intentó sofocarlas a toda prisa y luchó por concentrarse en la misiva y no pensar en la provocadora y enloquecedora mujer que se la había enviado.

El tren a Clyffeton que deberíamos tomar sale de Victoria a la una y media de la tarde. Así llegaremos a Highclyffe justo antes de la hora del té y la duquesa me ha asegurado que eso sería lo ideal, ya que parece ser que la mayoría de invitados tomarán el tren de las cuatro. Si mi sugerencia le complace, no hace falta que me envíe una respuesta.

Lady Featherstone

Nicholas estuvo a punto de echarse a reír al leer aquello. ¿Que si le complacía? No podía imaginar algo que le complaciera menos que pasar una semana en compañía de Belinda sin poder estar a solas con ella, sin poder tocarla ni besarla mientras ella intentaba emparejarle con otras mujeres, pero tenía que hacerlo. Echarse atrás era un lujo que no podía permitirse.

—Espero que no sean malas noticias.

La voz de su amigo le arrancó de sus pensamientos, y al alzar la mirada vio que estaba observándole con expresión interrogante.

—En absoluto; de hecho, todo lo contrario —le aseguró, mientras él mismo intentaba creerse sus propias palabras.

Denys lanzó una mirada hacia la puerta del bar y comentó:

—Me alegra oír eso, porque me temo que lo que se te viene encima no tiene nada de bueno.

Nicholas miró por encima del hombro y vio a Landsdowne entrando por la puerta, a escasa distancia de él. El duque le vio en ese preciso momento y se detuvo de golpe.

Lo primero que se le pasó por la mente era que su padre estaba muy envejecido. Le desconcertó un poco verle con las mejillas hundidas y tan demacrado y delgado, ya que Landsdowne había sido siempre una persona dominante que quería controlarlo todo y a todos. Verle así era toda una revelación, aunque en algunos aspectos no había cambiado lo más mínimo. El rictus de amargura de su boca, el brillo calculador de sus ojos, el gesto arrogante de su cabeza... esas eran cosas que estaba claro que no iban a cambiar nunca.

—Trubridge.

Ese fue el único saludo del viejo. Era imposible que no notara el moratón, a aquellas alturas de un tono amarillo verdoso, que aún tenía debajo del ojo, pero no hizo ningún comentario al respecto; de hecho, se limitó a hacer un pequeño gesto de asentimiento con la cabeza. Las normas sociales dictaban que eso era lo único que se requería de un duque cuando este se dirigía a un marqués, y Landsdowne jamás hacía nada más allá de lo requerido. Ni que decir tiene que eso impulsó a Nicholas a actuar de forma totalmente opuesta.

—¡Papá! ¡Papito querido!

Lo gritó en voz bien alta para que le oyera la gente que había alrededor, y le abrazó con una efusividad exagerada antes de que el viejo estirado pudiera zafarse. Le dio unas palmaditas en la espalda con un ímpetu un poco excesivo, se apartó lo justo para besarle las mejillas, y disfrutó de lo lindo al ver la cara de desagrado que puso ante aquella costumbre tan francesa.

—¡Perdona, papi! —le dijo, sin molestarse siquiera en fingir arrepentimiento—. Ya sé cuánto detestas las muestras de afecto, pero hacía tanto que no te veía que no he podido contenerme y cuando uno vive en París es normal que acabe por adquirir las costumbres continentales —se apartó al fin y comentó—: No tenía ni idea de que estuvieras en la ciudad; de haberlo sabido, habría ido a verte —era mentira, pero eso era lo de menos. La cara de alarma que puso su padre ante la mera posibilidad de que él pudiera ir a verle hizo que la idea resultara casi tentadora—. Esta semana podría ir a visitarte algún día, y así podríamos disfrutar de una larga y distendida charla.

—Acabo de llegar, y me temo que estoy muy ocupado —argumentó el duque, mientras se movía un poco hacia un lado y miraba hacia el otro extremo del bar.

Era obvio que estaba deseando dar por terminada la conversación, pero Nicholas no estaba dispuesto a dejarle escapar tan pronto. Se inclinó un poco hacia delante como si quisiera mirar con más detenimiento el clavel blanco que Landsdowne llevaba de adorno en la solapa del chaqué, y exclamó:

—¡Cielos, te he dejado torcida la flor que llevas en el ojal! Permíteme, yo te la coloco bien.

Empezó a toquetear la aplastada flor con suma teatralidad, y solo consiguió destrozar aún más los pétalos; al final, Landsdowne le apartó a un lado la muñeca y susurró enfurecido:

—¡Por el amor de Dios!, ¿es necesario que me avergüences con tu conducta a la menor oportunidad?

—Sí, padre, es total y absolutamente necesario para mí, es lo que le da aliciente a mi vida —tras hacer aquella afirmación en voz baja, subió el tono de voz para que los demás pudieran oírle también—. ¿Has visto lo que publicaron acerca de nosotros? Me temo que el mundo entero cree que tú y yo estamos enfrentados. Qué bobada, ¿verdad? ¡Con lo bien que nos hemos llevado siempre!

Landsdowne lanzó una subrepticia mirada a su alrededor y se dio cuenta de que el bar había quedado en silencio. Todos los caballeros presentes estaban pendientes de ellos, aunque intentaban disimularlo.

Nicholas, por su parte, fingió no darse cuenta ni de la hostilidad de su padre ni de la curiosidad de los demás, y exclamó con naturalidad:

—¡Pero qué descortés soy! ¿Conoces al vizconde de Somerton?

—Sí, por supuesto. Buenas tardes, Somerton.

Después de saludar a su amigo con una somera inclinación de cabeza, el duque intentó pasar de largo, pero Nicholas se movió lo justo para interponerse en su camino y evitar que se fuera.

—¿Por qué no te unes a nosotros, papi? —le propuso, con una voz que rebosaba jovialidad y cordialidad—. Hacía una eternidad que no te veía... ¿Siete, ocho años? No lo recuerdo bien.

—Ocho —el rictus de amargura se acentuó aún más.

—¡Cómo vuela el tiempo! Supongo que has venido a la ciudad para disfrutar de la temporada social, ¿verdad? ¡Yo también! No sé tú, pero yo estoy pasándolo de maravilla. ¿Te ha comentado Freebody que tengo intención de casarme? Lo cierto es que esto de buscar esposa está resultando ser mucho más agradable de lo que esperaba, aunque debo admitir que lady Featherstone está prestándome una ayuda extraordinaria.

Aunque la expresión del duque no cambió, sus párpados temblaron ligeramente. No había duda de que se había puesto nervioso.

—¿Lady Featherstone?

—¡Pues sí! —Nicholas sonrió mientras se golpeteaba la palma de la mano con el mensaje que le había enviado Belinda—. Es una mujer encantadora, ¿la conoces? —su sonrisa se ensanchó aún más al verle carraspear, la incomodidad de su padre le resultó muy gratificante.

—Creo que sí. Es americana.

El duque dijo aquello tal y como la señora Beeton habría podido decir «ratones» o como Gladstone habría podido decir «Disraeli», con el mismo desdén, y añadió con desaprobación:

—No me sorprende que la conozcas, ya que te relacionas con todo tipo de gente.

Cualquiera que le oyera hablar pensaría que lady Featherstone era una delincuente convicta.

—No habíamos sido presentados, pero es normal conocer a gente nueva durante la temporada social, sobre todo a gente procedente de América. Lady Featherstone tiene muchos amigos de allí, y todos ellos parecen tener enormes fortunas. La verdad es que no entiendo por qué te desagradan tanto los americanos, papi. Las jóvenes que he conocido son bellas y encantadoras, gracias a lady Featherstone ya he conocido a unas cuantas.

—¿Tan bajo has caído? —susurró Landsdowne con desprecio—. ¿Te has rebajado a contratar a alguien para que te busque esposa?, ¿vas a entregar tu título a cambio de dinero? Debes de estar desesperado.

—Al contrario, contratar a una casamentera me parece una opción práctica y eficiente. Me enseñaste bien, papi. Uno puede conseguir todo lo que quiera si está dispuesto a pagar por ello, y yo estoy dispuesto a pagar con mi título nobiliario —sonrió de oreja a oreja, y le guiñó el ojo a su padre—. Por fin le he encontrado una buena utilidad.

Landsdowne apretó los labios con fuerza y se despidió con una rígida reverencia antes de dar media vuelta. Salió del bar con la risa de Nicholas resonando tras él.

—Está furioso, Nick. No deberías acicatearle así —le advirtió Denys en voz baja.

Nicholas le indicó con un gesto a un camarero que le sirviera una copa antes de contestar:

—Sí, tienes razón, pero cuando le veo no puedo contenerme.

—Y eso siempre te causa problemas.

—Por eso paso gran parte del tiempo en otro país, viejo amigo —le indicó una mesa libre y añadió—: ¿Nos sentamos?

—No me habías dicho que habías solicitado la ayuda de lady Featherstone —comentó su amigo, mientras tomaban asiento. Soltó una carcajada y comentó, sonriente—: ¡Qué granuja eres!, ahora entiendo por qué le echaste el ojo a Rosalie Harlow y no te preocupaba el dragón que la protegía, porque conseguiste ponerlo de tu parte.

—He descartado a la señorita Harlow, creo que no congeniaríamos. Pero sí, lady Featherstone está ayudándome.

Se dio cuenta de que aún tenía el mensaje de Belinda en la mano y, resistiendo el impulso de volver a inhalar su perfume en el papel, lo guardó en el bolsillo de la chaqueta. La conversación que acababa de mantener con su padre le había recordado de golpe el camino que había elegido tomar y el porqué de esa decisión, y no podía permitirse el lujo de desviarse de él por una mujer exquisita e inalcanzable.

—No sé si ha sido prudente que le reveles tus planes a tu padre, Nick. Ten por seguro que encontrará la forma de usar esa información en tu contra.

Él se echó un poco hacia atrás mientras un camarero le servía un whisky, y contestó con calma:

—No sé cómo. Es de dominio público que necesito casarme por motivos económicos, y tarde o temprano habría acabado por enterarse de lo de lady Featherstone.

—Sí, supongo que tienes razón.

—Además, no hay nada que pueda hacer que no me haya hecho ya a lo largo de mi vida, o que haya intentado hacerme —hizo una mueca al tomarse el whisky de un solo trago, y saboreó el ardor que le recorrió la garganta—. Eso tenlo por seguro.

Belinda no intentó presentarle a más candidatas durante los días posteriores, y para Nicholas fue todo un alivio. Cuanto más tiempo tardara en volver a verla, más tiempo tendría para volver a poner en orden sus prioridades, aunque no le resultó nada fácil. El encuentro con su padre había servido para restablecer su determinación, pero el deseo que sentía por ella no había disminuido y, por si fuera poco, las distracciones a las que podría recurrir un hombre para olvidar a una mujer en particular no estaban a su alcance.

Estaba intentando restaurar su destrozada reputación y no podía correr el riesgo de que alguien respetable le viera haciendo algo que pudiera dañar su imagen de hombre sinceramente interesado en casarse, así que los burdeles estaban descartados; Mignonette tampoco era una posible solución, ya que, a pesar de que era muy discreta, tener una amante parisina era un lujo que ya no podía permitirse y ambos habían acordado dar por terminada su relación cuando él había partido rumbo a Inglaterra; por último, las prostitutas callejeras nunca le habían interesado.

En definitiva, la posibilidad de distraerse con otra era inviable... y, aun suponiendo que tuviera acceso al desahogo físico que pudiera darle alguna mujer, no habría importado en absoluto, porque no deseaba a ninguna que no fuera ella. Era un tipo tan rebelde que a la única que quería era a Belinda, una mujer que no podía permitirse el lujo de tener y que le consideraba poco menos que una cucaracha.

Durante los seis días siguientes asistió a carreras, visitó a viejos amigos, jugó aburridas partidas de cartas en el White's y luchó por quitársela de la cabeza y no pensar en aquel dichoso beso. Para cuando llegó a la estación de Victoria el viernes, sentía que volvía a tener un control razonable de su mente, su corazón y su cuerpo... y entonces la vio esperando en el andén, y se dio cuenta de que había estado engañándose a sí mismo.

Cuando ella se volvió al oír que la llamaba, sintió que el mundo se tambaleaba un poco a sus pies y supo que, aunque tardara una década en volver a verla, recordaría hasta el más mínimo detalle de su rostro... el tono exacto de sus ojos azules, el brillo luminoso de su piel, la forma de sus delicadas cejas; peor aún, estaba convencido de que seguiría sintiendo las mismas sensaciones aunque pasaran diez años... la garganta seca, el corazón desbocado, la incapacidad de pronunciar ni una sola palabra. Cuando estuvieron a solas en un compartimento de primera clase, su imaginación no tardó nada en ponerse a trabajar y en ponerle en aprietos. Si las cosas seguían así, para cuando concluyera la fiesta campestre iba a estar loco de remate.

Al final, desesperado, carraspeó un poco y comentó:

—Por lo que parece, vamos a disfrutar de buen tiempo durante el trayecto.

Ni siquiera había terminado de hablar y ya se sentía mortificado por haber dicho semejante necedad. ¿Cómo se le ocurría ponerse a hablar del tiempo?, ¿no se le podría haber ocurrido algo mejor?

—Sí —se limitó a contestar ella, antes de volverse a mirar por la ventanilla.

Al ver que no añadía nada más, la observó en silencio mientras se devanaba los sesos intentando pensar en algún tema adecuado. El sombrero de viaje que ella llevaba puesto era de color crema, y estaba adornado con una cantidad ingente de plumas de avestruz de distintos tonos azulados. El ala se doblaba hacia abajo a un lado de la cabeza y hacia arriba al otro, y, como era este último el que él tenía delante, podía contemplar a placer el perfil de su rostro bañado por el sol que entraba por la ventanilla... su pálida y translúcida piel, aquella nariz respingona, el fino contorno de su barbilla y su mandíbula. No alcanzaba a ver en su rostro ni la más mínima pista de lo que podría estar pensando y parecía la misma mujer fría, elegante y totalmente inmune a su presencia que cuando se habían conocido, pero había descubierto el fuego ardiente que se ocultaba bajo aquella superficie tan serena. Quizás fuera mejor no pensar en eso.

Respiró hondo y volvió a intentarlo.

—Hace bastante calor aquí dentro, ¿verdad? Hace muy buen día y ya hemos salido de la ciudad, quizás sería buena idea abrir un poco la ventanilla para que entre algo de aire fresco.

—Como quiera —se echó hacia atrás cuando él se levantó para bajar la ventanilla, pero no le miró y siguió con la mirada puesta en el paisaje.

Estaba claro que necesitaba un tema que la obligara a dar algo más que aquellas respuestas tan escuetas y poco comunicativas, pero no se le ocurría ninguno. Nunca se había sentido tan nervioso con una mujer, pero Belinda parecía tener el don de descolocarle por completo. Por regla general, a las mujeres les gustaba su ingenio desenfadado y su encanto, pero a ella no parecían afectarle en nada esas cualidades. Casi nunca se reía con sus gracias y normalmente no le parecía ni ocurrente ni encantador, pero lo peor de todo era que había sido un idiota y había admitido ante ella que solía usar el humor para ocultar sus debilidades.

—Hábleme de nuestra anfitriona —le pidió al fin, mientras se reclinaba en el asiento—. ¿Cómo es la duquesa de Margrave?

Aquello logró arrancarla al fin de su aparente fascinación por el paisaje.

—Eso me recuerda algo que quería preguntarle, ¿cómo sabía que Edie y Margrave se habían casado por conveniencia? Yo misma me enteré de ello recientemente, aunque en su día contribuí a esa unión.

—Él es amigo mío, estudiamos juntos. Aunque pasa gran parte del tiempo en África, viaja a Europa de vez en cuando, y me visita cuando va a París.

—Entiendo. ¿Decidió casarse por conveniencia al ver el ejemplo de su amigo?

—No, la verdad es que no. Sabía que Margrave y su esposa habían acordado casarse por motivos económicos, pero en esa época ni se me había pasado por la cabeza la posibilidad de contraer matrimonio; de hecho, estaba decidido a no hacerlo jamás.

—Pero cambió de opinión cuando su padre le dejó sin pensión, ¿verdad?

Al ver la frialdad de su mirada, Nicholas contestó en tono un poco desafiante:

—Exacto.

—Necesita una esposa con dote porque cree que la decisión

de su padre es irrevocable, ¿verdad? ¿No le parece posible que él dé su brazo a torcer cuando le vea casado?

—Me han informado que está dispuesto a hacerlo, pero solo si se cumplen ciertos requisitos que no estoy dispuesto a aceptar.

—¿Cuáles son?

—Usted y yo hemos hablado sobre mis preferencias, ¿no se los imagina? Permita que le dé una pista: A Landsdowne le encanta imponer su voluntad como un déspota, manejar a la gente como si fueran piezas de ajedrez. Yo, por mi parte, soy un tipo obstinado que no está dispuesto a dejarse manejar.

—A ver si lo entiendo... Ha decidido casarse, pero tiene intención de elegir a una mujer que no cuente con la aprobación de su padre. Podría ser católica, por ejemplo, o americana. Y tiene que ser rica porque, si Landsdowne no la considera apropiada, usted seguirá sin recibir la pensión del fideicomiso.

Aquella no era la única razón ni mucho menos, pero Nicholas prefirió dejar las cosas así y no mencionar a Kathleen, así que se limitó a contestar:

—Sí.

Ella le observó pensativa durante unos segundos antes de decir:

—¿Toma todas sus decisiones pensando en llevarle la contraria a su padre?

—Siempre que puedo. Supongo que le parece abominable, ¿verdad?

—No, me parece triste —admitió ella con voz queda.

Al ver la compasión que se reflejaba en sus ojos, Nicholas se puso a la defensiva. Le dolió en lo más hondo ver aquella expresión en su mirada, le dolió en rincones de su ser que no quería desvelar ante nadie. La miró con la más provocativa de sus sonrisas, y le dijo con tono burlón:

—¿Triste por qué? Al contrario, molestar a Landsdowne me entretiene sobremanera.

—Sí, supongo que eso era de esperar.

Se sintió incómodo al ver que no parecía nada sorprendida, y exclamó con irritación:

—¡Maldita sea, Belinda...! No sé por qué, pero usted siempre logra que me sienta como un insecto que está siendo examinado con lupa.

—¿Por qué no le gusta hablar de sí mismo? —le preguntó ella, con una pequeña sonrisa.

—¡Mira quién habla! Apuesto a que son muchos los que se preguntan lo que se oculta bajo su exterior... yo, por ejemplo.

Ella apartó la mirada y contestó, con la cabeza gacha:

—No sé a qué se refiere.

—¿Ah, no? Pues permita que se lo explique —se arrodilló ante ella y, aunque vio que se ponía un poco nerviosa, añadió con firmeza—: Se muestra fría como un témpano de hielo, pero... —se detuvo y apoyó las manos sobre el asiento, a ambos lados de sus voluptuosas caderas—... Pero eso no es más que una máscara, ¿verdad? —se inclinó hacia delante, y la llama del deseo se encendió en su interior cuando le rozó las rodillas con el abdomen. Sabía que estaba adentrándose en terreno peligroso, pero en ese momento le daba igual—. No sé gran cosa acerca de usted, Belinda Featherstone, pero hay algo que tengo claro: Bajo ese exterior frío y remilgado es más ardiente que los fuegos del infierno.

Ella enarcó una ceja con una altivez que seguramente se suponía que debería amedrentarle, y le contestó con voz gélida:

—Creo que cualquier mujer, remilgada o no, consideraría que en este momento está haciéndome insinuaciones, lo que significa que está rompiendo la promesa que me hizo hace menos de una semana. ¿Rompe con tanta facilidad todas las promesas que les hace a las mujeres?

Aquel argumento lo dejaba completamente derrotado, y ambos lo sabían. Nicholas regresó a su asiento, enfadado consigo mismo por haber hecho una promesa tan absurda, y no tuvo más remedio que mirarla de brazos cruzados mientras ella sacaba un libro de su bolsa de viaje y se ponía a leer. Estaba claro que estaba descartado entablar una conversación, así que volvía a estar igual que cuando habían subido al tren: con la deliciosa Belinda sentada frente a él, y sin nada con lo que poder entretenerse.

Como no se le había ocurrido llevar algún libro, optó por contemplar el paisaje por la ventanilla, pero ni la más hermosa campiña inglesa podía compararse a la belleza que tenía enfrente y no tardó ni cinco minutos en rendirse a lo inevitable.

Empezó por el cameo que ella llevaba sujeto al cuello alto de su atuendo y, mientras iba bajando la mirada por su cuerpo, se alegró de que aquel vestido de viaje en color azul y crema fuera tan recargado. Era una prenda llena de volantes con un sinfín de botones y de lazos, y seguro que la ropa interior era igual de complicada. Con un poco de suerte, para cuando el tren llegara a Norfolk aún no habría terminado de desvestirla con la imaginación, porque, si ella ya estaba desnuda antes de que finalizara el trayecto y tenía que permanecer allí sentado, con aquella imagen en la cabeza y sin poder tocarla por culpa de su absurda promesa, iba a tener que ir al último vagón para lanzarse del tren en marcha.

Él seguía observándola. Aunque Belinda no apartó los ojos del libro, no le hacía falta hacerlo, porque su mirada la hacía arder como un sol abrasador. Aún le cosquilleaba la zona de las rodillas que él había rozado con su cuerpo, y sus palabras le habían quedado grabadas a fuego en la mente... «Bajo ese exterior frío y remilgado es más ardiente que los fuegos del infierno».

Sí, en ese momento estaba ardiendo, y la culpa la tenía él.

Intentó concentrarse en el libro, pero era imposible con él observándola y el muy granuja lo sabía.

—Si va a fingir que está leyendo, le sugiero que pase de página de vez en cuando. Así resultaría más convincente —murmuró él.

Le miró por encima del libro y vio que estaba reclinado con indolencia en el asiento, con un hombro apoyado en la ventanilla y una pequeña sonrisa en los labios.

—¿Nunca le han dicho que es de mala educación mirar fijamente a alguien? —le preguntó, ceñuda.

—Ya lo sé, pero no puedo evitarlo. Prefiero contemplarla a usted antes que al paisaje, es mucho más hermosa.

—Sus cumplidos no funcionan conmigo —le aseguró, antes de pasar a la siguiente página.

—Sí, ya lo sé, pero no por ello son menos ciertos.

Ella no se dejó engatusar y comentó con desdén:

—Supongo que, para usted, cualquier mujer sería preferible a un paisaje.

—Bueno, sí, así somos los hombres —admitió él, sonriente. Echó un vistazo por la ventanilla, y se enderezó en el asiento—. Además, Cambridgeshire no es mi lugar preferido de Inglaterra ni mucho menos. Malos recuerdos.

Belinda se sintió intrigada y bajó el libro.

—¿Qué sucedió?

Él se puso serio y se quedó callado. Dio la impresión de que no iba a contestar, pero al final preguntó:

—¿Acaso importa?

Belinda le observó en silencio. Al ver lo rígido que se había puesto de repente, la fuerza con la que apretaba los labios, contestó con voz suave:

—Sí, creo que sí.

—No entiendo por qué habría de ser así; al fin y al cabo, el pasado no importa.

Se quedó callado de nuevo mientras contemplaba el paisaje, que de repente parecía ser de lo más fascinante para él.

No era un hombre al que le gustara hablar de sí mismo, y no estaba dispuesta a dejar escapar aquella oportunidad única de conocerle mejor.

—Se equivoca, claro que importa. Sé que detesta responder a preguntas de índole personal, pero va a tener que dejar a un lado su reticencia. Cualquier mujer que se plantee ser su esposa querrá saber más acerca de usted.

—Sí, tiene razón —admitió él con un suspiro, antes de volverse a mirarla de nuevo—. De niño ansiaba estudiar en Cambridge, ya que siempre me han fascinado la química y la ciencia. Siempre estaba haciendo preguntas, atosigando a todo el que supiera de ciencia... mi tutor, el maestro cervecero de Honeywood, el médico local, el apotecario... coleccionaba mariposas, insectos y renacuajos, incluso... —se interrumpió y sonrió al recordar algo del pasado—. Incluso llegué a construir mi propio laboratorio en Honeywood en una ocasión. Tuve que meter a escondidas todos los instrumentos y ni que decir tiene que el señor Hathaway y yo lo mantuvimos en secreto, pero llevamos a cabo algunos experimentos realmente increíbles —su sonrisa se desvaneció al añadir—: El tiempo que duró.

—No lo entiendo, ¿por qué tuvo que meter instrumentos a escondidas y mantenerlo en secreto?

Él esbozó una sonrisa burlona y comentó con voz cargada de ironía:

—No me preguntaría eso si conociera a mi padre. Bueno, siguiendo con el tema: Obtuve muy buenos resultados con algunos de mis experimentos, en especial los que hice para comprobar el posible uso del cloruro de cal como desinfectante. Cuando estaba estudiando en Eton redacté un trabajo en el que proponía añadir cloruro de cal al suministro de aguas públicas para evitar la propagación de la fiebre tifoidea, y mi profesor lo envió a Cambridge junto con una carta de recomendación. Me invitaron a que mandara mi solicitud de ingreso y acudiera a una entrevista; lo hice, y fui admitido.

Belinda lo miró desconcertada, ya que en la Galería Nacional le había oído decirle a Geraldine que había estudiado en Oxford.

—No lo entiendo, ¿no fue a Oxford?

—Por supuesto que sí —él volvió a sonreír, pero en esa ocasión la sonrisa no se reflejó en sus ojos—. Todos los varones de la familia Landsdowne van allí.

—Pero le habría convenido más ir a Cambridge si lo que le interesaban eran las ciencias, ¿no? ¿Por qué no estudió allí, si fue aceptado?

—¿Un Landsdowne en Cambridge? —la ligereza con que lo dijo no logró ocultar el dolor subyacente—. ¡Eso sería absurdo! Ningún Landsdowne ha estudiado jamás en Cambridge —tragó saliva y apartó la mirada—. Ese es un axioma que me vi obligado a recordar cuando mi padre me hizo llegar la notificación de Cambridge en la que se me informaba que mi admisión había sido revocada; según él, se la habían enviado por error.

Belinda apretó las yemas de los dedos contra los labios y comentó, horrorizada:

—Landsdowne les obligó a revocarla.

—Sí, por supuesto. Por algo existe la facultad Landsdowne en Oxford; como ya he dicho antes, todos los varones de mi familia van allí, aunque hubo un breve periodo de mi vida en el que lo olvidé —se puso de pie de repente y añadió con rigidez—: Si me disculpa, voy a dar un paseo por el vagón para estirar las piernas.

Se marchó sin añadir nada más, y fue entonces cuando Belinda entendió los comentarios que él había hecho con aparente displicencia en el baile.

—No me extraña que no esperes nada de la vida —murmuró, mientras le veía alejarse—. ¿Para qué tener expectativas de futuro, si sabes que van a arrebatártelas?

Belinda no volvió a ver a Nicholas hasta justo antes de que el tren llegara a la estación de Clyffeton y, aunque ninguno de los dos mencionó la conversación anterior, cuando sus miradas se encontraron tuvo la sensación de que el muro que había existido entre ellos se había derrumbado. Resultaba curioso que con una conversación de diez minutos hubiera surgido una cercanía que ni siquiera había logrado crear aquel apasionado beso que habían compartido, pero estaba convencida de que muy poca gente estaba enterada de lo de Cambridge.

No tuvo demasiado tiempo para pensar en ello, porque el cochero de Edie estaba esperándoles con uno de los carruajes ducales y partieron rumbo a Highclyffe en cuanto uno de los mozos de estación y el ayuda de cámara de Trubridge cargaron el equipaje en el vehículo.

La finca de los Margrave era una estructura de estilo italiano construida en piedra caliza y granito, y tenía una bóveda central flanqueada a ambos lados por dos extensas alas. El exterior consistía principalmente en setos que formaban intrincados diseños geométricos y tejos que intentaban emular los cedros del centro de Italia, y también había más fuentes, templos y estatuas que en el palacio de un emperador romano.

—¿Seguro que aún estamos en Inglaterra? Tengo la impresión de que hemos sido transportados por arte de magia a la Toscana —comentó Nicholas, mientras enfilaban por el largo camino de entrada flanqueado de castaños.

Belinda se echó a reír. Para ella fue todo un alivio verle de mejor humor.

—El tercer duque... o el cuarto, no lo recuerdo bien... se enamoró de Italia durante el acostumbrado tour por Europa en su juventud, así que demolió la antigua casa y construyó esta.

—Todo lo contrario que Landsdowne —comentó él, antes de volverse a mirarla—. Landsdowne Abbey aún conserva la torre del homenaje, y algunas de las antiguas fortificaciones siguen en pie. Al igual que esta edificación, también es amplia, pero tiene un diseño distinto. Con cada generación se han ido añadiendo secciones y, como las tradiciones familiares son tan importantes para mi padre, nunca ha eliminado ni una sola construcción, ni siquiera las que están medio derruidas.

—La finca que usted posee se llama Honeywood, ¿verdad? Hábleme de ella, ¿cómo es?

—Abominable.

—No le creo. ¿Qué aspecto tiene?

—Es de estilo Tudor. Estuco, ladrillos rojos, las típicas ventanas con paneles de cristales, y revestimiento de madera de roble.

—Por lo que dice, parece una preciosidad.

—El exterior no está mal, pero por dentro es un horror. Cuando mis padres contrajeron matrimonio, Honeywood se convirtió en el lugar al que fueron a parar las obras de arte y los muebles más horrorosos de mi familia. A diferencia de la mayoría de nuestros ancestros, mi padre posee cierto buen gusto y, como yo iba a heredar Honeywood de mi madre porque la propiedad estaba vinculada a mí según lo estipulado en su acuerdo matrimonial, él no tuvo reparos en sacar de las otras fincas los cuadros, esculturas y muebles más horribles y llevarlos allí. El resultado fue un batiburrillo de lo peor de todos los periodos artísticos que han ido sucediéndose desde los tiempos de la Reina Isabel.

—¡Seguro que está exagerando!

—En absoluto —le aseguró él, con una carcajada—. Si no me cree, pregúnteselo a Chalmers, aquí presente. Él ha estado allí —salvó al criado de tener que dar su opinión al añadir con entusiasmo—: ¡Mejor aún!, venga a Kent para verlo por sí misma.

Belinda no tuvo tiempo de asegurarle que semejante invitación tan solo podía tener un no por respuesta ni de hacerle más preguntas acerca de su finca, porque en ese momento el carruaje llegó al amplio patio delantero de Highclyffe y se detuvo ante la entrada. Edie estaba esperando junto a una hilera de criados delante de los escalones de piedra que conducían a la inmensa puerta principal, lista para recibirles, y con ese abandono tan característico de los americanos se acercó corriendo y la saludó con un fuerte abrazo en cuanto la vio bajar del carruaje.

—¡Bienvenida, Belinda! ¡Cuánto me alegro de que hayas podido venir! —exclamó con entusiasmo cuando se separaron—. Hacía mucho tiempo que no venías a Highclyffe, demasiado, y quiero que disfrutes de tu estancia.

—Así será, no me cabe la menor duda. Permite que te presente al marqués de Trubridge. Lord Trubridge, la duquesa de Margrave.

—Es un honor conocerla, señora duquesa. Gracias por su amable invitación.

Edie extendió la mano y, mientras él se inclinaba en una reverencia, aprovechó para lanzarle a Belinda una mirada muy elocuente. Cuando él se irguió de nuevo, le miró con la más radiante de sus sonrisas y le dijo:

—Para mí es un placer que Belinda venga acompañada con alguna de sus amistades a una de mis fiestas, en especial si se trata de un hombre tan apuesto como usted.

Él se echó a reír. A juzgar por la naturalidad con la que recibió aquellas palabras, era obvio que estaba acostumbrado a los elogios.

—Me halaga usted. Tiene una finca preciosa, ¿le importaría que explore los alrededores durante mi estancia?

—En absoluto, puede ir a donde usted guste —miró a Belinda y le preguntó—: ¿Quieres tomar un refrigerio, o prefieres ir a tu habitación?

—Lo segundo, por favor. ¿Te parece bien que tomemos el té después?

—Sí, por supuesto —la duquesa se volvió hacia la hilera de criados para hacer las presentaciones de rigor—. Él es Wellesley, el mayordomo de Highclyffe, y ella la señora Gates, el ama de llaves. Lord Trubridge, ya veo que ha traído a su ayuda de cámara.

—Sí, así es.

—Excelente. Wellesley, ¿puede conducir a lord Trubridge a sus aposentos? Señora Gates, usted lleve a su ayuda de cámara a su habitación, por favor. Ah, y dígale a Molly que se encargue de la doncella de lady Featherstone —tomó a Belinda del brazo y añadió—: Yo me encargo de conducirla a ella a su habitación.

—De inmediato —le contestó Wellesley, antes de dirigirse a Trubridge—. Si tiene la amabilidad de seguirme, milord...

Belinda y Edie echaron a andar tras ellos rumbo a la casa, pero la segunda fue aminorando el paso y, cuando tuvo la certeza de que nadie podía oírlas, murmuró:

—Qué calladito lo tenías, querida.

Belinda tenía bastante claro a qué se refería su amiga, pero optó por disimular.

—No te entiendo, ¿a qué te refieres?

—Me dijiste que Trubridge era un granuja, pero omitiste comentar lo apuesto que es.

—El aspecto físico no lo es todo —contestó ella con reprobación.

—¡Detesto cuando hablas como la hija de un predicador! No entiendo de dónde lo has heredado, teniendo en cuenta lo jovial que es tu padre. Por cierto, ¿dónde está ese viejo bribonzuelo?

—En algún lugar de Nevada por no sé qué minas de plata, o algo así. Te confieso que hace años que dejé de prestar atención a sus proyectos, he perdido la cuenta de las veces que le he visto perder una fortuna que acababa de conseguir.

—Pero tú sigues queriéndole a pesar de todo.

—Sí, ya lo sé —admitió, pesarosa. Cualquiera diría que tenía una debilidad incurable por los granujas—. Inexplicable, pero cierto.

—Hablando de bribonzuelos, seguro que Trubridge será todo un éxito entre las damas esta semana. Van a venir nueve solteras, seguro que encuentras a alguna que sea apropiada para él. Todas ellas poseen enormes fortunas.

—¿Quiénes son?

—A ver... Está Rosalie Harlow, pero ya sé que no deseas emparejarla con Trubridge porque sir William...

Belinda se detuvo con tanta brusquedad que su amiga patinó un poco en el suelo de grava antes de poder detenerse también.

—¡No me digas que Rosalie está aquí, Edie!

—Sí, su madre y ella llegaron en el tren de la mañana. ¿Por qué?, ¿supone eso algún problema?

—¡Un problema no!, ¡un verdadero desastre! ¿Por qué no me advertiste que las habías invitado?, ¡sabes que esa joven está entre mis clientes!

—Como iba diciendo, soy consciente de que estás intentando emparejarla con sir William Bevelstoke, y justo por eso también le he invitado a él.

—Es un gesto muy amable por tu parte, pero será inútil. ¿Acaso no te das cuenta?

—Pues no, la verdad es que no entiendo nada. Creí que era muy astuto por mi parte invitar tanto a sir William como a ella para que pudieran conocerse mejor durante esta semana, y que tú te sentirías muy complacida. Si no te lo comenté fue porque se me olvidó. Con el ajetreo de los preparativos para venir hasta aquí, entre una cosa y otra, ni pensé en mandarte un mensaje antes de marcharme de Londres, pero sigo sin entender dónde está el problema. La señora Harlow me aseguró que les habías dejado la agenda libre durante Pentecostés, así que aproveché para añadirlas a la lista de invitados —abrió los brazos de par en par, y añadió con una gran sonrisa—: Al fin y al cabo, cuando una posee una casa con cincuenta dormitorios y espera la llegada de cuarenta personas, ¿qué más da que vengan un par más?

—La cuestión no es esa, Edie. Estoy intentando mantener a Rosalie alejada de Trubridge, me temo que se ha encaprichado de él.

—¡Vaya! Aun así, no me parece que haya problema alguno si le prefiere a él antes que a sir William. Trubridge necesita casarse con una mujer rica, y Rosalie lo es. No veo por qué has de oponerte si él le gusta más que sir William.

—Ya te dije que el único motivo por el que ese hombre quiere casarse es la falta de dinero, ¡no quiero a alguien así para Rosalie!

Su amiga se echó a reír.

—¡Ah, sí! ¡Se me olvidaba que estabas intentando emparejarlo con alguien horrible! Bueno, algunas de las jóvenes a las que he invitado podrían entrar en esa categoría. Ah, las muchachas del condado van a asistir a los bailes y a la fiesta al aire libre, seguro que algunas de ellas tienen dote.

A Belinda no la reconfortaron demasiado aquellas palabras.

—¿Por qué no te envié un mensaje para pedirte la lista completa de invitados antes de venir?, ¿cómo he podido cometer un error tan estúpido? —apretó la mano contra la frente y añadió con desesperación—: ¡No sé dónde tengo la cabeza!

¡Desde que conocí a ese hombre, es como si mi sentido común se hubiera esfumado!

—¿Ah, sí?

Su amiga murmuró aquello mientras la observaba con expresión pensativa, pero Belinda ni se dio cuenta.

—Trubridge no puede permanecer aquí si Rosalie también está presente, tendrá que marcharse mañana mismo. Seguro que se le ocurre alguna excusa, que le ha surgido algún asunto imprevisto en la ciudad o que se siente indispuesto... No sé, podría decir que le han sentado mal las pastas de té...

—¿Quieres que diga que ha comido algo en mal estado en mi casa?, ¡me niego en redondo!

—Pues que se invente cualquier otra excusa, pero tiene que marcharse mañana a primera hora. Mientras le tenga a él cerca, Rosalie no le prestará la menor atención al pobre sir William.

—Ahora que conozco a los dos, debo darte la razón en eso. Sir William es un joven muy agradable, pero podría resultarle bastante aburrido a una joven comparado con Trubridge.

—Exacto.

—Aun así, no sé por qué tiene que marcharse. Soy la anfitriona y organizo todas las actividades, así que puedo enviar a Rosalie y a sir William a eventos y juegos en los que Trubridge no vaya a participar; de ese modo, ella apenas tendrá ocasión de hablar con él. A la hora de la cena estarán sentados bastante lejos el uno del otro debido al orden de precedencia y, si ninguna de las demás invitadas te parece adecuada para él y capaz de atraer su atención, yo estaría encantada de intervenir. Para mí sería un verdadero placer, te lo aseguro —añadió, mientras se abanicaba con la mano.

—¿Tú también? —Belinda soltó un bufido de exasperación y echó a andar hacia la casa—. ¿Cómo es posible que tantas mujeres se queden embobadas con ese hombre? —a ella misma le había pasado, y eso era algo que la mortificaba.

Edie se apresuró a alcanzarla, y la tomó del brazo de nuevo antes de preguntar:

—¿Acaso te molesta que sea así? No tiene sentido, querida. Que sea tan apuesto debe de facilitar tu tarea, estás intentado encontrarle esposa... ¿O no es así?

—¡Por supuesto que sí! Lo que pasa es que...

Enmudeció al darse cuenta de que su plan de encontrarle la clase de esposa que había creído que él merecía había empezado a desmoronarse. Nicholas estaba demostrándole que no era el villano que ella había pensado en un principio, pero seguía sin estar convencida de que pudiera llegar a ser un marido bueno y fiel para alguna joven de valía, por mucho que él intentara convencerla de sus buenas intenciones.

—Es difícil de explicar, es que... —se mordió el labio y recordó aquel dichoso beso—. No quiero que alguna de las jóvenes a mi cargo se case con él y acabe con el corazón roto, eso es todo.

—Si el dinero es el único motivo que le impulsa a buscar esposa, quizás podrías convencerle de que opte por otra solución —le sugirió su amiga, justo cuando estaban entrando en la casa.

—No sé si te entiendo, se trata de un hombre bastante decidido —comentó, ceñuda.

—Si Trubridge tan solo necesita a una mujer con dinero que le mantenga, yo lo haría encantada.

—¡Edie! —Belinda se quedó tan impactada que se detuvo en seco en medio del amplio vestíbulo.

Su amiga no tuvo más remedio que detenerse a su vez, y le preguntó sorprendida:

—¿Qué tiene de malo?, ¡a mí me parece algo muy coherente! Yo soy rica, y él muy apuesto. Podría ser la solución ideal para todos, y ni siquiera tendría que casarse conmigo.

—¡Claro, porque ya estás casada! —miró a su alrededor al darse cuenta de que acababa de alzar la voz, y al no ver a Trubridge por ningún lado supuso que ya habría subido a su habitación; aun así, bajó considerablemente la voz al añadir—: Me cuesta creer que esté oyéndote decir algo así.

—Por el amor de Dios, ¡no seas tan puritana! ¿Qué importancia tiene si estoy casada o no?

Su amiga echó a andar de nuevo hacia la escalinata sin soltarle el brazo, con lo que Belinda no tuvo más remedio que seguirla.

—¡Las razones son tantas que ni siquiera podría enumerarlas todas!

Sus palabras cayeron en saco roto, porque la duquesa insistió con toda naturalidad:

—Si Trubridge necesita dinero, bien sabe Dios que yo puedo dárselo. Puedo permitirme mantenerle y darle todo tipo de lujos.

Belinda no sabía cómo hacerle entender lo incorrecto que era lo que estaba sugiriendo.

—Pero si tuvieras un amante podrías... te arriesgarías a... podrías quedarte embarazada, y ni siquiera podrías hacerlo pasar por hijo de Margrave; además... —no pudo seguir, y notó cómo se ruborizaba—. ¡No puedo creer que estemos hablando de esto!

—Qué mojigata puedes llegar a ser a veces, Belinda.

—¡Eso no es verdad!

—En cualquier caso, debo admitir que no te falta razón. Si Trubridge fuera mi amante y me quedara embarazada, tendría que ir a ver a Margrave a Kenia, y encontrarle podría ser una ardua tarea. Dios, puede que me viera obligada a internarme en la selva y a enfrentarme a serpientes, a arañas, a leopardos, a mi esposo... en fin, a todo tipo de animales salvajes, y cuando le encontrara tendría que conseguir que accediera a reconocer al bebé como suyo. Cuántas complicaciones, ¿verdad? —hizo una pausa como si estuviera pensándolo bien, y al cabo de unos segundos añadió—: Aunque acostarme con Trubridge podría hacer que todos esos quebraderos de cabeza valieran la pena.

—¡Estás diciendo bobadas!

—¡Cielos, querida! ¿Por qué te afecta tanto? Al fin y al cabo, tú no estás interesada en él, ¿verdad? —la miró con ojos chispeantes, y le preguntó con una sonrisa traviesa—: ¿O sí que lo estás?

—¡Por supuesto que no! —el cosquilleo que sintió en los labios y el rubor que le tiñó las mejillas al recordar el beso revelaban que estaba mintiendo—. Como ya te dije, Trubridge es un cliente mío, y también es un granuja irresponsable con una pésima reputación en lo que a mujeres se refiere.

—Perfecto para mí. No me romperá el corazón, así que esa será una preocupación menos para ti; por otro lado, tanto el corazón como la cuenta bancaria de las jóvenes casaderas de Londres estarán a salvo de sus codiciosas garras de cazafortunas. No veo cuál es el problema.

Belinda no entendía cómo era posible que mostrara semejante indiferencia hacia las consideraciones morales de lo que estaba proponiendo.

—Es que... es que no...

Se había quedado sin palabras, pero al mirar a su amiga a los ojos se dio cuenta de repente de lo que estaba pasando.

—¡Tú no le quieres como amante!, ¡estás burlándote de mí! —exclamó, con tono acusador.

—¿Ah, sí? ¿Por qué lo dices?

Su sonrisita traviesa confirmó las sospechas de Belinda.

—Porque te conozco hace tiempo, y jamás te he visto mostrar interés por ningún hombre aparte de Margrave.

—Siempre hay una primera vez para todo —afirmó, con toda la naturalidad del mundo. Giró ligeramente la cabeza, y pasó un dedo por el pasamanos de la escalinata al añadir—: Pero me haré a un lado si lo quieres para ti, por supuesto.

—¡Yo no lo quiero! —ella misma notó lo poco convincente que sonó su negativa, y se desesperó al darse cuenta de que su firme decisión de mantenerse fría e indiferente en todo lo relacionado con Trubridge estaba resultando ser un estrepitoso fracaso. Se sentía incapaz de seguir aguantando aquella conversación tan ridícula, así que se zafó del brazo de su amiga y le dijo con firmeza—: No tardarán en llegar más invitados, será mejor que vayas a atenderlos. Puedo subir yo sola. Supongo que me has asignado la habitación de los sauces, como de costumbre, ¿no? —dio media vuelta con brusquedad, y se alejó con toda la dignidad posible por la serpenteante escalinata de hierro forjado y piedra.

Su amiga se echó a reír y exclamó:

—¡No te enfades conmigo! Si le deseas, ¿por qué no lo admites?

—¿Que si le deseo? ¡Pero si ni siquiera me gusta! —masculló ella sin detenerse.

—Sí, claro. Ten cuidado, quizás llegue el día en que tengas que tragarte esas palabras —le advirtió su amiga en tono de broma.

Belinda siguió subiendo sin molestarse en contestar; al fin y al cabo, no podía decir gran cosa mientras el beso de Nicholas aún siguiera quemándole los labios.

Belinda había podido escapar de Edie con relativa facilidad, pero no le resultó tan sencillo evadirse de lo que su amiga le había dicho. Mientras la doncella revoloteaba por la habitación deshaciendo el equipaje, ella se lavó la cara y se sentó con un libro en una silla que había junto a la ventana para intentar leer un poco, pero, tal y como le había pasado en el tren, cierto hombre de carne y hueso le resultaba mucho más fascinante que los personajes de su novela y no consiguió leer ni una sola página. No podía dejar de pensar en él, y al hacerlo le cosquilleaban los labios y ardía por dentro. Sentía deseo, eso era innegable, pero no lo entendía. No entendía cómo era posible que deseara a un hombre al que no respetaba, ¡ni siquiera estaba segura de si le gustaba su forma de ser!

Se preguntó si aquello sería una estratagema del destino para poner a prueba su entereza y su voluntad... o si, simplemente, el destino tenía un perverso sentido del humor.

—Ya he deshecho su equipaje, milady.

Se sobresaltó al oír la voz de Molly, su menudita y rechoncha doncella, y se dio cuenta de que estaba parada junto a su silla esperando su respuesta.

—¿Disculpa?

—Ya he deshecho su equipaje y está todo guardado, ¿necesita algo más? ¿Le subo una taza de té o algo de comer?

Lo que quería era estar sola.

—No, Molly, no quiero nada. Gracias. Creo que voy a dormir una siesta, baja si quieres a la zona de servicio a tomar tu té.

—Como desee —la doncella hizo una pequeña reverencia antes de añadir—: Avíseme si necesita cualquier cosa; de no ser así, la despertaré cuando suene el gong y tenga que vestirse para la cena.

Belinda esperó a que saliera de la habitación y cerrara la puerta, y entonces se levantó de la silla y se acercó al tocador. Se sentó en el taburete, y se sintió mortificada al contemplar su imagen en el espejo y ver que tenía las mejillas teñidas de rubor por culpa de haber estado pensando en el beso que le había dado Nicholas.

No entendía qué diantres le pasaba. Siempre había sido una mujer reservada y contenida, y su vida junto a Featherstone había exacerbado esos rasgos hasta el punto de que reprimir lo que sentía se había convertido en algo tan natural como respirar. Esa había sido la única forma de soportar el hecho de estar casada con un hombre capaz de acostarse con otra mujer sin sentir el más mínimo remordimiento, capaz de pagar diez mil libras por un caballo de carreras sin pararse a pensar de dónde había salido ese dinero. Con cada nueva decepción que había sufrido por culpa de Charles, había ido enterrando cada vez más hondo sentimientos vivos y desmedidos como el amor y el deseo, había ido sofocándolos con cada nueva falta de consideración por parte de su marido, hasta que al final creía haberlos erradicado de su vida por completo.

Mientras contemplaba su imagen en el espejo, se preguntó

desalentada dónde estaba la fría, orgullosa e implacable lady Featherstone. ¿Dónde estaba la mujer sensata en la que creía haberse convertido?, ¿la mujer para la que el cariño y el afecto eran más importantes que la pasión?

Edie tenía razón. Deseaba a Trubridge, le deseaba tanto como la tímida y reservada señorita Belinda Hamilton había deseado a Charles Featherstone. No había forma de entender el porqué, y el hecho de que no hubiera aprendido nada de su experiencia anterior hacía que se sintiera más desdichada y confundida que nunca.

Apartó la mirada de su rostro acalorado y alargó la mano hacia el tarro de crema facial mentolada que había sobre el tocador, pero se quedó inmóvil cuando su mirada se posó en el bolso de mano color berenjena que estaba a escasa distancia del tarro. La tarde en que habían tomado el té en el Claridge's también llevaba consigo aquel bolso, y recordó lo que él le había preguntado en aquella ocasión: «¿Es cierto que no tiene dinero?».

Se había sorprendido mucho al darse cuenta de que él no tenía ni idea de lo rica que era, aunque, pensándolo bien, tampoco era de extrañar; al fin y al cabo, su fortuna la había amasado ella por sí misma, cliente a cliente, y nadie tenía por qué saberlo.

El hecho de que Nicholas no supiera que era rica y a pesar de ello la deseara hizo que sintiera una profunda felicidad... una felicidad de lo más absurda y que se esfumó en cuanto recordó que se suponía que él no debía sentir nada en absoluto por ella, que estaba buscando esposa. La dura realidad borró de un plumazo aquella efímera felicidad.

Sí, por alguna inexplicable razón, deseaba a aquel hombre. Podía admitirlo allí, en la soledad de su habitación. Él, por su parte, también la deseaba, pero ¿y qué?, ¿qué importancia tenía lo que ellos sintieran?

Edie podía hablar con entera libertad acerca de tener aventuras y amantes. Sabía que no lo decía en serio, pero, en el caso de que su amiga quisiera tener una aventura, podía hacerlo porque estaba casada. Aunque la infidelidad se consideraba moralmente reprobable, la sociedad estaba dispuesta a tolerarla si el marido reconocía como suyos a los hijos que pudieran engendrarse. Pero para las mujeres solteras (incluyendo a las viudas como ella), tener una aventura amorosa conllevaba un riesgo enorme, y ella no era una persona dada a correr ese tipo de riesgos.

Pensándolo bien, su problema estribaba en que ella conocía de primera mano lo que era el deseo y sabía que, en realidad, no era gran cosa. Sí, era glorioso mientras duraba, pero no duraba demasiado. Cuando no existía nada más profundo, cuando no había un respeto mutuo ni una compatibilidad que pudieran convertir el deseo en amor, la pasión iba diluyéndose hasta desvanecerse por completo, y a una mujer soltera lo único que le quedaba después era un corazón roto, o una reputación hecha trizas, o un bebé... o, posiblemente, las tres cosas.

Lo que había sentido cuando Nicholas la había besado era tan insustancial como el viento. Con Featherstone había aprendido bien la lección, el deseo no era amor. Si era tan boba como para confundir una cosa con la otra por segunda vez, se tendría bien merecidas las dolorosas consecuencias, porque en esa ocasión no tenía la excusa de ser joven e ingenua.

Lentamente, a base de fuerza de voluntad, volvió a enterrar el deseo en la misma fosa oscura y profunda a la que lo había relegado años atrás, con la esperanza de que en esa ocasión no volviera a emerger de allí.

Ya había empezado a anochecer, pero, a pesar de que la luz menguante cada vez le dificultaba más la lectura, Rosalie se resistía a cerrar el libro y regresar a la casa, así que pasó a la siguiente página de su viejo ejemplar de *Orgullo y prejuicio* y siguió leyendo. A su alrededor, las abejas se alejaban de las flores del jardín y regresaban a las colmenas, y ya no había pinzones revoloteando alrededor de la fuente, pero eso no le importaba. No estaba allí fuera para admirar la belleza de los jardines de la duquesa, sino para pasar un rato disfrutando de su pasatiempo preferido.

Resultaba curioso que, aunque antes había anhelado asistir a los bailes y las fiestas de la temporada social londinense, ahora que estaba inmersa en aquella vorágine empezaba a darse cuenta de lo agotador que era. Apenas había tenido tiempo de leer y, teniendo en cuenta la cantidad de actividades que había planeadas para aquella semana, lo más probable era que ni siquiera pudiera volver a abrir un libro, así que estaba aprovechando para robar un ratito antes de que la fiesta campestre comenzara de verdad.

Ya estaba llegando a la mejor parte de la historia, así que se reclinó en el banco donde estaba sentada y sonrió expectante al pasar de página. Había leído aquel libro en multitud de ocasiones, pero siempre disfrutaba de la declaración de Darcy a Elizabeth como si fuera la primera vez.

Alzó la mirada, ceñuda, al oír por la ventana de la cercana biblioteca el gong que anunciaba que era hora de vestirse para la cena, no esperaba que ya fueran las siete y se arriesgaba a llegar tarde. Se levantó a toda prisa y fue hacia la casa, pero no cerró el libro y, alzando la mirada de vez en cuando para ver por dónde iba, siguió leyendo mientras subía los escalones de piedra y atravesaba la larga terraza.

Debo decirle cuán ardientemente la admiro y la amo... Soltó un suspiro ensoñador y pasó otra página antes de doblar una esquina, pero no pudo leer ni una sola palabra más porque se dio de bruces contra algo tan duro como un muro de piedra.

—¡Ay! —exclamó, mientras el impacto de la colisión la hacía retroceder trastabillando.

Se pisó el bajo de la falda mientras intentaba recobrar el equilibrio, el libro salió volando, y ella habría caído contra el duro suelo de granito de la terraza si un par de manos no la hubieran agarrado de los brazos y la hubieran sostenido para mantenerla en pie. Parpadeó aturdida, y respiró hondo mientras sus ojos enfocaban el obstáculo blanco y negro contra el que había chocado. Se dio cuenta de inmediato de que lo que estaba viendo era el pecho de un hombre enfundado en un chaqué, y de que las manos que la sostenían eran fuertes y masculinas.

—¿Se encuentra bien?

Alzó la mirada de golpe al oír aquella inconfundible voz profunda, y al ver que realmente se trataba de lord Trubridge la embargó una felicidad tan inmensa que por un momento no pudo ni respirar.

—¿Señorita Harlow?

Parecía tan sorprendido como ella. Se apresuró a soltarla y, tras retroceder un paso, la saludó con una reverencia y le dijo con formalidad:

—¿Cómo está usted?

Ella abrió la boca para contestar, pero el corazón le martilleaba con tanta fuerza en el pecho que no pudo ni hablar. ¡Era él! ¡Estaba allí de verdad!, ¡le tenía justo enfrente!

—No sabía que también estuviera invitada.

Aquellas palabras le parecieron una confirmación de que los dos estaban en perfecta armonía mentalmente, y se sintió en el séptimo cielo. Quiso contestarle que ella tampoco sabía que él iba a estar allí, pero no logró que las palabras le brotaran de los labios y se enfadó consigo misma. Tenía delante al hombre más apuesto del mundo, al hombre que durante semanas había ocupado sus pensamientos y sus sueños y al que consideraba su héroe, y era incapaz de articular palabra. Se había quedado enmudecida. Por si fuera poco, las mejillas le ardían y sabía que al ruborizarse se ponía horrible y parecía una especie de ranúnculo escarlata.

Él miró a su alrededor y recobró el libro, que había caído sobre una maceta de terracota rebosante de tomillo en flor, y al ver el título murmuró:

—Ya veo que está leyendo a Austen.

Ella habría querido preguntarle si le gustaba aquella autora, pero fue incapaz de hacerlo y se limitó a mirarle enmudecida mientras se debatía entre el éxtasis y la agonía.

Él hizo ademán de devolverle el libro, pero se detuvo y comentó:

—Vaya, hemos matado a una abeja.

Se sacó un pañuelo del bolsillo de la levita y, después de limpiar los restos del desafortunado insecto, le entregó el libro. Ella lo aceptó sin dejar de mirarle, la única idea coherente que se le pasó por la cabeza fue que aquel hombre tenía unos ojos preciosos; al verlo sonreír, sintió como si una flecha acabara de atravesarle el corazón.

—Si me disculpa, señorita Harlow...

No esperó a que ella contestara, aunque, teniendo en cuenta que estaba mirándole como una bobalicona, no era de extrañar. Se sintió consternada al ver que se despedía con una reverencia y que pasaba junto a ella para proseguir su camino, y se volvió desesperada.

—¡Gracias! —alcanzó a decirle a aquella magnífica espalda que se alejaba.

—De nada —lo dijo por encima del hombro, sin volverse a mirarla. Ni siquiera se detuvo.

Mientras le veía bajar los escalones que conducían a los jardines de la zona sur y adentrarse en el laberinto de setos, la felicidad que había inundado su corazón se convirtió en desilusión. Se sentía tan desdichada que dobló de nuevo la esquina y apoyó su ruborizada mejilla contra la fría pared de piedra de la casa.

—¿Gracias? —murmuró, en un paroxismo de incredulidad y mortificación. ¡Llevaba semanas imaginando un momento como aquel, y cuando llegaba por fin lo único que conseguía decirle era «gracias»!.

Golpeó la pared con la frente tres veces mientras apretaba los dientes en un arranque de frustración y se prometió a sí misma que, antes de que acabara la semana, iba a tener la valentía necesaria para hablar con él; al fin y al cabo, ninguna heroína que se preciara podía quedarse enmudecida ante su héroe, ¿qué clase de romance sería ese?

La cena estaba siendo una tortura. Nicholas estaba sentado junto a la duquesa, quien al entrar al comedor de su brazo le había comentado que, como tenía entendido que era muy ocurrente, esperaba disfrutar de una conversación de lo más entretenida durante la cena. El comentario de su anfitriona le obligó a prestar atención a los comensales que le rodeaban para poder aportar algún comentario ingenioso de vez en cuando, y eso no era tarea fácil ni mucho menos; además, a su otro lado tenía a un obispo y, a juzgar por la cara de extrema desaprobación que había puesto cuando habían sido presentados, estaba claro que su mala reputación también había alcanzado los círculos eclesiásticos.

Por si fuera poco, tenía a lord Wetherford y a su esposa sentados justo enfrente. Daba la impresión de que su sola mirada bastaba para que se pusieran nerviosos, y parecían alarmados cada vez que le veían abrir la boca para hablar. Seguramente se avergonzaban de que su hijo le hubiera disparado estando ebrio, y les aterraba tanto que pudiera contarles lo sucedido a los presentes que no eran capaces de responder con coherencia a ninguna de sus preguntas. Si se interesaba por cómo le iban las cosas a Pongo, lo más probable era que se escondieran bajo la mesa en un paroxismo de vergüenza.

Tenía a Belinda tan lejos (unas doce personas como mínimo se interponían entre ellos), que resultaba imposible hablar con ella, pero podía verla con toda claridad desde su asiento. Eso, más que cualquier otra cosa, era lo que estaba torturándole y convirtiendo aquella velada en un verdadero tormento. La negra y lustrosa cabellera de Belinda estaba recogida en un peinado alto, y adquiría un tono cercano al añil bajo la luz de las velas del comedor; el collar de perlas falsas que llevaba puesto era el mismo que había lucido en el baile; el escote de su vestido de seda color lavanda tenía un escote tan pronunciado que estaba enloqueciéndole, ya que alcanzaba a ver el valle que separaba sus senos. Estaba más hermosa que nunca, la deseaba más que nunca. El deseo le quemaba por dentro, le consumía, se sentía como si la lujuria estuviera emanándole de los poros.

Quizás habría podido encajar la situación un poco mejor si ella estuviera en un estado similar; lamentablemente, daba la impresión de que Belinda estaba disfrutando a más no poder de la velada, ya que, a diferencia de él, estaba conversando con tota la normalidad con el resto de comensales. Cada vez que la miraba (que era cada seis segundos, más o menos), la veía charlando y riendo con la gente que la rodeaba y, para colmo de males, no la pilló mirándole ni una sola vez. Para cuando se tomaron el pastel de frambuesa que les habían servido de postre, su paciencia estaba llegando al límite y, cuando la duquesa anunció que había llegado la hora de que las damas se retiraran del comedor para que los caballeros tomaran la acostumbrada copita de oporto, decidió que no podía aguantar más.

En cuanto las damas salieron del comedor, se bebió su copa

de un trago, alegó en un murmullo que necesitaba dar un paseo después de aquella cena tan deliciosa, y salió rumbo al jardín con la esperanza de que la fría brisa primaveral le enfriara un poco la sangre.

Una vez fuera, cruzó la terraza y pasó junto a las puertas abiertas de la sala de música donde las damas estaban reunidas antes de bajar los escalones que conducían a los jardines. Fue directo al laberinto de setos situado en la zona sur, ya que lo había recorrido antes de la cena y recordaba bastante bien cómo resolverlo. En ese momento necesitaba con urgencia tener algo de privacidad, y el centro de un laberinto parecía el lugar perfecto para ello.

Avanzó entre los altos muros de setos sumido en sus pensamientos. Aquella situación era intolerable, no sabía cómo iba a arreglárselas para estar cerca de Belinda y no romper aquella promesa tan absurda y estúpida que le había hecho. ¿Cómo iba a aguantar las ganas de besarla?, ¿cómo iba a contener el deseo de tomarla entre sus brazos, acariciarla y hacerle el amor?

Respiró hondo, consciente de que tenía que dejar de torturarse así. Intentó centrarse en el laberinto y no pensar en nada más, pero para cuando llegó al centro aún seguía alterado.

El deseo que sentía por Belinda era tan intenso que parecía un adolescente calenturiento y eso ya era desconcertante de por sí, pero el hecho de que estuviera allí para encontrar esposa empeoraba aún más las cosas. Estaba obligado a plantearse contraer matrimonio con una mujer cuando en realidad deseaba a otra con la que no podía casarse, y no sabía si iba a poder soportarlo.

En el centro del laberinto había un pequeño cenador de hierro forjado recubierto de rosas blancas que resplandecían bajo la luz de la luna llena. Se acercó al banco de piedra que había dentro, pero, como estaba demasiado nervioso para sentarse, se quedó de pie y contempló los espesos rosales que le rodeaban mientras se preguntaba qué demonios iba a hacer.

¿Qué podía hacer un hombre cuando se moría por una

mujer que no sentía nada por él? ¿Escribir cartas de amor?, ¿componer poemas? Descartó esas posibilidades de inmediato y siguió devanándose los sesos. Quizás podría regalarle rosas, pero ni siquiera sabía el tipo de flores que le gustaban a Belinda. Por regla general, a las mujeres les gustaban las rosas, pero ella era única.

Dando por buena la opción de las rosas, que le parecía bastante acertada, el siguiente paso consistiría en pensar cuáles de ellas podrían ser las ideales para Belinda. Alzó la mirada y observó pensativo las prístinas rosas blancas que trepaban por la estructura del cenador; inhaló hondo, pero la fragancia que desprendían era tan ligera como la de las margaritas. Si decidía regalarle rosas a Belinda, no iban a ser como aquellas... no, para ella elegiría unas enormes y aterciopeladas rosas rojas, unas rosas exuberantes y de color intenso que olieran a verano, porque así era ella. A pesar de su prístino exterior, era embriagadora y apasionada. Ella no quería serlo, podía negarse a admitirlo cuantas veces quisiera, pero no había duda de que era una mujer apasionada.

Sí, las rosas rojas eran las ideales para ella... aunque, con la suerte que tenía en lo que a Belinda se refería, seguro que le enviaba las rosas y después se enteraba de que era alérgica a ellas.

—¿Lord Trubridge?

El sonido de una voz femenina interrumpió sus elucubraciones, pero supo de inmediato que, por desgracia, la voz no pertenecía a Belinda. Se dio la vuelta y, cuando vio a Rosalie Harlow justo enfrente de él y la cara de adoración con la que estaba observándole, se confirmó su teoría de que su suerte estaba de capa caída... y no solo en lo referente a Belinda, sino con todas las mujeres en general.

—No debería estar a solas conmigo aquí fuera, señorita Harlow —le recordó con cautela.

—Sa... sabía que no estaba en el comedor con el resto de caballeros, le he visto pasar frente a las puertas de la sala de música. He salido sin que nadie se percatara y le he seguido —la forma en que entrelazaba una y otra vez las manos revelaba lo nerviosa que estaba.

Él también estaba condenadamente nervioso, pero porque no podía permitirse el lujo de que se repitiera un incidente como el de Elizabeth Mayfield. Rosalie no le parecía una joven capaz de recurrir a semejantes tretas, pero la cautela nunca estaba de más. Miró hacia la entrada entre los setos y rezó para que la señora Harlow no estuviera a punto de hacer su entrada a escena, llena de indignación y exigiéndole que reparara la afrenta a su hija.

—Será mejor que regrese a la casa de inmediato, las damas estarán preguntándose dónde está.

—No, aún tardarán unos minutos más en extrañarse por mi ausencia.

—Pero su madre sin duda que...

—No se preocupe, ella cree que he ido al tocador. No tengo por costumbre engañarla, pero quería hablar con usted en privado y no se me ha ocurrido otra forma de conseguirlo.

—Para una joven casadera no es aconsejable hablar conmigo a solas —avanzó un paso con la esperanza de hacerla retroceder y poder salir de inmediato del cenador, pero ella no se movió. No podía rodearla sin más, porque se lo impedían las espinosas ramas que bordeaban la entrada—. Alguien podría vernos, y me sentiría consternado si su reputación se viera dañada por mi culpa.

—Sé que es muy atrevido de mi parte abordarle así, pero desde que nos conocimos ha sido una agonía para mí estar cerca de usted, y ahora que he vuelto a verle debo confesar mis sentimientos.

Él se frotó la frente con la mano y soltó un suspiro antes de admitir:

—Preferiría que no lo hiciera.

Huelga decir que ella hizo caso omiso a su advertencia y siguió como si nada.

—Debo decirle cuán ardientemente lo admiro y lo amo.

Nicholas no habría sabido decir si había elegido aquellas palabras de forma deliberada, aunque dudaba que fuera así. Las jóvenes acostumbraban a memorizar las palabras del Darcy de Austen y ella había estado leyendo *Orgullo y prejuicio* aquella misma tarde, así que seguramente le habían parecido las palabras más románticas del mundo y se le habían quedado grabadas en la mente.

Miró aquel rostro bello que le miraba con tanta adoración, y se esforzó por rechazarla con el mayor tacto posible.

—Usted ni siquiera me conoce, mi querida niña. Es imposible que me ame.

—¡Sí, sí que le amo! ¡Le amo con locura!

—Se trata de una locura transitoria que no tardará en pasar —le aseguró él.

—¿Cree que mis afectos son pasajeros?, ¿cómo puedo demostrarle que no es así?

Él dio otro paso más hacia delante, pero ella no retrocedió a pesar de que estaban a punto de tocarse, así que estaba claro que iba a tener que emplear la fuerza. La agarró de los brazos con la intención de empujarla un poco hacia atrás, pero ella fue más rápida y se zafó de sus manos antes de rodearle el cuello con los brazos.

—¡Esta es la única forma de expresar lo que siento! —exclamó, antes de besarle.

Nicholas le agarró las muñecas de inmediato y la obligó a bajar los brazos y apartarse, pero cometió el error de soltarla demasiado pronto y, antes de que pudiera excusarse e intentar salir como fuera, ella le agarró las solapas de la levita y se puso de puntillas para intentar besarle de nuevo. Logró evadirla a tiempo girando a un lado la cara, y justo cuando los labios de la joven le rozaron la mandíbula vio a Belinda en la entrada del laberinto. Su rostro parecía fino alabastro bruñido bajo la luz de la luna, y se dio cuenta de que cualquier minúscula posibilidad que hubiera podido tener de hacerla suya acababa de desvanecerse por completo.

Agarró a Rosalie de las muñecas y tiró para que le soltara, pero ella se aferró con más fuerza a su levita. No iba a tener más remedio que ir soltándole los dedos uno a uno, pero antes de que pudiera hacerlo vio aparecer a sir William. Estaba claro que su suerte estaba deteriorándose a un ritmo alarmante, había pasado de mala a peor a terrible en cuestión de tres segundos.

—¡Lord Trubridge! ¡Quítele las manos de encima a la señorita Harlow de inmediato! —exclamó sir William.

Rosalie soltó una exclamación ahogada y miró por encima del hombro, y Nicholas aprovechó su distracción para liberarse por fin. La empujó hacia atrás con cuidado de no emplear más fuerza de la debida y ambos salieron de los espinosos confines del cenador, pero al ver lo furioso que estaba sir William se dio cuenta de que no iba a lograr salir de aquella situación completamente indemne. Un hombre enamorado y presa de los celos podía ser muy peligroso, el tipo estaba tan enfurecido que parecía dispuesto a retarle a duelo. Tener que defender su honor al amanecer sería el colofón perfecto de aquel absurdo incidente, pero ya le había disparado en una ocasión un hombre enfurecido, celoso y ebrio y prefería no repetir la experiencia.

—No es lo que usted cree, sir William.

Aunque estaba diciendo la pura verdad, incluso él mismo se dio cuenta de lo falsas que sonaban aquellas palabras, y ni que decir tiene que no calmaron lo más mínimo a sir William.

—¡Canalla!

El izquierdazo le impactó en la mejilla derecha antes de que pudiera esquivarlo. Trastabilló hacia atrás hasta golpear contra uno de los laterales del cenador, y entonces le flaquearon las piernas y sintió como si estuviera hundiéndose. Oyó cómo los rosales le rasgaban la levita, y respiró hondo cuando varias espinas se le clavaron en el hombro. Más allá del dolor que sentía por el puñetazo y por las espinas que le desgarraban la piel, se dio cuenta de que seguía cayendo; cuando su otro hombro golpeó contra el duro suelo, el último pensamiento que le pasó por la cabeza antes de que la oscuridad se lo tragara fue que, si las cosas seguían así, buscar esposa iba a terminar por matarle.

Lo primero que Nicholas percibió al despertar fue el dolor. Tenía el lado derecho de la cara dolorido, y le ardía el hombro. Al abrir los ojos vio el cielo nocturno tachonado de estrellas borrosas, y al notar el olor a hierba y a setos que impregnaba el aire recordó dónde estaba y lo que había sucedido.

Movió un poco la mandíbula, y el dolor que sintió le confirmó que no había sido un sueño. El beso de Rosalie, el fuerte izquierdazo de sir William y su encontronazo con los rosales habían pasado de verdad. Se incorporó hasta quedar sentado, y de inmediato deseó no haberlo hecho. Tenía la cabeza a punto de estallar, le dolía la mandíbula y, a juzgar por cómo le ardía el hombro, debía de tenerlo en carne viva, pero lo peor de todo era que Belinda estaba sentada en la hierba justo enfrente de él. Aún estaba un poco atontado, y pensó aturdido que se parecía a Judith a punto de decapitar a Holofernes. Menos mal que no estaba armada con una espada.

Se planteó tumbarse de nuevo de espaldas y gemir de dolor para intentar ablandarla un poco, pero conociéndola dudaba mucho que le sirviera de algo. Seguro que ya había sido juzgado, condenado y sentenciado, así que tan solo quedaba esperar a la ejecución. Posó la mirada en su sensual boca, consciente de que las probabilidades de que volviera a besarla oscilaban entre ninguna y muy pero que muy remotas, sin embargo, no estaba dispuesto a renunciar a algo tan importante sin luchar con todas sus fuerzas.

—¡Yo no he hecho nada! —se dio cuenta de lo absurdo que era el comentario, parecía un niño al que acababan de pillar robando caramelos. Optó por intentarlo de nuevo—. Vine al laberinto porque quería estar a solas, en ningún momento...

Ella alzó una mano con la palma hacia fuera para silenciarlo, y se limitó a decir:

—No tiene que darme explicaciones.

—Yo creo que es necesario que lo haga, ¡quiero hacerlo! Ya sé lo que parece, pero no he incumplido la promesa que le hice. ¡No la he besado! Bueno, estábamos besándonos, eso es obvio, pero... —no había forma de explicárselo sin echarle la culpa a Rosalie, pero, como eso era algo que no haría jamás, masculló ceñudo—: ¡Maldita sea! —dobló las rodillas, y apoyó los codos en ellas y la cabeza sobre sus manos—. ¡Maldita sea!

—He visto lo que ha pasado, Nicholas.

—¿Ah, sí? —alzó la cabeza y se sintió esperanzado, a lo mejor no estaba todo perdido.

—Sí. Sé que Rosalie le ha seguido, porque yo he ido tras ella al verla salir de la sala de música. Mientras me acercaba por el laberinto, he oído cómo la instaba a que se fuera y cómo ella le ha confesado sus sentimientos, y he llegado justo a tiempo de ver cómo le besaba.

—Entonces ¿no me culpa a mí de lo sucedido?

—No, aunque creo que podría haber sido más rápido a la hora de obligarla a soltarlo.

—¡Eso es absurdo! Me he zafado de sus tentáculos con la mayor rapidez posible, pero no era tan fácil como parecía. ¡Esa joven era como un pulpo, Belinda! —sus esperanzas se avivaron aún más al verla contener una sonrisa.

—Lady Featherstone...

Los dos se giraron al oír que alguien la llamaba. Se trataba de un criado, que estaba en la boca del laberinto con un farol encendido en la mano y una bandeja sujeta con el otro brazo.

—¿Ha pedido hielo y vendas? —añadió.

—Sí, Henry. Tráelo todo aquí, por favor.

El criado saludó a Nicholas con una inclinación de cabeza al acercarse, y miró con preocupación los rasgones que tenía en la ropa.

—Espero que no esté herido de gravedad, milord. Sir William ha dicho que se ha caído en los rosales.

—Sí, supongo que esa es una forma de describir lo sucedido.

El criado miró a Belinda y le preguntó:

—¿Desea que le atienda yo para que usted pueda regresar a la casa?

—Gracias, Henry, pero no será necesario. Con cincuenta invitados a los que servir, tu presencia es más necesaria que la mía —mientras se quitaba los largos y elegantes guantes que llegaba puestos, añadió—: Deja la bandeja aquí mismo, puedes retirarte.

—Como usted guste, milady —después de dejar la bandeja sobre la hierba, el joven criado hizo una reverencia y se marchó.

Belinda dejó los guantes en el suelo y se puso de rodillas antes de alzar el farol.

—Vuélvase un poco para que pueda ver mejor las heridas.

Él obedeció y la observó por encima del hombro mientras ella, con sumo cuidado y valiéndose de la luz del farol, apartaba a un lado parte de la levita y la camisa.

—No veo nada preocupante —afirmó al cabo de un momento—. Las espinas le han desgarrado la levita y la camisa, pero la ropa le ha protegido en gran medida; aun así, hay algunas heridas y varios rasguños que habrá que limpiar —dejó el farol a un lado, agarró la botella de color marrón oscuro que había en la bandeja, y le quitó el tapón antes de alargar la mano hacia una venda—. Va a tener que quitarse la camisa.

Él sonrió al oír aquello. El movimiento hizo que la mandíbula le doliera de nuevo, pero valía la pena con tal de bromear con ella.

—¡Belinda!, ¡qué picarona!

Ella le lanzó una mirada y comentó con ironía:

—Ni lo sueñe, Trubridge.

—La verdad es que no es así como sucede en mis sueños —sin apartar la mirada de su rostro, se quitó la levita y empezó a desabrocharse el chaleco—. En ellos siempre la desvisto a usted primero.

La luz del farol le permitió ver el rubor que le tiñó las mejillas, pero, al ver que ella no contestaba y se limitaba a empapar la venda con el ungüento de la botella, siguió desvistiéndose; después de quitarse el chaleco y la pajarita blanca, hizo lo propio con los gemelos y los dejó en la bandeja. Cuando se quitó la camisa y la camiseta que llevaba debajo, tuvo la certeza de que las espinas le habían hecho sangre, ya que ambas prendas se le habían pegado ligeramente a la piel y al dejarlas a un lado vio las manchas rojas que había en la rasgada tela.

—Me temo que mi ayuda de cámara va a enfadarse conmigo cuando vea esto —comentó.

—Él no será el único, sir William no le tiene demasiado aprecio en este momento —le respondió ella, antes de arrodillarse tras él para aplicar la húmeda venda sobre su hombro desnudo.

El súbito escozor hizo que Nicholas diera un respingo. La miró por encima del hombro y masculló:

—¡Por el amor de Dios, mujer! ¿Qué hay en esa venda?, ¿zumo de limón?

—Un antiséptico.

—¡Escuece!

—Está portándose como un niño.

—¡Eso no es verdad! —soltó una imprecación muy masculina cuando ella aplicó la venda en otra zona del hombro. Optó por concentrar su atención en la sensación de sus manos contra su piel desnuda, y eso hizo que el dolor se disipara.

—¿Qué tal tiene la cara?

—Me duele un poco.

—En la bandeja hay una cataplasma de hielo.

—No sabía que sir William fuera tan buen pugilista —agarró la bolsa de tela rellena con hielo molido, pero se detuvo antes de llevárselo a la cara y se volvió a mirarla de nuevo—. Hablando de él, ¿por qué demonios le ha pedido que la acompañara?

—No lo he hecho. Supongo que me habrá visto salir de la casa, y al ver a Rosalie cruzando el jardín conmigo detrás habrá decidido seguirnos. Es la única explicación que se me ocurre, ni siquiera era consciente de su presencia hasta que ha pasado junto a mí y le ha golpeado.

—Ah. Sí, supongo que eso es lo más probable —se llevó la cataplasma a la cara con cuidado, y se sorprendió al oírla reír.

—Me temo que su temporada social no está yendo demasiado bien de momento, lord Trubridge.

—¿En serio?, no me había dado cuenta —todo era tan terriblemente absurdo que no pudo evitar echarse a reír también, pero al cabo de un momento admitió—: Creo que será mejor que me marche mañana mismo.

—No creo que eso sea necesario. Ha sido un incidente embarazoso, pero nosotros cuatro somos los únicos que sabemos lo que ha ocurrido. Sir William es discreto y todo un caballero, es consciente de que si le menciona el asunto a alguien dañará la reputación de Rosalie, y eso es algo que él no haría jamás; ella, por su parte, debe de sentirse tan avergonzada por lo ocurrido que dudo que se lo cuente a alguien, y en todo caso le conviene guardar silencio. Ni usted ni yo vamos a contárselo a nadie, así que no veo por qué habría de irse. Aún... —se quedó callada e inmóvil por un instante, y entonces le preguntó con cierta vacilación—: Aún desea buscar esposa, ¿verdad?

Sentir sus manos en la piel era una sensación embriagadora, y Nicholas siguió saboreándola a pesar de que intentó recordarse a sí mismo por qué debería marcharse cuanto antes.

—Lo que yo deseo carece de importancia en todo este asunto; en cualquier caso, da igual que ninguno de los cuatro mencione el tema. Lo más probable es que mañana por la noche el otro ojo también se me haya puesto morado, así que la gente se dará cuenta de que ha habido alguna discusión.

—Creo que la versión que ha dado sir William es que los dos se han excedido un poco con la bebida, han cometido el error de empezar a hablar de política, y la discusión ha ido subiendo de tono hasta dar lugar a una desafortunada pelea a puñetazos.

—Supongo que es una historia creíble, aunque cualquiera que me conozca sabría que es falsa. Yo jamás discutiría por algo como la política. Sigo manteniendo que lo mejor es que me vaya, así evitaremos preguntas sobre el tema.

—Eso es cierto —admitió ella, mientras seguía con su tarea.

Aunque el asunto parecía haber quedado cerrado, lo cierto era que Nicholas no quería marcharse; por muy insoportable que fuera aquella situación, le daba la oportunidad de estar cerca de ella, y eso era algo que anhelaba con todas sus fuerzas. No deseaba buscar esposa, la deseaba a ella... y era más consciente que nunca de esa realidad en ese momento, mientras ella le colocaba un apósito y le vendaba el hombro con una gasa. El suave roce de las manos de Belinda en su piel desnuda encendió en su interior un deseo que calmó el dolor de su rostro y sus hombros como el más efectivo de los analgésicos, y no pudo por menos que llegar a la conclusión de que aquella mujer le había cautivado sin remedio.

—Bueno, ya está —le dijo ella, antes de apartarse un poco—. Que su ayuda de cámara le eche un vistazo por la mañana, pero los rasguños no son demasiado profundos y ni siquiera creo que haga falta que vuelvan a ponerle otro vendaje.

—Se lo diré.

Se puso de rodillas y dio media vuelta, pero en cuanto quedaron cara a cara ella habló a toda prisa y no le dio tiempo ni a abrir la boca.

—Le recomiendo que no lleve ninguna prenda de lana en

contacto con la piel en los próximos días, podría irritarle los arañazos.

Él no quería hablar de sus arañazos ni de su ropa. Dejó a un lado la cataplasma y le preguntó sin rodeos:

—¿Está de acuerdo en que debo irme?

—Supongo que será mejor que lo haga.

A Nicholas le pareció detectar cierta reticencia en su voz, y se preguntó si se debía a que quería casarle lo antes posible o a que en el fondo, muy en el fondo, iba a echarle de menos si se iba. Decidió averiguarlo.

—Pero ¿usted quiere que me vaya? —se inclinó un poquito hacia ella y añadió—: ¿O prefiere que me quede?

—Lo que yo quiera no importa. Váyase si quiere, quédese si eso es lo que prefiere. Su decisión no me afecta en nada.

—Yo creo que sí que le afecta —la tomó de la mano, y la sujetó con firmeza cuando ella intentó soltarse—. Si me quedo, ¿cree que será capaz de aconsejarme acerca de cuál de las invitadas podría ser una buena esposa para mí?

—Eh... no veo por qué no habría de ser así.

Ella se humedeció los labios con la lengua, y el hecho de que estuviera nerviosa hizo que se sintiera alentado.

—Qué corazón tan duro tienes, Belinda —le dijo, dejando a un lado toda formalidad. Le alzó la mano, hizo que la pusiera boca arriba, y le besó la palma. Se sintió aún más esperanzado al notar el temblor que la recorría.

—Nicholas, no...

Ella intentó soltarse de nuevo, y él volvió a impedírselo y deslizó los labios por su muñeca.

—¿No qué? ¿Que no te desee?, ¿que no albergue la esperanza de que tú sientas lo mismo?

Ella había cejado en su intento de liberar su mano, pero parecía empeñada en discutir.

—¡Es imposible que me desees! ¡Estás herido!

Él se echó a reír y bañó con su aliento la tersa piel de su muñeca.

—Tendría que estar muerto para no desear esto —contestó, sonriente, antes de dejar un reguero de besos por la parte interior de su antebrazo.

—¡Pero es que yo no lo deseo!

Su voz trémula revelaba que no estaba siendo sincera.

—Puede que esté engañándome a mí mismo, pero no te creo —le soltó la mano, pero, antes de que ella tuviera tiempo de apartarse, le pasó el brazo por la cintura y se le acercó un poco más—. Estoy convencido de que los dos sentimos lo mismo, y no sé por qué tenemos que luchar contra ello.

—¡Estás haciéndome insinuaciones!, ¡estás rompiendo tu promesa!

Parecía desesperada, pero no intentó apartarse de él.

—Sí, ya lo sé, pero no puedo evitarlo —posó la mano libre en su nuca, y añadió sonriente—: Qué granuja soy.

La besó con los ojos abiertos y la vio cerrar los suyos, pero como no abría la boca deslizó la lengua por sus labios una y otra vez para incitarla a hacerlo. Al cabo de un momento, cuando ella terminó por claudicar y abrió la boca con un suave gemido de rendición, su cuerpo respondió de inmediato. La estrechó con más fuerza contra sí con el brazo que tenía alrededor de su cintura, hundió la mano libre en su sedosa melena, y abrió bien la boca sin prestar la más mínima atención al dolor de la mandíbula. Belinda sabía a las frambuesas del postre, era dulce y cálida como el verano.

El tiempo dejó de existir para él mientras la saboreaba a sus anchas, mientras exploraba aquellos labios carnosos... Sintió un estallido de placer en su interior cuando ella le acarició la lengua con la suya, pero no le bastaba con un beso.

Se apartó el tiempo justo para tomar una bocanada de aire, ladeó la cabeza hacia el otro lado, y volvió a adueñarse de su boca. Mientras se besaban, tensó aún más el brazo alrededor de su cintura y fue deslizando hacia abajo la mano que había hundido en su pelo. Fue bajando por la garganta, le acarició la piel desnuda de la base del cuello... Sin dejar de devorar su boca, acarició con las yemas de los dedos su clavícula, fue bajando hacia sus suaves y cálidos senos, y gimió de placer cuando cubrió uno de ellos con la mano y lo sintió, redondeado y turgente, contra la palma de la mano.

Pero también sintió que Belinda se tensaba, y no tuvo más remedio que detenerse cuando ella dejó de besarlo y se echó jadeante hacia atrás. Le parecía notar el martilleo de su corazón acelerado contra la mano, pero, con la cantidad de capas de ropa que ella llevaba encima, sabía que debía de ser cosa de su imaginación; aun así, ella no intentó apartarlo, y la miró expectante mientras la respiración jadeante de ambos quebraba el silencio de la noche.

Al final, tras aquella agónica espera, se inclinó de nuevo hacia ella y salpicó de besos su mejilla, su sien, su oreja... Aún seguía cubriéndole un seno con la mano, y aprovechó para acariciar su piel por encima del escote.

Ella cada vez tenía la respiración más agitada y estaba claro que su excitación iba en aumento, pero en ningún momento intentó acariciarle. Se sorprendió al darse cuenta de que le resultaba increíblemente erótico que ella mantuviera los brazos a ambos lados del cuerpo; además de inflamar su deseo, la actitud de Belinda despertó en él la determinación visceral de conseguir hacerla responder a sus caricias, de lograr que reaccionara como la primera vez que se habían besado, que le abrazara y apretara las caderas contra él con el mismo desenfreno que en aquella ocasión.

La sujetó con más fuerza de la cintura y se echó hacia atrás hasta quedar tumbado sobre la hierba con ella encima; al verla abrir la boca, la besó de inmediato porque no quería oír la negativa que podría estar a punto de salir de sus labios.

El deseo era como un rugido atronador que ahogaba todo lo demás. Agarró a puñados la tela de la falda de su elegante vestido, y fue subiéndola y apartándola hasta que logró meter las manos bajo todas las capas de seda y muselina. Ella apoyó las manos sobre la hierba para intentar incorporarse, pero él subió las manos de inmediato por la parte posterior de sus muslos y la sujetó de las nalgas para evitar que se apartara; soltó un gutural gemido de triunfo contra sus labios cuando ella se tumbó de nuevo sobre su cuerpo y alzó las manos para acariciarle el rostro.

La besó mientras deslizaba las manos por sus nalgas, su piel parecía quemarle las palmas a través de la fina tela de los calzones. Intentó subirle más el vestido para que pudiera abrir las piernas y colocarse a horcajadas sobre él, pero la falda era demasiado estrecha para eso y tuvo que conformarse con la dulce tortura de tener su cálido sexo apretado contra la entrepierna. Arqueó un poco las caderas, y aquel pequeño movimiento fue tan exquisito que interrumpió por un instante el beso para soltar un gemido. Ese fue su error.

—¡Debemos parar!, ¡tenemos que detener esto! —jadeó ella contra su cuello.

Nicholas negó con la cabeza al oír algo tan absurdo, ¿cómo iban a detener algo tan increíble? Le apretó de nuevo las nalgas y la mantuvo quieta mientras volvía a arquear las caderas, pero no tuvo tiempo de saborear el gemido de placer que la oyó soltar, porque ella empezó a luchar por liberarse y apoyó las manos en sus hombros para poder echarse hacia atrás.

—¡Suéltame, Nicholas! ¡Esto no es correcto! —exclamó, jadeante.

—No lo hagas —le suplicó él entre dientes, con el cuerpo ardiendo de deseo—. Por el amor de Dios, Belinda, no me detengas. Vamos a hacer el amor aquí mismo, sobre la hierba.

—¡Estás loco!

Él no pudo por menos que admitir que ella podría tener razón en eso, pero no veía lo que tenía de malo una locura así. Quería acariciarla, darle placer hasta lograr que se rindiera por completo, pero, como temía que se apartara de él en cuanto la soltara un poquito, intentó convencerla mediante las palabras.

—Te deseo, Belinda. Quiero que hagamos el amor aquí mismo, ahora mismo. Te deseo desde aquel primer día, te deseaba incluso cuando me mirabas de arriba abajo como si fuera el hombre más despreciable que habías visto en toda tu vida. Qué quieres que te diga, debo de ser masoquista.

—Estás diciendo bobadas.

—No, no son bobadas. Es puro deseo.

—¡Pero tan solo es eso!

Ella consiguió liberarse con un súbito tirón, rodó a un lado y, sin darle tiempo a reaccionar, retrocedió como pudo entre la maraña de tela de su vestimenta. Logró ponerse fuera de su alcance incluso antes de que él lograra sentarse, y añadió con vehemencia:

—¡No es más que lujuria!

Teniendo en cuenta que ardía de deseo, Nicholas no pudo contradecir aquella afirmación; de hecho, se sentía incapaz de mantener cualquier tipo de discusión en ese momento, porque su cuerpo era un caos absoluto. Tenía el corazón desbocado, la sangre le corría como un torrente de lava por las venas, tenía la verga dolorida por el deseo insatisfecho, y su capacidad de razonar se había esfumado por completo.

Encogió las piernas, apoyó los codos sobre las rodillas y la cabeza en las manos, y respiró hondo mientras luchaba por recobrar el control de un cuerpo que estaba en plena rebelión.

—¿Qué diantres tiene de malo la lujuria? —fue lo único que alcanzó a decir en aquellas circunstancias. Alzó la mirada al oír el frufrú de su falda, y la vio ponerse en pie.

—¡Que no es amor!, ¡eso es lo que tiene de malo! —le contestó ella, aún jadeante.

—¿Amor? —sacudió la cabeza en un gesto que delataba su confusión. Aún seguía aturdido por el deseo, y estaba intentando encontrarle sentido a algo que le parecía un sinsentido.

—¡Sí, amor! Ya sé que para ti eso es algo que carece de importancia, algo del todo irrelevante a la hora de hacer el amor, de contraer matrimonio, o de lo que sea —se agachó un poco para recoger la cola del vestido, y al incorporarse de nuevo la colocó alrededor de la muñeca—. De hecho, ni siquiera estoy segura de que sepas lo que es.

Las emociones de Nicholas ya estaban al rojo vivo, pero aquella acusación tan injusta fue la mecha que le hizo estallar. El fuego del deseo se enfrió y dio paso al de la furia, y se puso en pie antes de contestar:

—¿Crees que no sé lo que es el amor? Lo creas o no, en una ocasión estuve enamorado. Desde entonces no he vuelto a enamorarme, lo admito, pero sé perfectamente bien lo que es el amor porque lo sentí, lo tuve en mis manos, y lo perdí.

Aunque nunca hablaba de Kathleen con nadie, en ese momento no pudo contenerse, porque las palabras de Belinda ninguneaban lo que él había sentido tantos años atrás y no podía consentirlo.

—Supongo que podría decirse que mi caso se parece al tuyo. Conocí al amor de mi vida y la creí perfecta, bella e ideal para mí; al igual que tú, no tuve dudas, miedos ni preguntas, estaba inmerso en una euforia maravillosa que se me subió a la cabeza y me hizo sentir que todo era posible en este mundo —las palabras eran como ácido en su lengua cuando añadió—:Y sí, al igual que tú, también recuerdo la profunda y amarga desilusión de saber que mi amor nunca fue realmente correspondido, de enterarme de que el dinero era más importante que yo para mi amada, de saber que todo tiene un precio; para tu información, mi amor valía diez mil libras, porque eso fue lo que mi padre le pagó a la mujer a la que amaba a cambio de que me abandonara y se esfumara. Así que no me digas que no sé lo que es el amor, porque lo sé perfectamente bien. Y también sé lo que se siente al perderlo.

Belinda se llevó una mano al pecho y le preguntó, horrorizada:

—¿Tu padre compró a la joven a la que amabas?

Él sentía que se ahogaba bajo el peso de los recuerdos, del deseo insatisfecho, y de su propia furia.

—Se llamaba Kathleen Shaughnessey. Era irlandesa, católica

y pobre, y su padre era uno de los arrendatarios de la finca que Landsdowne posee en el condado de Kildare. La conocí a los diecinueve años cuando fui a pasar un verano allí, y era demasiado joven y estúpido para darme cuenta de que a una muchacha como ella no se le podía permitir que se casara con el futuro duque de Landsdowne.

—¿Qué fue lo que sucedió?

—Lo primero que hizo mi padre para intentar separarme de ella fue hacerme regresar a Landsdowne antes de que terminaran mis vacaciones. Me mantuvo allí durante todo el otoño, y se encargó de poner en mi camino a una joven hermosa y aceptable.

—Lady Elizabeth Mayfield.

—Exacto. Huelga decir que ella y yo ya nos conocíamos, es una prima lejana y nuestras familias siempre tuvieron la esperanza de que nos casáramos. Pero al ver que yo me negaba a renunciar a Kathleen, mi padre orquestó el famoso incidente... la fiesta, el encuentro casual, Elizabeth lanzándose de repente a mis brazos y su madre entrando en el momento justo... todo estaba preparado con precisión —soltó una carcajada carente de humor antes de admitir—: Esta noche he pensado por un momento que la historia se repetía, pero Landsdowne no elegiría jamás a una americana.

—¡No creerás que...! Te aseguro que Rosalie sería incapaz de urdir semejante artimaña para atraparte.

—No, antes de que llegaras ya había llegado a la conclusión de que está encaprichada de mí, aunque puede que esa conclusión hubiera cambiado si hubiera sido su madre y no tú la que hubiera llegado.

—¿Cómo te enteraste de que tu padre estaba detrás de lo sucedido?

—A Elizabeth no se le da bien mentir, se derrumbó y acabó por admitir que Landsdowne lo había preparado todo. Los dos pensaban que yo actuaría de acuerdo a lo que exige el honor, pero no estaba dispuesto a dejarme manipular por ellos; al ver que su plan había fallado, él optó por ir a ver a Kathleen y pedirle que le dijera cuál era su precio... y ella lo hizo —la miró con una sonrisa cargada de ironía al añadir—: Ahora ya sabes la verdadera razón por la que quiero que mi esposa cumpla con los requisitos que te di. Quiero que sea una mujer a la que mi padre deteste... sí, debe tener la riqueza suficiente para aportar unos ingresos sustanciosos, pero su fortuna tiene que ser enorme, una verdadera obscenidad de dinero, para que Landsdowne no pueda comprarla para que desaparezca.

—¿Vas a elegir a tu esposa basándote en los criterios que más puedan irritarle y frustrarle?

—Exacto. Cuando ordenó que dejaran de pasarme la pensión, me hizo saber que solo volvería a dármela si me casaba y mi elegida cumplía con exactitud todos sus requisitos. Eso es algo típico en él, se cree el rey de todo lo que le rodea y quiere controlarlo todo y a todos.

—¿No te has planteado nunca cambiar las cosas?

—¿Cómo propones que lo haga?

—Habla con él, tiéndele tu mano...

Él soltó una carcajada tan seca que los dos se sobresaltaron.

—No lo entiendes, Belinda. Para tenderle mi mano tendría que ser una persona de carne y hueso para él, y no lo soy. No soy su hijo, sino un mero instrumento que quiere usar para lograr sus propósitos, y yo me niego a seguirle el juego.

—Dios mío, esa es la fuerza motriz que impulsa todos tus actos, ¿verdad? Hacer lo contrario a lo que quiere tu padre. Vivir alocadamente, reforzar tu mala reputación, malgastar de forma irresponsable tu pensión, buscar una esposa que no cuente con su aprobación... ¿Todo es una especie de... de venganza?

—No se trata de una venganza, sino de eludir las cadenas con las que ha intentado sujetarme durante toda mi vida. Se trata de no volver a permitir nunca más que dicte mis actos, ni que me controle, ni que tenga algún poder sobre mí, mis acciones y mi vida.

—Esa es la cuestión, Nicholas. Él está controlando tu vida, tiene todo el poder en sus manos.

—¡Eso es una ridiculez!

—No, es la verdad —la carcajada que soltó reflejaba la incredulidad que sentía al ver que él no veía la situación desde su punto de vista—. Vives tu vida entera en función de lo que él no quiere. No eres libre de tomar tus propias decisiones, porque todas ellas se basan en hacer lo contrario a lo que haría él. ¡No eres dueño de tu propia vida!

Él fue enfureciéndose más y más con cada una de sus palabras, y masculló entre dientes:

—Ten cuidado, Belinda. Estás yendo demasiado lejos.

Ella hizo caso omiso de su advertencia.

—¿Qué papel tengo yo en este jueguecito que os traéis entre manos? Mientras tú buscas a la esposa que más podría enfurecer a tu padre y él intenta obligarte a que te cases con su elegida, ¿qué es lo que soy yo? ¿Un juguete con el que puedes entretenerte?, ¿tu forma de pasar el rato hasta el día de la boda?

—¡Por supuesto que no! ¡No te veo en esos términos ni mucho menos!

—A lo mejor me ves como otro instrumento de venganza más contra él; al fin y al cabo, soy americana y podría darte un hijo bastardo, apuesto a que eso sería un duro golpe para él. Y aunque no tuviéramos hijos, seguiría siendo una amante, una distracción que estaría impidiéndote encontrar a una duquesa adecuada. Seguro que Landsdowne se pondría hecho una furia si tuvieras una aventura conmigo.

—¡Ese malnacido no tiene nada que ver con lo que siento por ti!, ¡nada en absoluto!

—¿Qué certeza tengo yo de eso?

—¿Cómo quieres que te lo demuestre?, ¿qué es lo que quieres? ¿Declaraciones de amor?, ¿rituales de cortejo?, ¿una propuesta de matrimonio?

En cuanto las palabras salieron de su boca, se dio cuenta de que había metido la pata. La expresión de Belinda se tornó pétrea, y le contestó con una decisión implacable:

—Jamás volveré a casarme y, si lo hiciera, te aseguro que no sería contigo. ¿Por qué habría de querer casarme con un hombre cuya única ambición en la vida parece ser comportarse como un jovenzuelo rebelde?, ¿un hombre que siempre opta por el camino más fácil? Ya tuve a un hombre así, y no quiero otro más.

Aquello le hirió en lo más hondo, le causó más dolor que cualquiera de las otras heridas que había sufrido aquella noche.

—¡Maldita sea, Belinda, eso es mentira! ¡Tú me deseas!, ¡me deseas tanto como yo a ti! ¿Acaso vas a negar que hace apenas cinco minutos estabas tan enloquecida de deseo como yo?

—No, no voy a negarlo. Pero lo único que hay entre nosotros es deseo, y eso no vale nada sin amor y respeto. Eres tan indolente como un lirio del campo, Nicholas, no sientes deseos de cambiar ni de mejorar tus circunstancias mediante tu propio esfuerzo. No puedo respetar a un hombre así, ni llegar a amarle con todo el corazón.

Sus palabras fueron como un puñal que le abrió el pecho en canal y dejó su alma al descubierto. Se quedó como paralizado, lleno de furia y de dolor, mientras ella daba media vuelta y se alejaba corriendo hasta desaparecer entre los setos.

A las siete y media de la mañana siguiente, el equipaje de Nicholas ya estaba preparado; a las ocho y cuarto estaba todo en el vestíbulo y un carruaje esperaba en la puerta, listo para llevarles a su ayuda de cámara y a él a la estación. Lo único que le impedía partir era su anfitriona, estaba esperando a que bajara para poder despedirse de ella.

Al enterarse de que iba a marcharse, la duquesa había mandado a su doncella para solicitarle que esperara a que se vistiera y saliera a despedirle; como a él le venía bien tener de su lado al mayor número de amigos posible y su anfitriona le parecía una mujer encantadora, había accedido a su solicitud. Tan solo esperaba que no se demorara demasiado, porque tenía intención de tomar el primer tren con destino a Londres, que salía de la estación a las ocho y cuarto. No podía seguir soportando ni un minuto más el estar cerca de Belinda y no poder hacerla suya.

Le costaba definir lo que sentía, pero a aquellas alturas tenía muy claro que era algo más que deseo. Había deseado a muchas mujeres a lo largo de su vida y, si alguna de ellas le hubiera dicho lo mismo que ella, la habría ignorado sin más. Nunca le había importado demasiado la opinión que la gente pudiera tener de él.

Pero Belinda era distinta a todas las demás, y esa era la verdadera razón que le había mantenido en vela durante gran parte de la noche. Sus duros comentarios seguían resonándole en los oídos, y el desdén que rezumaban seguía siendo igual de doloroso que diez horas atrás. Pero lo peor de todo era que no podía refutar ni una sola de sus palabras... y eso que lo había intentado.

Después de que ella regresara a la casa, se había quedado en el laberinto y al final había pasado allí la noche entera. Al principio estaba indignadísimo y se había dedicado a pasear de un lado a otro del cenador enumerando las razones que demostraban que ella se equivocaba, enfatizando cada una de ellas con algunas de las peores palabras malsonantes de su repertorio.

Cuando había agotado aquel método de lidiar con la situación, se había visto obligado a admitir la posibilidad de que ella pudiera tener algo de razón. Se había tumbado sobre la hierba y, mientras contemplaba las estrellas, había repasado todas las veces en que había optado por hacer algo porque sabía que era lo contrario a lo que quería Landsdowne, y aquella revisión del pasado le había revuelto el estómago. No había tenido más remedio que admitir que no era que Belinda tuviera «algo de razón», sino que tenía toda la razón del mundo, y la siguiente cuestión a la que había tenido que enfrentarse había sido qué hacer al respecto. ¿Cómo se liberaba un hombre de un hábito que había tenido durante gran parte de su vida?

Por si fuera poco, también debía resolver el asunto de sus problemas económicos. Había creído que casarse por dinero era la única solución posible, además de fácil, para resolver sus problemas, pero, a juzgar por su rostro magullado, su hombro arañado y su anhelo desesperado por una mujer que no quería saber nada de él, estaba claro que no tenía nada de fácil.

Además, encontrar a una heredera con la que casarse había quedado totalmente descartado. Pasar una noche al raso, tumbado sobre la hierba y respirando el frío aire primaveral, había calmado el deseo que Belinda había encendido en su interior, pero sabía que no era más que un respiro temporal. Le bastaría con verla o con dar rienda a su imaginación para que todos aquellos sentimientos volvieran a emerger con fuerza desatada. No podía ni imaginar hacer el amor con otra mujer que no fuera ella, y proponerle matrimonio tampoco era una solución; incluso suponiendo que Belinda tuviera el dinero suficiente para solucionar sus problemas económicos, que no era el caso, jamás de los jamases se lo daría a él... y, a decir verdad, él, por su parte, tampoco lo aceptaría.

«Eres tan indolente como un lirio del campo, Nicholas, no sientes deseos de cambiar ni de mejorar tus circunstancias mediante tu propio esfuerzo...». «¿Por qué habría de querer casarme con un hombre cuya única ambición en la vida parece ser comportarse como un jovenzuelo rebelde?, ¿un hombre que siempre opta por el camino más fácil?». Con unas cuantas frases cortantes, ella había logrado describir tanto su vida como a él; por mucho que no le gustara esa descripción, no había duda de que era brutalmente acertada.

Hacía muchos años que no se atrevía a soñar con darle un propósito a su vida, incluso había llegado a convencerse a sí mismo de que no necesitaba uno, pero la noche anterior lo había cambiado todo. Belinda le había hecho ver la verdad sobre sí mismo, y aunque no le gustara no había vuelta atrás. No había camino fácil, y al pensar en cómo poder dejar de ser tan indolente sintió que algo que no sentía desde muy joven, la esperanza, se abría paso en su interior. Quería encontrar un objetivo, algo que le diera un propósito a su vida.

Aún no tenía demasiado claro cómo iba a lograrlo. Se había quedado dormido sobre la hierba sin tener en mente ninguna posible solución, pero al despertar con la llegada del amanecer se había dado cuenta de que, en caso de que existiera dicha solución, no iba a encontrarla allí. No iba a encontrarla casándose con una mujer a la que no amaba, ni usando su encanto para lograr congraciarse con Belinda. Ninguna de esas dos cosas iba a granjearle su respeto y, a pesar de lo mucho que deseaba su cuerpo, su respeto era algo que deseaba aún más. Sin eso, el resto no valía nada. Eso era algo en lo que ella también tenía razón.

Oírla afirmar que no sentía ningún respeto por él había sido como recibir una estocada en el pecho, pero en algún momento de la noche la herida se había transformado en determinación. Ni que decir tiene que también había miedo, un miedo que permanecía latente en un rincón de su mente como una sombra... Miedo a que no existiera ninguna solución; miedo a no lograr que Belinda tuviera un buen concepto de él por mucho que lo intentara; miedo a no poder liberarse por completo de Landsdowne hiciera lo que hiciese... pero no quería pensar en aquellas posibilidades tan desagradables. Se le iba a ocurrir una solución, porque se negaba en redondo a plantearse lo contrario; además, tal y como estaban las cosas, su situación no podía empeorar más y la opinión que Belinda tenía de él no podía ser peor, así que en adelante tan solo podía haber una mejoría.

—¡Trubridge!

Se volvió al oír que le llamaban y vio a la duquesa bajando el último tramo de escalera, estaba encantadora ataviada con un vestido de mañana de cachemira en un tono dorado.

—Lamento mucho que se marche, milord —le dijo, al detenerse frente a él.

—Yo también, señora duquesa —le contestó él, antes de hacer una reverencia.

—¿Se debe esta súbita partida a las heridas que sufrió anoche? —esbozó una pequeña sonrisa al añadir—: Según tengo entendido, tuvo problemas con algunos de mis rosales.

—Las heridas son leves, se lo aseguro, pero he descubierto que no es prudente enfrentarse a un rosal.

—Sí, supongo que es una batalla perdida —tras observarlo un momento en silencio, su sonrisa se ensanchó aún más—. ¿Qué tal está su rostro?

—El dolor es tolerable, pero mucho me temo que voy a tener mi segundo ojo morado de la temporada.

—Se peleó a puñetazos con sir William, ¿verdad? Y yo que pensaba que estaba intentando rehabilitar su reputación.

—Y así es, pero parece ser que no se me da demasiado bien —le contestó él, sonriente.

Ella se echó a reír e indicó con un gesto la puerta principal.

—Demos un pequeño paseo antes de que se vaya, hace una mañana preciosa. No, nada de protestas —añadió, al ver que abría la boca para responder—, aún falta media hora para que salga el primer tren, tiene tiempo de sobra.

—Jamás osaría protestar, nunca me niego a pasear con mujeres hermosas.

Aquellas palabras la hicieron reír de nuevo. Un lacayo les abrió la puerta, y al salir les bañó la luz de la mañana.

—No soy hermosa, pero el cumplido ha sido muy galante de su parte. Es un verdadero placer conversar con usted, lamento de verdad que se vaya.

—Creo que es lo mejor, no quiero que sir William pase la semana entera lanzándome dardos envenenados con la mirada.

—Ustedes los hombres son unos bobos, mira que discutir de política... aunque me resulta un poco extraño. Jamás le habría considerado alguien dado a perder los estribos por ese tema en particular, lord Trubridge, y, en cuanto a sir William, le tenía por alguien demasiado diplomático como para enzarzarse en una pelea —le lanzó una mirada interrogante de soslayo, y al ver que no picaba el anzuelo optó por cambiar de táctica—. No me cabe duda de que él lamenta su arranque de genio, seguro que podría nacer una buena amistad entre ustedes antes de que la semana llegue a su fin; además, tengo entendido que usted desea contraer matrimonio, y entre mis invitadas hay muchas jóvenes casaderas. Como puede ver, estoy dándole multitud de razones para que se quede más tiempo.

—No niego la posibilidad de que sir William y yo pudiéramos llegar a entablar amistad, pero en cuanto a lo otro... no, me he dado cuenta de que no soy un hombre que pueda casarse por motivos económicos. Hay... otras cosas que me importan más.

—Entiendo. Qué inconveniencia tan grande.

—Sí, así es. Y, como no tengo dinero, es una inconveniencia que no me lleva a ningún lado.

—Yo no diría eso, es sorprendente lo que puede llegar a conseguir un hombre decidido y poseedor de atractivo físico, un buen cerebro, y una buena dosis de encanto.

—Me halaga usted.

—No es un halago, más bien diría que estoy haciéndole una indicación sutil —le corrigió ella, mientras enfilaban por el camino que conducía al jardín. Esbozó una sonrisa al añadir—: Una de mis invitadas podría ser susceptible a esas cualidades, al menos en usted.

Él fingió que no la entendía.

—Si se refiere a la señorita Harlow... —al ver que se detenía en medio del camino, se vio obligado a imitarla.

—No, no me refiero a ella. La señorita Harlow no es la mujer a la que no pudo dejar de mirar en toda la cena.

—No sé a qué se refiere —le aseguró, con una sonrisa forzada.

—No intente disimular conmigo, Trubridge. No estoy ciega, pasó gran parte de la cena ignorando a los que le rodeaban y con la mirada puesta en Belinda.

Nicholas sintió que se le secaba la garganta, saber que había expuesto así sus sentimientos hizo que se le formara un nudo en el estómago. Soltó una carcajada muy forzada antes de contestar con ironía:

—Qué grosero de mi parte, y qué horror saber que soy tan transparente.

—Supongo que no puede evitarlo, los hombres siempre parecen unos bobitos cuando están enamorándose.

El nudo en el estómago se tensó aún más.

—Se equivoca usted, no estoy...

—Ya le he dicho que no estoy ciega. Puede que no tenga

tacto, pero mi vista funciona perfectamente bien; en fin, acabo de darle una magnífica razón para que se quede. ¿Para qué regresar a Londres si la mujer a la que quiere está aquí?

Aquella conversación estaba haciéndole sentir demasiado vulnerable y, tal y como era habitual en él, intentó bromear para quitarle hierro al asunto.

—Por mucho que usted valore mis cualidades, hay mujeres que no comparten su opinión, y Belinda es una de ellas.

—Yo no diría eso.

—¿Quién está siendo galante ahora? La verdad es que Belinda no quiere ni verme, cree que me parezco demasiado a su difunto esposo y para ella no soy más que un cazafortunas despreciable —le costó trabajo admitir aquello, pero no tenía sentido ignorar las realidades duras de la vida.

La duquesa le observó pensativa, y al cabo de unos segundos comentó:

—No esperaba que un hombre como usted se rindiera ante las dificultades que conlleva conquistar a una mujer.

—No estoy rindiéndome. Tengo intención de conseguir que la opinión que Belinda tiene de mí cambie, aunque aún no tengo claro cómo voy a lograr esa hazaña; en cualquier caso, en ocasiones es necesaria una retirada estratégica para ganar una guerra... o para conquistar a una mujer.

—¡Bien dicho! En mi opinión, puede llegar a persuadir a Belinda de que decida pasar por alto sus defectos. Tan solo tiene que encontrar sus puntos débiles, le aseguro que los tiene.

—Supongo que no va a decirme cuáles son, ¿verdad?

Ella negó con la cabeza y dio media vuelta para poner rumbo al carruaje que estaba esperándolo.

—No, pero voy a darle un consejo. Belinda ha olvidado de forma deliberada lo que se siente al ser una mujer deseable. A pesar de cualquier dolorosa experiencia pasada, toda mujer anhela sentirse deseable —esbozó una pequeña sonrisa antes de añadir—: incluso yo, a pesar de que soy sumamente pragmática.

Consiga que Belinda vuelva a sentirse deseable, y logrará conquistarla.

—Creo que es el consejo más grato que me han dado en toda mi vida. ¿Tiene algún otro sabio consejo que impartir?, no me vendría mal saber cómo voy a mantener a Belinda después de conquistarla.

Ella se volvió a mirarlo, y Nicholas percibió en sus ojos verdes una sorpresa que no alcanzó a entender.

—¿Por qué habría de mantenerla usted?

—No es un secreto para nadie que no tengo dinero y la situación de Belinda no es mucho mejor, ya que Featherstone la dejó al borde de la ruina. Así las cosas...

La duquesa se echó a reír.

—¿Cree que Belinda está al borde de la ruina?, ¿se lo dijo ella misma para mantenerle a distancia?

Él la miró ceñudo, no entendía nada de nada.

—No, Jack... es decir, lord Featherstone, me comentó que su hermano les había dejado a ambos sin un penique. Pero ella me lo confirmó.

—¿Featherstone? Bueno, eso lo explica. Si Jack fuera mi cuñado, yo también le diría que estoy arruinada. Es un hombre terriblemente insensato e irresponsable, no me cabe duda de que ella se alegra de que resida en París. Si viviera en Londres, no tardaría en enterarse de la verdad acerca de la situación de Belinda, y no tardaría nada en pedirle un préstamo; de hecho, me sorprende que ella haya logrado mantener en secreto su dinero durante tanto tiempo. Bien es cierto que no hace ostentación de su fortuna, pero aun así...

—Espere un momento —se detuvo en seco, y se volvió hacia ella mientras intentaba asimilar lo que estaba oyendo—. ¿Belinda es rica?

—¡Tan rica como Creso! —ella se echó a reír al ver la cara que tenía—. Parece usted estupefacto, Trubridge.

¿Estupefacto? ¡Se sentía como si acabaran de golpearle la cabeza con un bate de críquet!

—Sí, debo admitir que me ha dejado desconcertado con esta noticia.

—No sé por qué le resulta tan sorprendente. Anoche estaba observándola con tanta atención que sin duda debió de percatarse de las espectaculares perlas que llevaba alrededor del cuello.

—Perlas falsas, sin duda.

—Admito que podría dar esa impresión por lo perfectas que son, pero no es así. Créame cuando le digo que Belinda puede permitirse comprar joyas de verdad; de hecho, apuesto a que posee más dinero que algunas de las herederas americanas a las que representa. Como ya le he dicho, no hace ostentación de su fortuna, pero me cuesta creer que usted no haya descubierto la verdad. Cuando la contrató debió de enterarse de lo que ella cobra por sus servicios, haga cuentas.

—Para serle sincero, no tratamos los detalles monetarios de nuestro acuerdo —confesó, mientras seguía intentando asimilar la idea de una Belinda con dinero—. Desconozco por completo lo que cobra.

—El diez por ciento de lo acordado en el acuerdo matrimonial. Cuando yo me casé con Margrave, sus honorarios ascendieron a cerca de cien mil libras.

—Santo Dios...

—Sí, es una cifra exorbitante, ¿verdad? —admitió ella, mientras echaban a andar de nuevo hacia el carruaje—, pero los millonarios americanos pagan encantados ese dinero si con ello consiguen que sus familias sean aceptadas en la alta sociedad británica. Mi padre es excepcionalmente rico y yo tuve la suerte de poder contar con una dote enorme. Las cantidades que cobra Belinda no son siempre tan elevadas como la que pagó mi padre, por supuesto, pero aun así son muy altas; además, ella es muy frugal. Tiene predilección por las perlas y le gusta la ropa hermosa, pero, al margen de eso, vive sin grandes lujos, ahorra e invierte su dinero, y no organiza costosas fiestas. No le hace falta, ya que la invitan a todas partes. No alcanzo a imaginar a cuánto asciende su fortuna, pero tengo claro que la cifra es enorme —se detuvieron al llegar al carruaje, y añadió con una enorme sonrisa—: ¡Ahí lo tiene, Trubridge! ¡Todos sus problemas quedarán resueltos si se casa con ella!

Nicholas no compartía su optimismo.

—Me temo que no es tan fácil, ya le he comentado antes que Belinda no quiere saber nada de mí. Si va a ser difícil convencerla de que quiera estar a mi lado, imagínese lo que me va a costar que acceda a casarse conmigo; suponiendo que lograra persuadirla, su dote sería algo del todo irrelevante, porque yo no la aceptaría ni aunque me la ofreciera. Como ya le he dicho, las consideraciones de carácter materialista no tienen nada que ver en mi relación con ella.

—Su integridad le honra.

Él se echó a reír y subió al carruaje; cuando la portezuela estuvo cerrada, se asomó por la ventanilla y admitió con una gran sonrisa:

—Creo que es la primera vez en toda mi vida que alguien alaba mi integridad.

Nicholas logró tomar el primer tren de la mañana, aunque estuvo a punto de perderlo. Antes de que el carruaje se detuviera frente a la estación, alcanzó a ver la nube de vapor que indicaba que estaba a punto de salir, así que en cuanto el cochero detuvo el vehículo bajó a toda prisa, y mientras se dirigía hacia la ventanilla para comprar los billetes solicitó con señas que alguno de los mozos ayudara a descargar el equipaje; por suerte, el personal de la estación siempre prestaba especial atención a cualquier persona que llegara en el carruaje de la duquesa, así que Chalmers recibió ayuda de inmediato mientras él compraba los billetes.

Justo cuando sonó el silbato del tren, le entregó a su ayuda de cámara su correspondiente billete, agarró él mismo la última maleta que quedaba, y subió de un salto al vagón de primera clase. Apenas acababa de encontrar su asiento cuando el tren se puso en marcha, y rezó para que Chalmers también hubiera logrado subir a tiempo.

Cuando quedaron atrás las prisas por no perder el tren y ya iba camino de Londres, volvió a darle vueltas a lo que le había dicho la duquesa. No podía culpar a Belinda por ocultarle su verdadera situación económica, y la información no cambiaba absolutamente nada; tal y como le había dicho a la duquesa, no quería aquel dinero. No solo porque deseara ganarse el respeto de Belinda, sino porque también quería recobrar el respeto hacia sí mismo, y eso iba a lograrlo forjándose su propio camino en la vida y ganando su propio sustento.

La cuestión crucial era cómo lograrlo; al igual que la noche previa, empezó a devanarse los sesos intentando buscar una solución, pero al cabo de una hora seguía tan falto de ideas como antes. Había recibido la educación típica de un caballero, una educación que carecía de toda utilidad práctica. Como no era un segundo hijo, no había estudiado derecho, medicina, ingeniería, ni nada remotamente práctico. El latín y Keats no tenían demasiado valor comercial; de haber podido cumplir su sueño de estudiar ciencia, las cosas podrían ser distintas… sintió cierta amargura al pensar en ello, pero optó por dejarla a un lado. Aquello era agua pasada, y la amargura no le ayudaba en nada.

Aun así, la cruda realidad era que carecía de habilidades con las que ganar un salario, ya que no había recibido ninguna preparación específica. Nadie contrataría al hijo de un duque como cajero de un banco, sobre todo si el duque en cuestión no iba a tardar en hacer acto de presencia para complicar las cosas. Disfrutaba de salud y estaba en buena forma física, pero el salario de un estibador debía de bastar para subsistir a duras penas.

Fue planteándose un oficio tras otro, pero sabía que era inútil; al margen de cualquier otra consideración, Landsdowne podía conseguir que le echaran de cualquier empleo, y esa era la razón de que hubiera descartado también entrar en el servicio diplomático. Landsdowne era muy influyente, y un comentario suyo a la persona adecuada bastaría para que su carrera diplomática terminara incluso antes de empezar.

Si dispusiera de capital, podría invertirlo en fondos o en acciones, pero su problema radicaba en la falta de dinero. Recordó el comentario que le había hecho Belinda acerca de ahorrar por si algún día llegaba a encontrarse en algún apuro, y sintió un profundo arrepentimiento al pensar en todo el dinero que había malgastado en frivolidades. Pero el arrepentimiento, al igual que la amargura, no servía de nada, y lo único que podía hacer de allí en adelante era tomar la férrea decisión de hacer las cosas mejor que en el pasado.

Tanto la noche anterior como el día en que le habían informado de que no iba a seguir recibiendo el dinero del fideicomiso ya había estado dándole vueltas y más vueltas a todo aquello, pero seguían sin ocurrírsele nuevas ideas; tal y como había afirmado Belinda, era indolente, pero ¿qué otro destino podía haber para un hombre como él?

Alzó la mirada al notar que el tren aminoraba la marcha, y se sorprendió al darse cuenta de que el trayecto de dos horas estaba a punto de finalizar. Acababan de cruzar el puente de Grosvenor y ya estaban cerca de la estación Victoria. Miró por la ventanilla mientras avanzaban a paso lento; al otro lado del canal estaban los bloques de pisos de la clase trabajadora y los edificios industriales, los vendedores ambulantes ofrecían sus mercancías en sus puestos y las carretas abarrotaban las calles.

Al percatarse de que el tren aminoraba aún más la marcha, se puso en pie y bajó la ventanilla para asomarse e intentar ver por qué avanzaban con tanta lentitud, pero estaban en una curva y lo único que vio fue el propio tren, así que cerró la ventanilla y se sentó de nuevo. Su impaciencia era absurda, ya que a su llegada no le esperaba ninguna tarea de utilidad. Estar sentado en un tren era una forma de pasar el tiempo tan buena como cualquier otra, en especial cuando uno tenía que pensar.

Volvió a centrarse en su situación y se planteó adentrarse

en el mundo de los negocios y el comercio. Un caballero que se involucrara en esos asuntos solía ser considerado como una especie de oveja negra por muchos de los miembros de la alta sociedad. A él nunca le había importado lo más mínimo ser una oveja negra, pero a decir verdad lo que sabía de los negocios y el comercio era poco menos que nada.

El tren aminoró aún más la marcha (aunque iban tan lentos que semejante hazaña parecía imposible), y por alguna enigmática razón que solo conocían los maquinistas se detuvo del todo a varias calles de distancia de la estación de Victoria. Justo enfrente de su ventanilla tenía un edificio de ladrillos oscurecidos por el hollín. Las ventanas estaban tapiadas, en la entrada había un vagabundo durmiendo bajo el sol, y las malas hierbas habían crecido entre las grietas del pavimento y a lo largo de los cimientos.

Su mirada se topó con un cartel que había en una de las ventanas tapiadas y que indicaba que el edificio había sido una fábrica de cerveza en otros tiempos y podía ser alquilado o comprado, y por su mente empezaron a pasar fragmentos de conversaciones pasadas y un sinfín de datos... las conversaciones con Freebody, las cosechas de Honeywood, la familia de Denys... todas aquellas piezas empezaron a encajar de repente hasta formar una idea simple y directa. Volvió a alzar la mirada hacia el edificio abandonado, y al ver el nombre que estaba rotulado sobre la puerta se dio cuenta de que podría tener la solución a todos sus problemas justo delante de sus narices.

Cuando llegó a South Audley Street le informaron que Denys aún no se había levantado de la cama, pero no estaba dispuesto a permitir que semejante nimiedad le detuviera. El desayuno estaba dispuesto en escalfadores sobre el bufete del comedor, y después de llenar una bandeja hasta los topes con huevos, beicon, riñones, tostadas con mantequilla, y una jarra entera de café con dos tazas, subió al dormitorio de su amigo.

Se las ingenió para sujetar la bandeja con un solo brazo mientras llamaba a la puerta, y abrió sin molestarse en esperar a que le dieran permiso para entrar.

—¡Buenos días, Denys! —lo dijo con un tono de voz elevado que por regla general solía reservar para su tía Sadie, que estaba casi sorda. Como volvía a tener las dos manos ocupadas con la bandeja, cerró la puerta tras de sí con el pie.

—¿Qué diantres...? —su amigo se incorporó de golpe al oír el portazo y apartó a un lado las mantas, pero se dejó caer en la almohada con un gemido de protesta al ver quién había perturbado su reposo—. ¡Por el amor de Dios, Nick! ¿Por qué demonios me despiertas tan pronto?, ¿tienes idea de la hora que es?

—Las diez y media.

—¿Las diez y media? ¡Nadie se levanta a las diez y media en esta ciudad durante la temporada social!

—Acabas de acostarte, ¿verdad?

—¿Y qué me dices de ti? Supongo que no te habrás ido a la cama en toda la noche, ¿verdad?

—La verdad es que no, a menos que un suelo cubierto de un manto de hierba pueda considerarse una cama.

—No entiendo ni una palabra de lo que estás diciendo. Por cierto, ¿qué estás haciendo en Londres? ¿No se suponía que ibas a pasar toda la semana en una fiesta campestre? —parpadeó adormilado, pero sonrió al mirarle con más atención—. ¿Qué demonios te ha pasado en la cara?

—Es una larga historia, no quiero aburrirte con ella. Mira, te he traído el desayuno.

Su amigo no prestó ni la más mínima atención a aquellas palabras, y después de observarle con detenimiento su sonrisa se ensanchó aún más y comentó con patente satisfacción:

—Tienes la mandíbula hinchada y una magulladura en la mejilla, me parece que vas a tener otro ojo morado. ¿Quién es el responsable?, debo conocer a un tipo tan encomiable y estrecharle la mano.

—Esta mañana no tengo tiempo de darte explicaciones —miró a su alrededor, y optó por dejar la bandeja a un lado del aguamanil—. ¿Quieres que te sirva un café? —le preguntó, mientras llenaba su propia taza.

Denys dio la vuelta en la cama hasta quedar de espaldas a él antes de contestar:

—Me encantaría, pero no pienso estar despierto el tiempo necesario para tomármelo.

Nicholas no le hizo ni caso y llenó la otra taza.

—¿Te echo leche y azúcar?

La repuesta de su amigo fue taparse la cabeza con las mantas y rezongar:

—¡Dios, apiádate de mí! ¿Por qué?, ¿por qué tienes que seguir apareciendo cada dos por tres para sembrar el caos en mi vida?

—Porque para eso están los amigos; además, vivo aquí.

Denys echó las mantas hacia atrás y le lanzó una mirada asesina por encima del hombro.

—¡Solo de forma temporal!

—Sí, y eso forma parte de lo que deseo hablar contigo —le dijo, mientras se acercaba a la cama—. Venga, Denys, siéntate, tómate un café y préstame atención. Tengo que hacer algo de suma importancia, y necesito tu ayuda.

—¿Lo dices en serio?, ¿no te he ayudado ya lo suficiente?

Nicholas se sentó en el borde de la cama antes de contestar.

—Has sido un gran apoyo para mí, y me temo que voy a pedirte algo más. Si te sirve de consuelo, se trata de algo que también te beneficiará a ti, así que creo que querrás ayudarme de buena gana; de hecho, es posible que gracias a esto nos hagamos ricos, o que al menos logremos cierta prosperidad.

—Suena demasiado bonito para ser cierto.

—Bueno, la verdad es que existe un pequeño obstáculo: Vamos a tener que conseguir un préstamo, ya que ninguno de los dos dispone del capital necesario para emprender este proyecto. Se me ha ocurrido que tu padre podría...

—¡Nuestra amistad tiene límites, Nick!

—Como comprenderás, yo no puedo recurrir al mío.

—¿En qué consiste tu idea?

—¡Vamos a fabricar cerveza, Denys!

Su amigo soltó un sonoro suspiro, se incorporó en la cama hasta quedar sentado, y se frotó adormilado los ojos antes de decir:

—Anda, dame ese café.

Para cuando Belinda se enteró de que Nicholas se había marchado, ya era casi mediodía. Apenas había logrado conciliar el sueño, ya que cada vez que cerraba los ojos lo veía arrodillado frente a ella, desnudo de cintura para arriba, y no podía dejar de pensar en los besos y las caricias de la noche anterior. Al final había logrado quedarse dormida a eso de las tres de la madrugada, y había despertado cerca de las once y media.

Molly había sido quien, al subirle la bandeja del desayuno, le había dicho que lord Trubridge había partido rumbo a Londres en el primer tren de la mañana, y la noticia había bastado para dejarla sin apetito. Él le había preguntado si quería que se quedara, y ella le había contestado que su decisión no la afectaba en absoluto.

Recordó lo que él le había dicho... «Qué corazón tan duro tienes, Belinda». En realidad no quería ser así con él, pero, teniendo en cuenta su mala fama, no le quedaba más remedio que serlo. Sabía que lo que ella le había dicho la noche anterior era la pura verdad, pero bajo la fría luz del día tuvo que admitir que aquellas palabras no habían brotado de sus labios por un afán de hacerle ver la realidad, sino porque estaba aterrada. Los deseos que Nicholas había despertado en su interior la hacían sentir vulnerable, le daban miedo. Le había rechazado, así que era absurdo que se sintiera defraudada al enterarse de que se había marchado; además, si él se hubiera quedado se habría visto obligada a intentar emparejarle con otras mujeres durante toda la semana, y eso era algo que se sentía incapaz de hacer.

Intentó desayunar, pero la comida tenía el amargo sabor de la decepción y el arrepentimiento. No se entendía ni ella misma.

El sonido de alguien llamando a su puerta la arrancó de sus pensamientos, y al cabo de un instante oyó la voz de Rosalie.

—¿Puedo entrar, tía Belinda?

Asintió con la cabeza en respuesta a la mirada interrogante que le lanzó la doncella y, mientras esta procedía a abrir la puerta, ella dejó a un lado la bandeja.

—Gracias, Molly. Eso es todo por ahora, puedes retirarte —le indicó, cuando la joven entró.

En cuanto la doncella salió del dormitorio y cerró la puerta tras de sí, Rosalie exclamó:

—¡No sabes lo avergonzada que me siento, tía Belinda! Anoche me comporté como una tonta, ¿verdad?

Como era consciente de que, teniendo en cuenta su propio comportamiento inadecuado, no era quién para sermonearla acerca de la rectitud debida en una dama, se limitó a dar unas palmaditas en la cama para indicarle que se acercara.

Rosalie obedeció y se sentó en el borde de la cama. Sus mejillas estaban teñidas de un tono rosado tan intenso como el de la bata que llevaba puesta.

—Qué humillante, ¡quiero morirme! ¡No sé si voy a ser capaz ni de mirarle a la cara!

—No hará falta que lo hagas, querida. Lord Trubridge no está aquí, se ha marchado esta mañana.

—¿Quién? —Rosalie la miró desconcertada por un instante antes de corregirla—. No, ya sé que Trubridge se ha marchado, me lo ha dicho mi doncella. No me refería a él, sino a sir William.

Belinda se quedó tan sorprendida que tardó un instante en saber cómo reaccionar.

—Lo que importa aquí no es que te comportaras como una tonta... todas las jóvenes, todas las personas, lo hacemos en alguna que otra ocasión. Lo importante no es lo que sucedió, sino que comprendas lo que podría haber sucedido si alguien menos honorable que sir William te hubiera visto besar a un hombre. Tus actos pusieron en riesgo tanto tu reputación como la de lord Trubridge, y la mía también.

Aunque no le gustaba hacerla sentir culpable, estaba dispuesta a usar aquella estrategia con tal de evitar que volviera a cometer un error tan peligroso, y supo que había tenido éxito al ver la cara de horror que puso la joven.

—¿Por qué dices eso?, ¡si tú no tuviste nada que ver!

—Pero la gente sabe que te he ayudado a entrar en la sociedad londinense, y en cierta medida se me juzga en base a tu comportamiento. Y la reputación de tus padres también se habría visto afectada si el incidente se hubiera hecho público —después de hacerle entender la situación, suavizó el tono de voz al añadir—: Pero esa no es nuestra mayor preocupación, querida. Tu reputación es la que corre más peligro en una situación como la que generaste anoche, y es de vital importancia que no olvides mantener el recato y la templanza.

Mientras pronunciaba aquellas palabras recordó las manos de Nicholas alzándole la falda y acariciándole las nalgas, el deseo que la había consumido por completo... no era la más indicada ni mucho menos para hablar de recato y de templanza.

Estaba tan inmersa en los ardientes recuerdos, que oyó las siguientes palabras de Rosalie como si fueran un murmullo distante.

—No te preocupes, tía Belinda, no volveré a hacer algo así nunca más. ¡Cielos! No quiero ni imaginarme el concepto que sir William tendrá de mí después de verme comportarme con semejante desvergüenza.

Belinda cerró los ojos, no podía dejar de pensar en su propio comportamiento de la noche anterior. La desconcertaba saberse capaz de tener una reacción tan primaria, la pasión descarnada era algo que nunca antes había experimentado. Ni siquiera Charles, cuando aún estaba cegada por sus encantos en los albores de su matrimonio, había sido capaz de hacerle sentir aquella pasión tan ardiente, tan carnal y desatada. Había puesto freno justo a tiempo, porque de haber pasado unos segundos más habría sido incapaz de detenerse.

—Pero estuvo espléndido, ¿verdad? ¡Realmente espléndido! —le dijo Rosalie con una sonrisa soñadora.

—Sí, así es —contestó ella, con un suspiro de resignación, al pensar en la habilidad de Nicholas para enloquecerla de pasión.

—Nunca antes le había visto tan furioso, ¡no esperaba que fuera capaz de comportarse así! Fue una experiencia increíblemente excitante, y también me sentí reconfortada al ver cómo me protegía y defendía mi honor.

—Supongo que vas a dejarle claro que se equivocó en sus conclusiones y que lord Trubridge no tuvo la culpa de lo sucedido, ¿verdad?

—Sí, supongo que no tengo más remedio que hacerlo, aunque va a ser muy duro para mí admitir mi mal comportamiento... en especial ante él, que es un hombre tan honorable. ¿Y si no me perdona?

—¿Tanto te importa su perdón?

Rosalie asintió y se mordió el labio antes de admitir:

—Sí, lo cierto es que sí. Me importa muchísimo la opinión que él pueda tener de mí, y no me había dado cuenta de ello hasta este mismo momento.

—No sabes cuánto me alegra que por fin estés dándote cuenta de todas sus virtudes.

—Tú estabas en lo cierto desde el principio, tía Belinda. Me he comportado como una tonta, pero puede que todo haya sido para bien.

Belinda no estaba tan segura de eso. Con Nicholas lejos de allí, no iba a haber más escenas como las de anoche; Rosalie no iba a volver a lanzarse a sus brazos, sir William no iba a volver a propinarle un puñetazo, y ella no iba a volver a convertirse en un ser primitivo, desesperado y carnal, un ser capaz de permitir que un hombre le alzara la falda y de disfrutar a más no poder con la experiencia.

—Sí, seguro que todo ha sido para bien —esa era la realidad, pero sus sentimientos decían todo lo contrario.

Tal y como Nicholas esperaba, a Denys le encantó su idea; de hecho, le gustó tanto que en cuanto se tomaron sus respectivas tazas de café bajaron a hablar con lord Conyers, pero, lamentablemente, este se mostró menos entusiasta y mucho más cauto que ellos.

Según el conde, una fábrica de cerveza era un negocio complicado y no estaba dispuesto a concederles un préstamo ni a comprar acciones sin recibir antes una propuesta detallada que incluyera la ubicación de la fábrica, un calendario de producción, una estimación de lo que iban a producir las fincas de ambos, y un presupuesto que incluyera tanto el pago del préstamo como los beneficios que esperaban generar durante los tres primeros años de funcionamiento.

—¿Lo ves?, por eso no le pido nunca dinero —comentó Denys, cuando salieron del despacho de su padre—. A los quince años, si le pedía unas monedas para poder aguantar hasta el día en que me daba mi paga mensual, me preguntaba por qué me había quedado sin fondos, para qué quería el dinero extra, cuándo iba a devolvérselo, y qué intereses estaba dispuesto a pagar.

—Supongo que esa es una de las razones que explican que sea tan rico —le contestó Nicholas, que no pensaba darse por vencido—. Además, está pidiéndonos una información que íbamos a tener que obtener de todas formas —le dio una palmadita en la espalda y añadió sonriente—: Al menos no nos ha ninguneado por querer llegar a ser unos reyes de los negocios.

Aquellas palabras animaron un poco a su amigo.

—Sí, eso es cierto. Bueno, ¿por dónde empezamos para poder darle lo que nos ha pedido?

—Yo diría que por lo más fácil: el edificio.

—¿Por qué crees que encontrar un edificio apropiado va a ser lo más fácil?

—Porque ya sé dónde está —admitió, con una sonrisa de oreja a oreja.

Media hora después, estaban frente a la fábrica abandonada que había visto desde el tren.

—¿Aquí es donde quieres que nos instalemos? ¿No te parece que es un edificio bastante... decrépito?

Nicholas sabía que la falta de entusiasmo de su amigo era comprensible. Aunque el vagabundo se había ido, el edificio de tres plantas y paredes ennegrecidas por el hollín tenía un aspecto muy poco alentador, pero eso era algo que a él le daba igual.

—La apariencia es lo de menos, Denys. Podemos reemplazar las ventanas, limpiar las paredes y encalar los escalones. Lo que importa de verdad es el nombre.

—¿Qué nombre?

Nicholas le indicó con un gesto las letras descoloridas que había sobre la puerta principal.

—Los Lirios —leyó en voz alta, antes de echarse a reír—. Si esto no es una señal divina, que venga Dios y lo vea.

Seis días después, a su regreso de la fiesta campestre, Belinda esperaba encontrar algún mensaje de Nicholas entre la correspondencia que se había acumulado durante su ausencia, pero a pesar de que revisó tres veces el montón de cartas e invitaciones no encontró ninguna que fuera suya.

No tenía ni idea de lo que iba a suceder de allí en adelante, no sabía si él seguía interesado en encontrar esposa después de lo ocurrido en el laberinto ni si querría seguir contando con su ayuda. Creía que Nicholas estaba bromeando al pedirle que se replanteara el cáustico comentario que ella le había hecho en ese sentido, y no sabía lo que iba a hacer si en realidad lo había dicho en serio.

A lo largo de aquella semana, había intentado imaginarse ayudándole a encontrar esposa y su mente había sido incapaz de crear ese escenario, pero existía la posibilidad de que él decidiera actuar por su cuenta si ella se negaba a seguir ayudándole. Nada se lo impedía, pues ella ya le había allanado el camino para que pudiera regresar a la alta sociedad. No la necesitaba para encontrar una esposa rica.

Aquella realidad hizo que se sintiera desolada. Ni siquiera podía fingir que estaba indignada pensando en la suerte que podría correr alguna rica pero ingenua heredera, no tenía más remedio que admitir que sus motivos se habían vuelto menos altruistas y mucho más egoístas en lo relativo a aquel hombre. No quería que encontrara esposa porque no quería que otra mujer sintiera con él lo que había sentido ella.

Pero él no tenía más alternativa que casarse si quería solucionar sus problemas económicos. Ella le había sugerido que se ganara un sueldo, pero era consciente de que eso no era tan fácil como parecía, en especial en Inglaterra; además, teniendo en cuenta lo que él le había contado acerca de su relación con Landsdowne, era muy improbable que este volviera a darle acceso al dinero del fideicomiso a menos que se casara, y eso la llevó de vuelta al punto de partida: Encontrarle una esposa rica.

«Tú eres rica». Se apresuró a borrar de su mente aquellas palabras que algún duendecillo travieso debió de susurrarle al oído, la mera idea de casarse con Nicholas era absurda. Era una mujer que no cometía el mismo error dos veces si podía evitarlo y, tal y como le había dicho a él con tanta crudeza en el laberinto, hasta el momento no había hecho nada que indicara que podría llegar a ser un hombre responsable y un buen esposo. Sí, no había duda de que era encantador, y apuesto, y que era capaz de enloquecerla de deseo, pero lo que no estaba tan claro era si podría ser un hombre responsable. Después de oír sus explicaciones, entendía mejor el porqué de su comportamiento, pero eso no cambiaba en nada el hecho de que era muy improbable que un hombre como él fuera capaz de cambiar de conducta.

La única posibilidad que les quedaba era tener una aventura y, aunque la avergonzaba admitirlo, le resultaba mucho más fácil imaginar esa opción que la de casarse con él, y últimamente había estado planteándosela con demasiada frecuencia. El problema radicaba en que, para una mujer en su posición, una relación así no tenía ningún futuro. Si se hacía público que lady Featherstone tenía una aventura amorosa, su crédito profesional quedaría hecho trizas y ¿para qué?

Sí, era cierto que le deseaba, pero no le amaba ni podía decirse que le respetara. Dudaba mucho que eso llegara a cambiar algún día, así que su única salida era actuar tal y como lo había hecho cuando él la había besado por primera vez: tenía que fingir que no había sucedido nada, quitárselo de la cabeza hasta que volviera a saber de él, y seguir con su vida como si nada.

Empezó a abrir la correspondencia con determinación renovada, convencida de que leer las cartas y redactar la correspondiente respuesta iba a ser la distracción perfecta, pero no tardó en darse cuenta de lo equivocada que estaba. La primera que abrió la había enviado la señora de Isaiah Hunt, que deseaba invitar a cenar a lord Trubridge y le solicitaba a ella que le sugiriera posibles fechas que fueran convenientes; al parecer, estaba convencida de que podía hacer cambiar de opinión a Geraldine, ya que, aunque su hija no se había mostrado demasiado entusiasmada con él, ella le había conocido en el baile de lady Montcrieffe y le había parecido un caballero encantador.

—Sí, es realmente encantador... el problema es cómo utiliza su encanto.

Optó por dejar a un lado la carta de la señora Hunt y seguir avanzando, pero después de revisar tres cartas más llegó a una nota de Nancy, que le preguntaba qué tal le iba en su búsqueda de una esposa para Trubridge y le sugería a varias jóvenes recién llegadas de Nueva York como posibles candidatas. La dejó a un lado y prosiguió con su tarea... y suspiró con exasperación cuando, tras leer dos cartas más, llegó a un sobre que tenía a Carlotta Jackson como remitente. Lo lanzó a un lado sin abrirlo siquiera.

¿Cómo iba a lograr quitárselo de la cabeza si la mitad de las cartas hablaban de él? Aquella situación era insostenible.

Agarró con impaciencia una hoja en blanco y la pluma y, después de una breve reflexión, mojó la pluma en el tintero y redactó una breve nota en la que le preguntaba cuáles eran sus planes y sus intenciones en referencia a un posible matrimonio.

La respuesta de Nicholas llegó al cabo de un par de días, y consistía en una única frase: ¿Es eso una proposición?

La lanzó a un lado con un bufido de indignación, ¡aquel granuja sabía perfectamente bien que no le había hecho ninguna proposición! Estaba claro que iba a tener que enviarle una carta clara y concisa para aclararle el asunto, así que sacó de nuevo papel y pluma.

Lord Trubridge:
Mi nota no era una proposición ni mucho menos. Si recuerda la conversación que mantuvimos hace unos días...

Se interrumpió al darse cuenta de que no era aconsejable mencionar lo que había sucedido en el laberinto, por mucho que fuera pertinente en aquel asunto. Descartó aquella hoja y sacó otra nueva.

Lord Trubridge:
Tengo la impresión de que ha malinterpretado mis sentimientos, a pesar de que siempre le he dejado perfectamente claro lo que siento. He...

Se detuvo de nuevo, porque lo que acababa de escribir era una mentira descarada. Lo que sentía por aquel hombre no estaba nada claro; de hecho, estaba tan confundida que ni siquiera era capaz de escribirle una simple carta. Descartó también aquella hoja y empezó de nuevo, pero procurando no perder de vista el hecho de que era un cliente y debía dirigirse a él como tal.

Lord Trubridge:
En lo que respecta a su pregunta, mi respuesta es negativa y lo lamento si, de forma involuntaria, he podido darle cualquier otra impresión con mi carta. Soy su casamentera y, como tal, estoy limitándome a preguntarle si desea que continúe presentándole a jóvenes casaderas; de ser así, le ruego que me lo haga saber a la mayor brevedad posible.
Atentamente,
Lady Featherstone

Después de releer el mensaje, subrayó tres veces la palabra «casamentera» y secó la tinta; cuando la carta estuvo lista, la dobló y la metió en un sobre que selló con lacre. Se sintió satisfecha cuando, minutos después, la dejó en la bandeja del vestíbulo junto con las demás misivas que quería que Jervis enviara. El mensaje había sido claro y conciso, y estaba convencida de que al día siguiente iba a recibir la respuesta de Nicholas.

A pesar de su decisión de no pensar en lo que había sucedido en Highclyffe, la idea de volver a saber de él hizo que la recorriera una intensa emoción, pero hizo todo lo que pudo por sofocar aquella reacción y se aferró a su determinación de no volver a pensar en él hasta que recibiera una respuesta.

Su determinación duró una semana. Aunque en aquellos siete días no le había llegado respuesta alguna de Nicholas, había recibido diecisiete cartas en las que madres americanas, padres, columnistas de sociedad y amigas se interesaban por él, y su paciencia acabó por colmarse. Dejó a un lado la correspondencia vespertina, y le pidió a Jervis que hiciera alistar el carruaje; diez minutos después, su cochero estaba abriéndole la portezuela del vehículo.

—Al veinticuatro de South Audley Street, Davis —le ordenó.

—De inmediato, milady —el cochero cerró la portezuela, se llevó la mano a la gorra, y subió al pescante.

—Si la montaña no va a Mahoma, Mahoma irá a la montaña —murmuró, parafraseando a Francis Bacon, mientras el carruaje se ponía en marcha.

CAPÍTULO 16

Belinda no tardó en descubrir que ir a la montaña no era tan fácil como había supuesto, ya que nadie parecía saber dónde estaba la montaña en cuestión. Mientras tomaban el té, la madre de lord Somerton le contó que su hijo estaba con lord Trubridge, pero que no tenía ni idea de lo que se traían entre manos. Tan solo sabía que, fuera lo que fuese, le dedicaban todo su tiempo, ya que hacía días que no les veía; según ella, tan solo tenía la certeza de que estaban vivos porque sus respectivos ayudas de cámara así se lo habían confirmado.

Acto seguido, lady Conyers se quejó de la deplorable intransigencia de su hijo con el tema del matrimonio, y le pidió su consejo para lograr que cambiara de opinión al respecto.

—Debe ir convenciéndole poco a poco, muy lentamente, para evitar que se rebele —antes de que la dama pudiera ahondar más en aquella cuestión, Belinda sugirió—: ¿Cree que el ayuda de cámara de lord Trubridge tendrá idea de dónde están? Es sumamente importante que hable con Trubridge, muchas jóvenes preguntan por él... y por Somerton, por supuesto. Que si van a asistir a tal baile, que si van a estar en tal fiesta... Convendrá conmigo en que no es correcto que esas jóvenes casaderas permanezcan en suspense, reservándoles esperanzadas un espacio en sus carnés de baile, si ellos están demasiado ocupados para asistir a los eventos de la temporada. Dudo mucho que logre convencer a Somerton de que busque esposa si él se mantiene ajeno a la temporada social.

—Entiendo —afirmó la condesa con gravedad, antes de hacer sonar la campanilla—.Veamos lo que podemos averiguar.

Mandaron llamar a Chalmers, el ayuda de cámara de lord Trubridge, que no pudo decirles gran cosa acerca del paradero del marqués.

—¡Cielos, Chalmers, cualquiera diría que Trubridge se ha desvanecido de la faz de la Tierra! —exclamó Belinda, con una sonrisa forzada.

Antes de que él tuviera oportunidad de responder, lord Conyers entró en el salón silbando y se detuvo en seco al verla.

—¡Lady Featherstone! ¡Qué placer tan inesperado!, cada día está más bella.

—Me halaga usted, Conyers.

Lady Conyers tiró del abrigo de su esposo para que dejara de mirar a Belinda y le prestara atención a ella.

—Edward, lady Featherstone está buscando a Somerton y a Trubridge.

Él miró sonriente a Belinda.

—¿Anda tras su pista? Pobrecillos —comentó, en tono de broma, antes de guiñarle el ojo.

Estaba acostumbrada a que la gente bromeara con su profesión, así que hizo lo que se esperaba de ella y se echó a reír antes de contestar:

—No están en su club, así que he dado por hecho que habrían salido a navegar, o a pescar, o a hacer cualquier otro deporte, pero me urge...

En esa ocasión fue Conyers quien se echó a reír.

—¡Está usted muy equivocada, lady Featherstone! Están ocupados con asuntos de negocios.

—¿Asuntos de negocios? —dijeron las dos damas al unísono.

—Sí, así es. Puedo darle la dirección en la que es probable que estén, aunque no sé si es aconsejable que una dama vaya a Commercial Road.

La situación cada vez se ponía más interesante; de hecho, Belinda estaba tan intrigada que le daba igual el barrio donde estuvieran, estaba decidida a encontrarles y a averiguar lo que se traían entre manos.

—Le agradecería que me facilitara esa dirección, lord Conyers. Es usted muy amable.

Media hora después, estaba contemplando desconcertada un edificio de ladrillo que había visto tiempos mejores. Estaba situado en Commercial Road, una calle del barrio de Chelsea, y estaba deseando averiguar qué diantres estaban haciendo allí Nicholas y Somerton. Aunque no sabía qué utilidad querían darle a aquel edificio, estaba claro que habían decidido mejorar su aspecto, porque el lugar estaba repleto de obreros que lo recorrían como hormigas laboriosas reemplazando las ventanas rotas, reparando el tejado, y cubriendo los agujeros de las paredes.

Davis apareció junto a la portezuela del carruaje, y le preguntó dubitativo:

—¿Está segura de querer entrar, milady? Un edificio en construcción no es el lugar más adecuado para una dama.

En ese preciso momento, ella alcanzó a ver a Nicholas pasando frente a una de las destrozadas ventanas, y contestó con firmeza:

—No te preocupes, Davis —rechazó su ofrecimiento de entrar con ella, y bajó del carruaje—. No tardaré mucho, espera aquí.

Cruzó la calle, saludó con una inclinación de cabeza a la pareja de obreros que estaban limpiando la pared a ambos lados de la puerta principal, y entró sin más. A pesar de la gran cantidad de ventanas que había, el interior parecía oscuro en contraste con el exterior, así que tuvo que parpadear varias veces; cuando los ojos se le acostumbraron a aquella luz más tenue, pudo ver bien lo que la rodeaba.

Se encontraba en una sala enorme que abarcaba toda la planta baja del edificio. Entre los pilares diseminados por el vasto espacio, media docena de obreros barrían el suelo de hormigón, recogían los escombros, arrancaban cristales rotos de las ventanas, quitaban las telarañas de los rincones, y limpiaban las paredes. A su derecha tenía una sencilla escalera de oxidado hierro forjado que conducía a las plantas superiores, y los únicos muebles que había en el lugar eran una vieja mesa de roble situada en el centro de la sala y las dos sillas que la flanqueaban, cuya pintura descascarillada contrastaba con las elegantes chaquetas de lana que tenían en sus respaldos.

Nicholas estaba apoyado en la mesa en mangas de camisa. Le acompañaban lord Somerton y dos obreros, y los cuatro estaban revisando unas hojas de papel que había extendidas sobre la mesa y que parecían ser unos planos arquitectónicos.

—Estamos conectados aquí a la línea principal —estaba diciendo Nicholas, mientras indicaba un punto en los planos. Tenía que hablar en voz bastante alta para hacerse oír por encima del ruido que les rodeaba—. Westminster me ha asegurado que ya se nos ha añadido al suministro, así que me gustaría saber por qué aún no tenemos agua.

Uno de los obreros empezó a explicarle las reparaciones que precisaba el sistema de tuberías y, mientras Nicholas le escuchaba, ella se dedicó a observarle a él. Su pelo, bruñido y leonado incluso bajo aquella tenue luz, le recordó a la primera vez que le había visto y volvió a evocar en ella el sol de algún exótico lugar, y verle en mangas de camisa le recordó los músculos y la piel desnuda que había visto bajo la luz de la luna en el laberinto. El deseo cobró vida en su interior y se propagó por todo su cuerpo antes de que pudiera sofocarlo, y su determinación de mantenerse fría, profesional e indiferente quedó hecha trizas.

Él debió de notar que estaban observándolo, porque alzó la mirada de repente y sonrió al verla entre los ajetreados obreros. La dicha la embargó y el corazón le dio un fuerte brinco en el pecho, un brinco que le resultó incluso doloroso porque le recordó poderosamente a una joven tímida y apocada que observaba desde la galería del hotel Grand Union. Sintió el impulso de apartar la mirada, de marcharse, de huir de allí, pero fue incapaz de ordenarle a su cuerpo que se moviera y se quedó allí, feliz y petrificada, y le devolvió la sonrisa.

—Tenemos visita, Somerton —dijo él, sin quitarle los ojos de encima.

—¿De quién se trata? —le preguntó su amigo, antes de volverse a mirar—. ¡Vaya, si es lady Featherstone!

La sorpresa del vizconde la obligó a apartar la mirada de Nicholas.

—Buenas tardes, Somerton —le saludó, sonriente—. Su madre se alegrará de saber que se encuentra bien y no ha partido rumbo a algún ignoto lugar.

—Mi padre está al tanto de lo que ocurre. Supongo que ha sido él quien le ha dicho dónde estábamos, ¿verdad? Apuesto a que no se había molestado en contarle nada a mamá, como de costumbre. Siempre es la última en enterarse de los secretos familiares —sonrió al añadir—: La pobre estará preocupada, ¿verdad?

—Bueno, yo diría que está desconcertada, y un poco ansiosa por lo que pueda decir la gente si se hace público que ustedes dos piensan dedicarse a los negocios.

—Pobre papá, va a recibir una buena regañina por habernos ayudado.

—He procurado tranquilizar a su madre, le he explicado que es perfectamente aceptable que los caballeros de la aristocracia tengan intereses comerciales —miró a su alrededor mientras se acercaba a la mesa y comentó—: Por lo que veo, han estado muy atareados, pero ¿cuál es el propósito de todo esto?

Ninguno de los dos pudo contestar, porque en ese momento se oyó un fuerte silbato procedente del exterior que hizo que Belinda hiciera una mueca y se cubriera los oídos con sus enguantadas manos.

Todo el mundo dejó de trabajar de inmediato. Los martillos

se depositaron en el suelo, los guantes de cuero se guardaron en los bolsillos, y las escobas se dejaron a un lado. Se oyó el repiqueteo de pasos en la escalera, y de las plantas superiores descendió una hilera de obreros; uno tras otro, al llegar abajo fueron llevándose una mano a la gorra en un gesto de respeto al verla y se despidieron de Nicholas y Somerton con una inclinación de cabeza antes de dirigirse en fila hacia la puerta. Los dos que estaban junto a la mesa también se fueron, y en menos de un minuto los dos caballeros y ella se quedaron a solas.

Se creó un silencio bastante incómodo y, tras mirar a uno y a otra, Somerton se frotó las manos con nerviosismo y exclamó:

—¡Bueno, yo también debo marcharme ya! Tengo que tomar el último tren para poder partir rumbo a Kent hoy mismo, y ni siquiera tengo listo el equipaje. ¿Piensas viajar a Honeywood en el mismo tren, Nick?

—No, yo me voy mañana. Calculo que estaré fuera entre cuatro y cinco semanas, así que quiero darle unas cuantas instrucciones más al capataz. ¿Cuánto tiempo piensas quedarte en Arcady?

—Tan solo dos semanas, ¿te parece bien que pongamos a Jenkins al mando aquí hasta mi regreso? —al verle asentir, se volvió hacia ella para despedirse—. Lady Featherstone —sin más demora, agarró su chaqueta del respaldo de la silla y se marchó.

Cuando se quedaron a solas, Nicholas la miró y le dijo, con una pequeña sonrisa en los labios:

—Me alegro de verte, Belinda.

La felicidad que la inundó al oír aquello fue tan inmensa que le costó hasta respirar. Le habría gustado poder decirle que ella también se alegraba de verle, pero la timidez que creía haber dejado atrás le constriñó la garganta e impidió que las palabras brotaran de sus labios. De repente le pareció de vital importancia apartar la mirada, pero, a pesar de que fingió observar con detenimiento lo que la rodeaba, era consciente de que él seguía mirándola.

—Así que esto es lo que has estado haciendo en vez de contestar a mis cartas, ¿no? —alcanzó a decir al fin.

—Sí que contesté.

—Solo a la primera.

—¿Me has mandado alguna otra? Lo siento, he estado tan atareado que apenas me ha quedado tiempo para comer y dormir, ni siquiera me he acordado de echarle un vistazo a mi correspondencia.

—Aún no sé qué es lo que te mantiene tan ocupado. ¿Qué estáis haciendo aquí Somerton y tú?, ¿qué es este lugar?

—Milord...

Quien acababa de hablar era un viejo sarmentoso ataviado con ropa tosca y desgastada. Se detuvo y se quitó la gorra al verla a ella, pero Nicholas le indicó con un gesto que se acercara y le dijo sonriente:

—¡Señor Jenkins! ¡Por favor, dígame que ha encontrado nuestras calderas de cobre!

—Así es, milord. Aunque parezca increíble, durante todo este tiempo han estado en la dársena del muelle de Pimlico, pero nos las traerán cuando las pidamos.

—Excelente. Belinda, te presento al señor Jenkins. Es el maestro cervecero de Honeywood desde hace... he perdido la cuenta, unos treinta años por lo menos. Señor Jenkins, le presento a lady Featherstone.

—Un placer, milady —después de saludarla con una reverencia, Jenkins volvió a mirar a Nicholas—. También le he encontrado a un proveedor de barriles de roble, que son los únicos que debe utilizar.

Él se echó a reír y comentó, sonriente:

—Sí, no he olvidado que usted siempre insistía en que el roble es la única madera adecuada para los barriles de cerveza.

—Roble, milord. Ninguna otra. Con su permiso, me gustaría ir a echarles un vistazo.

—Sí, por supuesto; al fin y al cabo, no podemos fabricar cerveza si no tenemos barriles.

—Eso es cierto. ¿Mañana se irá a Honeywood?

—Sí. Si necesita contactar conmigo, mándeme un cable. Lord Somerton tampoco va a estar aquí, así que usted se quedará al mando hasta que él regrese. Encárguese de que esos hombres trabajen mientras nosotros estamos fuera, Jenkins —añadió, en tono de broma.

—No se preocupe por eso, no voy a permitir que descuiden la faena aprovechando que ustedes no están —miró a Belinda, y se despidió de ella con una inclinación de cabeza—. Que tenga un buen día, milady.

Mientras le veían dirigirse hacia la puerta, Nicholas le dijo en voz baja:

—No sabes lo estricto que es, tendrías que verle junto a mi administrador de tierras supervisando a los jornaleros el día de la recolección del lúpulo en Honeywood. Los dos son inflexibles, solo les conceden a esos pobres jornaleros un cuarto de hora para comer. Me parece que... —esperó a que Jenkins saliera por la puerta, y entonces continuó con un tono de voz normal—. Creo que tendré que insistir en que les den media hora ahora que estoy tomando las riendas de todo, recolectar lúpulo es un trabajo duro.

—¿Somerton y tú estáis fabricando cerveza? —estaba asombrada, aún no había acabado de asimilar todo aquello.

—Bueno, aún no. Antes de nada necesitamos el lúpulo y la cebada, pero cuando tengamos la primera cosecha empezaremos la producción. Fabricar cerveza es algo que sí que sé hacer.

—¿Cómo aprendiste?

—En Honeywood se cultivan lúpulo, cebada y trigo, y la granja de la finca siempre ha tenido una cervecería. Honeywood suministra toda la cerveza que se consume en las fincas de los Landsdowne, así que su elaboración es algo que ha formado parte de mi vida desde siempre, y Somerton está en la misma situación. Su finca se llama Arcady, y, al igual que en la mía y en muchas otras del condado de Kent, allí también se cultivan lúpulo y cebada. Hasta ahora los dos vendíamos casi toda nuestra cosecha en el mercado libre, pero los precios están tan bajos que las cosechas en sí apenas aportan beneficios y a partir de ahora nuestras fincas venderán todo lo que produzcan a nuestra propia cervecería. A precios justos, por supuesto, pero el verdadero beneficio nos lo dará la cerveza.

Ella sonrió al verle tan entusiasmado.

—Por lo que parece, estás deseoso de empezar.

Él se echó a reír y admitió, sonriente:

—La verdad es que es un proceso que siempre me ha fascinado. De niño siempre seguía a Jenkins de un lado a otro mientras le acribillaba a preguntas, no hacía más que estorbar.

Belinda le observó en silencio, y vio que asomaba en él el muchacho que había anhelado estudiar ciencia en Cambridge.

—Cuando Landsdowne me dejó sin mi pensión, me devané los sesos intentando pensar en alguna ocupación que me permitiera ganarme la vida, pero esto ni siquiera se me pasó por la cabeza. Supongo que es porque para mí nunca fue un negocio. La elaboración de cerveza siempre ha formado parte de la finca, no la veía como una fuente de ingresos en sí misma. Hasta ahora no se me había ocurrido convertirla en un negocio que genere beneficios.

—Pero no dispones de capital, ¿Somerton ha aportado todo el dinero del fondo de inversión?

—No, ha sido Conyers. Ha accedido a comprar el diez por ciento de las acciones, y a darnos un préstamo para cubrir el resto. Hemos tenido que entregarle un estudio detallado del proyecto para lograr convencerle, y eso es lo que nos tuvo tan ocupados a Somerton y a mí durante toda la semana. Le entregamos nuestros planes hace dos días, y accedió a participar en el negocio.

—Pero ¿cómo...? ¿Cuándo...? ¿Qué te llevó a...? —se echó a reír al ver que no lograba hilar una frase completa. Que Nicholas hiciera algo así la había tomado totalmente desprevenida,

y no sabía cómo reaccionar—. ¿Cómo decidisteis Somerton y
tú emprender este negocio?

—La idea fue mía. El día que me marché de Highclyffe, el
tren se detuvo justo allí —señaló hacia la puerta abierta, hacia
los raíles que se veían más allá del canal—. Fue la Divina Providencia la que hizo que el tren se detuviera justo allí, la que
me puso delante algo que podía darle un propósito a mi vida.

Ella se llevó una mano al pecho y se echó a reír, ya que su
entusiasmo resultaba contagioso.

—¡No sé qué decir!, ¡me siento aturdida!

—¿Lo dices en serio?, ¿la distante y serena lady Featherstone
está aturdida? ¡Cuánto me complace que, por una vez, los pa-
peles se inviertan!

—¿A qué te refieres?

—A que cuando estoy contigo pierdo la cabeza... Diantre,
Belinda, ¡cuando te miro a veces se me olvida hasta mi propio
nombre!

Belinda sintió que el corazón le daba un brinco al oír aquello. Su risa se desvaneció, y le dijo en un susurro:

—No sé por qué te pasa eso.

Él le puso una mano en la mejilla y le preguntó con ternura:

—¿Seguro que no?

Sabía que tendría que apartarse de él. No quería hacerlo,
pero la puerta estaba abierta de par en par y cualquiera que pasara por la calle podría verlos. Se sentía capaz de quedarse tal y
como estaba para siempre, no quería apartarse a pesar de saber
que debería hacerlo.

Al final no tuvo que tomar ninguna decisión, porque él bajó
la mano.

—Si no sabes por qué me pasa, yo no pienso confesártelo.
Me siento mejor sabiendo que no soy tan transparente como
para mostrar mis sentimientos al mundo entero.

Lo dijo con ligereza, como si tal cosa, pero ella sabía que
eso no era un indicador fiable de lo que él pudiera estar sin-

tiendo en realidad. Con Nicholas nunca sabía lo que era genuino y lo que no. Quería ver su corazón y descubrir lo que había dentro, pero no podía admitirlo después de todo lo que le había dicho anteriormente.

—¿Has visto el letrero de la puerta?

—¿Qué? —el súbito cambio de tema la tomó desprevenida y sacudió la cabeza para intentar aclarar sus ideas, no había duda de que estaba hecha un lío—. ¿Letrero?, ¿qué letrero?

—Me alegra que no lo hayas visto, así puedo mostrártelo yo. ¡Ven!

La tomó de la mano y ella le siguió sin protestar. Cuando salieron a la calle, la detuvo y le puso las manos en los hombros antes de instarla a que se diera la vuelta.

—¡Mira!

Belinda se echó a reír al ver lo que había escrito en letras blancas sobre la puerta.

—¡Los Lirios! —le miró por encima del hombro y repitió, sonriente—: ¿Los Lirios?

—¿A que es de lo más apropiado? —comentó él con una enorme sonrisa.

—Si sigues adelante con todo esto, no lo será por mucho tiempo.

—Ya te he dicho que ha sido cosa de la Providencia. Estaba sentado en el tren sin poder dejar de pensar en el rapapolvo que me habías dado en el laberinto la noche anterior, cuando me llamaste lirio del campo...

—Fue una grosería imperdonable por mi parte decir...

Él posó los dedos sobre sus labios para silenciarla sin importarle que estuvieran en plena calle y pudiera verlos cualquiera.

—No, no te disculpes por ser sincera, deja a un lado la cortesía y la corrección. Lo que me dijiste me indignó sobremanera, pero los dos sabemos que tenías toda la razón del mundo —bajó la mano antes de añadir—: Hiciste que me diera cuenta de que tenía que darle un propósito a mi vida, hacer algo de provecho. Soy consciente de que no lograré ganarme tu respeto si no lo hago, y necesito conseguirlo. Lo deseo como nunca antes había deseado nada en toda mi vida.

Ella intentó tener presentes las duras verdades que había aprendido sobre los libertinos, se recordó a sí misma que eran capaces de engatusar a una mujer con mentiras sin sentir el más mínimo remordimiento, pero aquellas advertencias se esfumaron de su mente como una nube de humo desmenuzada por el viento.

—Te das cuenta de lo que significa todo esto, ¿verdad? —siguió diciendo él—, ¡significa que ya no te necesito!

El corazón le dio un vuelco en el pecho al oír aquello, y la burbuja de felicidad que la envolvía se desinfló de golpe.

—¿Qué...? —por un momento, fue incapaz de articular palabra, pero hizo acopio de fuerzas—. ¿Qué quieres decir?

—Tan solo hay una forma de decirte esto: directamente, sin andarme con rodeos —enmarcó su rostro entre las manos y se lo alzó un poco—. Estás despedida, Belinda —bajó la cabeza, y le rozó los labios con los suyos en un beso breve y tierno; al cabo de un instante, se echó un poco hacia atrás y le dijo en tono de broma—: ¡Belinda, por Dios! Si vas a insistir en lanzarte a mis brazos con semejante descaro, no deberías hacerlo en medio de la calle. ¿Qué va a pensar la gente? —la tomó de la mano y añadió, con una sonrisa de oreja a oreja—: Ven, deja que te muestre el resto del edificio.

La hizo entrar de nuevo y, mientras la conducía escaleras arriba, Belinda le dijo con firmeza:

—Que conste que yo no me he lanzado a tus brazos.

—Lady Featherstone, la dama que para la alta sociedad es todo un paradigma de la corrección y el decoro —le dijo él en tono de broma, mientras pasaban por el descansillo—. El modelo que siguen todas sus compatriotas llegadas de América para aprender a ser la perfecta dama británica...

—¡Qué ridiculez!, ¡haces que parezca la tía solterona de alguien!

—Y allí estaba ella, besando a un tipo en medio de la calle.

¡De no haberlo visto con mis propios ojos, no lo habría creído! ¿Te imaginas el escándalo que va a formarse si la prensa se entera? ¡No quiero ni pensar en lo que diría la gente!

—¡No me he lanzado a tus brazos!

En ese momento llegaron a lo alto de la escalera, y fueron a dar a otra sala enorme y tan vacía como la de la planta baja.

—No mientas, sí que lo has hecho —insistió, antes de volverse hacia ella. La atrajo hacia su cuerpo, y ladeó un poco la cabeza para esquivar el ala de su sombrerito.

Belinda sabía que iba a besarla, pero fue bajando el rostro hacia ella con tanta lentitud que, para cuando sus bocas estuvieron a un suspiro de distancia, apenas podía respirar.

—¿Sabes por qué estoy tan seguro de que te has lanzado a mis brazos? —susurró él.

—¿Por qué? —contestó, con voz igual de queda.

Él le rozó los labios con los suyos antes de admitir:

—Porque estoy cayendo redondito a tus pies.

Y entonces la besó.

Nicholas ya sabía por experiencia propia que besar a Belinda era como encender una cerilla en una sala llena de dinamita. Las explosiones estaban aseguradas, la cuestión era lo chamuscado que iba a quedar. Cuando la había besado minutos antes en la calle, pensaba que como mínimo iba a llevarse un bofetón. pero el que hubiera salido ileso le había dado pie a pensar que sus probabilidades de éxito cuando estuvieran a solas eran mayores de las que esperaba en un principio; aun así, ella le sorprendió.

No esperaba que abriera la boca sin necesidad de que la incitara a hacerlo, ni que se abrazara a su cuello para acercarlo más. Y, desde luego, tampoco esperaba que al echarse un poco hacia atrás para intentar entender lo que estaba pasando, para cerciorarse de que no estaba sumido en un sueño increíble y condenadamente erótico, ella enmarcara su rostro entre las manos, le besara cuatro veces, y gimiera frenética:

—¡No pares!, ¡no pares!

No quería parar, claro que no, pero se sentía en la obligación de intentar al menos comportarse con nobleza.

—Belinda...

—¡Como sigas hablando, empezaré a pensar en la locura que estoy cometiendo y en las posibles consecuencias! En este momento no quiero pensar en las consecuencias, ¡cállate y bésame de nuevo! —al ver que permanecía quieto, se puso de puntillas y le besó.

Nicholas se dio cuenta de que el hombre responsable y de fiar en el que estaba intentando convertirse estaba en serio peligro. Interrumpió el beso a base de pura fuerza de voluntad, y luchó por contener la pasión que ardía en su interior.

—¡No, espera! —exclamó con desesperación—. ¡Tienes que pensar, Belinda! Si no lo haces, yo no tardaré en perder la cabeza, y llegados a ese punto para mí será una agonía detenerme.

—Eres un libertino, ¿por qué habrías de detenerte? —le preguntó, antes de rozarle los labios con los suyos en una caricia juguetona.

—¡Porque al llegar la mañana no sentirás ningún respeto por mí! —fue lo primero que se le pasó por la cabeza, y al ver que ella sofocaba una risita contra sus labios refunfuñó—: No sé por qué siempre te ríes cuando no estoy bromeando, y cuando lo hago no te hace gracia —giró un poco la cabeza, pero empezó a flaquear de nuevo en cuanto rozó con los labios la tersa piel de su mejilla, así que optó por un punto intermedio. Le acarició la oreja con la nariz, y su embriagador aroma se le subió a la cabeza—. Te resultan graciosas cosas que no son para tomarse a risa.

—¿En serio? —se estremeció al sentir que le besaba la oreja, y se le escapó un pequeño gemido de placer.

Él le succionó con suavidad el lóbulo mientras bajaba las manos hacia sus senos, y los acarició a través de la ropa. Estaba convencido de que, de un momento a otro, ella recobraría la cordura y le exigiría que la soltara. Sí, seguro que lo hacía de un momento a otro... pero no fue así. Belinda, cada vez más jadeante, echó la cabeza hacia atrás hasta apoyarla contra la pared, y cuando arqueó las caderas contra las suyas el estallido de placer fue tan intenso que Nicholas se puso rígido mientras luchaba valientemente por resistir. No debía pensar en sus propios deseos, sino en hacer lo correcto.

—¡No podemos hacerlo, Belinda! No quiero que nuestra primera vez sea así.

A pesar de sus palabras, agarró los pliegues de su falda y luchó por levantársela para poder meter las manos por debajo. Aunque ella no le ayudó, tampoco le impidió que lo hiciera y, aunque no fue tarea fácil lidiar con la dichosa ropa, al final logró su cometido. Deslizó las manos por sus muslos, y la fina tela de los calzones no le impidió saborear la calidez de su cuerpo.

Estaba perdiendo la cabeza, su cordura iba desvaneciéndose conforme sus manos iban ascendiendo; aun así, se torturó a sí mismo avanzando lentamente y exploró a conciencia el contorno de sus muslos, la undulante curva de la cadera... incapaz de contenerse, apartó el polisón sin miramientos y acarició enfebrecido sus nalgas antes de regresar a las caderas.

Necesitaba tocar su piel desnuda fuera como fuese, y se preguntó por qué demonios las mujeres tenían que llevar tanta ropa encima mientras deslizaba las manos por su abdomen. Metió los dedos bajo el rígido corsé, logró meterlos bajo la cinturilla de la enagua y de los calzones, y cuando por fin tocó la suave piel de su vientre con el dorso de los dedos su propia reacción fue tan inmediata como inesperada: le flaquearon las piernas.

Soltó un gemido, su mano se tensó bajo las capas de muselina, y apretó a Belinda contra la pared con su cuerpo para lograr sostenerse. Tardó uno o dos segundos en recobrar algo de equilibrio, tanto físico como mental, pero aun así fue incapaz de detenerse.

—¡Me estás matando, Belinda! —salpicó de besos su rostro, su cuello y su pelo sin dejar de acariciarle el vientre con los nudillos bajo la constricción de la ropa—. ¡Esto es una tortura!

La acarició como pudo, pero a ninguno de los dos les bastaba con que solo tuviera acceso a aquella minúscula zona de piel desnuda. Se echó un poco hacia atrás con la intención de sacar la mano, pero sus buenas intenciones se fueron al traste cuando ella protestó con un gemido, y optó por meter la mano bajo la enagua en busca de territorios más prometedores.

Deslizó los dedos por su muslo antes de hundirlos entre sus piernas. Probablemente, con lo que estaba haciendo estaba demostrando ser el libertino que ella había admitido que jamás podría respetar, pero, en ese momento, al girar la mano y cubrir con ella su sexo, le dio todo igual.

Tenía los calzones húmedos, estaba lista, y en cuanto la tocó soltó un grito de placer que él se apresuró a sofocar con un beso. Ansiaba con desesperación oírla gritar de placer con sus caricias, pero no quería que nadie les oyera y aún había algunas ventanas rotas que no habían sido reemplazadas.

La besó enfebrecido, tragándose los gemidos que ella soltaba contra su boca, saboreando la forma en que se movía ondulante contra su mano, pero aquello no duró mucho tiempo. Belinda movió frenética las caderas contra él dos... no, tres... veces, y entonces gritó de placer al alcanzar el éxtasis de forma tan súbita que le tomó por sorpresa. Notó cómo sus muslos se tensaban alrededor de su mano, y siguió besándola mientras ella gemía sin cesar; al final, cuando se quedó laxa y jadeante contra él, la agarró de la cintura y la apretó contra su pecho, y al cabo de unos segundos sacó la otra mano con cuidado de su entrepierna mientras la besaba una y otra vez en la coronilla.

Quería desabrocharse los pantalones, alzar aquel delicioso y sensual trasero con las manos y hacerla suya, estar en su interior y sentir cómo le rodeaba con las piernas sería como estar en el Paraíso. Nunca en su vida había deseado tanto algo, pero no podía hacerlo. No quería poseerla así, contra una pared. Estaba intentando mejorar, como persona y como hombre.

Haciendo acopio de una fuerza de voluntad que ni él mismo sabía que tenía, la soltó y se apartó como pudo de muselinas, cachemiras, y aquel dulce aroma femenino. Sacudió la cabeza mientras intentaba recobrar una pizca de cordura y retrocedió varios pasos, los suficientes para tenerla fuera de su alcance.

—¿Por qué...?

Ella dejó la pregunta inacabada y le miró en silencio, jadeante, con los ojos muy abiertos y teñidos de un tono grisáceo por la luz del atardecer. La falda era demasiado ajustada para caer por sí sola y la tenía por encima de las rodillas, y tanto el polisón como el sombrero estaban ladeados. Era la viva estampa de una mujer que había quedado completamente saciada y, aunque el dolor de su erección palpitante era un recordatorio constante de su propio deseo insatisfecho, se dio cuenta de que en realidad no le importaba en absoluto. Le bastaba con la satisfacción que sentía al mirarla.

—¡Te has detenido! —dijo ella al fin, con tono casi acusador.

—Tenía que hacerlo. Si te hiciera mía aquí, ahora, así, sería... —no sabía cómo explicárselo—. No sería correcto.

No pudo evitar echarse a reír, ya que era consciente de que su explicación había sido del todo inadecuada; además, era la primera vez que decía algo así. En sus treinta años de vida, nunca había sido el que había puesto el freno, pero daba la impresión de que últimamente estaba haciendo un montón de cosas sorprendentes en él.

Belinda agachó la cabeza, y al ver que tenía la falda levantada se ruborizó y se apresuró a bajar las capas de lana y muselina; después de recomponer su aspecto, comentó sin mirarle:

—Te entiendo.

Nicholas sintió que el alma se le caía a los pies al oírla hablar con tanta rigidez. Eso ganaba uno por intentar ser caballeroso y responsable.

—Después de lo que sucedió hace dos semanas, no me extraña que prefieras ser cauto. Un día te rechazo y te insulto, y al siguiente te suplico que me hagas el amor —soltó una carcajada seca, y su rubor se intensificó aún más—. Debo de parecerte la mujer más inconsistente y atolondrada del mundo.

—No, Belinda, te equivocas por completo —se acercó a ella, y la agarró del brazo al ver que hacía ademán de volverse hacia la escalera—. Mira dónde estamos, te lo ruego. No quiero hacerte mía por primera vez contra la pared de una fábrica, con los pantalones bajados hasta las rodillas.

—Ah. Sí, supongo que tienes razón, no... no se me había ocurrido —estaba roja como un tomate.

A pesar de la situación, Nicholas no pudo evitar echarse a reír; al darse cuenta por su cara de que ella no entendía lo que le hacía tanta gracia, decidió explicárselo.

—En situaciones como esta, suele ser la mujer la que logra mantener la cordura.

Ella esbozó una sonrisa pequeña y un poco irónica, y su naricilla se frunció un poco.

—¿Estás diciendo que no estoy cumpliendo con el papel que me corresponde como mujer?

Él bajó la mirada y recordó evocador cómo la había tenido contra la pared, con la falda levantada por encima de la cintura. En fin. Alzó la mirada de nuevo antes de afirmar:

—Eres toda una mujer en todos los aspectos, Belinda.

La sonrisa pequeña e irónica dio paso a una amplia y sincera que revelaba cuánto la habían complacido sus palabras. Aquella sonrisa le golpeó de lleno en el pecho, le hizo sentir que estaba en el séptimo cielo a pesar de que sabía que nunca antes había tenido los pies tan firmemente plantados en la Tierra.

—Acompáñame a Kent. Ven a Honeywood y quédate allí conmigo.

Se sintió consternado al ver que su sonrisa se esfumaba y se ponía seria. Se había precipitado, sabía que aún era demasiado pronto para lo que acababa de proponerle, pero las palabras habían brotado como por voluntad propia y allí estaban, suspendidas en el aire, y no había forma de borrar aquel terrible error. Ella iba a contestar que no, por supuesto. Sería absurdo esperar otra respuesta, sería absurdo creer que dos semanas y el propósito de forjarse su propio camino en la vida bastarían para que cambiara la opinión que tenía de él.

Al ver que ella abría la boca para contestar, se apresuró a seguir hablando para no tener que oír su negativa.

—Si vienes, no espero nada de nada. Bueno, espero que pase algo en el sentido de que tengo esa esperanza, por supuesto, pero no es lo mismo, ¿verdad? Al menos, espero que no lo sea para ti. Pero... en fin, en cualquier caso, si vinieras podría mostrártelo todo, los campos de lúpulo y de cebada, la cervecería, la casa, la horrible decoración...

Se calló para no seguir metiendo la pata. Era la proposición más incoherente y poco romántica que le había hecho a una mujer en toda su vida, y también la más importante. ¿Para qué iba a querer ver campos de cebada y los horribles cuadros de su familia? Tuvo ganas de darse cabezazos contra la pared.

Al ver que ella apretaba los labios, no supo si estaba a punto de darle una reprimenda o conteniendo una sonrisa, y esperó su respuesta con el corazón en un puño.

—Déjame pensarlo.

Se sintió decepcionado, aunque era absurdo porque no esperaba que ella le dijera que sí. Asintió e indicó con un gesto la escalera.

—Está oscureciendo, será mejor que bajemos.

Ella empezó a bajar, pero se detuvo de repente con la mano en la baranda.

—Nicholas... —al oír que se detenía tras ella, se volvió a mirarlo por encima del hombro—. No he dicho que no —se volvió de nuevo, y siguió bajando.

No le vio sonreír de oreja a oreja, y Nicholas pensó que quizás fuera mejor así; tal y como le había dicho antes, un hombre no podía ir por la vida dejando ver sus sentimientos... bueno, al menos no a todas horas.

Honeywood seguía siendo tal y como Nicholas lo recordaba. Los lúpulos, con las estacas que los sostenían apuntando al cielo como sables, seguían pareciéndole miembros de la Guardia de Honor; los jardines seguían ofreciendo un espléndido despliegue de color en junio; la casa estilo Tudor con revestimiento de madera y paredes cubiertas de hiedra seguía siendo preciosa; y Forbisher, el mayordomo, seguía siendo un tipo alto e imperioso a pesar de su avanzada edad; por desgracia, la decoración seguía siendo horrible.

Cuando se detuvo en el vestíbulo para entregarle el sombrero y los guantes a Forbisher, contempló las estridentes mesitas de papel maché que flanqueaban la puerta principal, en las que se combinaban el color morado con un verde amarillento, con la misma mezcla de cariño y de horror que uno sentiría al ver a su abuela comiéndose los guisantes con el cuchillo delante del Príncipe de Gales.

—Milord, permita que le diga que... —Forbisher se interrumpió, tragó saliva como si tuviera un nudo en la garganta, y carraspeó antes de intentarlo de nuevo—. Es un verdadero placer tenerle de vuelta en Honeywood.

—¡Cielos, Forbisher! Cualquiera diría que mi regreso te ha emocionado —contuvo una sonrisa al ver que alzaba la barbilla con altivez.

—¿Cómo dice, milord?

El mayordomo hizo un gesto de asombro casi imperceptible, como si la idea de mostrar las emociones le pareciera tan horrible como caer en el abismo del infierno.

—Disculpa, habrán sido imaginaciones mías.

Forbisher se dio por satisfecho con aquellas palabras y le indicó con un gesto a la mujer que estaba junto a él, una mujer sobria y enjuta ataviada con un vestido negro de crepé.

—Recordará sin duda a la señora Tumblety.

—Sí, por supuesto —Nicholas la miró y comentó, sonriente—: Espero que no siga perdiendo las llaves.

—No ha vuelto a pasarme desde que usted creció, milord —le contestó ella, con una pequeña sonrisa—. Ha llovido mucho desde aquellos días en que usted esperaba a que le diera la espalda para acercarse de puntillas y quitármelas.

—Sí, ha pasado mucho tiempo. Supongo que la señora Moore estará en las cocinas, ¿verdad?

Fue Forbisher quien respondió:

—No, me temo que el invierno pasado sus rodillas no aguantaron más.

—¿Le asignó Burroughs una pensión adecuada?

—Sí, milord. Ahora vive en una de las cabañas, y dispone de todo lo necesario para vivir con comodidad. No me cabe duda de que la nueva cocinera, la señora Fraser, le parecerá excelente al señor marqués.

—Seguro que sí —afirmó Nicholas, antes de dirigirse al ama de llaves—. ¿Los arrendatarios quedaron satisfechos de su estancia en la casa?

—Sí, milord, por completo; de hecho, quieren volver a alquilarla cuando regresen de Escocia en otoño.

En aquellas palabras había una pregunta implícita a la que Nicholas no dudó en responder.

—Me temo que no podrá ser.

El ama de llaves sonrió complacida, y él pasó a saludar al siguiente criado. Hacía ocho años que no ejercía su papel de dueño de una casa llena de servidumbre, pero al ir saludando a las doncellas y a los lacayos se sorprendió al ver que le salía con toda naturalidad. Era como ponerse un viejo batín y sorprenderse al ver lo bien que seguía quedándole a uno.

Más tarde salió a recorrer los campos y las cabañas con el señor Burroughs, su administrador de tierras. Consciente de que este podría sentirse molesto al saber que iba a perder atribuciones, puso especial cuidado en alabar el buen trabajo que había desempeñado. Siguió solicitando su opinión, sobre todo durante los primeros días, pero junio fue dando paso a julio y el papel que no había querido asumir ocho años atrás iba volviéndose más fácil con cada día que pasaba.

Había temido que su regreso a Honeywood le resultara doloroso, ya que la última vez que había ido a su finca esperaba encontrar allí a Kathleen y en su lugar había encontrado al señor Freebody, que le había informado con su sequedad y su concisión acostumbradas que no iba a volver a verla, así que se sintió aliviado al ver que no sentía dolor alguno. Lo que quedaba de aquello eran los recuerdos cálidos y dulces de un lejano amor de juventud, era una sensación agradable en la que no había ni rastro de amargura ni de lamentaciones, por extraño que pudiera parecer. Y Belinda tenía mucho que ver en eso.

Él le escribía cada día. Ella no era tan asidua, pero eso acrecentaba aún más la felicidad que sentía al recibir cada carta... aunque era una felicidad agridulce, porque ella no había mencionado ni una sola vez que pensara ir a Honeywood.

Aquellos momentos robados en la cervecería le atormentaban más y más con cada día que pasaba. Recordaba una y otra vez la forma tan súbita en que ella había llegado al clímax cuando la había acariciado, aunque sabía que todo había sido demasiado rápido como para creer que había sido su pericia como amante lo que la había hecho estallar de placer tan de repente. Estaba claro que Belinda llevaba muchísimo tiempo sin estar con un hombre, demasiado tiempo, así que si tenía otra oportunidad con ella iba a encargarse de que, para cuando se quedara dormida entre sus brazos, estuviera exhausta y completamente satisfecha. Nunca antes había deseado algo tanto, pero, a pesar de lo tentador que era preguntarle cuáles eran sus planes, no lo hizo.

Ella le había pedido tiempo para poder pensar las cosas con calma, y quería dárselo. Él, por su parte, no tenía ninguna duda en ese aspecto, ya que tenía muy claro tanto lo que sentía como lo que pensaba y, con cada día que pasaba, estaba más seguro de lo que quería y más convencido de que lo tenía al alcance de la mano. Por primera vez en años, se atrevía a creer que realmente podía tener el control de su propio destino.

Pero el destino parecía empeñado en poner el mismo obstáculo en su camino una y otra vez. Un caluroso día de mediados de julio, escasos días antes de la fecha en que tenía planeado regresar a Londres, su padre fue a verle. En su opinión, Forbisher estuvo muy desacertado al permitirle entrar en la casa, aunque el pobre no tenía la culpa; al fin y al cabo, Landsdowne era duque, e incluso el más fiel de los mayordomos podía amedrentarse ante la llegada de un duque.

De modo que, cuando Forbisher anunció al recién llegado, él suspiró y dejó en el escritorio el libro que estaba leyendo. A decir verdad, iba a tener que hablar con Landsdowne tarde o temprano, y sería mejor zanjar aquello cuanto antes.

—Le recibiré aquí, Forbisher.

Aquel era su despacho privado, y en él reinaban el caos y el desorden.

—¿Aquí, milord? —le preguntó el mayordomo, un poco alarmado—. Le he conducido al salón.

—No quiero recibirle allí, Forbisher. No quiero perder el tiempo con formalidades. Tráelo aquí.

—Como milord desee —hizo una reverencia antes de salir del despacho, y regresó poco después—. El duque de Landsdowne.

A Nicholas le hizo gracia la pomposidad con la que hizo el anuncio. ¡Qué clasistas podían llegar a ser los mayordomos!

—Qué inesperada visita, padre —le saludó, al verle aparecer en la puerta—. ¿A qué se debe este placer?

—No finjas ignorancia, sabes bien por qué he venido —le contestó el duque, mientras cruzaba el despacho apoyándose visiblemente en su bastón con empuñadura de oro.

—Aunque me encantaría poder ver el interior de esa maquiavélica mente tuya para leer lo que hay allí, no puedo hacerlo, así que me temo que vas a tener que hablar con claridad. No sabía si aún recordarías cómo llegar hasta Honeywood, y me extraña que hayas decidido venir de visita.

Landsdowne se sentó frente a él en la silla que había al otro lado del escritorio sin esperar a que le invitara a hacerlo.

—No es una visita de cortesía, vengo a tratar contigo un asunto de negocios.

—Mi asombro va en aumento —murmuró, antes de sentarse a su vez—. Creo que tú y yo no hemos hablado nunca de ningún asunto de negocios... bueno, sí, el de mi matrimonio.

—¿Piensas seguir guardándome rencor por el resto de tu vida por lo de Elizabeth y aquella irlandesa que no valía nada?

Nicholas ignoró la falta de respeto hacia Kathleen; teniendo en cuenta que se había dejado sobornar, la descripción parecía adecuada y, a pesar de que había sido Landsdowne quien había hecho el comentario, no valía la pena discutir por ello.

—No. Para serte sincero, padre, eso es algo que ya no me importa lo más mínimo.

Tuvo la impresión de que el duque no acababa de creérselo, pero eso tampoco le importó. Lo que le había dicho Belinda era cierto, el hecho de hacer lo contrario a lo que quería Landsdowne le esclavizaba tanto como lo haría obedecerle en todo, y estaba empezando a descubrir que sentir verdadera indiferencia por lo que el duque pudiera querer o no querer era muy liberador.

—Hace unos días recibí un informe alarmante del señor Burroughs —le dijo Landsdowne, antes de dar un golpecito en la alfombra con el bastón para subrayar sus palabras—. En cuanto lo leí supe que se había cometido un grave error, un error que yo mismo debía solventar.

—Qué terrible que mi administrador de tierras te haya causado semejante inconveniencia.

—Al contrario, él creyó estar haciendo un acto de cortesía; según me informó, te niegas a suministrar parte de la cosecha de otoño a Jenkins para que pueda elaborar la cerveza destinada a las fincas de la familia, y tienes intención de ponerla toda a la venta.

—Te ha informado mal.

—Ah.

Nicholas esperó a que se reclinara en la silla y se relajara un poco antes de añadir:

—La cosecha ya se ha vendido.

No pudo evitar sonreír al ver que volvía a ponerse rígido y erguido de golpe, y ni se inmutó cuando le miró con aquella expresión gélida e imperiosa que de niño le había intimidado y en la adolescencia le había enfurecido.

—Ya veo. ¿Qué te hace pensar que es aceptable que vendas toda la cosecha de Honeywood a alguien que no pertenece a la familia?

—Te recuerdo que la cosecha es mía —le dijo, sin perder la sonrisa.

—Sí, y siempre me has vendido la mitad a mí. Esa ha sido una tradición en Honeywood desde hace muchísimos años.

—Me temo que no le doy demasiada importancia a las tradiciones familiares, padre. A estas alturas ya deberías saberlo. Ahora soy yo quien toma todas las decisiones que atañen a Honeywood, no el señor Burroughs... y mucho menos tú.

—¡Como si te hubieran importado alguna vez la decisiones que se tomaban aquí! Siempre has dejado encantado que fuera Burroughs quien manejara las cosas, y ha hecho un trabajo excelente.

—Sí, así es, pero las cosas han cambiado —extendió las manos, como queriendo decir: «¿Qué se le va a hacer?»—. Decidí ejercer un mayor control sobre mi propia finca y, en vista de ello, una de las decisiones que tomé fue vender mi cosecha a quien me diera mayor beneficio... y ese, querido padre, no eres tú.

—¡Esto es una ridiculez! Tengo derecho a comprar el grano a un precio inferior al del mercado, Honeywood es una de las fincas de la familia.

—Soy consciente de que el número de cosas sobre las que crees tener derecho no conoce límites, padre, pero, como bien sabrás, Honeywood quedó vinculado a mí a través de mi madre según lo establecido en vuestro acuerdo matrimonial, y está completamente al margen de las propiedades de los Landsdowne.

—Ese es un detalle sin importancia.

—Sea como sea, esta finca es mía y está al margen de mi fideicomiso; en consecuencia, tal y como le expliqué al señor Burroughs cuando llegué y tomé las riendas, tú no tienes ni voz ni voto en lo que se haga aquí, y no es de tu incumbencia a quién le venda yo mi lúpulo, mi cebada y mi trigo.

—La relación entre Landsdowne y Honeywood tiene siglos de antigüedad; de hecho, uno de los motivos por los que tu madre y yo nos casamos fue para fortalecer aún más el vínculo que había entre las dos haciendas.

—Por desgracia para ti, su padre no lo veía así y tuvo el buen juicio de vincularla a través de ella en el acuerdo matrimonial, no a través de ti. Para ti debió de ser un trago amargo saber que su padre no tenía la suficiente confianza en ti como para dejar que la obtuvieras como parte de la dote.

—¡No fue una cuestión de confianza! —espetó el duque con indignación.

Aquel pequeño arranque de genio fue la primera indicación de que Nicholas estaba haciéndole perder la compostura. Un par de meses antes quizás habría disfrutado con la situación, pero las cosas habían cambiado. No tenía tiempo para teatralidades.

—Puede que no, pero la cuestión es que ya he vendido la cosecha. Me temo que no queda nada para ti, así que tendrás que comprar en otra parte el grano necesario para que elaboren tu cerveza. ¿Tienes algún otro asunto que tratar conmigo, o eso es todo?

El duque logró controlar su genio, aunque estaba claro que no le resultó nada fácil.

—Sé perfectamente bien por qué estás haciendo todo esto, ¡es una venganza!

—No, es un negocio. Ya sé que crees que el mundo gira alrededor de ti, pero en este caso estás muy equivocado. Mi decisión no tiene nada que ver contigo.

—No te creo. Estás tomándote la revancha porque te he obligado a obrar con sensatez y buscar esposa sin perder más el tiempo.

—Sí, y ese uso de la fuerza por tu parte ha resultado ser un tremendo fracaso.

El duque entrelazó las manos sobre la empuñadura de su bastón, su actitud era de una suficiencia repugnante.

—Eso no va a durar mucho, no puedes permitirte el lujo de no casarte. Yo mismo me he encargado de eso. La única cuestión es quién va a ser la madre de mis nietos; a propósito, ¿cómo va tu búsqueda de esposa? Por lo que parece, lady Featherstone no está teniendo mucho éxito en ese cometido, y debo confesar que me sorprende. Creía que alguna vulgar don nadie americana querría aprovechar la oportunidad de convertirse en marquesa y, en un futuro, poder tener en sus ambiciosas garras el título de duquesa. ¿Qué pasa, Trubridge? ¿No puedes venderte a un precio lo bastante alto para sufragar el estilo de vida al que estás acostumbrado?

Nicholas se tragó la respuesta insolente que tenía en la punta de la lengua. No tenía sentido soltarla, ya que no iba a disfrutar. La reacción que pudiera tener su padre le daba igual.

—No he tenido demasiado tiempo para pensar en el matrimonio. Como puedes ver... —indicó con un gesto los montones de revistas, periódicos, libros y cartas que tenía sobre el escritorio, y entonces añadió—: ahora estoy bastante ocupado.

—Ya veo —Landsdowne se inclinó un poco hacia delante y agarró uno de los libros—. *Principios científicos de la elaboración de cerveza* —volvió a dejarlo sobre el escritorio y le preguntó, ceñudo—: ¿Por qué estás leyendo esto?, Jenkins sabe más acerca de la elaboración de cerveza que cualquier libro.

—Sí, él y yo hemos estado hablando largo y tendido —no entró en detalles, ya que la experiencia de toda una vida le había enseñado que lo más prudente era contarle siempre lo menos posible. Se encogió de hombros como si la elaboración de la cerveza fuera algo de escasa importancia, y se limitó a decir—: Es un tema que me interesa; al fin y al cabo, la elaboración de cerveza es el principal propósito de Honeywood.

—Nunca te habías interesado lo más mínimo por el tema... ni por Honeywood.

—Eso no es cierto. De niño se despertó mi interés, pero lo dejé a un lado creyendo que no tenía sentido ilusionarme, ya que tú siempre te las ingeniabas para cortar de raíz todo lo que hacía o intentaba hacer.

—¿Me culpas a mí de tus fracasos?

—No. Bueno, mejor dicho: ya no. La verdad es que... —se replanteó su estrategia. Sabía que el duque no tardaría en enterarse de lo que estaba haciendo; de hecho, quizás ya lo sabía y estaba ocultándoselo por algún retorcido motivo, sería algo muy propio de él—. La verdad es que mi grano lo he comprado yo mismo —admitió al cabo de un momento.

—¿Qué estás diciendo?, ¿con qué propósito has hecho algo así?

Nicholas se inclinó hacia delante y alzó el libro con una enorme sonrisa. A pesar de su nueva forma de ver la vida, disfrutó al ver que Landsdowne parecía tan horrorizado como cabía esperar. Era difícil dejar atrás las viejas costumbres.

—Voy a fabricar cerveza, padre.

—¿Co... con fines comerciales? ¿Un Landsdowne trabajando de empresario?, ¿dedicándose a... a... al comercio? ¡Eso es inconcebible! —estaba tan indignado que su rostro macilento estaba adquiriendo un tono amoratado—. ¡No puedes hacerlo!

—¿Ah, no? —Nicholas entornó los ojos, pero su sonrisa permaneció intacta—. Eso ya lo veremos.

—¡El futuro duque de Landsdowne no puede ser un fabricante de cerveza! ¡Es inadmisible!, ¡del todo inadmisible!

—Por el amor de Dios, Landsdowne, es inútil que me digas que no puedo hacer algo que ya estoy haciendo. Siempre te has creído un dios todopoderoso, pero hay cosas que escapan a tu control... y yo soy una de ellas.

—Siempre tan rebelde, ¡está claro que no cambiarás jamás! —masculló el duque.

Nicholas estaba apretando con tanta fuerza el lápiz que tenía en la mano que era un milagro que no lo hubiera roto en dos. Hizo un esfuerzo por relajarse, y le contestó con tono afable:

—Si tan claro lo tienes, te aconsejo que cejes en tu empeño de lograr que lo haga.

Se miraron en silencio durante unos diez segundos, y de repente el duque esbozó una sonrisa que indicaba que había decidido cambiar de táctica. Se reclinó en la silla y murmuró:

—Mi querido muchacho, todo esto es innecesario. Si quieres jugar a hacer de hacendado y tomar las riendas de Honeywood, adelante. No tiene nada de malo, la finca es tuya y es comprensible que se haya despertado tu interés en manejarla. Es una actitud correcta y digna de un caballero.

—Vaya, muchas gracias, padre. No sabes cuánto significa para mí contar con tu aprobación.

El duque hizo caso omiso del sarcasmo que subyacía bajo aquellas palabras tan aparentemente respetuosas.

—Si los precios del grano y del arriendo de las tierras son demasiado bajos para permitir que dispongas de todo lo que corresponde al hijo de un duque, no tienes de qué preocuparte. Yo puedo solucionar todos tus problemas.

Al ver que hacía una pausa, Nicholas se limitó a esperar en silencio. La espera no fue larga.

—Cásate con Harriet o con otra joven apropiada, y podrás pedir lo que te pertenece. Es así de simple, siempre lo ha sido.

—La cuestión es que no estoy pidiéndote nada —puntualizó Nicholas con voz suave—. No te he pedido ni una sola cosa desde los veinte años y eso es algo que te desquicia, ¿verdad?

—No sé a qué te refieres.

—A los ocho años te pedí que no despidieras a Nana, te lo supliqué, y recuerdo con claridad lo que sucedió —al ver que soltaba un bufido despectivo, como si estuviera hablándole de una menudencia, mantuvo la serenidad y añadió—: Te pedí que me permitieras ir a Cambridge; te pedí que me dieras tu consentimiento cuando quería casarme con Kathleen; cuántas veces te he pedido algo, y me lo has negado por el mero hecho de que lo que yo quería interfería con tus planes. Después de lo sucedido con Kathleen, me juré que jamás volvería a pedirte nada. Disfrutas manteniendo a las personas en un estado de incertidumbre, esperas a que te pidan ayuda y, cuando lo hacen, les dices el precio que les exiges a cambio o te regodeas negándoles tu ayuda. No estoy dispuesto a volver a participar en tu juego, nunca más te pediré nada.

La reacción del duque no fue enfurecerse; de hecho, su expresión se suavizó y le miró con una especie de indulgencia paternal.

—Claro que lo harás, hijo mío —se levantó lentamente con la ayuda del bastón antes de afirmar—: Algún día lo harás.

Nicholas se levantó también y, mientras le veía salir de su despacho, se dio cuenta de que el viejo resentimiento aún seguía allí, agazapado en su interior. Quizás no pudiera llegar a desprenderse nunca de él. Estaba muy bien lo de querer pasar página, era muy fácil decir que quería hacerlo, pero empezaba a tomar conciencia de lo difícil que era llevarlo a la práctica.

CAPÍTULO 18

Belinda leyó por quinta vez la última carta que había recibido de Nicholas. A esas alturas se la sabía casi de memoria, pero seguía sonriendo cada vez que la releía. Sus cartas eran muy entretenidas, ya que escribía tal y como hablaba: las palabras le brotaban con una fluidez y una naturalidad que lograban que incluso las cosas más triviales tuvieran gracia.

En la carta le hablaba de los campos de lúpulo y de cebada, de la servidumbre de la casa; reiteraba su opinión de que el lugar era una monstruosidad... o, en sus propias palabras, El resultado de la unión entre el Barroco y un bazar oriental. Le había parecido un poco exagerado, hasta que él había empezado a describir los ornamentos de cobre y las figuras persas talladas en piedra que adornaban el salón, además de los bucólicos paisajes con recargados marcos dorados y los cojines de brocado. A pesar del tono irónico y jocoso de sus descripciones, sus palabras revelaban un profundo afecto por aquel lugar, un afecto del que quizás él mismo no era consciente.

Nicholas no le había preguntado en ninguna de sus cartas si pensaba ir a verle a Kent, y se sentía agradecida por ello; a decir verdad, no habría sabido qué responder. Estaba posponiendo la decisión con la excusa de que no podía marcharse de Londres justo cuando la temporada social estaba en su punto álgido, pero, a pesar de que era una razón completamente válida, no la convencía ni a ella misma, ya que por otro lado no dejaba de idear formas de reorganizar su agenda.

Tanto su corazón como su cuerpo anhelaban estar con él. Desde el primer momento, había ansiado aceptar la invitación que él le había hecho aquella tarde en la fábrica de cerveza, pero no lo había hecho por miedo. Nunca se había considerado una cobarde, pero tener una ilícita aventura amorosa era algo que sí que le causaba temor. Creía en su profesión y no sabía si atreverse a poner en riesgo su trabajo por una aventura. Que ella supiera, lo único que Nicholas sentía por ella era un mero deseo físico, pero ¿qué pasaría si él le confesaba que sus sentimientos eran más profundos? No podía ni imaginar la posibilidad de volver a casarse, ya que no tendría ninguna salida si el matrimonio acababa siendo un error.

Al pensar en Nicholas... en su pelo dorado y sus cálidos ojos marrones, en cómo la hacía reír, en lo que sentía al estar entre sus brazos, en el deseo que la consumía cuando la tocaba... su corazón le decía que no, que no sería un error casarse con él. Pero su cabeza le decía otra cosa y esa era la razón de que permaneciera en Londres, perdiendo el tiempo.

Habían pasado casi tres meses desde el día en que le había visto cruzar por primera vez la puerta de su saloncito y a aquellas alturas le entendía mucho mejor, el concepto que tenía de él era mucho más positivo, y le deseaba como nunca había soñado siquiera poder desear a alguien. La cuestión radicaba en si valía la pena arriesgar por él la vida que se había forjado por sí misma.

Tenía los deseos de cualquier mujer de carne y hueso, ¿tan malo sería satisfacerlos, aunque solo fuera por una vez en la vida? ¿Era incorrecto hacer el amor con un hombre, dormir con él y despertar entre sus brazos sin tener la bendición y la protección del vínculo matrimonial?

Dejó a un lado la carta y se reclinó en la silla. Le había dado vueltas a todo aquello una y otra vez en las últimas semanas, y no había encontrado ninguna respuesta satisfactoria.

¿Qué era lo que quería realmente? Por enésima vez desde que Nicholas se había marchado, recordó cómo había llegado al clímax con el mero contacto de su mano durante aquellos minutos de intensa pasión en Chelsea; como cada vez que recordaba lo ocurrido, su cuerpo ardía en deseos de volver a sentir aquellas sensaciones. Hacía tanto tiempo desde la última vez, y había sido algo tan poco habitual incluso en aquel entonces, que había olvidado cómo era aquel placer, pero después de aquel pequeño aperitivo de lo que había estado perdiéndose no podía quitárselo de la cabeza.

Cerró los ojos y deslizó las yemas de los dedos por su clavícula, acarició su propio cuello imaginando que era Nicholas quien lo hacía, y bastó con aquella breve fantasía para que su cuerpo respondiera. Se le aceleró el pulso, y una cálida sensación recorrió su cuerpo...

—Milady...

Se incorporó como un resorte en la silla al oír la voz del mayordomo a su espalda, pero fue incapaz de recobrar la compostura y alargó la mano hacia otra carta sin volverse a mirarle.

—¿Qué sucede, Jervis?

—La señora Buchanan y su madre solicitan verla, ¿desea recibirlas?

—Sí, por supuesto que sí. Yo misma les pedí que vinieran a verme hoy, hazlas subir —se sintió aliviada, ya que la visita iba a ser una distracción que llegaba justo a tiempo.

Para cuando la señora Buchanan y su hija entraron en el saloncito, había recobrado la compostura y estaba lista para recibirlas. La primera estaba un poco gruesa y su pelo caoba estaba salpicado de canas, pero en otros tiempos había sido toda una belleza y eso le había permitido capturar el corazón del principal proveedor de carbón de Inglaterra a pesar de ser hija de un granjero. La cuestión era que se trataba de una viuda inmensamente rica (tenía una mansión en Berkeley Square y otra en Newcastle) con grandes aspiraciones. Deseaba entrar en la alta sociedad británica junto a su hija, y la había contratado a ella para lograrlo.

A priori no le había parecido una tarea complicada, ya que May era tan bella como lo había sido su madre y tenía una dote enorme, pero encontrarle marido estaba siendo más difícil de lo esperado. Aunque era una joven encantadora en muchos aspectos, no había forma de encontrar un caballero que ganara su aprobación, y había solicitado que su madre y ella fueran a verla para averiguar los motivos de aquella actitud.

—¿Les apetece una taza de té? —les preguntó, después de los saludos de rigor.

—Magnífica idea, lady Featherstone —le contestó la señora Buchanan, antes de sentarse en el diván—. Así tendrá oportunidad de hacer entrar en razón a mi obstinada y rebelde hija.

A juzgar por la ligera tensión que se percibía en su voz, estaba claro que no iba a ser una conversación fácil. May, por su parte, suspiró con exasperación, cruzó el saloncito para estar lo más alejada posible de su madre, les dio la espalda, y fingió estar interesadísima en lo que estaba viendo por la ventana.

Belinda las observó unos segundos antes de mirar hacia la puerta.

—Jervis, que nos traigan el té, por favor. Fuerte y caliente. Y también sándwiches y pastelillos.

—De inmediato, milady.

Cuando el mayordomo se fue tras hacer una pequeña reverencia, Belinda se centró en sus invitadas.

—No quiero té ni pastelillos, tan solo quiero regresar a casa —dijo May.

—¡Eso es absurdo!, ¿cómo vamos a regresar a Newcastle en medio de la temporada social? —le contestó su madre con exasperación—, ¡toda la gente de relevancia está en Londres!

May se volvió de nuevo hacia la ventana y susurró:

—No toda.

—Señora Buchanan, es perfectamente comprensible que May desee ir a casa. Es muy natural que una persona añore su hogar. Como es algo que yo misma viví a su edad, creo que podría ayudarla a superarlo, pero considero que sería preferible que hablara con ella a solas.

—¿Por qué? Cualquier cosa que desee decirle a May, puede decirla en mi presencia.

La voz de la mujer reflejaba sorpresa además de cierto resentimiento, pero Belinda mantuvo una sonrisa cortés en el rostro.

—Aun así, insisto en que sería conveniente que ella y yo habláramos a solas.

Lo dijo como una niñera que tenía que lidiar con una niñita testaruda, y al cabo de un momento la mujer acabó por ceder a regañadientes.

—De acuerdo. Pero tendré que llevarme el carruaje, mis rodillas se resienten.

—Me encargaré de que May llegue sana y salva a Berkeley Square.

La señora Buchanan se levantó y señaló con un gesto a su hija, que seguía de pie junto a la ventana.

—Le estaré eternamente agradecida si consigue hacerla entrar en razón, lady Featherstone. Mi hija parece haber olvidado las molestias que me he tomado y el dinero que he gastado para asegurarle un buen futuro, pero espero que usted pueda recordárselo —tras aquellas palabras, alzó la barbilla con altivez y se marchó con paso airado.

Belinda no dijo nada y se limitó a esperar, ya que sabía que las jóvenes solían ser impacientes y su silencio sería más efectivo que las preguntas a la hora de hacer hablar a May.

La joven aguantó hasta que llegó el té; en cuanto la doncella se marchó, se apartó al fin de la ventana y afirmó con firmeza:

—No voy a hacerlo, no voy a casarme con quien no quiero.

—Por supuesto que no, nadie espera que lo hagas —le aseguró, mientras servía el té.

—Sí, mi madre sí.

—Lo dudo mucho.

—¡Usted no lo entiende! —exclamó la joven, con una vehemencia que parecía un poco excesiva—, ¡no quiero casarme con ninguno de los hombres que he conocido aquí! Sé con quién quiero casarme y no está aquí, sino en Newcastle.

Aquello explicaba muchas cosas.

—Ah. Y supongo que no es el hombre adecuado para ti, ¿verdad?

—¡Sí que lo es! ¡Para mí es perfecto en todos los sentidos! —fue a sentarse frente a ella en el sofá. Parecía dispuesta a explicarse, incluso deseosa de hacerlo—. David es abogado, es un hombre bueno que procede de una buena familia. No es un granuja que quiere casarse conmigo por mi dinero.

—No lo dudo, pero está claro que tu madre no está convencida de que sea el hombre adecuado para una joven de tu posición social.

La joven soltó una carcajada al oír aquello.

—Mi abuelo era minero y mi madre la hija de un granjero, ¿cuál es nuestro puesto en el escalafón social? Aunque fuera hija de un conde, seguiría pensando igual. Quiero a David, y él me quiere a mí.

—Pero tu madre no lo aprueba.

—Se le ha metido en la cabeza que debo casarme con un aristócrata, tener una enorme finca campestre y organizar fiestas y bailes fastuosos, pero eso no es lo que yo quiero. ¡Lo único que quiero es casarme con David!

—Sin duda te parece algo muy sencillo, pero...

—¡Lo es!, ¡quiero a David! —sus palabras tenían toda la fuerza y la intensidad de una joven enamorada—. Cuando me besa, me flaquean las rodillas y mi corazón se acelera, y cuando me sonríe... ¡Cuando me sonríe, ni siquiera puedo pensar! Quiero estar a su lado a todas horas, día y noche, y él siente lo mismo. ¿Se da cuenta? ¡Cuando dos personas son perfectas la una para la otra, todo es muy sencillo! Es la cosa más sencilla, cristalina y hermosa del mundo, pero todas estas absurdas convenciones sociales, todas estas normas y estos rituales lo enturbian y lo complican todo.

Belinda se quedó petrificada con la taza a medio camino de la boca, y miró enmudecida a la joven que tenía enfrente mientras sentía como si todo en su mundo acabara de encajar en su lugar correspondiente. Las dudas que llevaban semanas atormentándola se desvanecieron como nubarrones arrastrados por el viento, y supo con una claridad repentina y cristalina que May tenía razón, que aquello no era nada complicado.

—¿Se encuentra bien, lady Featherstone?

Dejó la taza en el platito y dirigió la mirada hacia el reloj que había sobre la repisa. Las dos menos cuarto... Sí, le daba tiempo a tomar el tren de la tarde a Kent si se apresuraba. Dejó el té sobre la mesa y le dijo a la joven:

—Lo siento, querida, pero me temo que tengo una súbita jaqueca. ¿Te parece bien que retomemos esta conversación dentro de uno o dos días?

—Por supuesto. Espero que ahora entienda, aunque sea un poquito, cómo me siento.

—Sí, te entiendo perfectamente bien.

Nicholas estaba con Burroughs en el campo de lúpulo revisando las plantas, que crecían enroscadas en unas estacas de unos tres metros y medio colocadas en hileras.

—Los conos tienen buen aspecto —comentó—; a este paso, estarán llenos de lupulina a principios de septiembre.

—Sí, todo parece indicar que vamos a tener una muy buena cosecha.

—¡Milord!

Nicholas se volvió al oír que le llamaban y vio que uno de los ayudantes del jardinero se acercaba corriendo entre las plantas.

—Te llamas James, ¿verdad? —le preguntó, cuando el joven se detuvo frente a él.

—Así es, milord —había ido corriendo desde la casa, y estaba un poco jadeante—. El señor Forbisher me ha mandado a decirle que tiene visita.

—¿De quién se trata? Supongo que será alguno de los caballeros del condado.

—No, milord. Es una dama, lady Featherstone.

—¿Lady Featherstone? —su rostro se iluminó con una enorme sonrisa al decir su nombre. Echó a correr de inmediato, y gritó sin detenerse—: ¡Gracias, señor Burroughs! ¡Me voy mañana, pero regresaré en dos semanas para ver cómo va todo!

—¡De acuerdo, milord!

Nicholas ya se dirigía a la carrera hacia la granja de la finca, ya que había dejado allí su caballo. En menos de cinco minutos estaba entregándole las riendas a uno de los mozos de cuadra y corriendo a toda velocidad hacia la casa, y al entrar encontró a Forbisher esperando al pie de la escalera.

Patinó un poco al frenar de golpe, y le preguntó jadeante:

—¿Dónde está?

—Si se refiere a lady Featherstone, milord, está en el salón. Ha traído equipaje y viene acompañada de su doncella, parece tener la intención de alojarse aquí —el mayordomo no pudo ocultar su desaprobación.

—¡Eso espero! Sería absurdo que viniera desde Londres con la mera intención de tomar el té —se echó a reír a pesar de que aún estaba luchando por recobrar el aliento.

—Lo que usted diga, milord. Lamento no haber podido encargarme con tiempo de los preparativos pertinentes.

Nicholas tenía la impresión de que la desaprobación de Jervis no se debía a que hubiera llevado a su amante a Honeywood, sino a que no le hubiera avisado de su llegada con antelación.

—La culpa es mía, Forbisher, pero no me cabe duda de que sabrás acomodarla de maravilla a pesar de lo precipitado que ha sido todo. Que la señora Tumblety le prepare la habitación rosa, es la menos horrible de todas.

Subió a la planta de arriba a toda prisa, y al cabo de un momento entró en el salón con el corazón martilleándole en el pecho y un nudo en la garganta. Ella estaba de pie junto a la chimenea y se volvió al oírle entrar... estaba tan hermosa que se detuvo en seco al verla.

La polonesa color verde azulado con la que iba ataviada resaltaba sus ojos, que parecían tan azules y brillantes como aguamarinas. Se había quitado el sombrero, y su cabello relucía como el ala de un mirlo bajo la luz que entraba por la ventana.

Ella indicó sonriente la repisa de la chimenea, donde un reloj de bronce dorado y una cafeterita de cobre flanqueaban dos vulgares estatuillas de alabastro, y comentó:

—Tenías razón con lo del Barroco y el bazar oriental, no sabía si creerte.

—No puedes decir que no te lo advertí —miró al lacayo y le dijo—: Eso es todo por el momento, Noah.

En cuanto el lacayo salió y cerró la puerta tras de sí, Belinda cruzó el salón, se lanzó a sus brazos y le besó.

Su boca era cálida y deliciosa, y él se sintió en el séptimo cielo; después de saborearla durante un largo momento, enmarcó su rostro entre las manos y se echó un poco hacia atrás para poder mirarla.

—¿Qué haces aquí?, ¿por qué no me has avisado de tu llegada? —le besó los labios, la frente, y la punta de la nariz—. ¿Por qué diantres has tardado tanto en venir?

Ella se echó a reír y le rodeó el cuello con los brazos.

—Sí, ya sé que he tardado mucho, pero ya estoy aquí.

—Y yo regreso mañana a Londres.

—En ese caso, no perdamos ni un momento más —respiró hondo antes de preguntar—: ¿Dónde está tu dormitorio?

Nicholas se quedó atónito al oír su pregunta, le costaba creer que aquello estuviera ocurriendo de verdad. Había bromeado con ella en varias ocasiones diciéndole que algún día se lanzaría a sus brazos y le pediría que le hiciera el amor, pero ni se le había pasado por la cabeza que pudiera llegar a suceder.

Hasta entonces pensaba que, si tenía la fortuna de lograr tenerla en su lecho, sería porque habría logrado seducirla y hacerla olvidar su experiencia previa con los hombres, su moralidad y su buen juicio, pero aquello era algo totalmente inesperado.

—Estoy soñando, esto tiene que ser un sueño.

Mientras murmuraba aquellas palabras ya estaba agarrándola de la mano y volviéndose hacia la puerta. Cuando salieron del salón, subieron otro tramo de escaleras y la condujo por un largo pasillo hasta llegar a su dormitorio.

—Es bastante distinto al resto de la casa, bastante espartano —comentó ella mientras él cerraba la puerta, al ver las paredes blancas, la cama de latón y los muebles de palisandro.

—Ordené que sacaran todo lo que fuera horrible, y esto fue lo único que quedó.

Cerró las cortinas, unas cortinas de un intenso verde musgo, pero no del todo. Lo justo para evitar que entrara el sol, pero dejando el espacio justo entre ellas para que la habitación estuviera iluminada. No quería hacer el amor con Belinda en la oscuridad.

—La cama la trajeron de una de las habitaciones de huéspedes, la que había antes era un trasto espantoso de caoba de color morado —se acercó a ella y la tomó entre sus brazos—. No quiero hablar de los dichosos muebles.

—Yo no quiero hablar de nada —sin más, se abrazó a su cuello y le besó.

Debió de notar que su miembro ya estaba completamente erecto a pesar de las capas de ropa que les separaban, porque se apretó contra su cuerpo y gimió mientras le saboreaba con la lengua. Él llevaba semanas conteniendo las llamas de aquel deseo abrasador, pero se avivaron de golpe como si el encuentro en la fábrica de cerveza acabara de ocurrir, y luchó por controlarlas.

Durante todo aquel tiempo había estado deseando que ella se presentara allí para que pudieran darse el lujo de hacer el amor lentamente, a conciencia, pero para que eso sucediera tenía que frenar un poco aquello. Había estado esperando a que llegara aquel momento, había soñado con él, se lo había imaginado una y otra vez, y quería que los dos lo saborearan. Redujo un poco la intensidad del beso, le mordisqueó el labio inferior, lo succionó juguetón.

—Estás yendo demasiado deprisa, no quiero que nos apresuremos —le quitó el sombrero, una prenda de fantasía de paja amarilla adornada con plumas, y lo lanzó a una esquina—. Me he imaginado desnudándote decenas de veces —añadió, mientras empezaba a despojarla de sus guantes grises de piel de cabrito—, y no voy a renunciar a mi diversión por el mero hecho de que tú hayas decidido tardar semanas en venir y nos hayas llevado a los dos al borde de la locura.

—¿Decenas de veces?, no me lo creo.

Nicholas dejó caer los guantes al suelo antes de pararse a pensar en lo que ella acababa de decir.

—Tienes razón, debieron de ser centenares —admitió,

mientras empezaba a desabrocharle los botones de la polonesa azul.

Tras deshacer lazos y desabrochar botones, por fin pudo quitarle la chaqueta de algodón satinado, que fue a parar a la misma esquina que el sombrero. Alzó las manos hacia la base de su cuello y empezó a buscar bajo los pequeños pliegues de seda azul un botón, o un corchete, o lo que fuera...

—Eh... Nicholas... —ella esperó a que alzara la mirada antes de decirle, sonriente—: Los botones están en la espalda.

—¿Cómo querías que lo supiera?, ¡tienes más capas que un pastelillo francés de hojaldre! —se reafirmó en lo dicho cuando hizo que se diera la vuelta y vio la larga hilera de botones forrados de tela que recorrían el cuerpo del vestido—. En mi imaginación nunca me costaba tanto desvestirte. No alcanzo a entender que las mujeres os pongáis unas prendas tan intrincadas, nos lo ponéis muy difícil a nosotros —comentó, mientras empezaba a desabrochar los botones.

—De eso se trata. Aunque, si hubiera pensado las cosas con calma y me hubiera dado cuenta de que íbamos a tener un *cinq à sept* en cuanto llegara, me habría puesto algo menos complicado.

—¡Esto no es un *cinq à sept*! —protestó él con indignación—, ¡voy a tardar mucho más de dos horas en hacerte el amor!

—Si sigues yendo así de lento, no me extrañaría que fuera así —le dijo ella con impaciencia.

—No se trata de ir rápido, querida mía —la besó en la nuca al abrirle el vestido, y saboreó el temblor que la recorrió—. ¿Por qué tienes tanta prisa?

—Después de la desvergüenza con la que te he besado antes, ¿cómo puedes preguntarme eso?

Aquellas palabras y la forma en que se le quebró ligeramente la voz hicieron que se sintiera tentado a acatar sus deseos y acelerar un poco las cosas, pero se resistió valientemente a la tentación. Se había prometido a sí mismo que aquella ocasión no

LAURA LEE GUHRKE

iba a ser como la anterior en la fábrica de cerveza, y estaba decidido a cumplirlo.

Terminó de desabrocharle la parte superior del vestido y se la bajó por los hombros y los brazos, pero tuvo que detenerse al llegar a la cintura debido a los corchetes que la sujetaban a la falda. La dejó allí de momento y pasó a centrarse en su pelo. Las horquillas fueron cayendo al suelo una a una hasta que, al cabo de un momento, los negros mechones cayeron como una cascada de seda que le llegaba casi a la cintura. Notó la fragancia de su perfume... suave y dulce hierba luisa, intenso y erótico almizcle... una combinación que nunca dejaba de excitarle.

Aunque no necesitaba ninguna ayuda en ese sentido. Su rígida erección era una prueba palpable de lo excitado que estaba, pero a pesar de ello parecía empeñado en torturarse a sí mismo. Agarró un puñado de aquellos mechones negros como el azabache, y al alzarlos saboreó tanto su aroma como el efecto embriagador que ese aroma tuvo en él. Jugueteó con ellos, los besó, y tras un largo momento los apartó a un lado. Lentamente, con ternura, fue dejando un reguero de besos por el lateral de su cuello, fue subiendo hacia la oreja mientras le acariciaba los brazos desnudos, y sintió una profunda satisfacción al oírla respirar jadeante.

Hizo que se diera la vuelta y, aunque ella alzó el rostro de inmediato, no la besó y siguió desvistiéndola. Quería que el deseo de Belinda fuera intensificándose más y más, quería llevarla al límite antes de darle lo que tanta prisa tenía por conseguir. Sin prisa, poco a poco, fue desabrochando corchetes y botones, deshaciendo lazos, apartando de su cuerpo capas de seda, satén y muselina. Uno a uno, el cuerpo del vestido, el cubrecorsé, el faldón, el corsé, tres enaguas y un par de zapatos fueron sumándose al montón de ropa de la esquina. Para cuando le quedaban tan solo la camisola y los calzones, estaba convencido de que iba a ser incapaz de contenerse el tiempo suficiente para poder hacerle el amor a conciencia.

Aunque ardía de deseo, luchó por mantener el control

mientras le alzaba la camisola. Ella levantó las manos hacia el techo y él se la quitó, pero optó por dejarle los calzones puestos de momento. Necesitaba que hubiera alguna barrera, por muy fina que fuera, que le recordara que debía controlar su deseo el máximo tiempo posible.

Y, con ese objetivo en mente, abrió los brazos de par en par y le dijo:

—¡Ahora te toca a ti!

—¿Quieres que te desvista?

—Ya te dije que no voy a hacer el amor contigo con los pantalones en las rodillas... bueno, al menos la primera vez.

Ella alargó las manos y, tras una ligera vacilación, le desabrochó el chaleco y se lo quitó. Dejó que cayera al suelo y se dispuso a quitarle los gemelos del cuello de la camisa, pero le costó un poco y se echó a reír.

—No se me da demasiado bien, es la primera vez que lo hago.

—¿Nunca desvestiste a tu marido? —le preguntó, desconcertado.

—No.

Al ver que no añadía nada más, Nicholas le agarró las muñecas para detenerla.

—¿Estás segura de que quieres seguir adelante con esto?, no tienes por qué hacerlo.

—Quiero hacerlo —ella le miró a los ojos y admitió—: Te deseo, Nicholas.

Aquellas palabras, dichas con tanta sencillez, causaron en él un efecto de lo más raro. Hicieron que se sintiera ebrio de alivio, y de placer, y de algo más que no habría sabido cómo definir.

—Gracias a Dios —murmuró, refugiándose en su sentido del humor, mientras ella dejaba los gemelos en un plato de cristal que había sobre el tocador—, porque si me hubieras rechazado ahora creo que habría ido a tirarme por un precipicio.

Ella se echó a reír, y le bajó los tirantes antes de quitarle los gemelos de los puños.

—¿No te parece un poco exagerado? —le preguntó, antes de volverse con la intención de dejarlos junto a los otros.

—Adelante, ríete. Ríete del hecho de que me tienes loco de deseo prácticamente desde que crucé por primera vez el umbral de tu puerta, mientras que tú estabas tan tranquila. Me has llevado al borde del precipicio —se sacó la camisa por la cabeza y después la camiseta, pero cuando volvió a mirarla vio que ella aún estaba dándole la espalda. Estaba tan rígida, tan quieta, que se preocupó de inmediato—. ¿Qué sucede?

Ella dejó los gemelos en el plato de vidrio, y tintinearon al caer junto a los otros.

—¿Lo que dices es cierto, o estás bromeando? —lo preguntó sin girarse a mirarlo.

—No estoy bromeando. Bueno, un poquito sí, porque estoy nerviosísimo y siempre bromeo más contigo cuando estoy nervioso —posó las manos sobre sus hombros, y la instó a que se diera la vuelta—. Pero es la pura verdad. Te deseo desde la primera vez que te vi, y me deja estupefacto que no fueras consciente de ello.

—Es que... hay cosas que ignoras acerca de mí —ella respiró hondo y bajó la mirada hacia sus manos, que iba entrelazando una y otra vez con nerviosismo—. Estaba muy enamorada de mi marido cuando me casé con él, pero ese amor no era correspondido; en consecuencia, él se sentía agobiado, yo poco atractiva, y nuestras relaciones físicas eran... decepcionantes para los dos.

—¿Que te sentías poco atractiva? ¿Tú, poco atractiva? Increíble. ¿Era impotente?

—Conmigo sí, a veces. Con sus otras mujeres no lo sé.

Él se inclinó hacia delante sin soltarle las muñecas y la besó.

—Yo no voy a decepcionarte, Belinda.

—No hables antes de tiempo —le advirtió ella, con una pequeña sonrisa.

Intentó soltarse, pero él no se lo permitió y le dijo con firmeza:

—Es total, completa y absolutamente imposible que puedas decepcionarme, porque eres más bella de lo que había imaginado, y te aseguro que tengo una muy buena imaginación —le soltó las muñecas antes de añadir—: Todo en ti me gusta... tu pelo, por ejemplo —le dijo, mientras alargaba una mano y la pasaba por los sedosos mechones—, es tan negro que parece casi azul y suave como la seda; tus ojos... de un sinfín de tonos azules a la luz del día, grises al atardecer... me dejan sin aliento cada vez que los miro; tu piel y tu aroma me embriagan; y en cuanto a tu figura, en fin...

Volvió a agarrarle las muñecas, y le abrió los brazos de par en par. Se le secó la garganta al ver aquella piel pálida y tersa, aquellos senos plenos y turgentes con unos pezones sonrosados y unas aureolas de un tono más oscuro. Bajó la mirada hasta sus caderas, que estaban perfectamente proporcionadas, y se arrepintió de no haberle quitado los calzones. Bajo la luz que se colaba entre las cortinas, alcanzaba a ver el oscuro triángulo de vello en el vértice de sus muslos, y el deseo que llevaba semanas reprimiendo estuvo a punto de arder descontrolado. Hizo un esfuerzo por volver a alzar la mirada hacia su rostro, pero, como este era tan increíblemente bello como el resto de su cuerpo, tardó unos segundos en recobrar el habla, y carraspeó antes de seguir con lo que estaba diciendo.

—En cuanto a tu figura, espero que no te importe si me reservo mi opinión hasta más tarde.

—¿Por qué?

Nicholas no habría sabido decir si lo que oyó en su voz fue incredulidad o miedo. Posiblemente fueran ambas cosas.

—Porque creo que debo estudiar este asunto muy a fondo antes de dar mi opinión. A ver... Creo que empezaré por aquí —le besó un pecho mientras seguía manteniéndole los brazos abiertos—. Qué maravilla —le rozó el pezón con la punta de la lengua, y sonrió al oírla inhalar de golpe. Le soltó las muñecas y le ahuecó las manos bajo los pechos—. Rosa y blanco, y qué pezones tan preciosos.

Jugueteó con sus senos, los acarició y los amasó a placer; jugueteó con sus pezones, y saboreó la forma en que se endurecieron. Se metió uno en la boca y empezó a succionar... con suavidad primero, cada vez más fuerte, hasta que ella soltó un gemido gutural y hundió los dedos en su pelo para apretarle más contra sí.

Estaba cada vez más excitada, y eso era lo que él quería. Estaba claro que Featherstone había sido un amante pésimo que no había tenido ni idea de lo apasionada que era Belinda, pero él sí que lo sabía y tenía el firme propósito de avivar las llamas hasta que el fuego alcanzara el límite.

Le raspó el pezón con los dientes con suavidad, y ella gritó de placer y le flaquearon las piernas. La sostuvo pasándole un brazo por la cintura, y siguió chupándole el pezón mientras la hacía retroceder hasta topar con el pie de la cama.

—A ver, ¿dónde estaba...? Ah, sí, estudiando este asunto —dijo, antes de ponerle las manos en la cintura—. Perfecta. Creo que de ahora en adelante tendrías que dejar de llevar corsé, no lo necesitas; además, eso nos facilitará las cosas si nos apetece otro *cinq à sept*, en especial si mañana por la tarde estamos en algún campo de cultivo.

—¿Qué? ¿Hacer el amor fuera, al aire libre? —le miró como si pensara que había enloquecido.

—Supongo que a Featherstone tampoco le gustaban ese tipo de cosas, ¿no?

Ella negó con la cabeza y se humedeció los labios con la lengua antes de admitir:

—Nunca, ni siquiera de noche.

—En ese caso, era un necio. Cualquier lugar donde te tenga para mí solo me sirve para hacerte mía —la agarró de las caderas, hizo que se diera la vuelta hasta quedar de espaldas a él, y la rodeó con los brazos para agarrar el cordón de los calzones—. Agárrate a la cama.

Ella puso las manos en el armazón de latón, a ambos lados de las caderas, y se aferró a él. Notó cómo le desataba el cordón que le sujetaba los calzones, pero no tenía ni idea de lo que pensaba hacer. ¿Iba a tomarla tal y como estaban?

Aunque el ambiente de la habitación era cálido, se estremeció cuando la prenda cayó y se le quedó en los tobillos. Se sentía terriblemente vulnerable, porque estaba desnuda y era de día; en aquella posición él podía verla, pero ella no podía verle a él. ¿Qué diantres estaba haciendo allí atrás?

Él se arrodilló tras ella y le ordenó:

—Levanta los pies —acabó de quitarle los calzones, que fueron a parar a la esquina con el resto de su ropa, las medias y las ligas, y subió las palmas de las manos por la parte externa de sus muslos.

Belinda se sintió mortificada al darse cuenta de que él tenía su trasero desnudo justo delante de las narices, y cuando la besó allí y sintió la calidez de sus labios en la nalga volvió a ser presa de la timidez que la había caracterizado en su juventud. Soltó un sonido de protesta e intentó darse la vuelta, pero él no se lo permitió.

—Shhh... —la reprendió, mientras dejaba una hilera de besos por la base de su espalda—, déjame hacerlo. Quiero mirarte y tocarte por todas partes, no quiero dejarme ni un solo centímetro de tu piel —ahuecó las manos bajo sus nalgas, las amasó y las acarició a conciencia—. Tienes el trasero más increíble del mundo... ¡Dios, no puedo aguantar más!

Se puso en pie de repente, se inclinó hacia ella y dobló las rodillas de modo que sus caderas se estrecharan contra las suyas, y Belinda gimió al notar su dura erección contra el trasero desnudo. Combinado con la tosca textura de la lana de sus pantalones, era increíblemente erótico.

Él empezó a frotar su miembro erecto contra su trasero y le dijo, jadeante:

—Bueno, espero que haya quedado zanjado el tema de tu atractivo; de no ser así, estoy dispuesto a seguir.

Belinda negó con la cabeza. Lo que quería era lo que la había llevado a ir hasta allí... quería tener su cuerpo cubriéndola, su boca contra la suya, y su miembro viril en su interior. Lo anhelaba con desesperación.

—No hace falta, te creo —le aseguró, jadeante.

—Perfecto —le dijo él, antes de besarla en el hombro.

Ella creía que iba a quitarse los pantalones y a penetrarla por fin, pero no fue así. Sin apartar su duro miembro de su trasero, le pasó un brazo por la cintura, bajó la mano y la metió entre los barrotes de la cama para poder acariciarla. Ella gimió de placer al sentir que deslizaba la punta del dedo entre los pliegues de su sexo, pero no le bastaba con eso. Quería más.

Intentó mover las caderas, pero él la tenía aprisionada contra el pie de la cama y no tuvo más remedio que quedarse quieta mientras él la acariciaba a través de los barrotes. La tocaba con ternura, casi con delicadeza, mientras seguía apretándose contra sus nalgas con fuerza, y ella jamás había sentido nada parecido. Su dedo era una tentación, un susurro, una promesa de lo que podría pasar si ella lograra acercarse más; a su espalda, su erección era otra tentación, una promesa más dura e intensa de lo que se avecinaba. La necesidad de una caricia más profunda estaba haciéndola arder de deseo, pero en aquella posición era él quien tenía el control.

Era una agonía tener el placer justo al alcance de la mano y no poder alcanzarlo, era insoportable. Intentó decírselo, pero fue incapaz de articular palabra y lo único que brotó de sus labios fue un sollozo de frustración.

Él le besó la oreja, la estremeció de placer al pasarle la lengua por el lóbulo, pero siguió atormentándola con el dedo sin soltarla.

—¿Deseas algo?, dime qué es —le susurró.

¿Cómo iba a decírselo, si no podía hablar? ¡Apenas podía respirar!

Él esperó a su respuesta sin profundizar la caricia, no se quitó los pantalones, y al cabo de unos segundos apartó la mano de su entrepierna.

—¡Nicholas! No puedo, no puedo... —susurró, presa de nuevo de la horrible timidez de su juventud.

Él hizo que se diera la vuelta, se hincó de rodillas frente a ella, y le agarró las manos al ver que se apresuraba a intentar cubrirse. Entrelazó los dedos con los suyos, le abrió los brazos de par en par, le dio un beso en el vientre que la estremeció... y entonces la escandalizó al bajar la cabeza hacia el vértice de sus muslos y besarla en el triángulo de vello que había allí.

Belinda no pudo contener un gritito de pánico, sentía vergüenza y una enorme timidez.

—¡No!, ¡no hagas eso! —gimió, mientras sus caderas se sacudían como para alejarle.

—Estuviste casada, Belinda —murmuró él. No se apartó, y sus labios la acariciaron al hablar—. No puedo creer que tu marido nunca hiciera esto.

—¡Por supuesto que no lo hizo! ¡Nadie hace algo así!

Él se echó a reír, y Belinda notó su cálido aliento en aquella zona tan sensible.

—Claro que lo hacen. Lo hacen con frecuencia, y con justa razón —alzó la mirada hacia ella—. Necesito que confíes en mí, Belinda. Dime, ¿confías en mí?

Ella se mordió el labio, pero al cabo de un momento admitió:

—Sí.

—Pues permíteme besarte aquí —le soltó las manos, y deslizó los dedos con suavidad por el oscuro vello—. Abre las piernas y deja que lo haga.

—De acuerdo —lo dijo en un susurro quedo, y cuando permitió que él le abriera las piernas sintió una vergüenza enorme.

Se sentía incapaz de mirar, así que apoyó el trasero en el pie de la cama, se aferró con fuerza al armazón de latón, y alzó la mirada hacia el techo. Cuando notó que sus labios volvían a rozarla, tuvo que luchar contra el impulso de apartarse.

—Mírame, Belinda —al verla negar con la cabeza, volvió a besarla allí abajo—. Mírame.

Cuando ella hizo acopio de valor y obedeció, él deslizó la mano entre sus piernas sin dejar de sostenerle la mirada y le dijo con voz suave:

—Quiero darte este placer, quiero que lo disfrutes. No tiene nada de malo, no tienes de qué avergonzarte.

—No es eso, es que... soy tímida. De joven tenía una gran timidez, y en ocasiones resurge de nuevo.

—No lo sabía. Conmigo no tienes por qué tener ninguna timidez —bajó la cabeza para mirar la zona más íntima de su cuerpo, y añadió—: Eres hermosa de pies a cabeza, sabía que sería así.

Ella le miró en silencio. Contempló su pelo, bruñido bajo la tenue luz; sus espesas pestañas, de un marrón intenso y con las puntas doradas; su rostro, que la miraba lleno de deseo. Cuando volvió a besarla, su timidez se desvaneció como por arte de magia, y entonces... Dios Santo, entonces él le tocó el sexo con la lengua.

Jadeó con una mezcla de asombro y placer mientras la chupaba con suavidad, mientras aquella lengua aleteaba sobre su piel. Era la caricia más delicada, más increíble que había sentido en toda su vida y no podía pensar, estaba perdida en una vorágine de sensaciones que iban más allá de cualquier cosa que hubiera podido imaginar.

Creía que sabía cómo eran las relaciones íntimas, pero jamás había imaginado siquiera que pudiera existir algo tan glorioso.

Gracias a Nicholas volvieron a cobrar vida todos los deseos que había reprimido durante años, deseos que habían ido apagándose hasta desaparecer por culpa de la indiferencia y el abandono de otro hombre, y se abrió a él como los pétalos de una flor bajo la luz del sol. Tenía el alma reseca y Nicholas era el aire, el sustento y la luz que necesitaba para florecer de nuevo.

Necesitaba moverse, y en aquella ocasión él no se lo impidió y le pasó un brazo alrededor de los muslos para sostenerla mientras la devoraba. Lo que estaba viviendo no se parecía en nada a lo que había sucedido en Chelsea; la vez anterior su orgasmo había sido repentino, un poderoso latigazo de placer, una reacción primitiva, pero aquello era algo completamente distinto.

Aquello era algo lánguido y delicioso, algo que fue intensificándose más y más. El placer fue creciendo, le arrancó un sollozo tras otro mientras su cuerpo empezaba a dar pequeñas sacudidas, y el clímax llegó al fin en una poderosa oleada que recorrió su cuerpo entero. Se quedó atónita al ver que la ola volvía otra vez... y otra, y otra más. Con cada una de aquellas olas de placer, arqueó las caderas para apretarse más contra aquella boca que la devoraba, saboreó cada clímax hasta que al final se quedó completamente laxa. Lo que acababa de suceder había sido tan intenso que se habría desplomado si él no estuviera sosteniéndola.

Parpadeó aturdida y le miró maravillada. Él alzó la cabeza y le dijo, con una pequeña sonrisa de complicidad:

—Ahora ya sabes por qué la gente hace esto.

Ella sacudió la cabeza mientras intentaba recobrar algo de compostura, nunca antes había tenido un orgasmo como aquel. Durante su matrimonio, el clímax había sido sinónimo de una cópula rápida y apresurada en la oscuridad que solía estar seguida de una frustración y una decepción abrumadoras y meses de indiferencia, y ni siquiera en las contadas ocasiones en las que había habido algo de ternura había sido algo parecido a lo que acababa de vivir. Hasta ese momento no sabía que se pudieran sentir aquellas arrolladoras oleadas de placer que arrastraban a uno y le lanzaban directo a las estrellas.

—No sabía que... —soltó una pequeña carcajada y admitió—: Es... estoy atónita.

Nicholas pensó que aquello era lo más gratificante que le habían dicho en toda su vida.

—Me alegro. Me alegro... —se detuvo para darle un beso en el estómago—... mucho.

Alzó la mirada de nuevo, y al mirarla el placer que había

sentido al oír su cumplido dio paso a algo más profundo. Estaba bañada por un haz de luz vespertina que penetraba entre las cortinas, y se la veía desmelenada y sensual y completamente saciada; una sonrisa radiante iluminaba su rostro, su larga melena caía como una cascada alrededor de sus hombros y los pezones asomaban entre los negros mechones; tenía los labios hinchados por todos los besos que se habían dado, y su piel aún estaba teñida de un suave rubor debido a todos los orgasmos que había tenido. La miró embobado, consciente de que jamás en su vida volvería a ver algo tan hermoso como la imagen de Belinda en ese momento.

—Te amo.

Lo dijo sin pensar, las palabras salieron de sus labios sin más. Era la segunda vez en toda su vida que le decía aquello a una mujer, pero se dio cuenta de que lo que acababa de admitir en voz alta era la pura realidad. Al ver que ella dejaba de sonreír de golpe temió haber cometido un grave error, pero jamás se arrepentiría de haberle confesado lo que sentía por ella.

Aun así, sintió la necesidad de volver a pisar suelo firme y para ello recurrió a su táctica habitual: refugiarse en su sentido del humor.

—Ya veo que he vuelto a dejarte anonadada —le dijo, con una sonrisa de oreja a oreja—. ¿Qué te parece si comprobamos cuántas veces más puedo dejarte así a lo largo de una tarde?

Se puso de pie, y al hacerlo tomó consciencia de su propio deseo contenido. Estaba duro como una piedra, necesitaba con desesperación hacerla suya, y no sabía por cuánto tiempo iba a poder seguir aferrándose a su autocontrol.

Después de desnudarse con una prisa febril, la tomó de la mano, rodeó la cama con ella, y al llegar al lateral se dejó caer de espaldas en el colchón sin soltarla. En vez de penetrarla de inmediato en cuanto la tuvo tumbada a su lado, se colocó de costado y volvió a hundir la mano entre sus piernas. Mientras extendía con los dedos su cálido néctar por los sedosos pliegues y por el clítoris, mientras los hundía apenas en la entrada de su sexo, notó cómo ella iba excitándose cada vez más, cómo iba adueñándose de ella el placer, y se dio cuenta por la intensidad de su respuesta de lo hambrienta que estaba de caricias y de ternura. Era una suerte que Featherstone estuviera muerto, porque en ese momento tenía ganas de pegarle un tiro a aquel malnacido.

Siguió acariciándola, siguió deslizando los dedos por su sexo prestando atención a lo que parecía complacerla más, y cuando la tuvo prácticamente sollozando de placer le preguntó con voz suave:

—¿Quieres tenerme dentro?

Ella fue incapaz de contestar con palabras, pero asintió frenética y eso fue respuesta suficiente. Sacó la mano de entre sus piernas, y ella las abrió de inmediato mientras la cubría con su cuerpo. Quería penetrarla poco a poco, pero cuando la punta de su pene tocó aquellos pliegues cálidos y aterciopelados fue incapaz de contenerse y entró hasta el fondo con una fuerte embestida.

Ella alcanzó el clímax casi de inmediato, gritó de placer mientras su sexo se contraía con fuerza alrededor de su miembro, y aquella sensación pulsante fue demasiado para él. Perdió por completo el control y la penetró enfebrecido una y otra vez, se perdió en la suavidad de su cuerpo y en su aroma y en sus gritos de pasión, y cuando por fin llegó al clímax el placer fue tan explosivo, tan profundo e intenso que le resultó casi doloroso y le hizo estallar en mil pedazos.

Se desplomó sobre ella, completamente laxo y saciado, y la rodeó con los brazos para abrazarla con fuerza mientras los jadeos de ambos rompían la quietud de la tarde. La besó en los labios, en el pelo, en el cuello... en todas las partes de su cuerpo que estuvieran al alcance de sus labios sin necesidad de salir de su interior.

—¿Estás bien? —al ver que no contestaba, se echó un poco hacia atrás para poder verla. Estaba apoyado en los antebrazos, tenía las manos bajo la espalda de Belinda y el pene dentro de ella—. ¿Estás bien, Belinda?

—¡Dios Santo! —tras susurrar aquellas palabras, abrió los ojos y lo miró maravillada—. ¡No sabía que hacer el amor fuera así!

Él se echó a reír. Una ola de satisfacción mucho mejor que cualquier orgasmo se abrió paso en su interior, le llenó el pecho y el corazón, le inundó de felicidad las venas, y en ese momento supo que volvía a creer en el amor. Por primera vez en años volvía a creer en el amor, y eso era todo un milagro caído del cielo.

Bajaron a cenar, salieron a pasear por los jardines y por la noche volvieron a hacer el amor, pero no durmieron juntos. Nicholas quería hacerlo, pero a ella le preocupaba que algún miembro del servicio entrara en la habitación y les viera. Él esgrimió el razonable argumento de que los criados siempre se enteraban de ese tipo de cosas y seguro que a esas alturas lo suyo era un secreto a voces, pero ella tenía su propio código ético y durmió en su propio dormitorio... aunque lo hizo abrazada a la almohada durante toda la noche, fingiendo que era él.

Al día siguiente, no le encontró en el salón cuando bajó a desayunar, así que le preguntó a Forbisher acerca de su paradero y este le informó que estaba en los campos de lúpulo con el señor Burroughs, el administrador de tierras.

—¿Desea asistir al servicio dominical? —le preguntó el mayordomo—, Robson puede llevarla a Maidstone en la calesa.

Belinda no quería ir a Maidstone; además, teniendo en cuenta lo que había sucedido el día anterior, le parecía una hipocresía ir a la iglesia.

—Gracias, pero prefiero no ir.

—Como desee. Milord le propone que coman juntos y, como hace un día tan espléndido, sugiere hacerlo al aire libre. Tengo instrucciones de pedirle a la señora Fraser que prepare todo lo necesario si a usted le parece bien la idea.

—Sí, gracias. Me encantaría.

—Milord también le sugiere que tenga listo el equipaje antes de salir en su busca, ya que deben tomar el tren a Londres de las cinco en punto.

Ella perdió la sonrisa al recordar el poco tiempo que les quedaba para disfrutar de su estancia allí, pero asintió y contestó:

—Indíquele a mi doncella que se encargue de hacer mis maletas, por favor. Voy a salir a dar un paseo después de desayunar.

—Sí, milady.

Después del desayuno se entretuvo recorriendo tanto la casa como los terrenos. La primera era preciosa... bueno, al menos por fuera, porque por dentro era tan horrible como le había asegurado Nicholas; aun así, las estancias estaban bien proporcionadas y con algo de inventiva y un poco de trabajo podrían quedar muy bonitas. En el exterior había preciosos jardines, frondosos parterres, y un bosque de abedules al norte. Al este estaba la granja de la finca y, más allá, las cabañas y las granjas de los arrendatarios. Al sur y al oeste, los campos de lúpulo y cebada se extendían hacia el horizonte como un verde mar ondulante.

Honeywood era un lugar cálido y precioso que no se parecía en nada a Featherstone Castle, la propiedad que los Featherstone poseían en medio de Yorkshire y que siempre le había parecido un mausoleo, una fría mole de granito y mármol. ¡Cuánto había detestado vivir allí!

Encontró un jardín con un banco desde donde se veían los campos de lúpulo y le llegó su aroma a pesar de la distancia, un aroma fresco y herbal que le recordó un poco al de las agujas de pino. Mientras disfrutaba de aquel aire fresco y perfumado tan distinto al de Londres y contemplaba los campos, no pudo dejar de pensar en Nicholas y en lo sucedido el día anterior. Había sido increíble, erótico, la experiencia más maravillosa de su vida y quería volver a hacerlo todo de nuevo. Quería que la desnudara, que la abrazara y la besara, que le hiciera el amor...

pero, más allá de todo eso, lo que quería era estar con él, y punto. Junto a Nicholas se sentía feliz, más feliz que nunca en su vida, y se arrepentía de haber tardado tanto en tomar la decisión de ir a verle; tal y como May Buchanan había dicho, en realidad el amor era algo muy sencillo.

«Amor». Acababa de surgir la palabra que había intentado borrar de su mente, la palabra que desde hacía años no tenía espacio alguno en su vida personal. Aunque durante todo aquel tiempo se había sentido satisfecha, no se había percatado de la soledad que subyacía bajo aquella satisfacción, pero mientras yacía sola en su cama la noche anterior, abrazada a la almohada, había sido dolorosamente consciente del vacío que había tenido dentro durante años, quizás incluso toda la vida. Se preguntó si Nicholas podría llenar ese vacío... ¿Estaba dispuesta a confiar en él, a permitirle que lo llenara? ¿Estaba enamorándose de él?

De ser ese el caso, el amor que sentía por él era muy distinto al que había sentido por Charles; para empezar, lo que sentía por él estaba cargado de erotismo. Pensó en sus ojos, en cómo la había mirado al verla desnuda... Charles nunca la había mirado así, aunque en ese momento se daba cuenta de que en realidad nunca había estado realmente enamorada de su difunto marido. Por él había sentido un encaprichamiento que estaba claro que jamás habría llegado a convertirse en amor, porque Charles era incapaz de amarla; de hecho, era un hombre incapaz de amar de corazón a nadie.

Tal y como el propio Nicholas le había dicho en mayo, él no era Charles, y tenía toda la razón del mundo. Estaba convencida de que había sido sincero al confesarle que la amaba, pero lo que no tenía tan claro eran sus propios sentimientos.

Probablemente, la única forma de poder estar segura de sus sentimientos fuera dar tiempo al tiempo, pero, a pesar de que siempre aconsejaba a sus clientes que no se apresuraran y se tomaran su tiempo, sabía que ella no podía darse ese lujo. Cuanto más se alargara aquella aventura amorosa, más peligro corría su reputación; aun así, Nicholas no le había propuesto matrimonio cuando le había dicho que la amaba, y sin la protección del vínculo matrimonial lo único que una mujer enamorada tenía por delante eran la vergüenza pública y la deshonra. Por otro lado, ¿le daría el «sí» a Nicholas si este le hacía una propuesta de matrimonio? Y si lo único que él quería era tener una aventura... ¿entonces, qué? ¿Podría conformarse ella con eso?

Se pasó la mañana entera dándoles vueltas y más vueltas a todas aquellas cuestiones y, para cuando llegó la hora de comer y un criado pertrechado con una cesta de comida la condujo a donde estaba Nicholas, aún no había encontrado las respuestas; aun así, en cuanto le vio de pie junto a los campos de lúpulo se dio cuenta de que todo aquello carecía de importancia. Lo único que importaba era el tiempo presente.

Él estaba conversando con un caballero de mayor edad, y al acercarse a ellos se dio cuenta de que estaban hablando acerca de la cosecha. Se le veía muy relajado y seguro de lo que decía, y se sintió un poco sorprendida al darse cuenta de que se sentía muy cómodo viviendo en el campo. No llevaba sombrero, su pelo era ámbar como la miel bajo el sol, y la sencilla ropa que llevaba (camisa de lino, pantalones de tweed y botas de montar), le quedaba incluso mejor que los chaqués y la elegante ropa hecha a medida que vestía en la ciudad.

Él alzó el brazo en ese momento para indicar con un gesto los campos que tenía delante, y su torso se silueteó bajo la camisa gracias a la brillante luz del sol... sí, no había duda de que la vida en el campo le sentaba muy, pero que muy bien.

Nunca antes había tenido aquella clase de pensamientos al ver a un hombre, pero mientras bajaba la mirada por sus estrechas caderas y recordaba el aspecto que tenía desnudo se dio cuenta de cuánto estaba disfrutando, y no pudo evitar sonreír. No quería ni imaginarse lo que diría la alta sociedad si se supiera que lady Featherstone era capaz de tener aquellos pensamientos tan lascivos, sobre todo teniendo en cuenta que el objeto de dichos pensamientos era el mismísimo marqués de Trubridge. Cielos, menudo escándalo se formaría.

Él debió de intuir de algún modo su presencia, porque se giró y al verla junto al criado sonrió y puso fin de inmediato a su conversación con el otro caballero.

—Gracias, señor Burroughs. Lamento que por mi culpa se haya perdido el servicio dominical, mis disculpas.

—No es necesario que se disculpe, milord. Soy consciente de que regresa a Londres hoy mismo. Y no se lo diga a mi mujer, pero la verdad es que no lamento no haber podido ir la iglesia. Los sermones de nuestro vicario suelen ser inacabables.

Nicholas se echó a reír.

—En ese caso, vaya a la taberna y disfrute del resto del día. Ya he abusado demasiado de su tiempo —mientras el señor Burroughs se alejaba, él se acercó al criado y tomó de sus manos la cesta de comida—. Gracias, Noah. Puedes retirarte.

—Como milord desee —dijo el criado, antes de despedirse de Belinda con una reverencia.

Cuando se quedaron a solas, Nicholas se acercó a ella y comentó:

—Qué sonrisa tan traviesa, ¿en qué estás pensando? Espero que en lo mismo que yo.

—Estaba pensando en lo bien que te sienta la ropa que llevas puesta.

—Yo esperaba que estuvieras recordándome desnudo.

—¿Quién dice que no estaba haciéndolo? —le contestó ella sin pensar.

Él dejó de sonreír de golpe y dio la impresión de que tragaba con dificultad, pero cuando habló lo hizo en tono de broma.

—Vaya, qué picarona te has vuelto —le dio un beso y, sin darle tiempo a contestar, se volvió y le indicó con un gesto un prado cercano—. He pensado que podríamos comer allí.

Ella accedió y poco después se internaron en una zona llena

de margaritas y poblada de una hierba que les llegaba hasta las rodillas, extendieron la manta en el suelo y se sentaron.

—Vamos a ver lo que hay aquí dentro —dijo él, antes de abrir la cesta e ir sacándolo todo—. Pan, jamón, dos quesos, pepinillos en vinagre, un bote de mostaza, y moras. ¿Dónde está el vino? —miró bien en la cesta, y lo que encontró le hizo sonreír—. Ah, la señora Fraser nos ha puesto cerveza.

Sacó dos botellas y le ofreció una, pero Belinda negó con la cabeza y le dijo:

—No bebo cerveza.

—¿Cómo que no? Yo fabrico cerveza, ¿ni siquiera vas a probarla?

Ella volvió a decir que no con la cabeza, y se echó a reír al verle tan mohíno.

—Es que no me gusta el sabor que tiene.

—¿Estás diciendo que lo que te impide beberla no es tu sentido del decoro, sino tu paladar? ¡Eso es aún peor! —abrió una de las botellas, y tomó un trago.

Ella soltó un sonoro suspiro y acabó claudicando.

—De acuerdo, cuando conviertas todo este lúpulo en cerveza, la probaré. No te prometo que vaya a gustarme, pero la probaré.

—¡Esa es mi chica! —exclamó, antes de inclinarse sobre la comida que se interponía entre ellos para besarla.

Belinda notó el sabor a cerveza, pero viniendo de sus labios no le supo nada mal.

Cuando el beso terminó, él echó otro vistazo a la cesta y suspiró pesaroso.

—¿Dónde están los libros de poesía?, ¡le dije a la señora Fraser que incluyera uno o dos junto con los sándwiches!

—A ti no te gusta la poesía.

—¿De dónde has sacado semejante idea? —le preguntó, antes de comerse una mora—. Soy inglés, querida mía. Adoro la poesía. Hoy quería leerte algo de Shelley, todo hombre debería leerle a Shelley a su amante mientras disfrutan de una comida campestre. Byron también sería una buena opción, a las mujeres les encanta. Seguro que caerías rendida en mis brazos y me harías apasionadamente el amor aquí mismo, sobre la hierba, si te leyera algo de él.

Belinda notó cómo se ruborizaba; de hecho, su cuerpo entero estaba acalorándose, pero aun así se sintió obligada a llevarle la contraria.

—No pienso hacer eso.

—Qué lástima, me encantaría que lo hicieras.

Ella optó por centrarse en un tema menos peligroso.

—Sigo sin entender lo de la poesía, me dijiste que te gustan las ciencias.

—Y así es, pero también me gusta la poesía. Soy un tipo polifacético, querida mía —se echó a reír al ver que le miraba con incredulidad—. ¿Qué pasa?, ¿acaso no pueden gustarme ambas cosas?

—Es que el día en que hablamos de cómo debía ser tu futura esposa me dijiste que no te gustaba la poesía.

—No. Si mal no recuerdo, lo que te dije fue que me parece una bobada ponerse a pensar en tercetos y cuartetos, y es la pura verdad. La culpa la tiene Eton.

—¡No entiendo nada de lo que estás diciendo! —exclamó ella entre risas.

—Cuando estaba estudiando allí, nos pedían cada dos por tres que compusiéramos poemas, y nos reprendían si nos equivocábamos en el más mínimo detalle —frunció el ceño con teatralidad y procedió a imitar el tono de voz severo de un profesor—. «Muy mal, Trubridge, muy mal. Eso no es un *haiku*. Un *haiku* consta de diecisiete sílabas y usted ha empleado dieciocho» —comió otra mora antes de admitir—: Me gustan tanto la poesía como la ciencia, pero son distintas y no pueden tratarse con el mismo enfoque. La ciencia requiere precisión, y lo único que debería importar de un poema es que suene bien.

—¿Significa eso que no fue el poema de Blake lo que no te

gustó aquel día en la Galería Nacional, sino cómo lo recitó Geraldine Hunt?

—¡Lo hizo casi tan mal como mis compañeros de clase! ¿Te imaginas lo que supone escuchar a niños de trece años leyendo *Canciones de inocencia y experiencia*? ¡Era una tortura!

—Tú tenías la misma edad que ellos.

—Recitar poesía se me daba mejor que a los demás —le aseguró él, con una enorme sonrisa, antes de tomar otro trago de cerveza.

Ella se echó a reír al verle tan ufano.

—¡A lo mejor no eres tan bueno como crees!

—¿Por qué no lo juzgas por ti misma? —agarró un puñado de moras, y se reclinó sobre la manta con el peso apoyado en el antebrazo y la cadera. La contempló en silencio unos segundos mientras comía varias moras, y al final empezó a recitar—: Ella es mi vida y mi aliento; primavera que aleja el invierno; su dolor, un puñal en mi pecho; su sonrisa ilumina mis sueños.

Belinda se sintió cautivada. No fue solo lo que dijo, sino la ternura con la que la miraba al decirlo.

—No... —se le quebró la voz, y tuvo que carraspear antes de volver a intentarlo—. No conocía ese poema.

—No me extraña, acabo de inventármelo —admitió él antes de meterse otra mora en la boca.

—¿Lo dices en serio? —al verle asentir, le miró admirada—. Me ha gustado mucho.

—Gracias, pero los profesores de Eton no compartirían tu opinión. Seguro que cada verso tiene un número de sílabas distinto.

—Eso es lo de menos, a mí me ha parecido precioso.

—Gracias. Ahora que no tengo que componer versos por obligación, casi nunca lo hago.

—Pues tendrías que hacerlo.

—Puede que ahora que te tengo de musa me sienta inspirado. Bueno, ya basta de hablar de mí —rodó hasta ponerse boca abajo, y se apoyó en los antebrazos antes de mirarla de nuevo—. Hablemos de ti.

Belinda habría preferido no hacerlo. Se encogió de hombros y admitió:

—Ya lo sabes casi todo de mí, dudo que quede mucho por añadir.

—Eso no es cierto, no sé casi nada de ti.

—¿Qué quieres saber? —se sentía incómoda, ya que no le gustaba hablar de sí misma.

—Dónde naciste, cómo eran tus padres, dónde estudiaste.

—Nací en Ohio. Al igual que en tu caso, mi madre también murió cuando era muy pequeña. Mi padre está vivo. Estudié con una institutriz.

—¿No fuiste a la escuela?

—No, pero es el caso de muchas jóvenes.

—Sí, eso es cierto. Háblame de tu padre.

—Es un aventurero.

—¿Dónde está ahora?

—En algún lugar de Nevada, por no sé qué minas de plata. La verdad es que no sé dónde está exactamente.

Él esperó a que añadiera algo más, pero al ver que se quedaba callada se sentó y exclamó:

—¡Por el amor de Dios, Belinda! ¡Esto es como intentar sonsacarle a una esfinge sus secretos!

—No suelo hablar de mí misma —respiró hondo antes de admitir—: La verdad es que soy bastante tímida, ya te lo dije... anoche.

—Sí, lo recuerdo, pero muchas mujeres sienten timidez cuando se desnudan.

Belinda se preguntó a cuántas mujeres habría visto desnudarse, para poder hablar con tanta seguridad. No se lo preguntó, pero sabía que debían de ser bastantes.

Él siguió hablando, con lo que se vio obligada a dejar a un lado aquellas absurdas elucubraciones sobre las mujeres con las que se había acostado.

—Lo que pasa es que nunca te tomé por una persona tímida a la hora de conversar.

—He aprendido a ocultarlo, no me quedó más remedio cuando me casé con Charles. Se supone que una condesa debe recibir invitados, celebrar fiestas, supervisar a la servidumbre. Tuve que aprender a lidiar con mi problema, no me quedaba otra opción. Charles no fue de mucha ayuda, porque... —detuvo su relato, no sabía si debería hablar de su marido.

—Dime —la animó él, al ver que se quedaba callada.

—Él sabía que yo le amaba. Se lo confesé una vez antes de que nos casáramos, pero él no dijo nada al respecto y se limitó a sonreír y a cambiar de tema. Y eso me llevó a creer que era como yo.

—¿Creíste que Featherstone era tímido? —su voz reflejaba incredulidad.

—No, tímido no. Creí que era como yo en el sentido de que le costaba revelar sus sentimientos cuando se trataba de algo importante. Yo soy así, apenas puedo hablar cuando se trata de algo que importa de verdad.

—A todos nos pasa eso en mayor o menor medida. Lo que suelo utilizar yo a modo de escudo es ser ocurrente y despreocupado, y fingir que el tema me resulta indiferente. Tú te escudas tras el silencio y la corrección.

—El escudo de Charles era la indiferencia. Era encantador conmigo antes de que nos casáramos, pero después... —tragó con dificultad antes de seguir—. Volví a decirle que le amaba a la mañana siguiente de la boda, después... después de que... y él me dijo... —se quedó callada, y al cabo de unos minutos admitió—: Esto es difícil para mí.

Nicholas posó la mano en su mejilla y la instó a que le mirara.

—¿Qué fue lo que te dijo?

—Me dijo, textualmente: «No hace falta que finjamos, los dos sabemos que no me casé contigo por amor. Esto nos resultará mucho más fácil a los dos si no insistes en hacer declaraciones de amor ni esperas de mí sentimientos que no albergo hacia ti».

—¡Dios Santo! —susurró, incrédulo.

—Estás sorprendido.

—¿Sorprendido? ¡Lo que estoy es asqueado! —fue a sentarse a su lado, la abrazó con fuerza y la besó—. Mi cielo, no alcanzo a imaginar cuánto debió de dolerte.

—¿En serio? —ella alzó la cabeza de su hombro y le miró—. ¿Qué me dices de la joven a la que amaste?, ¿la que aceptó un soborno de tu padre y se fue? ¿Acaso no te dolió?

—Sí, por supuesto que sí, pero Kathleen era débil y no fue cruel conmigo de forma deliberada. Diantres, era un ángel comparada con tu marido —le besó el pelo antes de añadir—: No tenía ni idea de que Featherstone fuera así, jamás vi en él esa vena tan cruel. La verdad es que no le conocía demasiado, pero cuando venía a visitar a Jack siempre me pareció un tipo afable.

—Lo era, era muy afable. Conmigo siempre lo era... en público, claro, porque en privado no se molestaba en hacer el esfuerzo; de hecho, apenas me dirigía la palabra. Yo creo que a menudo incluso olvidaba que yo vivía allí, aunque a decir verdad sus ausencias eran frecuentes y casi nunca estaba en casa. Y todo eso contribuyó a acrecentar aún más mi inseguridad.

—Debías de sentirte increíblemente sola.

—Sí, así es. Fue Nancy quien me ayudó, lady Montcrieffe. Nos hicimos amigas y me enseñó técnicas para que superara mi timidez al tratar con la gente. Me enseñó un truco que sus institutrices solían usar con ella: Cuando las dos estábamos en la ciudad o en alguna fiesta campestre, salíamos a dar largos paseos y yo tenía que hacerle una pregunta al llegar a cada esquina, o cada diez árboles, o lo que fuera que nos inventáramos.

—Claro, para obligarte a hablar.

—Sí, de eso se trataba. Si no se me ocurría ninguna pregunta, tenía que decirle un trabalenguas a la siguiente persona que nos encontráramos, fuera quien fuese. Daba igual si era la ayudante de una tienda, una doncella, o un deshollinador. En una ocasión tuve que decírselo a una duquesa.

Él se echó a reír.

—Debían de tomarte por loca.

—Exacto. Era tan humillante que en poco tiempo tuve una

gran cantidad de preguntas en mi repertorio, y nadie tuvo que soportar mis largos silencios durante las cenas a las que asistía. Empecé a darme cuenta de que, si lograba que una persona empezara a hablar de sí misma, yo no iba a tener que hablar de mí, y lo cierto es que soy muy observadora. Supongo que es normal después de pasar tantos años sentada en una esquina, observando y escuchando a los demás.

—Supongo que todo eso te ayuda en tu trabajo.

—Sí, así es. Hoy en día me resulta mucho más fácil hablar con la gente y soy mucho más segura de mí misma que de joven, pero en el fondo sigo siendo tímida. Podría decirse que, para que revele mis verdaderos sentimientos, debo verme arrastrada a hacerlo por fuerzas muy poderosas.

Él se echó a reír al oír aquello.

—En ese caso debo despertar en ti fuerzas poderosísimas, porque nunca has dudado en dejarme claro lo que pensabas.

—Eso es cierto —admitió ella, sonriente—, pero es que precisamente de eso se trata. Tengo tendencia a ir guardándome dentro las cosas, voy guardándomelo y guardándomelo hasta que llega el día en que sale todo de golpe. Suelto mis verdaderos sentimientos a bocajarro, y suele ser en el peor momento posible o ante la persona equivocada.

—Como aquella noche en el baile, cuando me hablaste de Featherstone, o aquella otra noche en el laberinto.

—Sí. Cuando me enfadaba contigo, solía ser porque pensaba que eras igual que él.

—Por Dios, no seguirás pensándolo, ¿verdad?

—Claro que no, tenías razón al decir que no te pareces en nada a él. Eso es algo que ahora tengo muy claro. Charles era un hombre muy frío bajo todo aquel encanto superficial, y ese no es tu caso. Eres encantador, pero no frío, y ni te imaginas la gran diferencia que eso supone para mí.

—En ese caso, no veo por qué debe costarte trabajo responder a mis preguntas. Seguro que no es la primera vez que alguien se interesa por saber cosas de ti.

—No, no lo es, pero por regla general logro evitar que la gente me haga preguntas personales. Contigo me resulta más difícil ahora que sé que no puedo ponerte en la misma categoría que un hombre como Charles, y ahora que tú y yo...

Al ver que no acababa la frase, él le puso un dedo bajo la barbilla y la instó con suavidad a que volviera a mirarlo.

—¿Ahora que somos amantes?

—Sí —admitió, consciente de que estaba poniéndose roja como un tomate—. Me... me importas, me importa tu opinión, y eso hace que me sienta un poco cohibida.

—¿De verdad que te importa mi opinión? —le preguntó él, con una enorme sonrisa.

—Pareces muy complacido.

—¡Porque lo estoy! Me hiciste trizas hace seis semanas, y ahora te importa mi opinión. ¡Eso es un avance!

—¿A qué te refieres?

La miró a los ojos y Belinda vio en ellos una resolución tan firme, tan inquebrantable, que la dejó sin aliento.

—Te dije que quiero ganarme tu respeto, Belinda. Que te importe mi opinión significa que estoy avanzando.

Mientras le veía recoger las cosas, Belinda recordó de nuevo el momento en que, de rodillas frente a ella, le había confesado que la amaba. Anhelaba con desesperación que volviera a decírselo, pero cuando no tuviera la mente nublada por la pasión.

Al ver que hacía ademán de levantarse, le preguntó sin más:

—¿Es cierto lo que me dijiste anoche?

Él se quedó inmóvil y no le preguntó a qué se refería. Le sostuvo la mirada casi sin pestañear, como si estuviera pensándoselo muy bien antes de hablar, y dio la impresión de que tardaba una eternidad en responder.

—Te amo, Belinda.

La embargó una felicidad inmensa. No fue solo por las palabras, sino por la serena y firme seguridad que se reflejaba en ellas. Era una felicidad tangible, una felicidad que la envolvió y llegó hasta el último rincón de su ser.

—Era cierto cuando lo dije, es cierto ahora, y siempre lo será —se inclinó hacia ella y la besó, pero se apartó de repente y la agarró de la mano—. Vamos.

—¿A dónde?

Él agarró la cesta con la mano libre, se puso en pie y tiró de ella con suavidad para instarla a que se levantara también.

—Quiero mostrarte los campos de lúpulo antes de que nos vayamos, y no tenemos mucho tiempo si no queremos perder el tren.

Belinda suspiró. Miró a su alrededor mientras él la llevaba hacia los campos en cuestión a través de las margaritas y la hierba alta, y comentó:

—Este lugar es precioso, me gustaría que pudiéramos quedarnos unos días más.

—A mí también, pero alguien que yo me sé se empeñó en perder el tiempo y mantenernos a los dos en suspense durante semanas...

—Sí, ya sé que hice mal, pero ¿no podríamos quedarnos uno o dos días más?

—No. Estoy intentando ser un tipo responsable, y tengo trabajo pendiente en Londres —se detuvo al llegar al límite del prado, y le pasó el brazo libre por la cintura para apretarla contra sí—. Pero tendré que venir de nuevo en un par de semanas, y puedes acompañarme si quieres.

—Me encantaría, pero sería un riesgo para los dos.

—En ese caso, tendremos que asegurarnos de que nadie nos vea —le rozó los labios con los suyos antes de adentrarse con ella en el pasillo formado por dos hileras de frondosos lúpulos.

—¿Puede saberse a dónde me llevas? —fueron adentrándose más y más en el verdor del pasillo, y algunas ramas le rozaron los hombros.

—Quiero mostrarte una cosa.

Él no añadió nada más, y no se detuvo hasta que llegaron a lo que parecía ser el centro del campo.

—Sí, creo que este es el lugar perfecto —comentó, antes de volverse a mirarla.

Belinda estaba desconcertada.

—¿Perfecto para qué? ¿Qué quieres enseñarme?, ¿los lúpulos? Podríamos haberlos visto igual de bien sin adentrarnos en el campo...

—No, no es eso.

—Pues dime de qué se trata.

Él dejó caer la cesta al suelo antes de contestar.

—Quiero demostrarte que no hay razón alguna por la que debas ser tímida conmigo, ni ahora ni nunca.

—No lo entiendo —susurró, a pesar de que empezaba a hacerlo.

—Te deseo —le dijo, antes de besarla—. Te deseo aquí y ahora, y quiero que mientras estemos haciendo el amor me digas lo que quieres y cómo te sientes.

—¿Qué pasa si no lo hago?, ¿vas a obligarme a decir un trabalenguas?

—Tengo castigos mucho más placenteros en mente —le aseguró, con una gran sonrisa. Soltó un gemido de protesta al ponerle la mano en la cintura—. ¿Llevas corsé? ¡Te dije que hoy no te lo pusieras, Belinda!

—¡Pensé que no estabas hablando en serio!

—Hacer el amor contigo es un asunto muy serio, querida mía.

La besó de nuevo, pero en esa ocasión fue un beso más profundo y largo, más apasionado, y mientras tanto le acarició con las yemas de los dedos las mejillas, la mandíbula y el cuello; para cuando se echó un poco hacia atrás, ella estaba trémula de deseo.

—No tenías intención de mostrarme los campos de lúpulo, esto lo tenías planeado desde el principio —le acusó, mientras él bajaba las manos hasta sus caderas y le agarraba la falda.

—Lo cierto es que tenía en mente el prado, pero después he pensado que entre los lúpulos estaríamos más escondidos —le mordisqueó el labio antes de añadir—: Ya sé lo tímida que eres.

—No podemos hacerlo —susurró, mientras él empezaba a

levantarle la falda. Estaba debatiéndose entre el deseo y la aprensión—. ¡Nos va a ver alguien!

—¿Quién? —le acarició la oreja con la punta de la nariz mientras deslizaba una mano bajo la falda y las enaguas y con la otra se desabrochaba los pantalones—. Estamos en medio de un campo de lúpulo.

—Alguien podría pasar junto a las hileras de plantas.

—Es un domingo por la tarde, nadie viene a ver las cosechas los domingos por la tarde —la tomó de las caderas, y la instó a que se diera la vuelta hasta quedar de espaldas a él.

—No, Nicholas... No podemos, no... —gimió con suavidad, al notar que empezaba a desabrocharle la portañuela trasera de los calzones.

Él ignoró aquellas protestas tan poco firmes y, en cuanto le abrió los calzones, deslizó una mano por sus nalgas desnudas y por su entrepierna y la otra la puso abierta en su estómago.

Belinda ya estaba húmeda de deseo, y ella lo sabía.

—Qué suave eres —le susurró al oído, mientras acariciaba su sexo—. ¿Quieres que siga?, ¿quieres que te toque aquí?

Ella se excitaba más y más con cada una de sus palabras. El deseo le constreñía el pecho, tensaba todos sus músculos, y fue incapaz de responder.

—Tienes que decirme qué es lo que quieres. Si quieres que pare, di «para»; si quieres que te toque di «tócame». Es fácil, deja que te lo muestre.

Ella supo por su voz lo excitado que estaba. Bueno, por su voz y por su miembro erecto, ya que notaba contra la cadera su calidez y su dureza. Sabía que tendría que pedirle que parara, pero era incapaz de hacerlo. Sus juguetonas palabras la excitaban a la vez que la ruborizaban, y esa dualidad era un tormento exquisito e increíblemente erótico.

—¿Ves lo fácil que es? —le preguntó él, antes de darle un beso en la oreja—. Inténtalo. ¿Quieres que pare?

Ella negó con la cabeza y alcanzó a decir con dificultad:

—No.

—«No pares, Nicholas». Dilo, Belinda.

Él deslizó la punta del dedo una y otra vez alrededor del nudito donde se centraba todo su placer, extendiendo su cálido néctar. Era una caricia de una ternura tan extrema que logró arrancarle las palabras de dentro.

—¡No pares, Nicholas! —volvió a gemir, y hundió su acalorado rostro contra su propio brazo para sofocar aquellos incontenibles sonidos de placer—. ¡No pares!, ¡no pares!

Sus propias palabras le resultaron incluso más eróticas que las que le había dicho él, y la pasión recorrió su cuerpo como una ola de fuego. Sus caderas se movían como por voluntad propia, acompasadas con el ritmo de aquel dedo atormentador.

—¿Me deseas?

Ella no contestó, y dio la impresión de que su silencio servía para espolearle aún más.

—Échate hacia delante.

Ella obedeció y se aferró a las estacas de los lúpulos que tenía a ambos lados. Notó que la punta de su duro miembro se colocaba a la entrada de su sexo, listo para penetrarla en cuanto le diera a Nicholas lo que quería.

—Qué húmeda estás, amor mío —murmuró él, sin dejar de acariciarla—. Estás tan preparada, que seguro que deseas que te posea. ¿No puedes decírmelo?

Belinda echó las caderas hacia atrás y meneó el trasero para incitarle a que la penetrara, a que acabara con aquel tormento. Quería decírselo, pero no podía. Entre su apretado corsé y las sensaciones que Nicholas generaba en su interior, apenas podía respirar. Estaba jadeante, enloquecida de placer, y no podía dejar de moverse en pequeñas sacudidas contra la mano que la acariciaba.

—Quiero —fue lo único que logró decir.

—Con eso no me basta —le contestó, mientras aceleraba el ritmo de las caricias.

Belinda sintió cómo iba acercándose al orgasmo, estaba a punto...

LAURA LEE GUHRKE

—Te amo —le dijo él, igual de jadeante—. Te amo y quiero estar dentro de ti, pero primero tienes que decirme que tú también lo deseas.

Una caricia más... y Belinda llegó al éxtasis.

—¡Sí!

Le dio igual que su grito se oyera por todo el campo, en ese momento le daba igual que el mundo entero la oyera.

—¡Lo deseo!, ¡te deseo! ¡Sí!, ¡sí!, ¡sí!

Era lo que él necesitaba oír. La penetró hasta el fondo y ella alcanzó el clímax otra vez, y otra, y en cada ocasión sintió que estallaba en mil pedazos y rompía las cadenas que llevaban toda una vida oprimiéndola. En medio de aquel torbellino le oyó gritar de placer, notó cómo se sacudía su cuerpo al llegar al orgasmo. Tras varias embestidas más, se quedó quieto mientras seguía sujetándola con fuerza contra sí con el brazo que tenía alrededor de su cintura. En ese momento el resto del mundo no existía, y sus respiraciones jadeantes eran el único sonido que quebraba la quietud de la tarde.

Tras un largo momento, él se echó hacia atrás y le bajó la falda; después de colocársela bien, hizo que se diera la vuelta y la besó. Le alzó la barbilla con un dedo para poder mirarla a los ojos, y enmarcó entre las manos sus acaloradas mejillas antes de decir, sonriente:

—Menos mal que lo has dicho, no sé si habría podido contenerme mucho tiempo más —le dio un beso largo, dulce y lleno de ternura—. Te amo.

Al ver que la miraba expectante, Belinda supo lo que quería escuchar, pero aún no estaba lista. No estaba segura, no podía pensar.

Él volvió a besarla, y entonces la soltó y se volvió para agarrar la cesta. Echó a andar por el pasillo de lúpulos por donde habían llegado, pero al darse cuenta de que ella no le seguía se detuvo y la miró por encima del hombro para decirle, sonriente:

—¿No vienes?, ¡no se nos puede escapar el tren!

Apenas hablaron durante el trayecto en tren, ya que estaban rodeados de gente. Cuando llegaron a la estación de Victoria, cada cual tomó un carruaje de alquiler para regresar a sus respectivas casas por separado. Uno tenía que ser discreto cuando mantenía una aventura amorosa, en especial en la ciudad, pero Nicholas necesitaba saber cuándo iba a verla de nuevo. Justo cuando estaba ayudándola a subir al vehículo y ella ya tenía un pie en el estribo, no pudo contenerse más.

—Belinda... —al ver que se volvía a mirarle, le dio un pequeño apretón en la mano—. Tengo que volver a verte, mañana mismo.

—¿Dónde?

—En tu casa, en un hotel, donde sea.

—¿El Claridge's te parece bien? —sonrió al añadir—: Podríamos tomar el té.

Él soltó un gemido de protesta y murmuró:

—Me refería a vernos en una habitación, no en el salón de té.

Ella negó con la cabeza y lanzó una mirada a su alrededor antes de contestar en voz baja:

—No puedo, los hoteles están llenos de americanos. Alguien podría reconocerme en el vestíbulo o en uno de los pasillos, no puedo correr ese riesgo.

—¿Y en tu casa? —empezó a desesperarse al recibir otra negativa, tenía que haber algún lugar donde pudieran estar a solas—. ¿Y en la fábrica de cerveza? A las cinco y cuarto, a esa hora ya se habrá ido todo el mundo.

—De acuerdo.

Besó su enguantada mano antes de retroceder, y siguió el carruaje con la mirada hasta que lo vio perderse entre el denso tráfico que abarrotaba la estrecha salida de la estación.

—Milord...

Se volvió al oír que le llamaban, y vio a Chalmers esperando a varios pasos de distancia.

—Su carruaje le espera, ya hemos cargado el equipaje.

—Muy bien, pongámonos en marcha.

Eran poco más de las seis y media, y durante la temporada social solía haber poco tráfico a aquella hora en la ciudad. Los caballeros que habían pasado la jornada en el centro ya habían regresado a casa, y para la sociedad aquel era un breve respiro entre el té y la cena.

Llegó a South Audley Street a las siete menos cuarto, pero apenas le dio tiempo de subir a su habitación y ordenarle a su ayuda de cámara que le preparara un baño cuando oyó que llamaban a la puerta.

—¡Soy Denys!, ¿puedo pasar!

—¡Sí, por supuesto!

Empezó a deshacer el nudo americano del corbatín, pero se quedó inmóvil cuando su amigo entró y vio la expresión de su rostro.

—¿Qué pasa?, ¿ha sucedido algo?

—Si no hubieras tenido previsto regresar hoy, habría tenido que enviarte un cable —Denys cerró la puerta y se apoyó en ella con un pesaroso suspiro—. Se terminó, hay que cancelarlo todo.

—¿A qué te refieres?

—A lo de la fábrica de cerveza. Tenemos que cancelar todos nuestros planes, no podemos seguir adelante con ellos.

—¿Por qué no? —al ver que no contestaba, exclamó—: ¡Por Dios, Denys, esta incertidumbre me está matando! ¡Suéltalo de una vez!

Su amigo respiró hondo antes de hablar.

—Mi padre se ha retirado del negocio, no va a darnos el préstamo ni a comprar las acciones.

—¿Qué? —se sentía como si acabaran de darle una patada en el estómago, y luchó por sofocar el pánico que amenazaba con adueñarse de él—. ¿Por qué?, ¿sabes por qué?

—No, lo único que sé... —su amigo carraspeó y le miró con una expresión que decía que las cosas iban a empeorar aún más—. Lo único que sé es que Landsdowne vino ayer a verle. Ignoro el contenido de la conversación que mantuvieron, pero después mi padre me mandó a llamar. Estaba rígido y me dijo que, lamentándolo mucho, no iba a poder financiar nuestra empresa.

Nicholas se frotó la cara con las manos.

—Landsdowne... Tendría que haberlo supuesto.

—No tengo ni idea de lo que pasó entre ellos. Mi padre se negó a hablar del tema, así que está claro que fue algo grave.

—Tú no tienes ni idea, pero yo lo tengo muy claro.

—Si estás pensando en un soborno, te aseguro que mi padre...

—No, tu padre tiene dinero de sobra y Landsdowne lo sabe, ni se molestaría en intentar sobornarle.

—¿Cuál es tu teoría?

—El chantaje —como su amigo protestó, añadió—: Quizás le haya amenazado con algo, se le da de maravilla encontrar el punto débil de alguien y usarlo en su contra —se sentó en el borde de la cama. Se sentía como si acabaran de arrancarle toda su alegría, toda su satisfacción y su felicidad—. Tendría que haberme dado cuenta de que pasaría algo así. Fue a verme a Honeywood hace un par de días, y al enterarse de lo que estábamos haciendo me dijo que no me lo iba a permitir. No debería sorprenderme que haya encontrado la forma de acabar con nuestros planes.

—Lo siento, Nick.

—No es culpa tuya —se quedó allí sentado, pensando, y al cabo de un largo momento se levantó y volvió a anudar el corbatín—. Solo me queda una alternativa.

—¿Cuál?

—Encontrar el dinero en otra parte.

—¿Crees que lograrás encontrar a otro inversor?

—No lo sé, pero tengo que intentarlo.

Apareció en su mente la imagen de Belinda en Honeywood, rodeada de la hierba y las margaritas del prado, y recordó su determinación de lograr ganarse su respeto. Sí, tenía que intentarlo.

Belinda fue a la fábrica de cerveza al día siguiente, tal y como había acordado con Nicholas. Tanto la noche anterior como a lo largo de aquel día había estado esperando ansiosa que llegara aquel momento, las horas se le habían hecho eternas, pero por fin estaba a punto de volver a verle.

Su impaciencia la había llevado a llegar demasiado pronto, así que esperó en el carruaje al otro lado de la calle. Los obreros salieron cuando sonó la señal de las cinco y poco después vio salir a Somerton, que se detuvo en la puerta cuando la vio salir del vehículo.

Cuando ella cruzó la calle y se detuvo frente a él, se quitó el sombrero y la saludó con una reverencia.

—Lady Featherstone. ¿Qué hace usted aquí?

—He venido a ver a Nicholas... a lord Trubridge. Acordamos encontrarnos aquí para... eh... —fue incapaz de inventarse una excusa.

—No hace falta que sea discreta, Nick me dijo hace tiempo que deseaba casarse y había solicitado su ayuda.

—Ah. Sí, por supuesto. No... no sabía si usted estaba al tanto de la situación.

—Sí, sí que lo estoy. Me alegra que él cuente con su ayuda, porque ahora sí que no va a tener más remedio que buscarse una esposa rica.

Belinda se quedó de piedra al oír aquello, y un escalofrío le corrió por la espalda.

—¿Qué quiere decir?

—Supongo que la noticia saldrá a la luz en uno o dos días —indicó con un gesto el edificio que tenía a su espalda antes de admitir—: La empresa de cerveza no sigue adelante, vamos a cancelarlo todo.

Aquella noticia la dejó consternada.

—¿Por qué? Sé que los dos estaban muy ilusionados con el proyecto.

—Mi padre no va a darnos el dinero que nos ofreció, y no podemos seguir adelante sin los fondos necesarios. Nick está intentando encontrar otro inversor, pero dudo que lo logre. Su padre es muy poderoso.

—¿Qué tiene que ver Landsdowne en todo esto? —aún estaba formulando la pregunta cuando lo entendió—. No quiere que su hijo se dedique al comercio, ¿verdad?

—Supongo que ese es el motivo de lo que ha hecho. A su entender, el hijo de un duque no debe rebajarse a hacer algo como fabricar cerveza.

Belinda estaba horrorizada, sabía que Nicholas debía de estar devastado.

—¿Cómo está él?, ¿dónde está?

—No lo sé, no he vuelto a verle desde que le di la noticia ayer. Anoche ni siquiera vino a casa.

—Dios Santo... —se cubrió la boca con la mano, cada vez estaba más preocupada.

—Seguro que está bien —se apresuró a asegurarle Denys—. Nick siempre logra salir adelante, siempre encuentra la forma de que las maquinaciones de su padre no le afecten. Ya verá como también supera este bache.

—¿De verdad lo cree?

—Bueno, me aseguró que estaba decidido a seguir adelante con lo de la fábrica, pero, para serle sincero, no sé cómo va a lograrlo. La solución sería que se casara, así que le pido que encuentre una americana rica para él. Tiene que ser una mujer a la que no le importe que su suegro la odie, ni ser objeto de injurias y calumnias —soltó una carcajada carente de humor antes de añadir—: Le deseo suerte.

No era de extrañar que Nicholas se hubiera pasado la vida entera rebelándose contra su padre. Ella había supuesto que lo hacía por venganza, pero se había equivocado. Lo hacía para evitar que hicieran añicos sus sueños. Al recordar bajo aquel nuevo prisma las duras palabras que ella misma le había dicho en el laberinto, no pudo evitar pensar que había sido muy cruel con él... pero no tanto como Landsdowne.

Una furia incontenible se abrió paso en su interior, una furia tan intensa que por el momento apartó a un lado la preocupación que sentía por él. Era una furia arrolladora que se adueñó de ella, que le nubló la mente y que hizo que, por primera vez en su vida, tuviera ganas de matar a alguien. Porque aquel hombre, aquel hombre tan odioso y horrible, estaba haciendo añicos los sueños de Nicholas otra vez.

Y fue en ese momento cuando supo con total certeza que le amaba. Le amaba más que a su reputación, más que a su profesión, más que a su dinero, más que a sus amigos, más que a nada en el mundo. Le amaba tanto que estaría dispuesta a renunciar a todo lo que tenía, incluyendo su propia vida, con tal de ahorrarle a él un instante de dolor, se lo causara quien se lo causara.

—Lady Featherstone...

La voz de Somerton la sobresaltó, y esbozó la sonrisa cortés que había perfeccionado gracias a todos los años que había pasado ocultando sus verdaderos sentimientos.

—Disculpe, me he distraído. ¿Me ha preguntado algo?

—Sí, si tiene idea de lo que hará Nicholas.

—No —la sonrisa cortés se desvaneció—. Pero tengo muy claro lo que voy a hacer yo.

Nicholas estaba sentado en uno de los bancos de hierro forjado de Park Lane, contemplando la inmensa mansión que había al otro lado de la calle. Ya había caído la noche y las lámparas de gas ya habían sido encendidas, con lo que cualquiera que pasara por allí podía ver el lujoso interior de la casa. El exterior era igual de lujoso, y las farolas que había a lo largo de Park Lane iluminaban las columnas de mármol, las paredes blancas de piedra caliza, y los extensos y cuidados jardines. La fuente que había justo en el centro tenía una estatua de Zeus labrada en mármol de Siena, y debía de costar cientos de miles de libras. El agua brillaba bajo la luz de las lámparas que habían sido estratégicamente colocadas para mostrar su esplendor incluso de noche.

De niño había jugado en aquella fuente en una ocasión, pero le habían pillado y como castigo no se le había permitido regresar en un año a Landsdowne House, la mansión londinense de la familia.

Se echó hacia atrás en el asiento. Estaba exhausto, había pasado en vela la noche anterior. Había alquilado una habitación en un hotel porque quería estar solo, pero no había dormido nada. Había yacido en la oscuridad con la mirada en el techo mientras intentaba pensar en posibles contactos, en hombres que pudieran tener el dinero suficiente para invertir... antiguos compañeros de clase de Eton y de Oxford, sus padres, sus amigos...

Aquella mañana se había dedicado a llevar a posibles inversores la propuesta de proyecto que Denys y él habían elaborado para Conyers, pero, a pesar de que se habían mostrado interesados, todos ellos le habían preguntado si Landsdowne estaba de acuerdo en que se embarcara en aquel proyecto comercial, y se habían negado a participar al oír su respuesta negativa.

El día estaba llegando a su fin, y supo por la angustia que le retorcía las entrañas que estaba intentando engañarse a sí mismo. Incluso en el caso de que encontrara a alguien dispuesto a financiar la empresa sin la aprobación de Landsdowne, se repetiría lo ocurrido con Conyers. No había nadie a quien Landsdowne no pudiera quitar del camino a base de sobornos, difamaciones o chantajes.

«Yo puedo solucionar todos tus problemas».

Las palabras del viejo adquirieron un tono burlón en su mente, porque allí estaba él, intentando hacer acopio del valor necesario para entrar en aquella casa y hacer lo que había jurado que no volvería a hacer nunca más: pedirle algo a Landsdowne.

Lo más probable era que fuera un intento inútil, pero no podía perder a Belinda sin luchar. Estaba allí para pedir, rogar... suplicar, si fuera necesario... a su padre que consintiera en aceptar a Belinda como nuera y volviera a darle acceso al dinero de su fideicomiso, ya que sin su pensión no tenía con qué mantenerla. Jamás le pediría a ella que aportara su dinero al matrimonio, ya que eso le convertiría en uno de esos cazafortunas a los que ella despreciaba. No soportaría que volviera a tener tan mal concepto de él.

De modo que allí estaba, frente a Landsdowne House, preparándose para hacer lo que tenía que hacer. Intentó pensar en posibles argumentos para lograr que Landsdowne le diera su consentimiento, la verdad era que Belinda cumplía con algunos de sus requisitos.

Era una dama respetada dentro de la alta sociedad, y tenía una reputación intachable; pertenecía a la Iglesia de Inglaterra, ya que se había convertido cuando se había casado con Featherstone; era rica y podía aportar una dote a la familia (su padre no tenía por qué saber que él no tenía intención de permitir que un solo penique de Belinda llegara a las arcas de los Landsdowne). Los mayores escollos iban a ser el hecho de que no fuera de cuna ilustre y su nacionalidad, porque no se imaginaba a Landsdowne accediendo a que una americana fuera la futura duquesa. La mayor parte de la alta sociedad británica la había aceptado hacía mucho tiempo y a nadie le importaba ya que en el pasado hubiera sido una nueva rica de Ohio sin pedigrí, pero su padre jamás olvidaría algo así; para él, la idea de tener una nuera americana sería casi tan inaceptable como lo había sido en su día la de tener una que fuera irlandesa.

Por si fuera poco, tampoco sabía si Belinda estaría dispuesta a casarse con él. Ella no le había confesado que le amara en ningún momento, ni siquiera cuando estaba haciéndola gritar de placer entre los lúpulos... pero tenía que intentarlo.

Se puso de pie, respiró hondo, y atravesó la calle intentando prepararse para lo que se avecinaba, que era lo más difícil que había tenido que hacer en toda su vida.

Wilton seguía siendo el mayordomo de Landsdowne House y era tan imperturbable y estirado como cabía esperar, pero al verle no pudo ocultar del todo su sorpresa. Alzó una de sus pobladas y canosas cejas, abrió y cerró la boca, y carraspeó antes de saludarle al fin con una reverencia.

—Lord Trubridge.

—Hola, Wilton. ¿Cómo estás?

—Muy bien, milord, gracias.

—Me alegra oírlo. ¿Está el duque en casa?

—No... no lo sé con certeza, milord.

—¿Podrías averiguarlo?, deseo hablar con él.

—De inmediato, milord —el mayordomo hizo otra reverencia y se fue.

Nicholas miró a su alrededor mientras esperaba, todo estaba igual que antes. Allí no había ni una sola obra de arte horrible, todas ellas habían sido relegadas a Honeywood. Al igual que Landsdowne Park, la finca familiar de Sussex, Landsdowne House reflejaba los gustos de su padre. Mármol blanco, esculturas clásicas, paredes y carpintería en blanco... Era una casa fría, siempre lo había sido.

Le recorrió un escalofrío. Se volvió al oír que alguien bajaba por la majestuosa escalinata, y vio que se trataba de Wilton.

—¿Y bien?, ¿ha accedido a concederme una audiencia?

—Si me sigue, milord... —le contestó el mayordomo, tan digno como siempre.

Le condujo al despacho de Landsdowne, un lugar que tampoco había cambiado un ápice. Al igual que en el vestíbulo, había esculturas clásicas y predominaba el blanco, en ese caso acentuado por las negras estanterías de ébano repletas de libros encuadernados en cuero, unos libros que el viejo no había abierto jamás. El hecho de que estuviera tal y como lo recordaba le hizo recordar su niñez, en aquel entonces tan solo le mandaban llamar al despacho cuando estaba metido en serios problemas. Supuso que Landsdowne había decidido recibirle allí para intimidarle, para que se sintiera tan aterrado como de niño, pero no tenía miedo alguno. Sí, estaba desesperado, pero no intimidado.

Sabía que debía evitar que Landsdowne percibiera su desesperación, que esta sería como el olor de la carne para un perro hambriento. Luchó por escudarse tras su máscara de total indiferencia al entrar en el despacho, pero no le resultó tan fácil como lo había sido en el pasado.

—El marqués de Trubridge —anunció Wilton, antes de apartarse a un lado.

Nicholas se quitó el sombrero al entrar y se acercó al escritorio. Se sorprendió al ver que Landsdowne ni siquiera se molestaba en ponerse en pie, ya que era una persona que siempre mantenía los buenos modales en cualquier circunstancia.

—Señor duque —le saludó, al detenerse frente al escritorio.

Hizo una reverencia, y al enderezarse se llevó otra sorpresa al ver lo ceñudo que estaba. El viejo tendría que estar regodeándose tras conseguir que Conyers capitulara, así que no entendía a qué venía aquella cara furibunda. Daba la impresión de que estaba deseando retorcerle el cuello.

—¿Qué haces aquí? Supongo que has venido a vanagloriarte de tu victoria, ¿verdad?

Nicholas se sorprendió aún más, y se preguntó si se habría

equivocado de casa a pesar de que todo parecía apuntar a que estaba en la correcta.

—¿Disculpa? No acabo de enten...

—¡No juegues conmigo, muchacho! Ya estoy enterado de tus planes y me niego a concederte mi aprobación, ya se lo he dicho a esa americana cuando ha venido a verme.

Nicholas sintió que le golpeaba de lleno una mezcla de esperanza, felicidad e incredulidad. El golpe fue tan fuerte que se sintió un poco aturdido, pero llevaba lidiando toda la vida con su padre y tenía experiencia a la hora de ocultar lo que sentía.

—¿A quién te refieres? —le preguntó, impasible.

—¡Como si no lo supieras!

Era más sensato no contestar a aquello, así que guardó silencio y eso sirvió para espolear aún más a Landsdowne.

—¡Insolente mujer!, ¡habrase visto! Se ha atrevido a venir a decirme que estáis comprometidos en matrimonio. ¡No ha solicitado mi consentimiento!, ¡ni siquiera me ha pedido que os diera mi bendición! No, se ha limitado a informarme de ello y a decirme que no tengo más remedio que aceptarlo, ¡se ha comportado como si ella fuera una reina dando una orden real, y yo un don nadie! Dios, jamás creí que lady Featherstone pudiera tener unos modales tan atroces, por muy americana que sea.

Nicholas se echó a reír, se rio a carcajadas. No pudo reprimirse, la alegría y la esperanza que tenía dentro eran como una ola incontenible.

«Belinda, amor mío, ¡eres increíble!», pensó para sus adentros.

Su risa enfureció aún más a Landsdowne, que dio un puñetazo en la mesa y gritó:

—¡No voy a permitirlo! ¿Me has oído bien? ¡Esa mujer jamás será la duquesa de Landsdowne!, ¡eso nunca!

Nunca le había visto tan fuera de sí. Se echó a reír de nuevo y le contestó, con una enorme sonrisa:

—Tal y como te ha dicho Belinda, no estamos solicitando tu consentimiento. Vamos a casarnos, y no hay nada que puedas hacer para impedirlo.

—Arruinaré su reputación, arrastraré su nombre por el fango en la prensa de todo el país.

Aquellas palabras hicieron que Nicholas se pusiera serio de golpe, la risa dio paso a la furia.

—Hazlo y por Dios que te mato. Como des un paso en esa dirección, te agarro el pescuezo y te lo retuerzo.

Landsdowne podía ser muchas cosas, pero no era de los que se acobardaban ante una amenaza a su integridad física.

—Adelante, hazlo —al ver que Nicholas no se movía fue su turno de echarse a reír, y añadió con una sonrisita burlona—: ¿Qué?, eso te ha puesto en tu sitio, ¿verdad?

Nicholas sabía que, por muy tentador que pudiera ser, no podía cometer un parricidio, así que se tragó su furia mientras su mente funcionaba a toda velocidad.

—Supongo que le has dicho a Belinda que ibas a manchar su reputación si aceptaba casarse conmigo, ¿verdad?

—Sí, así es.

—¿Y qué ha contestado?

Vio relampaguear algo en la expresión de Landsdowne, algo que podría ser enojo o quizás inquietud y que logró marchitar un poco la sonrisita burlona, e insistió de nuevo:

—Dime, ¿qué ha contestado Belinda cuando le has dicho lo que pensabas hacer?

—Es tan imposible razonar con ella como hacerlo contigo.

Nicholas sintió que la felicidad y el alivio retornaban con la misma fuerza de antes, y sonrió de oreja a oreja al decir:

—Te ha mandado al cuerno, ¿verdad? ¡Dios, cuánto amo a esa mujer!

—¡No recibirás ni un penique de tu fideicomiso si te casas con ella! ¡No recibirás nada de mí!, ¡nada!

—No estoy pidiéndote nada, padre —no había necesidad de que Landsdowne supiera que había ido a verle con esa intención. No sabía de dónde iba a sacar el dinero necesario para mantener a Belinda, pero era posible que ella tuviera algún plan. Ojalá, porque él se estaba quedando sin opciones—. Soy consciente de que quieres tener a todo el mundo bajo tu poder, a tu merced, pero eso no es posible. Belinda y yo vamos a casarnos te guste o no, así que, a menos que quieras arruinar la reputación de la futura duquesa de Trubridge sin motivo alguno, te sugiero que aceptes la situación con resignación. El último movimiento de esta partida está hecho, y tú has perdido. Jaque mate, padre.

Dio media vuelta sin más y dejó al viejo, lleno de rabia e impotencia, allí plantado.

—Bien hecho, Belinda —murmuró, al salir del despacho—, bien hecho.

Después de hablar con Somerton, el primer paso de Belinda había sido ir a Marylebone Road para hablar con sus abogados, y después de solicitarles que redactaran un documento de inmediato había puesto rumbo a Landsdowne House.

La conversación con el duque había ido tal y como esperaba, y tras darla por finalizada había pasado de nuevo por el bufete de los abogados para recoger el documento que les había pedido. Después había ido a South Audley Street, pero se había llevado un disgusto al enterarse de que Nicholas no solo no estaba allí, sino que nadie le había visto desde el día anterior.

Para cuando llegó a casa, estaba muerta de preocupación y ordenó a Samuel, su lacayo, que saliera en su busca.

—Ve primero al White's, y si no le encuentras allí recorre los otros clubs y pregunta si alguien le ha visto. Si sigues sin localizarle, regresa a South Audley Street y pregunta si han recibido noticias de él. Cuando le encuentres dile que venga a verme, que necesito hablar con él de inmediato.

Quería explicarle a Nicholas lo que había hecho antes de que él hiciera algo a la desesperada... acudir a un prestamista, por ejemplo. Sería comprensible que lo hiciera, ya que Landsdowne era un hombre horrible y cruel capaz de cualquier cosa. La conversación que había mantenido con él le había bastado para saber cómo era, y esperaba no volver a tener la mala fortuna de volver a encontrárselo.

Por suerte, cuando había ido a verle estaba tan furiosa que no había sentido timidez ni nerviosismo. Él la había hecho esperar veinte minutos antes de acceder a recibirla, pero en ese tiempo su furia no había disminuido lo más mínimo. Gracias a lo que le había explicado Nicholas, tenía bastante claro lo que cabía esperar, y todo había ido tal y como había supuesto.

Cuando él había intentado sobornarla, se había echado a reír y le había contestado que gracias, pero que ya tenía bastante dinero; cuando había amenazado con arruinar su reputación, había contestado con desdén y mofa. No era que no le creyera capaz de hacer tal cosa (era probable que lo hiciera, y quizás lograría su propósito de desacreditarla), pero lo que Landsdowne no había sido capaz de entender era que a ella todo eso le daba igual.

Finalmente, le había ordenado furibundo que saliera de su casa y no volviera a poner un pie en ella, y ella lo había hecho encantada. Todos sus planes estaban saliendo de acuerdo a lo esperado, lo único que quedaba era encontrar a Nicholas.

Paseó de un lado a otro del saloncito hecha un manojo de nervios, no quiso cenar, y cuando llegaron las nueve de la noche y seguía sin tener noticias de él, se sirvió un brandy y se lo bebió en dos tragos.

Estaba a punto de ir a buscarle a Mayfair ella misma cuando oyó que llamaban a la puerta principal. Salió corriendo hacia la escalera, y al bajar la mirada hacia el vestíbulo estuvo a punto de desplomarse de alivio al ver a Nicholas junto a Jervis.

Se apresuró a volver al saloncito antes de que él alzara la mirada y la viera, sacó el documento que habían redactado sus abogados y lo dejó sobre la mesita auxiliar, se atusó el pelo, y se sentó a esperar mientras oía cómo Jervis le conducía escaleras arriba.

Tenía pensado lo que iba a decirle, había preparado un pequeño discurso, pero se le esfumó de la mente en cuanto le vio entrar. Se alegraba tanto de verle, sentía un alivio tan grande, que se levantó con un sollozo, corrió hacia él, y se lanzó a sus brazos.

—Cariño mío —murmuró él, mientras la cubría de besos—, mi hermosa y maravillosa Belinda.

Lo dijo con tanta intensidad, con voz tan descarnada, que logró que se estremeciera de felicidad.

—No sabes lo preocupada que estaba por ti, me he enterado de lo que ha ocurrido.

—Sí, ya lo sé —él se echó un poco hacia atrás y la agarró de los brazos antes de preguntarle, con una sonrisa llena de admiración—: ¿Cómo se te ocurre ir a ver a Landsdowne?, ¡no sé si besarte o regañarte!

—¿Te has enterado? —le preguntó, atónita.

—Sí, ¿estás loca? —enmarcó su rostro entre las manos y le besó la boca, las mejillas, la frente, la nariz—. ¿Por qué lo has hecho?

En vez de contestar a su pregunta, ella hizo una confesión.

—Fui injusta contigo. Aquella noche en el laberinto, cuando te dije aquellas cosas tan duras, no tenía ni idea de cómo es tu padre en realidad.

—Y después de conocerle, después de que intentara sobornarte y amenazara con arruinar tu reputación, ¿qué opinas de él?

—¿Cómo sabes lo que ha sucedido? De hecho, ¿cómo sabes que he ido a verle?

—Porque acabo de estar allí.

—¿Qué? ¿Has ido a ver a Landsdowne?, ¿para qué?

Él esbozó una pequeña sonrisa y le acarició la mejilla con el pulgar.

—¿No lo adivinas?

—No, porque después de conocerle entiendo perfectamente bien que pasaras ocho años en París, haciendo todo lo posible por enfadarle y molestarle.

Él se echó a reír.

—Qué leal eres, cielo mío.

—Qué hombre tan odioso, no tenía ni idea de lo horrible que es; de haber sido mi padre, creo que habría tenido que pegarle un tiro.

—Debo admitir que la idea de estrangularle se me ha pasado por la cabeza. Cuando me ha dicho que tenía intención de arruinar tu reputación si te casabas conmigo, he estado a punto de cometer una locura.

—Pero sigo sin entender para qué has ido a verle.

—Para pedirle ayuda.

—¡No puede ser! Por Dios, Nicholas, no me digas que has hecho eso.

—Esa era mi intención, pero al final no lo he hecho. En cuanto he llegado a su despacho ha empezado a despotricar contra ti, y me he enterado de que habías ido a verle, habías rechazado sus sobornos, y le habías mandado al cuerno —la besó antes de añadir—: Jamás habría creído que podría amarte incluso más de lo que ya te amaba, pero así es. Él me ha pedido que renuncie a ti, y huelga decir que le he dicho que no; ah, por cierto, tengo entendido que estoy comprometido en matrimonio.

Ella carraspeó con delicadeza.

—Bueno, me contrataste para que te encontrara esposa y eso es lo que he hecho, creo que es la mujer ideal para ti.

Él le acarició el pelo y le pidió, con una sonrisa llena de ternura:

—¿Ah, sí? Háblame de ella.

—En primer lugar, es rica.

—Sí, creo haber oído rumores en ese sentido.

—¿De veras? —le miró perpleja y, a decir verdad, se sintió un poquito decepcionada por no poder darle ella misma la sorpresa—. Pero... pero quién... ¿Quién te habló de mi... digo de su dinero?

—La duquesa. En la fiesta campestre, la mañana de mi regreso a Londres. Pero eso no importa, porque no quiero el dinero de mi esposa.

Al ver la ternura con la que la miraba, al ver la sinceridad y la determinación que se reflejaban en aquellos cálidos ojos color avellana, la embargó una felicidad tan inmensa que apenas podía hablar, pero sabía que tenía que hacerlo.

—Pu... pues que quieras el dinero o no es irrelevante, porque ella insiste en aportar una dote al matrimonio —al ver que abría la boca para objetar, se apresuró a añadir—: Dejemos los detalles financieros para dentro de un rato, hay más cosas que debes saber acerca de esa mujer. Te complacerá saber que es americana, creo recordar que esa era una de tus preferencias.

—Sí, sin duda —le aseguró él, antes de besarla.

—Pero se convirtió a la Iglesia de Inglaterra, y sé que eso es algo que no querías.

—Creo que estaría dispuesto a ceder en ese punto —le aseguró, mientras le frotaba los labios con los suyos.

—Es... —tragó con dificultad—... un poco tímida.

—Ese es un rasgo que me gusta, así no parloteará sin cesar ni se pondrá a recitar poesía de repente en lugares públicos.

Ella se rio contra su boca antes de asegurarle:

—No, jamás hará ninguna de esas cosas. Los tercetos y los cuartetos no le importan lo más mínimo, y le da igual que tus poemas no sean perfectos; ah, y siempre desea que el zorro logre escabullirse.

Él sonrió y se echó un poco hacia atrás. Le apartó un mechón de pelo de la cara, y se lo colocó detrás de la oreja antes de preguntar:

—¿Algo más?

—Bueno, pues... eh... sé que... —notó cómo se le encendían las mejillas, pero sabía que tenía que decírselo todo—. Sé que, siempre que la miras, da la impresión de que estás deseando tomarla entre tus brazos y besarla hasta dejarla sin respiración y arrancarle la ropa.

—Eso es muy cierto.

La apretó más contra sí con el brazo que tenía alrededor de su cintura, y le bajó la otra mano por el cuello. Le dio un beso largo y profundo y, cuando se apartó de nuevo, ella no era la única que tenía la respiración agitada.

—Creo que tienes razón, parece ser la mujer ideal para mí. Pero necesito saber algunas cosas más antes de tomar una decisión.

—¿Qué cosas?

Él posó las manos en su rostro y le acarició las mejillas con las yemas de los dedos.

—¿Me respeta?, ¿sabe que puede confiar en mí?

—Sí. Le has demostrado que eres un hombre de principios, confía en ti.

—¿Quién me lo asegura?, ¿cómo puedo tener la certeza de que lo que dices es cierto?

—Creo que el acuerdo matrimonial te dejará claro todo lo que deseas saber —alargó la mano hacia la mesa que estaba junto a ellos, y agarró el documento que había dejado allí—. Esta tarde les he pedido a mis abogados que lo redactaran.

—Muy sensato de tu parte —afirmó él con gravedad, antes de aceptar el documento—. Pero no entiendo cómo me ayuda esto a tener la certeza de que ella confía en mí.

—Lo sabrás cuando lo leas.

Él le echó un vistazo, y le bastó con llegar a la mitad de la primera página para entender a qué se refería. Alzó la mirada y le dijo, atónito:

—Esto me da todo tu... eh... todo su dinero. Absolutamente todo, sin condiciones.

—Sí, así es. Su fortuna asciende a setecientas cuarenta y dos mil libras, libra más libra menos —sintió que se le encogía el corazón. Le amaba con toda su alma, quería que él tuviera aquel dinero, y le daba mucho miedo que fuera a rechazarlo.

—Ya te he dicho que no quiero su dinero —afirmó él de forma categórica.

—Ella no se casará contigo a menos que lo aceptes. Quiere

que lo tengas tú, así que no tienes alternativa. Es decir, si... si quieres casarte con ella —entrelazó las manos con nerviosismo. Estaba más aterrada, más esperanzada, y más enamorada que nunca antes en toda su vida—. ¿Quieres hacerlo? —susurró.

—Aún no lo sé —él tiró el acuerdo matrimonial al suelo, tomó sus manos entrelazadas, se las separó con sumo cuidado, y las sostuvo con las suyas—. Hay una cosa más que necesito saber.

—¿De qué se trata?

—Si me ama —se hincó de rodillas y alzó la mirada hacia ella, tal y como había hecho dos días atrás durante aquella maravillosa tarde—. Porque yo la amo, la amo más que a mi propia vida.

—Sí, sí que te ama —admitió ella, con un pequeño sollozo.

—Creo que eso es algo que tiene que decirme ella misma, necesito que lo haga.

—Te amo —cayó de rodillas ante él, le rodeó el cuello con los brazos, y salpicó su rostro de besos—. ¡Te amo!, ¡te amo!, ¡te amo!

Él bajó la cabeza para darle un beso más profundo, pero lo que ella quería en ese momento era una respuesta, así que se echó un poco hacia atrás y exclamó:

—¡Nicholas, por el amor de Dios! ¿Vas a casarte conmigo?, ¿sí o no?

—Creo que... —se interrumpió, levantó el acuerdo matrimonial del suelo y, ante su atónita mirada, lo rompió por la mitad—. Sí, Belinda, voy a casarme contigo.

—¡Por fin!, ¡has tardado tu tiempo en decidirte! Por cierto, mis abogados han trabajado mucho esta tarde para redactar ese documento, y ahora van a tener que redactar otro. Agradezco mucho el gesto que acabas de tener, de verdad que sí, pero tenemos que ser prácticos. Si no aceptas mi dote, ¿de qué vamos a vivir?

—Se me acaba de ocurrir una idea —lanzó al aire el acuerdo matrimonial, y la abrazó contra su cuerpo mientras las hojas caían a su alrededor—. ¿Qué te parece la idea de invertir en una fábrica de cerveza?

Ella se echó a reír y contestó, sonriente:

—Tengo entendido que es una muy buena inversión.

—Buenísima —le aseguró, antes de besarla—. ¿Cuándo nos casamos?

Ella le devolvió el beso.

—¿La semana que viene?

—¿Tan pronto?, no, ni hablar. Estas cosas no se pueden hacer con prisas —la miró con una sonrisa traviesa al añadir—: Creo que, para hacerlo según el dictamen de las normas sociales, tendremos que tener un largo noviazgo.

Ella soltó un gemido de protesta, le rodeó el cuello con los brazos, y le dijo con firmeza:

—Ni hablar, nada de noviazgos largos.

—Pero, Belinda, ¡los rituales de cortejo son importantes!

—Solo hay uno importante para nosotros —se levantó y tiró de él para que siguiera su ejemplo—. Llévame arriba, Trubridge. Bésame hasta dejarme sin aliento, arráncame la ropa y hazme el amor con pasión desenfrenada; si no lo haces, esta boda queda cancelada.

—De acuerdo, supongo que debo capitular si insistes en lanzarte a mis brazos con semejante descaro —le pasó un brazo por la espalda, el otro bajo las rodillas, y la alzó del suelo—. Tengo otra pregunta —le dijo, mientras la llevaba hacia la puerta.

—Dime.

—¿Es correcto que un marqués se case con su casamentera?

—¿Qué más da? —contestó ella, antes de besarlo.